キャサリン・フィッシャー
Catherine Fisher
井辻朱実 訳
Akemi Itsuji

INCARCERON

インカースロン
囚われの魔窟

原書房

第1部　クリスタルの鷲、黒鳥

1

だれが広大な〈監獄〉の見取り図を描けよう？
その通路と架橋と奈落の位置を知り得よう？
自由を知ったことのあるもののみが
おのれの牢獄を見定めうるのだ

『サフィークの歌』


フィンはうつぶせに投げ出され、連絡橋の石板に鎖でつながれていた。

大きく開かされた両腕についた鎖は重く、手首はほとんどもたげられない。両足首はすべすべした金属の塊の中にはめこまれ、それが舗石に取り付けた輪に接続していた。息を吸いたくても、胸がろくに持ち上がらない。彼は頬の下に氷のような石を感じながら、ぐったりと横たわっていた。

だが、〈市民団《シヴィクリ》〉はいまにやってくる。

音よりさきにその振動が感じられた。大地が小刻みにふるえだし、それがしだいに大きくなって、やがて歯と神経に響きはじめた。それから闇の中に音が、つまり移送貨物車のとどろきが聞こえ、車輪のゆっくりとしたうつろな響きがやってきた。必死に首をまわして、汚れた髪を目からはらいのけて見ると、体の真下を横切るように、二本の溝が並行して走っていた。身体は、貨車路を横切るようなぐあいにくくりつけられていたのだった。

額にじわりと汗がにじむ。凍るような鎖の輪を一方の手袋でつかんで、胸をひきずりあげ、息を吸い込もうとした。刺すような油の臭い。

いま、わめいてもむだだ。列車はまだまだ遠く、広い通廊に入ってくるまでは、車輪の響きで乗員には何も聞こえないだろう。正確な間合いを計ることだ。遅すぎたら、列車は止まれず、自分はひき殺される。彼は、もうひとつの考え、すなわち相手が自分を見つけ、声を聞いても、無視するかもしれない、という考えのほうは、むりやり心から締めだそうとした。

いくつもの光が見えた。

だれかの持った小さな明かりが上下に揺れている。意識を集中して数を数えた。九つ、十一、十二。数を確定しようと、もう一度数えた。そうしていると、のどを締めつける吐き気に耐えられた。

わずかな慰めを求めて頬を裂けた袖にすりつけながら、ケイロのこと、その笑み、最後に錠前のぐあいを調べて、からかうようにそこをたたいてから、闇の中にもどっていった姿を思った。彼はその名を、苦くささやいた。「ケイロ」と。

広い通路と目に見えぬ回廊の数々が、その響きを呑み込んだ。金気くさい空気の中に、霧がこもっていた。列車が轟音をたてて、苦しげに吠える。

人影がばらばらとあらわれた。闇の中から出てきたのだが、寒さに備えてぶあついマフラーにくるまっているので、それが子供なのか、腰のまがった老女なのかはわからなかった。たぶん子供だろう。年の入ったものは——生かしておいてもらえればだが——荷物といっしょに路面電車に乗るだろうから。白と黒のぼろぼろの旗が先頭車両をおおっている。その図柄も見えた。くちばしに銀のかんぬきをくわえた鳥の紋章だ。

「止まれ！　おーい、ここだ！」彼は叫んだ。

機械の振動が地をふるわせる。うなるような音が、骨と歯に響いた。彼は両拳を握りしめた。貨車のすさまじい重みと衝撃がぐんぐんせまり、大勢の人間の汗の匂いがそれに加わり、積んだ荷物ががたがたずるずると鳴る音がした。彼は恐怖をけんめいにねじ伏せ、一秒ごとにせまりくる死を覚悟しながら、息を詰め、そしてなおかつくじけまいとした。ぼくは〈星見人〉のフィンだ、屈してなるか。どこからともなく、汗とともに恐怖が噴き上げた瞬間、彼は身をもたげて絶叫した。「聞こえないのか。止まれ！　止まってくれ！」

列車はせまってくる。

耐えられないほどの轟音だ。彼はすでに、吠え、宙を蹴り、もがいていた。恐ろしい貨車の律動はなめらかに容赦なく近づいてきて、上にのしかかり、影を落とし、耐え難い苦悶の中で、じわじわと彼の骨を砕くだろう。

そのとき、はっと懐中電灯のことがひらめいた。

小さいものだが、まだ持っていた。ケイロが持たせてくれたのだ。重い鎖を引きずりながら、彼は体を転がし、かくしに手をねじこんだ。手首の筋肉がひねられ、ひきつる。指が細く冷たい筒の上をすべった。

振動が体を走りぬけた。何とか懐中電灯を抜き出したところで、落としてしまった。それはわずかに手の届かぬところへ転がっていった。彼は、畜生、とわめいて身をねじり、あごでもって点灯スイッチを押した。

光がほとばしる。

ほっと安堵の息がもれたが、列車はなおも驀進してくる。〈市民団〉には見えたはずだ。見えるはずだ。懐中電灯は、とどろく地獄の闇の中の一点の星だ。いまこの瞬間に〈監獄《インカースロン》〉がそのすべての階段と回廊と何千もの迷宮のようは部屋部屋を通じて、自分の危険を察知していること、貨車との衝突を陰鬱な楽しみとしていることがわかっていた。〈監獄〉はただ見守り、決して介入してはこないだろう。

「見えてるくせに」彼はわめいた。

車輪はひとの背丈ほどもあった。溝の中、甲高い音を立て、火花を舗道に吹き出しながら、近づいてくる。子供がひとり金切り声をたて、フィンはうめいて身を堅くした。むだだった、もうおしまいだ。だが、そのときブレーキの悲鳴が彼を打ち、高音がびりびりと骨と指を走った。

車輪がのしかかってくるのが見えた。はるか頭上に。もう、やられる。

だが、それは静止していた。

フィンは動けなかった。体は恐怖に、ぼろきれのようになっていた。懐中電灯が照らしているのは、油をぬった車輪のふちの、こぶしほどもあるリベットたったひとつだった。

すると、その向こうから声がした。「囚人、おまえの名前は？」

闇の中に人々が集まってきた。彼はかろうじて頭をもたげ、頭巾をかぶったものたちを見た。

「フィン。名前はフィンだ」声はささやきにしかならない。ごくりとつばを飲んだ。「止まってくれるとは思わなかった……」

うなり声。別の声が言った。「こいつは〈滓《スカム》〉みたいだぞ」

「違う！　頼むから、起こしてくれ」黙りこくって、だれも動かないので、彼はひと息入れて、ぎごちなく言った。「〈滓〉どもに、ぼくらの〈翼棟《ウィング》〉が襲われた。おやじを殺して、ぼくのことはこんなふうに放っていったんだ」と、錆びた鎖を握りしめて、胸の激痛を和らげようとした。「お願いだ、頼むから」

だれかが寄ってきた。長靴のつま先が目のそばで止まる。汚い長靴で、穴がひとつ開き、そこにつぎがあててあった。

「〈滓〉といってもどんなやつらだ」

「〈兵団《コミテータス》〉だ。隊長は自分のことを〈翼の主《ウィングロード》〉ジョーマンリックと称していた」

男はフィンの耳もとに唾を吐いた。「あいつか。あのいかれた野郎めが」

なぜ、何も起こらないのだろう。フィンは狂おしく身をねじった。「お願いだ。あいつらが戻ってくるかもしれない」

「こっちはあいつの上を走ってるだけだ。介入する理由がない」

「理由はあるわ。わたしたちは〈滓〉じゃなくて、〈市民団〉だからよ」驚いたことに女の声だ。ごわごわの旅用コートの下で、絹の服がすれあう音がした。彼女が膝をつき、片手で鎖をひっぱるのが見えた。フィンの手首は出血していた。汚れた皮膚の上に、錆の粉が輪の跡を残している。

男はおちつかなげに言った。「マエストラ、それは……」

「シム、錠前カッターを持ってきて、早く」

女の顔は、フィンの顔のすぐ前にあった。「だいじょうぶよ、フィン、おまえを放っていきはしないから」

苦痛に耐えながら、目を上げると、そこにいたのは二十歳ばかりの、赤毛で黒い目の女だった。一瞬彼女の香りがした。石鹸とやわらかな毛織物の香り、記憶――心の中の、鍵のかかった黒い箱――にぐさりと食いこむ香りだった。あの部屋。暖炉にアップルウッドの香りが漂い、陶器の皿にケーキがのっていたっけ。

その衝撃が顔にあらわれたためだろうか、女は頭巾の影から考え深げに彼を見つめた。「わたしたちはあなたの味方よ」

フィンはにらみ返した。息ができない。

子供部屋。石の壁。赤い豪華な壁かけ。

男が急ぎ足にやってきて、カッターを鎖の下にすべりこませた。「目に気をつけろ」うなるように言われて、フィンは袖に顔をうずめた。人々がまわりに寄ってくる。一瞬、恐れていた発作がまた襲ってくるかと思った。目を閉じ、ぼうっとなるようななじみの熱さに体が包まれるのを感じた。唾を飲みこんでそれと戦い、鎖を握りしめると、大きなカッターがそれを切り裂いていった。記憶が薄れてゆく。部屋と暖炉の火、金のふちの皿にのった、銀の小球がいくつもついたケーキ。映像を逃がすまいとしたが、それは消えてゆき、〈監獄〉の暗闇と、油をぬった車輪の酸っぱい金属臭が戻ってきた。

鎖の輪がすべり、がちゃんと音を立てた。彼はほっとして身を起こし、深い息をついた。女が彼の手首をつかみ、ひっくりかえしてみた。「包帯が必要ね」

フィンは凍りついた。動けない。女の指は冷たく清潔で、触れられているのは、裂けた袖と手袋の間の皮膚だった。そして女が見つめていたのは、王冠をいただいた鳥の小さな刺青だった。

女が眉をひそめる。「これは〈市民団〉のしるしではないわね。まるで……」

「まるで？　まるで、何ですか？」彼は一瞬に緊張した。

通路の奥、何マイルも彼方で、ごろごろと音がする。足もとの鎖がすべった。鎖の上にかがみこんだ、カッターの男がためらう。「変だな。このボルトは。ゆるんでる……」

マエストラは鳥の刺青をしげしげと見つめた。「あのクリスタルみたい」

ふたりの後ろで、叫び声がひとつ上がった。

「クリスタルって？」フィンはきいた。

「変わった品よ。わたしたちが見つけたの」

「同じ鳥のしるしですか。ほんとうに？」

「ええ」そこで別のことが気になったのか、女はふりかえって、ボルトのほうを見た。「まさかあなたは――」

いまの話を、もっと知りたい。この女は生かしておかなければ。彼は彼女をつかんで、床に引き倒した。「伏せて」とささやいた。それから怒りをこめて言った。「わからないのか。全部罠だよ」

一瞬、女の目がきっと見つめてきて、そこに浮かんだ驚きが砕けて恐怖に変わるのがわかった。女は彼の手をもぎはなし、体をひとつひねって立ち上がると、叫んだ。「逃げて！　みんな逃げるのよ！」とたんに床の格子がばきばきと開いた。何本もの腕が出てきて、胴体を引きずりあげ、武器が石床に投げだされる。

フィンは動いた。カッターを持った男を投げとばし、見せかけのボルトを蹴り外し、鎖から抜け出した。ケイロがこっちに向かって叫んでいる。短刀が頭をかすめ、フィンは転がってよけ、見上げた。

通路は煙で真っ黒だ。〈市民団〉は悲鳴をあげ、太い柱の並ぶ安全地帯へ殺到したが、すでに車両に乗り込んだ〈滓〉どもが無差別発砲を始め、不器用な銃口からつぎつぎ赤い光がひらめいて、通路は刺すような匂いでいっぱいになった。

女の姿は見えない。死んだのか、逃げたのか。だれかにぐいと押され、手の中に武器がつっこまれた。リスか。だが〈滓〉はみな同じ黒い冑をかぶっているので、だれがだれだかわからない。

そのとき、女の姿が見えた。子供たちを先頭車両の下に押しこんでいる。小さな男の子がすすり泣いているのをひっつかんで、自分の前へ投げだすようにした。だが、落下して卵の殻のように砕けた、いくつもの小さな球体から、シュウシュウとガスが漏れだし、その刺激臭でフィンは涙が出た。冑を取り出して装着すると、ぬれたパッドの部分が鼻と口をおおって、呼吸が楽になる。冑の目の格子部分から見る通路は真っ赤で、人々の姿もはっきり見えた。

女は武器を手に、撃ちまくっている。

「フィン！」

ケイロの叫び声がしたが、フィンは無視した。最初の貨車のほうへ突進し、その下にもぐりこんで、マエストラの腕をつかんだ。ふりかえったところで武器をはらい落とすと、彼女は怒りに吠え、とげを植えた手套で彼の顔面を狙ってきた。とげが冑を引っ掻く。彼女を引きずり出そうとすると、子供たちが蹴ったりつかみかかったりし、食料が滝のようにあたりに降りそそいだが、それはうまく受け止められ、すくわれて、効率よく床の格子の下のシュートに落ちていった。

アラームが鳴り響いた。

ついに〈監獄〉が動く。

壁のなめらかなパネルが、何枚も左右にすべる。カチッという音とともに、目に見えない天井からまばゆいスポットライトが幾筋も降りそそぎ、その光は遠くの床を探すように動き、〈滓〉たちをとらえた。彼らはネズミのごとく逃げまどい、その黒い影が巨大に見えた。

「退避だ！」ケイロが叫ぶ。

フィンは女を先へ押しやった。隣で走っていた人影が光に貫通され、あわてふためきながら、音もなく消滅した。子供たちの泣き声。

女は衝撃に息を切らしてふりかえり、残った仲間を目で探した。そこで、フィンは彼女をシュートのほうへ引きずっていった。

冑ごしに、ふたりの目が合った。

「ここを降りろ。でないと死ぬぞ」

一瞬、彼女は拒否するかと思われた。

だが、彼女はフィンに唾を吐きかけるや、彼の手から身をもぎはなし、シュートに身を躍らせた。

白い火花が石を焼きこがす。すぐにフィンもあとを追った。

シュートは白い絹でできており、丈夫でぴんと張り詰めていた。息もつけぬうちにすべり落ちて、盗んだ毛皮と傷んだ金属部品の山の上に勢いよく落ちた。女はすでにわきに引きずり出され、頭に銃口を突きつけられ、侮蔑の目で、フィンを見ていた。

フィンはよろよろと身を起こした。いたるところで、〈滓〉たちがトンネルをすべり下りてくるが、略奪物が邪魔になって、うまく歩けないものもあり、ほとんど意識のないものもあった。一番最後に、かろやかに着地したのが、ケイロだった。

格子がガシャンと閉まる。

シュートが落ちてきた。

薄闇にかすんだ姿がいくつか、ぜいぜい言いながら咳きこんで、冑をむしりとった。

ケイロは自分の冑をゆっくりと脱ぎ、汚れた端正な顔をあらわした。フィンは怒りにまかせて、彼に飛びかかった。「何があったんだ？　あそこでぼくは大変な目に合うところだった。何でこんなに遅れた？」

ケイロがにやりとした。「おちつけよ。アクロがちゃんとガスを出せなかったんだ。おまえはうまくしゃべって時間稼ぎをしたじゃないか」と、女に目をやった。「何でこの女を？」

フィンはまだ憤慨しながら、「人質だ」と言って、肩をすくめた。

ケイロが眉を上げた。「面倒が多すぎる」と言って、彼女に武器を突きつけている男に、あごをしゃくった。男は銃の引き金を起こした。マエストラの顔は真っ青だ。

「じゃあ、ぼくは上で死にそうな目にあったのに、何の見返りもなしか」フィンの声はおちつきはらっていた。動かずにいる彼を、ケイロが見やった。つかのま、ふたりの目がからみあう。やがて、フィンの〈義兄弟〉は冷然と言った。「この女がほしいのなら」

「ほしいさ」

ケイロはもう一度女に目をやり、肩をすくめた。「おれの好みじゃねえ」と、うなずいてみせると、銃口が下がった。それからフィンの肩をばしっとたたき、埃が雲のように服から舞い上がった。「よくやったな、きょうだい」

2

過去から〈時代《エラ》〉を選んで、それを再生しよう
世界を変化の不安から解き放とう！
そうすれば楽園になる！

『エンダー王の法令』

樫の木は本物のようだが、遺伝子的にはたいそうな古木だった。枝は大ぶりでのぼりやすそうだ。スカートをからげて上へ上へとのぼってゆくと、小枝がぽきぽき折れ、緑の細かな地衣類が両手を汚した。

「クローディア様。もう四時ですよ」

薔薇園のどこかからか、アリスの金切り声が聞こえる。クローディアは無視して、葉をかきわけて、向こうをのぞいた。

この高さからだと地所全体が見渡せる。厨房の菜園、温室、オレンジ園、果樹園のふしくれだった林檎の木々、冬にダンスをする納屋。湖までなだらかに続く緑の斜面や、ヒザークロスへの道を隠し

ているブナの森が見える。さらに西のほうには、アルタン農園の煙突群が煙を吐き、古い教会の尖塔がハーマー丘の上にそびえ、その風見鶏が日を浴びてきらめいていた。その向こう何マイルにもわたって、広々と〈管理人領〉が開け、牧場、村、そして水路が形造る青緑のパッチワークが、何本もの川のそばではうっすら霧にかすんでいる。

クローディアはため息をついて、幹にもたれかかった。

平和な眺めだ。完璧なだましの空間。ここを去るのはつらい。

「クローディア様、早く」

呼び声はさっきより遠い。乳母は屋敷のほうに駆け戻っていったのだろう。だれかが鳩の囲いのそばの階段をあがっていったらしく、鳩たちがばたばた舞い上がったからだ。クローディアが耳を澄ませていると、厩の時計が鳴り始めた。ゆっくりとした鐘の音が、午後の暑い空気の中に流れだす。

のどかな風景がちらちら光る。

はるか彼方の街道に馬車が見えた。

唇をぎゅっと結んだ。早いわ。

それは黒い馬車で、その車輪が街道に舞いあげる塵は、ここからでもよく見えた。四頭の黒馬が馬車を引き、乗馬従者がすぐそばを走っている。八人だ、と目で数えて、無言の笑いをもらした。〈監獄〉の〈管理人〉は定式通りの旅の仕方をする。馬車の扉にはその職務の紋章が描かれ、長い吹き流しが風になびく。黒と金色のお仕着せの御者は手綱と格闘し、鞭がぴしぴし鳴る音がそよ風にのってきた。

頭上では鳥がさえずり、枝から枝へ飛びうつっている。クローディアが気配を殺していると、鳥は顔のすぐそばの葉の中にとまった。そうして歌った。短くなめらかなさえずり。フィンチの仲間だろうか。

馬車は村にさしかかった。鍛冶が戸口にあらわれ、子供たちが納屋から飛び出す。乗馬従者たちが雷のような音をたてて駆け抜けたとき、犬たちが吠えだし、馬は、軒が窮屈に重なり合った家と家のあいだに集まってきた。

クローディアはポケットに手を入れ、ヴァイザーを取り出した。それは、製造年の書いていない違法なものだったが、かまわない。それで目をおおうと、レンズが視神経に適応するまでのわずかな時間、頭がぼうっとなる。そのあと、風景は拡大され、男たちの顔がはっきり見えた。父の家令のガースが葦毛の馬に乗っている。それから浅黒い秘書のルーカス・メドリコートに、まだら模様の服の家士たち。

ヴァイザーの性能はたいそうよく、御者が悪態をついた、その唇の動きさえ読めそうだった。それから橋脚が流れすぎてゆき、一行が川と門香小屋についたのがわかった。女中頭シミーが両手に皿ふきんをもったまま、かけだしてきて、門を開けようとし、その前をメンドリが右往左往する。

クローディアは眉をひそめた。ヴァイザーを取ると、その動きで、鳥が飛びさった。世界がするすると戻ってきて、馬車はまた小さくなった。アリスが叫ぶ。「クローディアさま！　もうお着きですよ。早く身支度を！」

一瞬だけ、いやだ、と思った。こうしたら、どうだろう、と考えた。馬車ががらがら入ってきたところで、木から下り、そっちへ歩いていって、扉を開け、彼の前に立つ。髪はくしゃくしゃ、すそのあちこちがほつれた古い緑の服のままで。父親はさだめし仏頂面をするだろうが、何も言うまい。わたしが素っ裸であらわれても、何も言わないと思う。ただ「クローディアや」と言って、耳の下に冷たいキスをするだけだ。

はずみをつけて枝を乗りこえ、贈り物があるかもしれない、と思いながら木を下りた。いつも何かがあるのだ。高価できれいで、〈宮廷〉の貴婦人のだれかが、彼に代わって選んでくれる贈り物。この前は、黄金のかごに入った水晶の鳥で、細く高い声で鳴いた。地所のどこにでも鳥はいるが、たいていは生きた鳥で、張り出し窓の外で飛んだり、言い争ったり、さえずったりしている。

クローディアは飛び降りると、いっさんに芝生を横切り、幅の広い石の階段を目ざした。そこを駆け下りると、荘園屋敷が正面にせりあがってくる。暖かな石が熱気に輝き、小塔や奥まった隅には紫の藤の花房がゆさゆさと垂れ、三羽の優雅な白鳥を浮かべた濠は深く暗い。屋根の上には鳩たちが止まって、くうくう鳴いたり、もったいをつけて歩き回ったりしている。何羽かが角の小塔へ飛んでいって、狭間や矢来に入り込み、何世代もかけて――おそらくそうなのだと思う――積み上げてきた藁の上に身を落ちつける。

とある窓が、かちっと開いた。アリスの上気した顔があらわれて、ささやく。「ど、どこにいらしてたんですか。馬車の音が聞こえないんですか」

「聞こえてるわよ。だから騒がないで」

石段を駆け上がってゆくとき、馬車が橋の板を鳴らしてわたってくる音が聞こえた。欄干《らんかん》の隙間ごしに、その黒い色がひらめく。やがて、彼女はひんやりした屋内の空気に包まれた。ローズマリーとラベンダーの香りがする。厨房から下女が出てきて、あわただしく腰をかがめてお辞儀をすると、姿を消した。クローディアは階段を駆け上がった。

クローディアの部屋では、乳母のアリスがクローゼットから服をひっぱりだしていた。絹のペチコートの上に、青と金色のドレスを重ね、胴着の紐を大急ぎで締める。クローディアは突っ立ったまま、帯や留め金でもって、いやなかごの中に閉じこめられるのにまかせた。乳母の肩越しに、小さな牢獄に入った水晶の鳥がぽかんとくちばしを開けているのが見え、それに向かって顔をしかめた。

「動かないで」

「動いてないわ」

「ジェアドとご一緒だと思っていましたよ」

クローディアは顔をしかめた。だんだん気持ちが沈んできた。わざわざ説明するのも面倒だった。胴着はきつすぎたが、もう慣れていた。すさまじい勢いで髪をとかされ、ピンで真珠のネットを留めつけられ、それがビロードの肩にこすれて、静電気でぱちぱちと音を立てた。老女は息を切らしながら、一歩さがって眺めた。「そんなにしかめ面をなさらなければ、もっとお可愛く見えますすよ」

「顔くらい、しかめたい時にしかめるわ」クローディアは、ドレス全体がゆさゆさ揺れるのを感じながら、扉のほうに向かった。「いつか、あの人に面と向かって、吠えて、わめいてやるつもりよ」

「そんなことはなさいますまいよ」アリスは古い緑の服をチェストに押しこんだ。ちらと鏡に目をやり、白髪を長頭巾《ウィンプル》の下にたくしこむと、レーザー光線の出るスキンワンドを取り出し、ねじを回してのばし、慣れた手つきで、目の下のしわをとりにかかった。

「わたしが女王になったら、だれにも邪魔させないわよ」

「あの方以外にはね」乳母の返答が、扉から出てゆく彼女を追ってきた。「あなたさまも、あの方を恐れてらっしゃる。みんなと同じように」

その通りだった。クローディアは、無気力に階段を下りてゆきながら、いつだってそうだったのだと思った。自分の人生はふたつの部分に分かれている。父がここにいる時期と、ここにいない時期だ。クローディアはふたつの人生を生きており、召使いたちも、屋敷ぜんぶも、地所ぜんたいも、全世界もがそうだった。

砂利を敷いた中庭に入ってきて止まった馬車の扉口に向かって、汗まみれの庭師、乳搾り女、下男、従僕たちが息を切らして二列に並んでいる、そのあいだを、木の床を踏みしめて歩いてゆきながら、クローディアは、本人はそのことを知っているのだろうかと思った。おそらく知っているのだろう。なにごとも見落とさない人だから。

玄関の段の上で、クローディアは待った。馬たちがいななく。蹄を踏みならす音が、閉ざされた空間に大きく響く。だれかが叫んでいる。老ラルフが飛びだしてゆく。髪粉をふったお仕着せ姿の男がふたり、馬車の後ろから飛び降り、扉を開いて、段々を下ろした。

一瞬、馬車の扉口が暗くなった。

それから男の手が車体をつかんだ。黒っぽい帽子が、ついで肩が、長靴が、黒い膝丈ズボンが出てきた。

〈監獄〉の〈管理人〉ジョン・アーレックスがすっくと身を立て、手袋で服の塵を払った。

上背があり、背筋ののびた男で、あごひげはきちんと整えられ、フロックコートと上着は、実に見事な錦織だった。この男に会うのは六ヶ月ぶりだが、まったく変わっていないように見える。彼ほどの身分の者は、加齢のしるしを見せなくてすむが、彼はスキンワンドさえ使っていないようだ。クローディアを見て優雅な笑みを浮かべた。黒いリボンでくくった黒髪には、上品に白髪がまじりこんでいる。

「クローディア。元気そうだね」

進み出て、腰を落としてお辞儀をすると、男の手がクローディアを立ち上がらせた。冷たいキス。彼の指はいつでも冷たく、わずかにしめって、触られるとよい気持ちはしない。それを自分でも承知しているのか、男はどんなに暖かい天候のときでも手袋をはめていた。わたしのこと、変わったと思っているのだろうか。「父上にもお変わりなく」と小声でつぶやいた。

つかのま、彼は娘の上に視線を残したままでいた。穏やかな灰色のまなざしは、いつものように澄んできびしい。それから背を向けた。

「客人を紹介しよう。女王陛下の大法官エヴィアン卿だ」

馬車が揺れた。ひどく肥満した男が転がるように出てきて、それとともに香りの波が、玄関の段をつたいのぼってくるのが目に見えるようだった。クローディアは背後の召使いたちが全員、興味津々になっているのを感じた。彼女自身には幻滅しかない。

大法官は青の上下姿で、その首のところには、よく息ができるなと思うほど高くそびえる、細かなえりかざりがついていた。顔は確かに真っ赤だったが、お辞儀は堂々としたもので、寸分の隙のない愛想のよい笑顔を見せた。「クローディア嬢。このあいだお会いしたときは赤ちゃんで、だっこされておられたが。またお会いできて嬉しいですよ」

客人があるとは予想外だった。主客室の整えていない寝台の上には、クローディアの縫いかけの婚礼衣装が山と積み重なっている。これは何とか時間かせぎをしなくては。

「光栄でございますわ。客間にお入りくださいませ。発泡酒と焼きたてのお菓子をお持ちいたします。長旅でお疲れでいらっしゃいましょう」そのはずだ。ふりかえると、三人の召使いがはや姿を消していたが、その空間はすでに別の者によって埋められていた。父親はクローディアに冷ややかな目をくれ、両側でお辞儀し、上下し、目を伏せる顔の列に優雅にうなずいてみせながら、階段を上がっていった。

こわばった笑みを浮かべながらも、クローディアの頭は勢いよく回転していた。エヴィアンは女王陛下の直属だ。あの魔女が、花嫁を検分しによこしたのだ。そうか、それならそれでいい。長年、このために準備を整えてきたのだから。

戸口で父親が足を止めた。「ジェアドは？」と軽く言った。「元気かね」

「いま手を離せないところだと思いますわ。お父様がお着きになったのにも、気付いていないのかもしれません」それは本当だったが、いいわけがましく響いた。父の冷たい笑みに当惑しながら、クローディアは先に立ち、むき出しの床板をスカートですりながら、客間へ入っていった。そこは木の羽目板に囲まれた部屋で、大きなマホガニーのサイドボード、彫刻のある椅子、架台のテーブルがあり、薄暗い。発泡酒の杯がいくつかと、料理人のこしらえた蜂蜜菓子の皿が、まき散らしたラベンダーやローズマリーの隙間に見えたので、彼女はほっとした。

エヴィアン卿は甘い香りに鼻を鳴らした。「すばらしい。〈宮廷〉でもこれほど本格的なおもてなしはありますまい」

〈宮廷〉では、ほとんどの背景がCGでできているからだろうと思って、クローディアはいい気持ちになり、こう言った。「〈管理人領〉では、何もかもが〈時代《エラ》〉ものですの。この屋敷も大変古いものです。〈怒りの時代〉のあとで、完全に復元されました」

父親は無言だった。テーブルの上座の彫刻の椅子に座って、重々しい目をし、ラルフが発泡酒を銀の杯に注ぐのを見つめていた。トレイを運ぶとき、老人の手はふるえた。

「だんなさま、お帰りなさいませ」

「ラルフ、顔が見られて嬉しいよ。眉毛を少し白くした方がいい。それからウィッグの髪粉を増やして、ふっくらさせなさい」

ラルフは一礼した。「以後、気をつけるようにいたします」

〈管理人〉の目が部屋を眺めわたした。その目が、張り出し窓のところの一枚のプラスティックガラスも、しっくいぬりの天井にぶら下がった組み立て式の蜘蛛の巣も見逃しはしないことが、クローディアにはわかっていた。それであわてて言った。「女王陛下はいかがでいらっしゃいますか」

「女王陛下はたいそうお元気であらせられます」エヴィアンは口いっぱいに菓子をほおばりながら答えた。「あなたの婚礼の支度に飛び回っておられる。見逃せない披露宴になりそうです」

クローディアの顔がくもる。「とは……」

彼はぽっちゃりした手をふった。「父上はお忙しくて、あなたに予定の変更を知らせるお暇がなかったのでしょう」

彼女の中で、何かがしんと冷えた。「予定の変更ですか？」

「たいしたことではありません。あなたが気になさるほどのことではない。日取りの変更だけです。伯爵が〈大学《アカデミー》〉からお戻りになったから」

彼女は表情を消し、不安を顔にのぼせるまいとした。だが唇がいささかきつく結ばれ、指のふしが白くなったのかもしれない。父親がさりげなく立ち上がってこう言ったからだ。「ラルフ、閣下をお部屋にご案内せよ」

老家令は頭を下げ、扉に近づいて、キイと音をたてて開けた。エヴィアン卿が苦労して立ち上がると、菓子の屑が滝のように服からなだれ落ちた。それは床にぶつかり、小さな光を放って消滅した。

クローディアは口の中で悪態をついた。また直しておかなければならないことが増えたわ。

みなは、重たい足音が階段をきしませてのぼってゆく音、ラルフのうやうやしいささやき声、そして太った男が、この階段はすばらしい、かけてある絵も、あちこちにある中国のつぼも、ダマスク織りのかけものも、と言う、深くとどろくような声に耳を澄ませた。その声がようやく、日のあたる屋敷の奥へと消えてゆくと、クローディアは父の顔を見た。そして言った。「お式を早めたんですね」

父は片方の眉をあげた。「来年でも今年でも、たいした違いはあるまい。いずれは来ることだ」

「まだ準備が……」

「もうずいぶん前からわかっていたはずだ」

父が一歩近づくと、時計の鎖についた銀の立方体がきらりと日をはじいた。クローディアは一歩下がった。父が〈時代〉がかった堅苦しい作法をかなぐり捨てていたら、耐えられないところだった。父の本性のもたらす威圧感に、体が冷たくなる。だが、彼はなめらかな礼儀作法を保ちつづけた。

「説明しよう。先月、〈知者会《サピエンティ》〉から知らせがきた。そなたの許婚者にはもうこりごりだとな。それで……〈大学〉を出てゆくように、頼んだそうだ」

クローディアは眉を寄せた。「何があったんですか？」

「お決まりの悪行さ。酒、薬、けんか沙汰に、小間使いをはらませた。大昔から若者につきものの馬鹿騒ぎの数々だ。あの男は学問に興味はない。あるわけもない。スティーンの伯爵で、十八になれば王位につくのだからな」

父は羽目板の壁に近づき、そこにかかった肖像画を見上げた。そばかすのある生意気そうな顔の七歳の少年が、ふたりを見下ろしている。少年はえりかざりのついた茶色の絹の上下を着て、木によりかかっていた。

「スティーン伯爵カスパー。〈領国《レルム》〉の皇太子。立派な称号だ。顔は変わっておらんな。あのころはただ鼻っ柱が強いだけだった。いまでは、そばかすも消え、獰猛な男になって、だれも自分には意見できないと考えている」ちちは娘を見た。「おまえの将来の夫は、なかなかの難物だよ」

クローディアが肩をすくめると、ドレスがさらさら鳴った。「うまく操ってみせます」

「おまえならできる。わしがそう育てた」父は近づいてきて、前に立ち、灰色の目で値踏みするように見つめた。クローディアは見つめ返した。

「クローディア、わしはおまえをこの婚礼のために作り上げたのだ。趣味と知性と無慈悲さを与えた。おまえの教養は、〈領国〉のだれよりも行き届いたものだ。外国語、音楽、剣技、それに少しでもおまえがやりたいとほのめかしたものは、すべて習わせてやった。〈監獄〉の〈管理人〉にとって、費用は問題にならぬ。おまえは大いなる地所の相続人だ。わしはおまえを女王のように育てた。そして、おまえは本当に女王になる。どんな結婚においても、どちらかが主導権を握り、相手は従う。王朝のための政略結婚であっても、それは変わらんだろう」

　クローディアは肖像画を見上げた。「カスパーならうまく手綱をとれます。でもお母上は……」

「女王のことはわしにまかせておけ。女王とわしはお互いをよくわかっておる」父は娘の手をとり、指輪をはめる指を、自分の二本の指で軽くはさんだ。娘は身をこわばらせてじっとしていた。

「かんたんだ」父はささやいた。

　暖かな部屋の静けさの中に、森バトが張り出し窓の外で鳴く声が響いた。

　クローディアはそろそろと手を引き抜き、すっと背をのばした。「で、お式はいつですの？」

「来週だ」

「来週ですって！」

「女王はもう支度を始められた。二日後に、宮廷へ出発だ。準備をするように」

　クローディアは何も言わなかった。うつろな、打ちのめされた気分だった。

　ジョン・アーレックスは扉口のほうに向かった。「おまえはここをうまく差配してきた。〈時代〉考証は完璧だ。ただし、あの窓はいけない。変えておくように」

クローディアは身動きもせずにしずかに言った。「父上、宮廷はいかがでした?」

「退屈したよ」

「お仕事のほうは? 〈監獄〉は?」

ごく一瞬だけ、彼は言葉に詰まった。クローディアの心臓がどきんと鳴った。それから父はふりかえったが、その声は冷たく問いただすようだった。「〈監獄〉は整然と運営されている。なぜ、そんなことをきく?」

「理由はありません」クローディアはほほえもうとした。父がどんなふうに〈監獄〉を監視しているのか、〈監獄〉がどこにあるのか知りたかった。彼女の密偵は、父は一度も〈宮廷〉を離れたことがないと伝えてきたからだ。だが、今は〈監獄〉の秘密以上に、心をわずらわせることがある。

「そうだ。忘れるところだった」父はテーブルに近づき、その上の革の袋をとりあげて、ぐいと開いた。「将来の姑どのからの贈り物だ」と、取り出して、テーブルに置いた。

ふたりはそれを見つめた。

リボンのかかった白檀の箱だ。

クローディアはしぶしぶながら、小さなリボンに手をのばしたが、父が「待て」と言った。そして、小さなスキャン・ワンドを取り出し、箱の上にかざした。その棒を、映像がひらめき走った。「危険はないな」父はワンドを折りたたんだ。「開けてごらん」

クローディアはふたを持ち上げた。中にあったのは、金と真珠の枠にふちどられた、湖に浮かぶ黒鳥のエナメル細工だった。彼女の家の紋章だ。クローディアはそれを取り出し、水の細やかな青さと、鳥の優雅な長い首に、思わず頬をゆるませた。「きれい」

「ああ。だがよく見なさい」

黒鳥は動いていた。最初はおだやかに水面をすべっていくかに見えた。やがて身をもたげ、大きな翼ではばたくと、木立の中からゆっくりと矢が飛んできて、その胸に突き立った。鳥は黄金のくちばしを開いて、不気味な恐ろしい歌を歌い出した。それから水中に沈んで、消えた。

父の笑みは苦々しかった。「見事な細工だ！」と言った。

実験は大胆なものになる。予測し得ない危険もあるだろう。だが〈監獄〉は、大いなる複雑さと知性を持つシステムになる。収容者にとってこれほど行き届いて、憐れみ深い守護者はいないだろう。

〈知者《サピエンス》〉マートル『プロジェクト・レポート』

3

シャフトまで戻るにはかなりの距離があり、トンネルの天井は低い。マエストラは身をかがめて歩いていた。両腕で自分を抱くようにして、無言だった。ケイロは、ビッグ・アルコを彼女の見張りにつけていた。フィンはけが人のすぐ後ろにいた。

〈監獄〉のこの棟は暗く、ほとんど無人だ。ここでは〈監獄〉がみずから稼働することはほとんどなく、たまにライトをつけたり、何機かの〈カブトムシ〉を送り出したりするばかりだ。上のほうの石の連絡橋とは違い、ここの床は金属の編み目細工になっており、少しばかり歩きにくい。フィンは歩きながら、ネズミがうずくまって目を光らせているのを目にした。その金属の鱗の上に、塵が降っていた。

体はこわばり、痛み、いつものように襲撃のあとの怒りがわきたった。ほかのみなは溜めこんだ緊張を一気に爆発させている。けが人でさえ、よろよろ歩きながら互いにおしゃべりをし、その大きな笑い声には、エネルギーを発散させたあとの解放感があった。フィンは首をめぐらし、ふりかえった。背後のトンネルに風がおおっぴらに吹き抜け、音が響く。〈監獄〉は聞き耳を立てている。

フィンは口がきけなかったし、笑いたくもなかった。軽口をたたいているものたちに冷たい視線を向けると、彼らも黙ってしまった。リスがアモズをつついて、眉を上げてみせる。フィンは気にもとめなかった。怒りは内側にこもっておのれ自身に向かい、それに恐怖と熱く灼けつくような自尊心がまじりこんでいた。あんなふうに鎖で縛られて、静寂の中に横たわり、死がおのれの上を転がってゆくのを待つ度胸など、ほかのやつらにはあるまい。

心の中で、彼はいま一度、頭上高くを越えてゆく巨大な車輪の感触を味わいなおした。

そしてマエストラにも怒りを覚えた。

〈兵団〉は囚人を受け入れない。それが規則のひとつだ。ケイロも難物だが、〈巣穴《デン》〉にもどったら、ジョーマンリックにマエストラのことを説明しなければならないし、そう思うと体が冷たくなった。けれども、あの女は自分の手首の刺青について何かを知っているし、それを探りださねばならない。これを逃したら、二度と機会はないかもしれない。

歩きながら、あのときひらめいたヴィジョンのことを考えた。いつものようにあれはこたえた。あたかもあの記憶が――あれを記憶と呼べればだが――ぴかりと光って、過去のどこかに埋もれた深い、ひりひりする穴から、這いのぼってこようとしたかのようだ。しかも、その記憶を鮮明に保っておくのは難しかった。すでにあらかたを忘れてしまい、残っているのは、皿にのった、銀の球に飾られたケーキだ。ばかばかしい無益なヴィジョン。あれでは、自分の素性も出自もわからない。

シャフトのわきには下へおりる梯子がある。斥候たちがまずひとかたまりになって下りてゆき、次に〈囚人〉たち、戦士たちが、物資とけが人を下ろす。フィンは一番最後に下りてゆきながら、まわりのなめらかな壁のあちこちにひびが入って、しなびた黒い羊歯が突き出しているのを目にとめた。こいつを除去しないと、〈監獄〉が感づいてこのダクトを封鎖し、トンネル全体を再吸収してしまうだろうな。昨年も襲撃から戻ってみると、古い〈巣穴《デン》〉がなくなって、抽象的な赤と金の絵柄のついた、白くて広い通路になっていたっけ。

「〈監獄〉が肩をすくめたのじゃ」ギルダスが、あのとき、けわしい声で言ったものだ。〈監獄〉が笑うのを聞いたのは、そのときが初めてだった。

フィンはいま、それを思い出して身震いした。いかにも小気味よげな冷たい笑いが、廊下という廊下にこだましていた。怒りくるっていたジョーマンリックもその場で凍りつき、恐怖に鳥肌を立てた。〈監獄〉は生きている。残忍で無情で、自分はその〈内〉にいるのだ。

彼は最後の段を抜かして飛び降り、〈巣穴〉に入った。大きな部屋で、いつものように騒々しく雑然としている。燃えている火の暖かさは圧倒的だ。みんなが熱心に戦利品のまわりに群がり、穀物袋を開け、食料を取り出している、その中をフィンはかきわけてゆき、ケイロと共有している〈小房《セル》〉を目指した。だれも彼を止めようとしなかった。

中に入ると、うすっぺらな扉にかんぬきを下ろし、ベッドに腰かけた。部屋は寒く、洗っていない衣類の匂いがしたが、静かだった。フィンはゆっくりと、身を倒した。

息を吸いこむと、恐怖も入ってきた。波のように襲ってきて、ぞくっとした。心臓の動悸が激しくなり、死ぬかと思った。冷や汗が背中と上唇ににじんだ。今の今まで感じないようにしてきた恐怖だが、この恐ろしいほどの動悸は、巨大な車輪の振動そのものだ。閉じた目を両手でおおうと、キインという火花の噴水の中に横たわるおのれの上に、金属のふちがのしかかってくるのが見えた。

あそこで死んでいてもおかしくなかった。もっとひどいこと、つまり挽かれて体のどこかを失う可能性もあった。ぼくがやる、となぜ言ってしまったのだろう。なぜ、いつでも、ぼくらふたりの愚かで無謀きわまる名声を守ろうとあがいてしまうんだ？

「フィン？」

彼は目を開けた。

少しして、寝返りを打った。

ケイロが扉に背を向けて立っている。

「どのくらいあそこにいたんだよ」フィンの声はひび割れていた。あわてて咳払いをする。

「かなり長くだな」〈義兄弟〉は近づいてきて、もうひとつのベッドにかけた。「疲れたか」

「そのひとことに尽きる」

ケイロはうなずいた。そして口を開いた。「何だって、犠牲を払わなきゃ手に入らない。〈囚人〉ならみんなわかってる」と扉に目をやった。「外のやつらには、おまえのやったようなことはできない」

「ぼくは〈囚人〉じゃない」

「いまは〈囚人〉だ」

フィンは体を起こして、汚れた髪をこすった。「あんただってやればできた」

「そりゃな、それはできたかもしれないが」ケイロはにやりとした。「でもおれは特別なんだ。盗みの天才でよ。ぶったまげるほどの二枚目で、このうえなく非情で、恐れなんてこれっぽっちも知らねえ」相手にふん、と鼻を鳴らされるのを予期するかのように、頭をそびやかした。だが、その反応がこないので、声をあげて笑い、黒い外套と胴着を脱いだ。チェストの鍵を開け、剣と火縄銃をそこに落としこむと、衣類の山をひっかきまわして、黒いレースを華やかにあしらった赤いシャツをひっぱりだした。

「じゃあ、次はあんたがやれよ」

「きょうだい、おれが自分の番をすっぽかしたことなんかあるか。〈兵団〉の鈍い頭には、おれたちの評判を、何度も何度もたたきこんでやらなけりゃな。ケイロとフィン。命知らずの、最高のペアだ」彼は水先から水を注いで、顔を洗った。フィンはものうげに見つめていた。ケイロの肌はなめらかで、筋肉はしなやかだ。この飢餓状態の異形たち、半人間とあばた面の物乞いどもの住む地獄の中で、ぼくの〈義兄弟〉は完璧に美しい。しかも細心の注意をはらって、それを維持しようとしている。赤いシャツを着込んだケイロは、盗んだ安物の櫛で、たてがみのような髪をとかし、鏡のかけらにじっくりと顔を映した。それから、ふりむきもせずに言った。「ジョーマンリックがおまえを呼んでるぞ」

フィンにはすでに予想がついていた。だが、それでも体がぞっと冷えた。「今か？」

「今すぐだ。早く顔を洗いな」

気が進まなかった。だが、一瞬おいて、水を注ぐと、両腕についた汚れとオイルを、ぬぐいとろうとした。

「あの女のことなら口添えしてやるぜ。ただし条件がひとつある」

フィンは手を止めた。「何だって？」

「おまえの本心をきかせてもらうことだ」

「何も考えちゃいないよ……」

ケイロはぼろタオルを、フィンに投げてよこした。「〈星見人〉のフィンは女や子供は売らない。アモズのときも、それ以外のやっかいなケースでも。おまえはそういうやつだ」

フィンは顔をあげた。ケイロの青い目がまっすぐ見返してくる。

「ぼくもいいかげん、あんたたちみたいになりたくなったのかもな」フィンは言い、ざらざらのタオルで顔を拭いて、わざわざ着替えをするのはやめ、戸口に向かった。とちゅうで、ケイロの声に足が止まった。

「あの女が、おまえについて何か知ってるんじゃないかと思ってるな」

沈んだようすで、フィンはふりかえった。「ときどき、ぼくのきょうだいがもっと鈍いやつならよかったって思うよ。そうだよ。そのとおりだ。あの女が言ったことに……ひっかかってて……もっときき出したい。だから生きててもらわないと」

ケイロは彼を追い抜いて戸口に行った。「あまり小賢しいことを言うなよ。下手をすると、あの女は、おまえの面前で殺されるぜ。しゃべるのはおれにまかせとけ」彼は外に聞き耳を立てているものがいないかどうか確かめたあと、肩越しにふりかえった。「せいぜい仏頂面で、黙りこくってろ。おまえの得意わざだろ」

ジョーマンリックの〈小房《セル》〉の扉の前にはいつものように、衛兵がふたりいたが、ケイロがあけっぴろげな笑顔を見せると、近い方のひとりがうなってわきへのいた。〈義兄弟〉に続いて部屋に入ると、なじみ深い甘たるいケットの匂いで息がつまりそうになった。酩酊を誘うようなケットの匂いが空気にこもっている。それが喉にひっかかり、あまり深く息を吸わないようにしながら、唾を呑み下した。

ケイロが正面右の義兄弟ふたりの間をかきわけてゆき、フィンは地味な色合いの人々の間を、赤い上着がひらめいてゆくのを追った。

ほとんどが半人《ハーフマン》だった。手の代わりに金属のかぎ爪をつけたものもいれば、あちこちの失った皮膚をプラスティックの組織で補修しているものもあった。ひとりはどう見ても本物そっくりの義眼を入れていたが、その虹彩はサファイア色で、見えてはいない。彼らは下層の中でも最下層のものたちで、〈生身《ピュア》〉のものにとっては奴隷であり、侮蔑されていた。〈監獄〉がときには残酷に、ときには気まぐれに、修復した者たちだ。ひとりたいそう小柄で、ごわごわの髪をした背のまがった男が道を開けるのが遅れた。ケイロは肩肘でそいつを突きとばした。

半人たちを、ケイロは特に毛嫌いしていた。決して話しかけず、存在も無視し、〈巣穴《デン》〉に棲息している犬たち同然に扱った。フィンの見るところ、彼らの存在で、ケイロは自分の完璧さが愚弄されると思うらしかった。

人垣が割れて、ふたりは戦士たちの中に入った。ジョーマンリックの〈兵団〉は、足をひきずってよろよろ歩く脆弱な部隊で、勇敢なのは、自分たちの想像の中でだけだった。ビッグ・アルコとリトル・アルコ、その双子のゾーマ、いざ戦いとなると狂戦士に変貌するきゃしゃな娘リス、そしてその〈義姉妹〉でひとことも口をきかないラミル。のろまで鈍い男たち、空いばりする少年たち、狡猾な刺客たち、それに毒薬使いの女何人かをまじえた集団だ。そして、筋肉隆々たるボディガードに囲まれて、ジョーマンリック本人がいた。

ジョーマンリックはいつものようにケットを噛んでいた。少ない歯が機械的に動き、赤い汁が唇とあごひげを汚していた。背後では、ボディガード連中がみな同じようにケットを噛んでいる。

この男、ケットに対しては完全に免疫があるのだろう、とフィンは思った。たとえ、これなしではいられないにしてもだ。

「ケイロ！」〈翼の主〉の声はもうろうとしている。「それに〈星見人〉のフィン」

〈星見人〉という言葉には皮肉がたっぷりこもっていた。フィンは顔をしかめた。アモズのわきを通りぬけ、〈義兄弟〉と肩を並べて立った。

ジョーマンリックは玉座にかけ、四肢をぐんなりのばしている。大柄な男で、彫刻のある玉座は彼のための特製で、肘かけは襲撃ごとの刻み目で傷だらけになり、ケットで赤く染まっている。犬奴隷と呼ばれている奴隷のひとりが、玉座に鎖でつながれている。食事の毒味のためで、この役はめったに長生きしない。今度のはこのあいだの襲撃で拉致されてきた新顔で、ぼろの塊のようで、髪ももじゃもじゃだった。〈翼の王〉は金属の戦衣をまとい、脂ぎった長い髪を編んで護符をいくつも結びつけている。七本の太い指には、七つのごついどくろの指輪がぎゅうぎゅうに押しこんであった。

彼は、〈共同体〉を重いまぶたの下から半眼に見やった。

「あっぱれな襲撃だ。食料と金属の原石が手に入った。分け前はみなにたっぷり回るだろう」

部屋から低いざわめきが起こる。だが、みなというのは〈兵団〉のみをさしており、その取り巻きたちに回るのは残り物ばかりだ。

「しかし、前もって予想したほどではないな。〈監獄〉の機嫌を損じた愚か者がいた」彼はケットをぺっと吐き出し、そばにある象牙の入れ物から、次のケットをとると、丹念に折り畳んで、頬の内側に入れた。「ふたり死んだ」ゆっくりと噛みながら、目はフィンに据えたままだ。「それに人質をひとり取ったな」

フィンは口を開いたが、ケイロがその足をぎゅっと踏んづけた。ジョーマンリックに口答えするのは、上策ではない。彼はゆっくりと、腹立たしいほどの間をおいてしゃべるが、中身は、愚鈍そうな外見とは大違いだった。

細く赤いひとすじが、ジョーマンリックのあごひげに垂れている。「フィン、説明しろ」

フィンはごくりと息を呑んだが、ケイロが冷ややかな声でさきに答えた。「〈翼の主〉よ、きょうだいはあそこで大変な危険を冒しました。〈市民団〉の列車はそうかんたんに止まらないし、速度を落としさえしなかったかもしれません。フィンのおかげで、何日分もの食料がたっぷり手に入りました。

あの人質の女のことなら、ほんの気まぐれで、ちょっとしたご褒美ですな。しかし、もちろん〈兵団〉は閣下のもので、閣下が決定されることです。どう見ても、使い道のない女ですが」

もちろんという言葉は耳に快い皮肉だが、ジョーマンリックは噛むのをやめようとはしなかった。こんな婉曲なあてこすりなど、気にも止めていないのか、とフィンは思った。

そのときマエストラの姿が目に入った。両手を鎖につながれ、周囲を固められて、そばに立っている。顔は汚れ、髪はほどけていた。さぞ怖い思いをしたのだろうが、それでもまっすぐに背筋をのばして立ち、ケイロに目を向けてから、氷のような視線をフィンに移した。その侮蔑のまなざしには耐えられなかった。目を落としたが、ケイロにつつかれ、すぐにしゃんと背をのばし、みなを堂々と見回した。弱みを見せること、うさんくさく思われることは、ここでは処分を意味する。ケイロ以外はだれも信用ならない。だがそれも、彼が誓いを立てた〈義兄弟〉だからにすぎない。

フィンは傲然と立って、ジョーマンリックの目を見返した。

「おまえはここに来てからどのくらいになる?」〈翼の主〉が尋ねた。

「三年です」

「ではもう、もの知らずではないな。おまえの目はもううつろではない。悲鳴を聞いても飛び上がったりはせぬ。明かりが消えても泣いたりはせぬな」

〈兵団〉がしのび笑いをもらした。だれかが言った。「こいつは、まだ誰も殺してませんよ」

「そろそろ殺してもいいころなのにな」とアモズがつぶやいた。

ジョーマンリックがうなずくと、髪につけた金属が鳴った。「そうだな」彼の目はフィンを見つめ、フィンはまっすぐに見返した。これは〈翼の主〉がまとう陰気な仮面、狡猾な残忍さをおおいかくす太ってのろくさく見える偽装だ。ジョーマンリックが眠たげに口を開いたとき、その言葉の予想はついた。「この女を殺したらどうだ」まばたきもせずにそう言った。

「殺すのは殺せますが、別の利益がほしいです。この女は女族長《マエストラ》と呼ばれていました」

ジョーマンリックはケットと同じ赤色の眉をあげた。「身代金か」

「きっととれます。あの貨車は物資をたっぷり積んでいました」フィンはそこで言葉を切った。ケイロに、しゃべりすぎるなと言われるまでもなかった。一瞬、恐怖のおののきが戻ってきたが、彼はそれをねじ伏せた。身代金が入るということは、ジョーマンリックにも取り分がゆくということだ。それには食指が動くはずだ。強欲にかけては伝説的な男だから。

〈小房《セル》〉は薄暗く、蝋燭がいくつもじいじいと燃えている。ジョーマンリックは葡萄酒を杯に注いで、ほんの少し、小さな犬奴隷のためにこぼしてやり、そいつはそれをぺろぺろとなめた。奴隷がなにごともなく座りなおすまでは、自分は口をつけようとはしなかった。それから片手をあげ、外側に向け、七つの指輪を見せつけた。「こいつが見えるか、若僧。この指輪には生命が入っている。わしが盗んだ生命だ。どれもかつてはわしの敵だった。じわじわとなぶり殺しにしてやったやつらだ。いまやわしの指をめぐる輪に閉じ込められている。やつらの息遣い、やつらのエネルギー、やつらの力を引き出して、ここに保存しておる。いつの日か、わしが使えるようにな。フィンよ、人間は九人分の人生を生きられる。死をはねつけて、体から体へ移ってゆけばよいのだ。父上はそれをやった。わしもやるつもりだ。だが、いまのところ、まだ七つの生命しか手に入っておらん」

〈兵団〉はお互い目まぜを交わした。後ろのほうで女たちがささやきあう。人垣の頭ごしに、指輪を見ようとのびあがるものもあった。指輪の銀のどくろが、薬の甘たるい匂いのこもった空気の中にちらちら輝く。ひとつが、フィンに向かって、ゆがんだウィンクをしてみせた。乾いた唇を噛みしめると、ケットの味がした。血のように塩辛く、視界の隅がぼやけて揺れた。背にじっとりと汗がにじんだ。部屋は耐え難いほど暑く、高いところのたるきからは鼠どもが見下ろしている。コウモリが一羽、闇の中をすいすいと飛びめぐる。片隅では、だれにも気づかれずに、三人の子供たちが穀物の山に指を突っ込んでいる。

ジョーマンリックは重たげに立ち上がった。巨漢で、ここにいるだれよりも頭一つ分高い。フィンを見下ろして言った。「忠実な男なら、この女の生命を統領に差し出すだろう」

沈黙。

出口はない。だがやらねばならない、とフィンは悟っていた。マエストラにちらと目をやる。彼女は青ざめ、やつれた顔で見つめ返してきた。

だがケイロの冷ややかな声が緊張を破った。「女の生命ですか？　気分と愚かさだけの生き物、あわれでみじめな存在の？」

彼女はみじめには見えなかった。すさまじい憤りをあらわし、フィンは畜生、と内心、彼女をののしった。なぜ、涙をこぼして哀れげに泣きつこうとしないんだ？　その思いを感じ取ったかのように、彼女はがくりと首を垂れたが、その体はすみからすみまで自尊心にこわばっていた。

ケイロが優雅に手を振る。「指輪に入れてもろくな戦力にはならないでしょうが、もし、お望みなら、どうぞ」

危険すぎる。フィンは唖然とした。これまでジョーマンリックに皮肉を言ったものなどいない。ジョーマンリックを愚弄したものなどいない。この挑戦を感じとれないほど、ケットに中毒しきっているわけでもあるまい。もし、お望みなら、だと。それは、あなたがそこまでせっぱつまっておられるなら、という意味だ。幾人かの戦士はそう理解した。ゾーマとアモズがこっそりと笑みをかわす。

ジョーマンリックは目をいからせた。女に目をやると、女がにらみかえしてきた。そこで彼は赤い草をぺっと吐き出し、剣に手をのばした。

「わしは、口先ばかりの若僧ほど選り好みはせん」

フィンが一歩出た。その瞬間は女をわきにのけることしか考えていなかったが、ケイロの鉄のような腕につかまれ、その間にジョーマンリックはすでに椅子から立ち上がって、女の首に剣をあてがっていた。鋭い切っ先を、あごの下の繊細な皮膚に突きつけられ、女は顔をのけぞらせていた。これで勝負はあった。彼女が何を知っていようと、もうそれは聞けなくなったな、とフィンは苦く考えた。

背後で扉がバタンと閉まる。

辛辣な声が響いた。「こんな女の命など無意味じゃ。その若いのにやるがいい。死を覚悟して線路に横になれるやつは、愚か者か夢想家かのどちらかだ。どちらにしても褒美をやる価値はある」

人垣があわただしく割れた。小柄な男がつかつかと通り抜けてきた。〈知者《サピエンティ》〉の深緑の衣を着ている。老齢だが背筋はまっすぐで、さすがの〈兵団〉も、道を開けて彼を通した。男はフィンのそばまでやってきて足を止めた。ジョーマンリックは重苦しい顔つきで、男を見下ろした。

「ギルダス、この件があなたに何の関係がある？」

「わしの言ったようにせよ」老人の声はしわがれている。子供に言いきかせるようにこう言った。「残りの二つの命はもうじき手に入る。だがこの女」と、親指を女に突きつけた。「この女はその数には入っておらぬ」

ほかのものなら、即座に命をなくしていた。ほかのものなら引きずり出され、かかとをくくられてシャフトにつるされ、鼠に食い荒らされるのにまかされる。だが、すぐに、ジョーマンリックは剣を下ろした。「約束するな」

「約束する」

「〈知者〉は約束を違えぬな」

老人は言った。「その通りじゃ」

ジョーマンリックは老人を見た。それから剣を鞘に収めた。「つれてゆけ」

女が荒く息をついた。

ギルダスは怒りをこめて女を見つめた。女が動かないと、腕をつかんで、引き寄せた。「ここから女を連れ出せ」と低く言った。

フィンはためらったが、ケイロがすぐに動いて、女を乱暴に追い立てて、人垣を通っていった。老人の手がかぎ爪のようにすばやく、フィンの腕をつかんだ。「ヴィジョンが見えたのか」

「これといったほどのものは」

「わしが判断してやる」ギルダスはケイロの後ろ背に目をやり、またこちらをふりかえった。小さな黒い目は鋭い。休むことを知らない知性のような動きをする。「どんな細かい部分でもいいから聞きたい」と、フィンの手首の鳥のしるしにちらと目を落とした。そしてその手を放した。

すぐにフィンは人垣をかきわけて、外へ出た。

女はケイロには目もくれず、〈巣穴〉の中、扉のすぐ外で待っていた。ふりむくと、フィンのすぐ先に立って、隅の小さな〈房《セル》〉へと歩いてゆき、彼はくいと頭をしゃくって、衛兵を去らせた。

マエストラがふりかえった。「ここはいったいどういう〈滓〉の穴なの」

「聞いてほしい。あなたは命が助かった……」

「おまえに礼は言わないわ」ぐっと背筋をのばした女は、フィンよりも長身だった。すさまじい怒りをこめて言った。「わたしに何を求めているのか知らないけれど、忘れたほうがいいわ。おまえたち人殺しは、地獄に落ちるがいい」

背後でケイロが戸の枠にもたれかかり、にやにやしていた。「世の中には、恩知らずの人間もいるもんだな」

4

ようやくすべての準備が整うと、マートルは〈知者〉会議を招集し、志願者をつのることにした。志願者は、家族も友人も永遠に捨て去ることになる。緑の草木にも太陽にも背を向けるのだ。もう、星空を見ることもない。

「われらは〈賢者〉だ。成功をもたらす責任がある。最高の知性を送りこんで、収監者を導くのだ」

所定の時間に、〈門〉の室に向かったマートルは、だれもいないのではないかという不安を口にのぼせたという。

扉を開けた。するとそこには、七十人の男女が彼を待っていた。盛大な儀式をへて、彼らは〈監獄〉に入っていった。

彼らの姿をふたたび見たものはいない。

『鋼の狼の物語』

その夜、〈管理人〉は賓客のために晩餐会を開いた。

長い卓にはずらりと銀器が並んだ。黒鳥の列が刻印された杯や皿である。クローディアはレースの胴着の上に赤い絹のドレスをつけて、エヴィアン卿の向かいに座り、上座についた父はあまり食べずにしずかな声で話をし、おだやかな視線を、おちつかなげな客たちの上にさまよわせていた。

隣人、食客のすべてが、招待に応じた。いつもそうだ、とクローディアは苦々しく考えた。〈監獄〉の〈管理人〉に招待されたら、だれひとり断れない。二百歳に近いシルヴィア様でさえ、隣の若い貴族に甘たるく気取った会話をしかけ、相手はうんざり顔だ。

クローディアが見ていると、その若い貴族は周到にあくびをかみ殺した。彼女と目が合った。クローディアはにっこり笑いかけた。ウィンクしてやると、相手は目をむいた。この男をからかってはいけないとわかってはいた。この男は父のお供のひとりだから、〈管理人〉の令嬢など雲の上の存在だ。でも、彼女も退屈していたのだ。

魚、孔雀、あぶった猪肉、果物と続く長々しいコース料理のあと、ダンスになった。煙っぽい広間を見下ろす、蝋燭に照らされた回廊に楽師たちが陣取る。長い踊りの列がいっせいに腕をあげる下をくぐりぬけながら、クローディアはふと、使われている楽器は本物かしらと思った。ヴィオラは明らかに後世のものではないのか。屋敷の細部の管理は、ラルフの管轄だ。この老人は忠義者だが、その調査はたまにずさんなことがある。この場に父親がいなければ、クローディアも気にはしなかった。だが〈管理人〉は細部の正確さにこだわる。

真夜中もとうに過ぎてから、クローディアは最後の客を馬車まで見送り、屋敷の入り口の段にひとり立っていた。後ろには眠そうな顔のたいまつ持ちがふたり控え、たいまつの火がそよ風に揺らぐ。

「もうお寝《やす》み」クローディアはふりかえらずに言った。

炎のきらめきとぱちぱち鳴る音が薄れた。夜の闇はしんと静かだ。たいまつ持ちが去ったあと、彼女は段を下り、門番小屋のアーチをくぐって、あたたかな夜のしずけさを呼吸しながら、濠にかかる橋をわたった。コウモリが空を飛び交うのを見つめつつ、堅い衿飾りと首飾りを外し、さらにドレスの下から、ごわごわのペチコートを脱ぎ、ほっとしたようにそれらをひとまとめにして、土手の下の使われていない古道具の中に投げこんだ。

ああ、楽になった！　明日までここに放っておこう。

父親はとうに客の前から引っ込んでいた。エヴィアン卿を伴って図書室に行ったので、いまでもそこで二人して、金のこと、結婚のこと、彼女の将来のことなどを相談しているかもしれない。そのあと、客がすべて帰り、屋敷がしんとなったら、廊下の外れの黒いビロードのカーテンを開けて、クローディアが何ヶ月も試したものの探りあてられなかった秘密の暗号でもって、書斎の扉の錠を開けるだろう。そして何時間も、あるいは何日も、そこに閉じこもるだろう。クローディアの知るかぎり、今までに父親以外、そこに足を踏み入れた者はいない。召使いも技師も、秘書のメドリコートでさえもだ。クローディア自身も一度も入ったことがない。

そう、今までは。

北側の小塔を見上げると、案の定、てっぺんの部屋の窓に小さな火が見えた。クローディアは急ぎ足に壁の扉に近づいて開け、暗い階段をのぼっていった。

父は自分のことを道具だと思っている。自分の作品……そう、「生み出したもの」だと。クローディアは唇をぎゅっと結び、冷えてつるつるする壁を指で探った。大昔からわかっていた。父の冷徹さはそれこそ完全無欠なものだから、それに対抗するには、同じくらい冷徹にならねばならないと。

父さまはわたしを愛しているのだろうか。石の踊り場で足をゆるめてひと息入れながら、クローディアは声もなくひとり笑いをした。わたしにはわからない。わたしは父さまを愛しているの？ もちろん恐れてはいる。父さまは笑顔を見せるし、小さいときには抱き上げてもくれたし、それなりに必要なときには手をとってくれるし、衣装もほめてくれる。ほしいものをもらえなかったことはないし、ぶたれたことも、怒りを向けられたこともない。自分がかんしゃくを起こして、父さまにもらった真珠の首飾りを壊したときも、馬で何日もかけて山岳地帯まで出かけたときも。それなのに、思い出せるのは、父さまの冷たい灰色のおだやかな目がこわかったこと、父さまの不興をまねくのが恐ろしかったことだけだ。

三番目の踊り場を過ぎたあたりから、階段のあちこちに鳥の糞が落ちていた。この糞はきっと本物だ。廊下を手探りでつたって次の曲がり角へ行き、さらに三段のぼって、鉄の帯のかかった扉のところに来た。扉の環をつかむと、そっとまわし、中をのぞきこんだ。「ジェアド、いる？ わたし」

部屋は暗かった。窓敷居に蝋燭が一本だけ燃え、風に炎が揺れていた。小塔のすべての窓は〈規定書《プロトコル》〉を無視して引きあけられており、これをラルフが知ったら、さぞ腹を立てるだろう。

観測所の屋根を支える鋼鉄の柱はたいそう細く、屋根はまるで宙に浮いているように見える。大きな望遠鏡が南に向いている。望遠鏡のあちこちに、ファインダーや赤外線探知機や、点滅する小さなモニターがくっついている。クローディアは首をふった。「女王さまの密偵に見つかったら、罰金で首がまわらなくなってしまうわ」

「見られはしませんよ。あの男は、今夜あれだけ発泡酒を飲んだんですから」

最初は彼の姿が目に入らなかった。やがて窓ぎわの影が動いて、ファインダーのなかで、闇がほっそりした立ち姿をなした。「クローディア、ごらんなさい」

クローディアは散らかったテーブルや天文観測儀、ぶらさがったいくつもの球体のあいだを、手探りで、縫うように進んだ。これに驚かされた子狐が、窓敷居までつつっと逃げた。

男は彼女の腕をつかんで、望遠鏡の所に連れていった。「これがf345星雲。薔薇星雲と呼ばれています」

のぞいてみると、名前の由来がわかった。ふんわりとはじけた星の雲が、さしわたしが何千光年もある大輪の花弁のように、ほのぐらい円宇宙の中に広がっている。星々と準星からなる花、もろもろの世界とブラックホール。その溶けた芯の部分は、ガス状の雲を生みながら脈打っている。

「距離はどのくらいあるの？」

「一千光年くらいでしょうか」

「じゃ、いま見えているのは、千年前のものなの？」

「それ以上かも知れません」

クローディアはくらくらしながら、レンズから目を離した。彼のほうをふりかえると、そのもつれた黒髪や細長い顔、やせた姿、ローブの下の紐をしめていないチュニックに、残像の光の点々が躍って、ぼやけて見えた。

「あの人が結婚式を早めたの」

家庭教師は眉をひそめた。「もちろん、そうでしょう」

「ご存じだったの」

「伯爵が退学になったのは知っていましたよ」蝋燭の光のおよぶ範囲に、彼が入ってきて、緑の目が光をはじいた。「今朝、知らせがきました。おそらくその結果、こういうことになったのでしょうね」

クローディアはむっとして、長いすの上に積んであった書類を床にはらい落とすと、疲れたように腰を落とし、両足をひょいといすの上にのせた。「そうね。あと二日。時間が足りないんじゃなくて？」

男は近づいてきて、向かいに腰を下ろした。「機械の最終テストをするのにですか？　そうですね」

「〈知者〉ジェアド。あなたは疲れてるわ」

「あなたもです、クローディア・アレクサ」

彼の目の下にはくまができ、肌は青白かった。クローディアはおだやかに言った。「もっと寝たほうがいいわ」

彼はかぶりをふった。「宇宙がわたしの頭上で回転しているのに？　お嬢さん、それは無理ですよ」

彼が眠らないのは痛みのせいだということはわかっていた。彼が子狐を呼ぶと、子狐はやってきて、その膝に跳び上がり、胸や顔を押したり、体をこすりつけたりした。彼はうわの空で、その黄褐色の背をなでた。

「クローディア、あなたの仮説について考えていました。どうやってこの婚約がお膳立てされたのか、教えてくれますか」

「先生もその場にいらしたんじゃないの？」

彼はいつものおだやかな笑みを浮かべた。「あなたは、わたしが大昔からここにいたと思っているようですが、わたしがここに来たのは、あなたの五歳の誕生日のすぐあとですよ。〈管理人〉殿は、とりあえず一番の〈知者〉を大学に手配してもらおうとなさった。ご息女の家庭教師ですから、最高でなくては、と」

昼間の父の言葉を思い出して、クローディアは顔をしかめた。ジェアドは横目遣いに彼女を見た。

「何か、お気にさわりましたか」

「先生の言葉のせいじゃないわ」クローディアは子狐に手をのばしたが、子狐は背を向けて、ジェアドの腕の中にちんまりとはまりこんだ。彼女は辛辣にこう言った。「でも、気にさわったとしたら、それは先生がどっちの婚約のことを言っているのかによるわ。婚約はふたつあったから」

「最初のほうの話ですよ」

「それはありえないわ。五歳だったし。覚えていないわ」

「でも、あなたは王の息子と婚約させられた。ジャイルズ殿と」

「さっきの言葉じゃないけれど、〈管理人〉の娘には、最高しかあてがわれないってわけね」クローディアはいきなり立ち上がり、いらいらと書類を拾いながら、観測所の中を一回りした。

ジェアドの緑の目がそれを見つめる。「覚えてますよ。かわいい男の子でしたね」

クローディアは背を向けたまま言った。「ええ。あれ以来、毎年、宮廷画家が、彼の小さい肖像画を送ってよこしたわ。全部まとめて箱にしまってあるの。十枚あるわ。濃い茶色の髪に、人のよさそうなしっかりした顔。きっと男前になっていただろうと思うわ」と、ふりかえった。「実は会ったのは一度だけ。彼の七歳の誕生日のパーティに宮廷に行ったときよ。男の子がひとり、大きすぎる玉座に座っていた。足が届かないから、下に箱をあてがわれてたわ。大きな茶色の目だった。わたしのほっぺたにキスしていいと言われて、すごく恥ずかしがってたっけ」思い出し笑いが浮かんだ。「男の子ってほんとに赤くなるのね。というか、火みたいに真っ赤になってたわ。そして、口の中でもごもごと、『クローディア・アレクサ、ごきげんよう。ぼくはジャイルズ』と言っただけだった。でも薔薇の花束をくれた。わたし、薔薇が枯れて粉々になるまで、取っておいたわ」

クローディアは望遠鏡に近づき、スカートを膝までたくしあげてスツールにまたがった。〈知者〉は子狐をなでながら、クローディアが接眼部を調節して、筒をのぞくのを見守っていた。「ジャイルズ殿のこと、気に入ったんでしょう?」

クローディアは肩をすくめた。「王さまの跡継ぎになんて、とうてい見えなかったわ。そこらにいる普通の子だった。ええ、気に入ったとは言えるわ。彼とだったら、うまくやっていけると思った」

「で、弟の伯爵のほうとは? そのときも印象がよくなかったですか」

クローディアの手が細かな目盛りを回す。「ああ、あの子! あのひねくれた笑いかた。あれはだめ。どんな子だか、すぐにわかった。チェスではずるをするし、負けそうになると盤をひっくり返すの。召使いにはどなる。他の女の子たちからも、いろいろ聞いたわ。だから、父さま……じゃなくて

〈管理人〉がうちに帰ってきて、ジャイルズが急死した……から、計画も全部変更になったと言われて、わたしは怒りくるったわ」背筋をのばしてから、くるりとこちらを向いた。「あのとき先生に言ったことは、いまでも撤回する気はありません。カスパーとは結婚できない。結婚しません。大っ嫌い」

「クローディア、おちついて」

「おちつけるわけないでしょ」また立ち上がって、歩きまわりだした。「すべてが突然、頭の上になだれ落ちてきた気分よ。まだ時間はあると思っていたのに、二、三日しかない。ジェアド、わたしたち、行動しなきゃ。たとえ先生の機械の試運転がすんでいなくても、書斎に忍びこむのよ」

彼はうなずいた。子狐を膝からもちあげ、恨みがましいうなり声には耳も貸さずに床に下ろした。「では、これをごらんなさい」

望遠鏡のわきのモニターがちかちかしている。彼がコントロールパネルに触れると、スクリーンがさざなみ打って〈知者〉の言語を映し出した。クローディアがどれほど頼んでも、ひとことたりとも教えてもらえなかった言語だ。彼が画面をスクロールしていると、開けっぱなしの室内に、コウモリが一羽ばさばさと入ってきて、ひとめぐりして夜の闇の中にもどっていった。クローディアはそれを目でぐるりと追った。「でも用心はしなきゃ」

「すぐに窓をしめますよ」ジェアドはうわの空で言い、スクロールを止めた。「ここです」ほっそりした指が、鍵に触れると、訳文があらわれた。「ほら。これは女王さまの書かれたお手紙で、焼けてしまったものの断片です。宮殿に密偵として入りこんでいる〈知者〉が回収して、コピーしたのが三年前。あなたが、ご自分のばかげた仮説の裏付けになるものを出せと言われたので——」

「ばかげてなんかないわ」

「じゃ、あまり妥当性のない説と言いなおしましょうか。でもあなたの説では、ジャイルズ殿は——」

「殺されたのよ」

「突然、というわけですね。とにかく、これを見つけました」

クローディアは彼を押しのけるようにして見た。「どうやって入手したの」

ジェアドは片方の眉をあげた。「いわゆる〈賢者の秘密〉ですよ、クローディア。言ってみれば、大学内にいる味方が、書庫を掘り返したんです」

彼が窓のほうへ行ったあいだに、クローディアは熱っぽく画面を読んだ。


『……以前の取り決めがどうなるかですわね。あれは不幸なできごとでしたが、大きな変化には、往々にして大きな犠牲がつきものです。Gは父親が亡くなってから、ほかのものとあまり接触しないようにされていました。民は大いに悲しむでしょうが、それもいっときのこと、わたしたちはきちんと収拾できます。あなたの役割が、わたしたちにとってこのうえなく貴重なものとなるのは、言うまでもありません。わが息子が王になれば、あなたがたみなに……』

クローディアは怒りに低くつぶやいた。「これがあのことなの？」

「女王さまはいつもひじょうに慎重でいらした。宮殿には少なくとも十七人、密偵を送り込んでいましたが、証拠といえるものはほとんど見つかりませんでした」ジェアドは最後の窓を閉め、星空をしめだした。「これを探すのも大変でした」

「これでわかったじゃない！」クローディアはもう一度熱心に目を走らせた。「だって……『大いに悲しむでしょうが……わが息子が王になれば……』」

ジェアドが近づいてきて、明かりをつけると、クローディアは興奮にきらきらした目で彼を見上げた。「先生、これこそ女王がジャイルズを殺した証拠だわ。ハヴァーナ王朝の血をひく、最後の王の跡取りを殺して、その義弟、つまり自分の息子を王位につけようというのよ」

少しのあいだ、彼は何も言わなかった。やがて炎がおちつき、彼はクローディアを見上げた。クローディアの心は沈んだ。「先生は、そうは思わないのね」

「クローディア、あなたにはちゃんと教えたはずですよ。議論をするなら、厳密になさい、と。この文面からでは、息子を王にしたがった、ということしかわかりません。女王が何らかの手を打ったとは言えません」

「でも、このGは――」

「Gで始まるほかの人かもしれないでしょう」彼は冷ややかに彼女を見下ろした。

「そうは思っていないくせに。そんな……」

「わたしがどう思うかは、問題ではありません、クローディア。もしあなたがこんなふうに人を告発するつもりなら、疑いの余地のない完璧な証拠が必要だということです」ジェアドは椅子に腰を下ろし、びくりと体をひきつらせた。「王子は落馬事故で亡くなったのです。医者たちが証明しています。ご遺体は三日間、宮殿の大広間に正式に安置されていました。何千人もの列が、そこを通りすぎました。あなたのお父上も……」

「女王がジャイルズを殺させたのに違いないわ。妬み心で」

「女王はそんなそぶりは一度もお見せになりませんでした。ご遺体は荼毘に付されました。今となっては何の証明もできません」彼はため息をついた。「クローディア、告発などしたら、あなたが世間にどう思われるかわかりませんか。決められた縁談が気に入らなくて、それを壊すためにはどんなスキャンダルでもほじくり返そうとする、甘やかされたわがまま娘と言われますよ」

「どう思われたっていい！　わたしは――」

ジェアドは背筋をのばした。「しずかに！」

彼女は凍りついた。子狐が立ち上がって、耳をぴんと立てている。すきま風が扉の下を吹き抜ける音がした。

すぐにふたりとも動いた。クローディアは窓に駆けつけ、ガラスにおおいを下ろした。ふりかえると、ジェアドの指がコントロールパネルの上で、階段にしかけたセンサーとアラームを探っている。小さな赤い光が点々と躍っていた。

「どう？　何かあったの」クローディアはささやいた。

しばし、彼は答えなかった。それから低い声で言った。「ちょっとしたものです。小さくて。盗聴器か何かでしょう」

クローディアの心臓がどきりと鳴った。「父さまが？」

「わかりません。エヴィアン卿かもしれません。あるいはメドリコートかも」

ふたりは薄暗がりの中に立って、長いこと聞き耳を立てていた。しずかな夜だった。どこか遠くで犬が吠えている。濠のむこうの草地で羊がかすかにメエと鳴き、梟が狩りをする物音が聞こえた。しばらくして、部屋の中でかさかさという音がし、子狐がまるくなって眠りについたのがわかった。蝋燭の炎がゆらいで消えた。静けさの中で、クローディアは言った。「明日、書斎に行ってみるわ。ジャイルズのことがわからなくても、少なくても〈監獄〉について何かわかるはずよ」

「お父上が屋敷におられるのに……」

「最後のチャンスだもの」

ジェアドはくしゃくしゃの髪の毛の中に、長い指先を走らせた。「クローディア、もうお帰りなさい。このことはまた明日、話しましょう」そう言ったとたん、彼の顔は蒼白になり、両手をテーブルについた。前にのめるようにして、荒い息をついた。

クローディアはしずかに望遠鏡を回ってきた。「先生？」

「わたしの薬を。お願いします」

彼女は蝋燭をつかみ、もう一度ふって光をともし、もう百回目にもなるが、〈時代〉を罵った。

「どこ……場所がわからないわ……」

「青い箱です。天文観測儀のそばの」

クローディアは手探りし、ペン、書類、書物とたどっていって、箱を探りあてた。中には小さな注射器と何本かのアンプルが入っていた。気をつけて一本を装着すると、クローディアはそれをジェアドに渡した。「わたしがやりましょうか?」

彼はおだやかにほほえんだ。「いいえ、大丈夫です」

クローディアが明かりを近づけると、彼は袖をまくりあげた。無数の傷が静脈の周囲に走っていた。注射器が皮膚にふれないように注意深く注射をすませ、それを箱に戻すと、声は穏やかな、おちついたものになった。「ありがとう、クローディア。怖がらないで。この症状が出てから十年間、じわじわ進んではいますが、急性になることはありません。おそらくあと十年はもつでしょう」

クローディアは笑みを見せられなかった。この発作は、いつも恐ろしかった。「だれかを呼びましょうか……」

「いや、わたしはもう寝ますから」彼はクローディアに蝋燭を渡した。「階段を下りるときは、気をつけて」

クローディアはうなずいて、しぶしぶ部屋を横切っていった。戸口で足を止めて、ふりかえった。彼はそれを待っていたかのように、立ったまま箱を閉めた。〈知者〉の深緑色の衿の高い長衣が、ふしぎな虹色に光った。

「先生、あの手紙。宛名は誰だったかご存じ?」

彼は暗い顔を上げた。「知っています。だからこそ、一刻も早く書斎に忍びこまねばなりません」

クローディアが不安なため息をつくと、蝋燭がゆらめいた。「ということは……」

「そうです、クローディア。女王さまの手紙の宛先はお父上でした」

5

昔、サフィークという男がいた。その出自は謎に包まれている。〈監獄〉が、みずから蓄積した内容物から生みだしたのだという説もある。〈外〉から来たのだという説もある。人間の中で、彼だけが、そこへ戻っていったからである。いや、サフィークはそもそも人間ではなく、夢想家が夢の中で見つけ、星と名付けた火花から生まれたのだという説もある。

　嘘つきの、愚か者だという説もある。


『サフィークの伝説』


「何か食べなきゃだめだ」フィンは女を見下ろして、顔をしかめた。彼女は座ったまま、フードを下ろした顔をがんとしてそむけていた。

　ひとことも言わない。

　彼は皿を投げ出し、木のベンチにかけている女の隣に座った。両掌で疲れた目をこする。まわりでは〈兵団〉の面々が、がちゃがちゃと騒々しく朝の食事の最中だ。〈点灯〉の一時間後、こわれていない扉が、もう長年慣れしたしんだすさまじい音をたてて、次々に開いた。彼はたるきを見上げ、

〈監獄〉の〈目〉のひとつが興味しんしん見下ろしているのに気づいた。まばたかぬ小さな赤い光。

フィンは眉をひそめた。ほかのものはだれも〈監獄〉の〈目〉を気にしていないが、彼は大嫌いだった。立ち上がると、それに背中を向けた。「ついて来て。もっとしずかなところへ行こう」

彼は、女がついてきているかどうかふりかえることもなく、早足に歩いた。もうケイロを待っていられない。ケイロは略奪品の取り分を確かめに行っている。いつもそれはケイロの役目だった。フィンは昔から、〈義兄弟〉が自分の取り分をごまかしているのを知っていたが、それについてはあえて考えないようにしてきた。頭をさげてアーチをくぐると、そこは、優雅な螺線を描きながら闇の中に下りている幅広い階段のてっぺんだった。

ここでは騒音もくぐもり、巨大な洞のような空間に奇妙に反響していた。やせこけた奴隷娘が何人か、おびえた顔で通り過ぎる。〈兵団〉のだれかに目を向けられたときは、いつもそうするのだ。目に見えない天井からは太い鎖が何本も、巨大な橋のようにたわみながら、両端を吊されてぶらさがっている。鎖のひとつひとつの輪は、人体よりも太い。いくつかの輪には、大蜘蛛が巣を作り、ねばついた網の粘液が金属をとろりとおおっていた。ひとつの卵嚢からは、半ばひからびた犬の体がさかさにぶら下がっている。

ふりかえると、マエストラはそこにいた。

フィンは一歩踏み出し、低い声で告げた。「聞いてくれ。あなたを連れてくる必要があったんだ。害を加えるつもりはない。あの連絡橋で、あなたが言ったからだ。これに見覚えがあると」

袖をまくりあげると、彼は手首を突き出した。

マエストラはぞっとしたように一瞥した。「おまえに同情したのが愚かだったわ」

フィンは怒りがこみあげるのを感じたが、それを押し殺した。「ぼくは知りたい。自分が何者で、このしるしが何を意味しているのか。何も覚えていないんだ」

すると、彼女は彼に目を向けた。「おまえは〈小房生まれ《セル》〉なの？」

その言葉に、彼は動揺した。「そういう名前で呼ばれているのか」

「そういう存在がいると聞いてはいたけれど、会ったのは初めてだわ」

フィンは目をそらした。自分のことが話題になるのは、ばつが悪かった。だが、相手が興味を持ったのがわかった。これは唯一のチャンスかもしれない。彼は最上段に腰を下ろし、冷たい石のかけらを両手の下に感じた。闇の奥を見据えながらこう言った。「ぼくはただ、そこで目が覚めた。それだけだ。真っ暗で静かで、こころはからっぽで。自分がだれで、どこにいたのかも覚えていなかった」

マエストラに、あの恐ろしい恐怖の発作のことは打ちあけられない。あれが波のようにこみあげてくると、いつも悲鳴が出て、息詰まるような狭い房の壁をがんがんたたき、体をぶつけてしまう。嗚咽しているうちに嘔吐の発作が起き、隅にうずくまって数日ふるえ続ける。心の隅と、〈小房《セル》〉の隅。どちらも同じもので、どちらも空っぽだ。

彼女は何となく察したのかもしれない。そばに来て、きぬずれの音を立てて座った。

「そのとき、いくつだったの」

彼は肩をすくめた。「わかるものか。三年前のことだ」

「十五歳くらいね。まだまだ子供。生まれたときから正気でない子供もいると聞いたことがある。

そういう子は、生まれたときから、もう年をとってるのよ。あなたは幸運だった」

ごくかすかな同情。彼女の声はけわしかったが、その同情は感じとれ、襲撃事件の前に彼女が見せてくれた気遣いが思い出された。彼女は、ほかの人間を気遣うことのできる女性だ。それが彼女の弱点だし、そこにつけこまねばならない。そういうことはケイロから学んだ。

「マエストラ、ぼくも正気ではなかった。ときどき、まだ狂っているような感じがする。過去がない、名前がわからない、どこから来たかも、いまどこにいるかも、自分が何者かもわからないというのがどういう状態か、あなたには想像もつかないだろう。覚えているのは、名前とナンバーが刺繍された灰色のオーバーオールを着ていたことだ。名前は**フィン**、ナンバーは0087/2314だ。何度もそのナンバーを読んだ。覚えて、とがったかけらで石をひっかいてそこに刻んだ。両腕にも血の文字で刻んだよ。けだものみたいに床を這い回り、髪はのび放題、体も汚れていた。昼と夜は、光があるかないかの違いだけだった。壁ごしに、食べ物の盆が入ってくる。ごみも同じやり方で出てゆく。一、二度、その穴から必死に抜けだそうとしたけれど、穴はすぐ閉まるので無理だった。ほとんどの時間は、意識が朦朧として横になっていた。眠ると、恐ろしい夢を見た」

マエストラは彼を見つめている。どのくらい本当の話なのか、考えあぐねているらしい。彼女の両手はしっかりして器用そうだ。よく働いてきた手だが、爪を赤く染めてもいる。フィンはしずかに言った。「あなたの名前を知らないんだが」

「名前などどうでもいいわ」マエストラの視線は平静なままだ。「ここの〈小房《セル》〉のことは聞いたことがある。〈知者〉たちによれば、〈監獄の子宮〉だそうね。〈監獄〉はそこで新しい人間たちを生み

出す。生まれたときから幼児か、成人かで、半人《ハーフマン》のようではなく、完全な人間。でも子供で生まれた
ものしか生き延びられない。それが〈監獄の子供たち〉」
「生き延びたものはいた。それがぼくかどうかはわからないが」彼は彼女に告げてしまいたかった。
ばらばらのイメージに満ちた悪夢のこと、いまでも、自分はだれだ、ここはだれだ、という問いにす
がりつきながら、すべてを忘れてしまうという恐怖のさなかで目覚め、ケイロのおだやかな息遣いで
ようやく安堵することを。だが、それは胸にしまって、こう言った。「おまけにいつでも〈目〉が
あった。最初はそれがなんだかわからず、夜になるとそれに気づくだけだった。天井近くで光ってい
る小さな赤い点だ。そのうちに、それが四六時中そこにあることに気づき、自分は監視されていて、
決してその目からは逃れられないのだ、と思うようになった。その光の後ろには、好奇心に満ちた残
酷な心があるという気がしてきた。それがいやで、とにかくその目から逃れようとし、見るまいとし
て、しめった壁に顔を押しつけてうずくまった。でも少したつと、ふりかえってそれがまだそこにあ
ることを確かめずにはいられないんだ。光はある意味、慰めにもなっていった。それが消えてしまう
と思うと恐ろしく、見捨てられるという思いに耐えられなかった。それから、その光に向かって話し
かけるようになった」
　ケイロにも、この話はしたことがなかった。マエストラのしずかさ、彼女がそばにいて石鹸と慰め
の匂いがすること。きっと自分はこれに似たものを知っていたのだ。だから、こんなに言葉がするす
ると出てくる。だが、いまはそれもつかえはじめた。
「マエストラ、あなたは〈監獄〉に話しかけようとしたことがあるか。みなが寝静まったまっくら

な真夜中にだ。〈監獄〉に向かって祈り、小声で話しかける。何も無いというこの悪夢をおしまいにしてくれ、と哀願する。〈小房生まれ《セル・ボーン》〉のものはそうするんだ。世界にはほかにだれもいないから。それこそが全世界だから」

声が詰まった。マエストラは彼に目を向けないよう気を遣いながら言った。「それほどの孤独は知らないわ。わたしには夫がいる。子供たちもいる」

彼はごくりと唾を飲んだ。彼女の怒りが、自己憐憫の外殻に突き刺さったのだ。彼女のほうも自分に働きかけようとしているのだろうか。フィンは唇を噛み、目にかぶさった髪を押しやった。涙がにじんできたが、かまわなかった。「マエストラ、あなたは幸運だ。ぼくにあるのは〈監獄〉だけで、こいつは石の心臓持ちときている。けれど、だんだんにわかってきた。〈監獄〉が巨大で、自分はその中に住んでいて、ちっぽけな迷子で、こいつに食われてしまったのだ、ということが。ぼくは〈監獄〉の子どもで、〈監獄〉は父親で、理解を絶した大きさを持っている。それが確信できたとき、静かさで神経がおかしくなってしまったとき、扉が開かれた」

「ということは、扉があったわけね」彼女の声には皮肉があった。

「あった。前からあったんだ。小さな扉で、灰色の壁にまぎれていた。長いこと、というか何時間も、ぼくは何が入ってくるだろうとびくびくしながら、四角い闇をただ見つめていた。扉の外の、かすかな物音や匂いが怖かった。ようやく勇気をかき集めて、扉のほうに這っていき、外をのぞいた」

マエストラが今度は自分を見つめているのがわかった。彼は両手を握りあわせ、平静な声で続けた。

「扉の外にあったのは、上に照明のついた管状の白い廊下だけだった。どっちだかわからない方角にまっすぐ伸びていて、開口部もなければ突き当たりもなかった。先はどこまでもどこまでも細くなってかすんでいるばかりだった。ぼくはとにかく身を起こして――」

「じゃ、そのころ歩くことはできたのね」

「かろうじて。ほとんど体力はなかったけれど」

彼女は暖かみのない笑みを浮かべた。フィンはすぐ言葉をついだ。「足がもつれて立っていられなくなるまで歩いたけれど、廊下はどこまでもまっすぐでのっぺりしていた。照明が消えると、〈目〉たちだけがぼくを見ていた。ひとつの〈目〉を通り越すと、次の〈目〉が行く手にあらわれる。それで何となくほっとした。〈監獄〉がぼくを見守ってくれる。そんな愚かなことを考えた。倒れたところで、その夜は眠った。〈点灯〉の時には、頭のわきに、白いやわらかい食べ物を盛った皿があった。それを食べて、先へ歩いた。二日ぶっつづけにその廊下を歩いたあげく、確信した。ここはどこにも通じない場所で、廊下はぼくを通り越して動き、流れていって、自分は恐ろしい無限の踏み車を踏みつづけて、永久に歩いてゆくんじゃないかと。そのとき、石壁にぶつかった。絶望して、その壁を打ちたたいた。すると壁が開いて、ぼくは転がり落ちた。闇の中へと」

彼がそこでぴたりと口をつぐんでしまうと、彼女が言った。「そしてここに来た、というわけ？」

マエストラは、思いもかけず、話に引きこまれていた。フィンは肩をすくめた。「気がつくと、穀物袋の山や何十匹もの鼠といっしょの馬車の中に、あおむけになっていた。〈兵団〉が巡察のとちゅうで、ぼくを拾ってくれたんだ。彼らのつもりでは、奴隷にするか、喉をかき切るかだったんだろう。でもある〈知者〉が、彼らを説得してやめさせてくれた。ケイロは自分のおかげだ、と言ってるけどね」

マエストラはかすれ声で笑った。「なるほどね。で、おまえは二度とそのトンネルを探そうとはしなかったの？」

「やってみた。でも見つからなかった」

「代わりにあの……けだものたちといっしょにいることにした」

「ほかに誰もいなかったからだ。それにケイロは〈義兄弟〉を必要としていた。ここじゃ〈義兄弟〉がいなければ生きのびられない。あいつはぼくの……ヴィジョンが役に立つと思った。それに自分の相手にふさわしいほど無鉄砲だということも見抜いたんだろう。ふたりでそれぞれの手に傷をつけ、血をまぜ、いっしょに一つの鎖のアーチの下を這ってくぐった。ここではそういうしきたりだ——そうやって聖なる絆を結ぶ。お互いを守り合う。一方が死ねば、相手はその仇を討つ。それは決して破れない誓いだ」

マエストラはちらとあたりに目を走らせた。「わたしだったら、あんなやつを〈義兄弟〉には選ばない。さっきの話の〈知者〉はどうしたの？」

フィンは肩をすくめた。「彼は信じてるんだ。ぼくの記憶がつかのま閃光のようによみがえるのは、サフィークから送られてきているんだと。サフィークがぼくらの脱出を助けるために送ってくるんだと」マエストラは答えなかった。しずかに彼は言った。「さて、あなたはこれでぼくの話を聞いたわけだ。この皮膚のしるしのことを教えてくれ。さっきクリスタルとか……」

「わたしはおまえに親切にしてやったわ」彼女の唇が、きっと結ばれた。「その代わりに、誘拐され、殺されそうになった。自分は命をいくつも蓄えられると信じる殺人鬼にね。銀の指輪だなんて、ちゃんちゃらおかしい」

「笑い事にしないほうがいい」フィンは不安な声を出した。「危険だ」

「おまえは信じてるの？」驚いた声だ。

「あの話は本当だ。あいつの父親は二百年生きた……」

「ばかばかしい！」侮蔑しきった口調だった。「父親は長生きしたのかもしれないけれど、それは食べ物や着るものを厳選し、危険はぜんぶ愚かな子分たちにまかせたからよ。あんたのような、ね」マエストラはふりかえって、フィンをにらみつけた。「おまえはわたしの同情につけこんだ。まだそれを続けようっていうの」

「違う。ぼくはあなたを助けるために、命の危険を冒した。それはわかるだろう」

マエストラは口を結んだまま、かぶりをふった。それからフィンの腕をつかみ、ふりほどかれる前に、裂けた袖をまくりあげた。

汚れた皮膚には打ち身ができていたが、傷痕はなかった。

「おまえの作った切り傷はどうなったの」

「治してもらった」彼はしずかに答えた。

彼女は汚らわしげに袖を放し、顔をそむけた。「わたしはどうなるのよ」

「ジョーマンリックがあなたの仲間に使者を送る。体重と同じだけの宝物を身代金にもらう」

「もし、払わないと言ったら」

「必ず払う」

「万が一、払わなかったら?」彼女はふりかえった。「わたしはどうなるの」

つらそうに、かれは肩をすくめた。「ここで一生、奴隷として暮らす。鉱石を製錬して、武器をこしらえて。危険な仕事だ。食べ物は少ない。死ぬまで働きづめだ」

マエストラはうなずいた。階段のがらんとした暗い空間に目を放って、ひとつ吐いた息が、冷たい空気の中に白く見えた。それから言った。「それなら取引よ。クリスタルを持ってこさせるから、わたしを解放して。今夜」

フィンの胸がどきりとした。だが、彼は言った。「そう簡単には行かない……」

「簡単よ。いやなら、おまえは何も手に入らない、〈小房生《セル》まれ〉のフィン。何ひとつ。永久に」

マエストラがふりかえり、黒い目でじっと彼を見つめた。「わたしは自分の民の女族長《マエストラ》だから、絶対に〈滓〉どもの言いなりにはならない」

勇敢な女だ、でも知らないのだ、とフィンは思った。ジョーマンリックなら、一時間もかけずに、自分のほしいものをすべて、彼女から悲鳴とともにしぼり出せる。だがフィンはそんな光景を何度も見過ぎて、もういやになっていた。

「身代金も一緒に持って来させてくれなければ」

「それはいいや。おまえに見つかった場所まで、わたしを連れてもどって。今日、閉じこめられる前に。そこへ行きさえすれば――」

「それはできない」フィンはいきなり立ち上がった。ふたりの後ろで、信号ベルが鳴りだし、〈巣穴〉に巣くっていた薄汚い鳩の群れが、バタバタと闇の中へ飛びたっていった。「ぼくが、生きながら皮をはがれる」

「それはおまえの問題でしょ?」彼女は不愉快そうに笑った。「何か適当な話をでっちあげれば。そういうのに慣れているくせに」

「あなたに言ったことは全部ほんとうだ」ふいに、彼女に信じてもらわねばならないという気持ちになった。

彼女は顔を近寄せ、すさまじい目をした。「おまえが、あの襲撃のときにした悲惨な話みたいに?」

フィンはまっすぐ相手を見返した。それから視線を落とした。「あなたをただ逃がすというわけにはいかない。でもそのクリスタルを持ってきてくれるのなら、無事に帰すと誓う」

一瞬、氷のような沈黙があった。彼女は彼に背を向け、両腕で体を抱きしめるようにした。何かを話すつもりだなと、彼は思った。きびしい声で彼女は言った。

「わかった。少し前に、わたしの民が無人の会堂に押し入った。内側から煉瓦を積み上げて作ったもので、四世紀はたっていたと思う。ひどい空気だった。中にもぐりこんだとき、いまにも塵になりそうな服や宝石類、それに男の骨が一体見つかった」

「で?」彼は期待をこめて待った。

彼女はながし目に彼を見た。「その手には、クリスタルか重いガラスかでできた、小さな円筒形の物が握られていた。中には翼を広げた鷲のホログラムがあった。鷲の一方の爪が球体をつかんでいた。鷲は、おまえのしるしと同じように、首のまわりに王冠をかけていた」

一瞬、彼は言葉が出なかった。息をつぐ暇もなく、彼女が言った。「わたしの身の安全を保証すると誓って」

彼は相手の手をとって、いっしょに逃げたいと思った。シャフトのところに戻り、そこをのぼって、通路へ戻るのだ。だが、その代わりに言った。「身代金は絶対必要だ。いまは何もできない——いま何かすれば、ふたりとも命がない。ケイロもだ」

マエストラは疲れたようにうなずいた。「体重分の宝物だなんて、わたしたちの全財産よ」

彼はごくりと唾を飲んで言った。「「なら——ぼくの命とケイロの命を賭けて誓う——身代金を出してくれるなら、ぜったいにあなたに危害は及ばないようにする。公明正大な交換にする。それしか、ぼくにはできない」

マエストラは背筋をすっとのばした。「たとえおまえが〈小房生まれ《セル》〉だったとしても」とひと息入れ、「みごとに〈滓〉に成長しつつあるわね。それにここでは、わたしと同じように囚人らしいし」

彼女は彼の答えを待たずに、背をかえして、さっさと〈巣穴〉の中に戻っていった。フィンはゆっくりと片手をうなじにまわし、そこが汗でじっとりしめっているのを感じた。全身が緊張で凝り固まっている。ほうっと長い息を吐いた。そして凍りついた。

黒い人影が、暗い階段の十段ほど下に座って、手すりにもたれていた。

フィンは顔をしかめた。「ぼくを信用してないのか」

「フィン、おまえはガキだ、世間知らずだよ」ケイロはもの思うように、指の間で金貨を一枚ひねくりまわしている。そして言った。「おれの命を賭けるなんて、二度と言うな」

「そんなつもりじゃ……」

「なかったって？」〈義兄弟〉はいきなりぬっと立ち上がり、階段をのぼってくると、フィンの顔を正面から見据えた。「まあいい。だが覚えておけよ。おまえとおれは誓いで結ばれてる。おまえが陰で裏切ってることが、ジョーマンリックに知れたら、おれたちは、あいつの綺麗な小さな指輪の最後のふたつになるんだぞ。フィン、おれは死ぬつもりはないからな。それにおまえには貸しがある。おまえの頭がからっぽで、恐怖で馬鹿みたいになってるときに、〈兵団〉に入れてやったのはおれだ」

彼は肩をすくめた。「なんであんなことをしちまったのか、自分でもわけがわからんが」

フィンは唾を飲んでから言った。「あんたがそうしたのは、だれもあんたの思い上がりと鼻っ柱の強さと、盗みの荒っぽさについていけなかったからだ。ぼくなら、同じくらい無鉄砲だと踏んだんだろう。それにジョーマンリックに挑戦するときには、ぼくを味方につけておきたかった」

ケイロは皮肉に片眉を上げた。「なぜそんなことを言う――」

「いつか、やるつもりだろ。近いうちに。だからこの件に手を貸してくれよ。お互いさまだ」フィンは眉をひそめた。「頼む。ぼくには重大なことなんだ」

「おまえは自分が〈外〉から来たっていう、馬鹿な考えにとりつかれてる」

「馬鹿じゃない。ぼくにとっては」

「おまえとあの〈知者〉にとってはな。ふたりとも大馬鹿だ」フィンが答えずにいると、ケイロはざらついた声で笑った。「フィン、おまえは〈監獄〉で生まれた。それを認めろ。だれも〈外〉から入ってくることはない。だれも〈脱出〉できやしない。〈監獄〉は封印されてる。おれたちはみんなここで生まれてここで死ぬんだ。母親がおまえを置き去りにして、母親のことを覚えてないだけだ。その鳥のかたちの傷痕だって、どっかの部族のしるしだろうよ。忘れろ」

フィンは忘れようとは思わなかった。忘れられなかった。強情に言いはった。「ぼくはここ生まれじゃない。子供時代は思い出せないけど、でも子供だった。どうやってここに来たか思い出せないけど、配線や化学薬品でできた人工的な子宮で育ったんじゃない。これが――」と手首を上げてみせた。「証拠だ」

ケイロは肩をすくめた。「ときどき、おまえはまだ頭がおかしいんじゃないかと思うことがあるよ」

フィンは顔をしかめた。そうして、むきになったような足取りで階段をのぼっていった。てっぺんで、何か闇の中にうずくまっているものをまたぐ羽目になった。ジョーマンリックの犬奴隷らしく、鎖をせいいっぱいに伸ばして、だれかがいたずらに、ぎりぎり届かないところにおいていった水の鉢に手を届かせようとしていた。フィンは鉢を近くに蹴ってやり、歩きつづけた。

奴隷の鎖がジャランと鳴った。

そのもつれた髪のあいだから、小さな目が、フィンの後ろ背を見送った。

6

〈監獄〉の場所を知るものは、最初から〈管理人〉だけと定められていた。犯罪者、反社会分子、政治的急進派、ならず者、狂人がここに送りこまれてきた。〈門〉は封印され、〈実験〉が開始された。〈監獄〉のプログラミングの精妙なバランスを乱すものはあってはならない。そのプログラミングが必要なもの一切——教育、バランスのとれた食事、運動、精神的な幸福、有意義な仕事——を供給して、楽園を作り上げているのだ。

百五十年がたった。〈管理人〉はこのプログラムは上々であると報告している。

〈宮廷書庫〉4302/6

「美味ですな！」エヴィアン卿はぼってりした唇を、白いナプキンでぬぐった。「これはぜひともレシピを頂戴しなくては」

クローディアは指でテーブルクロスをたたくのをやめ、明るくほほえんだ。「コピーさせますわ」

父親はテーブルの上座からじっと見ている。ロールパン二つだけの隠者のような朝食のパンのかけらが、皿の片側にきちんと積み上げてある。クローディアと同じように、少なくとも半時間前に食事は終わっているが、鉄の自制心でもって、いらだちを押し隠している。いらだっていたとしたら、だが。そうであるかどうかは、クローディアにもまったく読めなかった。

父はここで口を開いた。「午前中は卿と遠乗りに出る予定だ。きっかり一時に軽い昼食を取る。そのあと交渉を再開する」

わたしの持参金についてだわ、とクローディアは思い、太った卿の落胆を目に入れながら、ただうなずいた。この男は見かけほど愚かではないだろう。でなければ女王が送ってよこしはしない。ひかえようとはしていたものの、いくつか抜け目のないコメントが口をついて出てしまっている。しかし、どう見ても遠乗りに出る柄ではない。

〈管理人〉はそのことに重々気づいていた。彼は皮肉なユーモアの持ち主なのだ。

クローディアが立ち上がると、父もこのうえなく礼儀正しく立ち上がり、小さな金時計をポケットから取り出した。時計が輝く。美しく、デジタルの正確さで、完全に〈時代〉から外れた品だ。この時計と鎖と、そこにぶらさげてある小さな銀の立方体は、父の変わった趣味の一つだった。

「クローディア、ベルを鳴らしてくれ。もうずいぶん長くおまえの勉強時間を奪ってしまったな」

彼女が暖炉のそばの緑のふさのところに飛んでゆくと、父親は頭もあげずにこう付け加えた。「さっき庭でジェアド先生と話をした。ずいぶんお顔の色がすぐれなかったが。最近、先生のご体調は？」

ベルからわずか離れたところで、クローディアの指が宙に止まった。それから、ぐいと紐を引っ張った。「お元気です。とても」

父は時計をしまった。「考えていたんだがね。結婚したあとは先生は要らないだろうし、〈宮廷〉にも何人か〈知者〉はいる。ジェアド先生には大学に戻ってもらってもよいかもしれない」

クローディアはぎょっとなって、うすぐらい鏡の中に映った父の姿をのぞきこみたかったが、それこそ父の思うつぼだろう。そこで明るい顔をつくろい、気軽にふりかえった。「父上がそうお思いなら。先生と会えないのはさびしいですけれど。ちょうど、ハヴァーナ王朝についてのおもしろい講義の最中でした。先生は、どの王さまについても、何でも知ってらっしゃるわ」

父の黒い目がじっと彼女を見つめる。

もうひとことでもしゃべったら、狼狽が声に出てしまい、父の心も決まる。鳩が一羽、外の瓦の上ではばたいた。エヴィアン卿はよっこらしょと立ち上がった。

「〈管理人〉どの、もしもあの男を解雇なさったら、どこかのご大家《たいけ》がすぐにひっさらっていきますよ。〈領国〉じゅうに、〈知者〉ジェアドの名はとどろいています。給金も望み放題だ。詩人で、哲学者で、発明家で、天才で。あの男は手放さぬほうがよろしいのではありませんか」

クローディアはうれしそうに同意の笑みを浮かべたが、内心驚いていた。青い絹の上下を着たこの脂ぎった男は、彼女が何を口に出せずにいるかをよく知っているかのようだ。男は小さな目をきらめかせて、笑みを返した。

〈管理人〉の唇はきっと結ばれている。「確かにおっしゃるとおりだ。ではまいりましょうか、卿」

クローディアは膝をかがめて、小さくお辞儀をした。父はエヴィアン卿を送って出てゆき、ふりかえって両開きの扉を閉めるとき、娘と目を合わせた。それから扉ががたんと閉まった。

ほっと安堵のため息がもれる。父さまは、猫が鼠を見るような目つきだった。だが口に出しては

「さあ、もういいわよ」と言っただけだった。

すぐに羽目板がスライドした。女中や下男たちが出てきて、大急ぎでカップや皿、枝付き燭台、飾ってあった花、グラス、ナプキン、米料理の皿、果物鉢などを片付けだした。窓が勢いよく開いて、燃えつきた蝋燭がまた燃え出す。

薪でいっぱいの暖炉にごうごうと燃えていた火が、焦げた木の匂いさえなく、消えた。塵が消失する。カーテンの色が変わる。ポプリの香りで空気が甘くなった。

仕事は彼らにまかせ、クローディアは部屋を走り出た。品よくスカートをつまんで、広間を横切り、湾曲したオークの階段を駆け上がり、踊り場の隠れ扉をくぐり、人工的な豪奢の世界から、召使いたちの住む区画の冷え冷えとした灰色の廊下にすべりこんだ。装飾のない壁には、線やケーブルやパワーポイント、小さなカメラスクリーン、音源探査機《ソニック・スキャナー》がはりめぐらされている。

裏階段は石でできている。クローディアは足音をはずませて駆け上がり、詰め物でふくらませた扉を開け、〈時代〉考証の完璧な、豪華な廊下に抜ける。

ふた足で、自分の寝室についた。

女中たちがすでに片付けをすませていた。扉に二重に錠を下ろすと、シークレット装置をすべてオンにし、窓辺に走った。

秋の日をうけた緑のなめらかな芝生が美しい。庭師の少年ジョブが袋と熊手をもって歩きまわり、落ち葉を突き刺しては集めている。耳にはめている小さな音楽装置は見えないが、びくっと動いたり、突然気取って歩き出したりするのを見て、クローディアは笑った。もっとも、〈管理人〉に見られたら、少年はお払い箱にされるだろう。

目を転じると、鏡台の引き出しをひっぱり出し、ミニコンピュータを取り出して立ち上げた。ぱっと画面がついて、そこに映ったガラスの曲面が彼女の顔をゆがめて、グロテスクな像に変えた。クローディアはぎょっとした。「先生？」

影がひとつ。二本の大きな指と親指がおりてきて、蒸留器をどかす。やがてジェアドが、秘密の受信機の前に腰を下ろしていた。

「ここです、クローディア」

「準備は全部できてる？　あと数分で、みんな出かけるから」

彼の細面の顔が暗くなった。「心配なことがあります。ディスクが作動しないかもしれない。まず試してみなければ……」

「時間がないわ。今日、中に入るんだから。今すぐ」

彼はため息をついた。言い返したそうだった。盗聴されないように十分用心してはいたが、それでもしゃべり過ぎるのは危険だ。それで彼はただこう言っただけだった。「どうか気をつけて」

「先生に教わったとおりにするわ」一瞬、先生を解雇するという〈管理人〉の脅しのことを思い出したが、そんなことを考えている場合ではない。「すぐ始めて」と言い、通信を打ち切った。

クローディアの寝室は黒いマホガニーでできている。大きな四本柱の寝台には、歌う黒鳥の姿を縫い取った赤いビロードの天蓋がかかっている。そのうしろには小さな球体めいたものが壁にはめこまれていたが、クローディアが映像の中を歩いてゆくにつれ、そこは、これでもかというほど飾りたてた続きの浴室《バスルーム》に変わった——〈管理人〉の〈規定書〉遵守の厳密さにも、さすがに限界はある。便座の上に立ち上がって幅の狭い窓からのぞくと、陽光を浴びた塵がきらきらとあたりに舞った。

中庭が見える。馬が三頭、鞍をおいてある。一頭のそばに父親が立って、両手を手綱にかけている。色浅黒く用心深い秘書のメドリコートが灰色の牝馬によじのぼるのを見て、クローディアはほっと安堵の息をついた。そのうしろでは、厩係が汗だくになって二人がかりでエヴィアン卿を、馬の鞍に押し上げている。クローディアは、卿の笑うべき不器用さがどのくらい演技なのか、サイバーホースではない実際の馬にどのくらい慣れているのかどうか、首をひねった。エヴィアン卿と父親は、慇懃無礼に侮辱と挑発とエチケットの死闘をくりひろげている。うんざりしたが、これが〈宮廷〉というものなのだ。

自分の将来もこうなるのかと思うと、ぞっとした。

その思いをふりはらおうと、とびのいて、きらびやかなドレスを勢いよくぬいだ。下には黒いジャンプスーツを着ている。一瞬、鏡にその姿を映してみた。着るもので人は変わる。大昔のエンダー王はそれを心得ていた。だからこそ彼は〈時〉を止め、ダブレットやドレス姿の人々をすべて幽閉し、画一性と堅苦しさでもって、窒息させたのだ。

クローディアは、今やはるかに自由で体が軽いと感じた。危険なことさえしでかしてしまいそうだ。一歩下がった。

父親たちの馬が門番小屋を通りすぎてゆく。父親がちょっと止まって、ジェアドの塔のほうをちらと見た。クローディアはひそかにほくそえんだ。父に何が見えるかわかっていた。

自分の姿だ。

ジェアドは不眠の長い夜々を費やして、ホログラムの肖像を完成させていた。座って話したり笑ったり、日当たりのよい塔の窓辺に座って本を読んだりしているときに、それを見せられたクローディアは魅了されると同時に呆然とした。「これ、わたしじゃないわ」

ジェアドはしずかにほほえんだ。「だれでも、自分の姿を外から見たい人間はいませんよ」

目にしたのは、うぬぼれが強く生意気そうな少女で、完璧にすましかえった顔、計算しつくされた動き、前もって練習ずみの言葉の持ち主だった。お高くとまって人を小馬鹿にしている。

「わたし、本当にこんなふうなの？」

問われて、ジェアドは肩をすくめたものだ。「クローディア、これはひとつのイメージですよ。こんなふうにもなれるという」

飛び降りて、寝室に駆け戻ったクローディアが見たのは、刈りそろえられた芝生を馬たちが優雅に走ってゆくさまだった。エヴィアン卿は何か言い、父親は無言だ。ジョブはどこかに姿を消し、青空の高みには白い雲が点々と散っていた。

これで少なくとも一時間は戻ってこないだろう。

クローディアはポケットから小さなディスクを取り出し、投げ上げて受け止め、またしまった。それから寝室の扉を開け、外をのぞいた。

〈長廊下〉が屋敷をつらぬくように走っている。オークの羽目板が張られ、ずらりと肖像画がかかり、書棚が並び、いくつもの台座に青い花瓶がのっている。それぞれの扉の上にはローマ皇帝の胸像が陣取り、きびしい顔で張り出し棚を見下ろしている。ずっと先の突き当たりには陽光がさしこんで壁に菱形模様を描き、甲冑一式が硬直した幽霊のように、階段のてっぺんを警護している。

　クローディアが一歩踏み出すと、板がきしんだ。板が古く、音を消せないので、顔をしかめた。胸像についてもどうしようもないのだが、絵を一枚通りすぎるごとに、コントロールパネルに触れて、光を暗くしていった――なんといっても、いくつかの胸像には隠しカメラが仕込まれているはずだ。軽く手にもったディスクは一度だけ、はっきりとビーという警告音を出したが、その場所にカメラがあることはとうに知っていた。書斎の扉の外にうっすらとした十文字の線があるところだ。それはすぐに解除できる。

　クローディアは歩いてきた廊下をふりかえった。屋敷のずっと離れた場所で扉がバンと閉まり、召使いを呼ぶ声がした。過去の豪奢な遺物に囲まれたこの高いところでは、ジュニパーとローズマリーの香りがした。洗濯物戸棚の中のラベンダーのポマンダーがつんと香る。

　書斎の扉は影に沈んでいる。黒くて純然たる黒檀のようだ。黒鳥の絵があるだけの板。大きくおそろしげな黒鳥は、翼を広げ、首をのばして居丈高に彼女を見下ろしていた。小さなひとつ目が、ダイヤモンドか黒オパールのようにきらめく。

　のぞき穴みたい、と彼女は思った。

　こわごわ、ジェアドのディスクをかかげ、扉に近づけると、小さなカチリという金属音とともに、そこにくっついた。

　器械がブーンと音を立てる。かすかなうなり音がし、高さも振動数もしばしば変わり、まるで音階をのぼりくだりしながら、精密なロックの解錠法を試しているかのようだった。ジェアドはこれの働きについて辛抱強く解説してくれたが、クローディアはろくにきいていなかった。

いらいらと、クローディアは身もだえた。それからはたと凍りついた。

階段をかるい足音がぱたぱたと駆け上がってくる。申し渡しておいたのに、メイドのだれかだろうか。クローディアはアルコーブに平たく身を押しつけ、内心悪態をつきながら、息をひそめた。

耳のすぐ後ろで、ディスクが低い満足げなパチッという音をたてた。

すぐに身をかえして扉を押し開け、中にすべりこみつつ、片腕をさっと出してディスクを取りこんだ。

メイドがリネンの束をもってせかせかと通りかかったときには、書斎の扉はいつものように黒く陰気に閉ざされていた。

クローディアはゆっくりとのぞき穴から目を離し、安堵の息をついた。それから、緊張に肩をこわばらせ、固まった。奇妙な確信、そう、自分の背後の部屋は無人ではないという確信、苦い笑みを浮かべた父親がすぐ後ろに立っているという圧倒的な確信に襲われたのだ。さっき馬で出ていったのは、父親のホログラムで、父はいつものように自分のもくろみを見抜いていたのだ。

自分を叱咤して、ふりかえった。

部屋には誰もいない。だが、目に入ったものは予想とは違っていた。

まず、大きすぎた。

まったく〈時代〉を外れている。

そして傾いている。

少なくとも一瞬、そう思ったのだ。なぜならその空間へ何歩か踏み込んだ足は、あたかも床が傾いているかのように、あるいはむきだしの灰色の壁が妙な角度にそそり立っているかのように、奇妙にふらついたからだ。何かがぼやけ、カチッといった。すると、部屋はおだやかに平衡をとりもどし、いつものようになったが、空気は温かく、何だかわからない甘い香りがたちこめ、ブーンという低い音がしていた。

見あげれば高い丸天井だ。なめらかな銀色の器械が壁にずらりと取りつけられ、それぞれが赤い光を点滅させている。ほそく輝く光の帯がのびて、天井のすぐ下の部分だけを照らし、デスクとその前にきちんと置かれた金属の椅子を浮かび上がらせていた。

部屋にはそれ以外のものはなかった。何もない床を汚す唯一のものが、黒い小さなしみだ。クローディアは身を曲げて、それが何だか調べた。器械のどれかから落ちたらしい金属の破片だ。

自分のほかにだれもいないことがまだ信じ切れず、クローディアは驚きながら、あたりを見まわした。窓はいったいどこだろう。ふたつあったはずだ――どちらも張り出し窓だ。それは外から見えたし、窓越しに、白い漆喰塗りの天井と本棚もいくつか目に入った。蔦をよじのぼって中に入ろうかと、考えたことも何度かある。外からは、この部屋はまったく普通の部屋に見えた。こんな低い音がして、本来の部屋より大きくな、傾いた箱なんかじゃない。

クローディアはジェアドのディスクをきつく握って前進したが、ディスクはまったく警告音を出さない。デスクに近づき、なめらかなつるりとした表面に触れると、するするとスクリーンが立ち上がったものの、どこにもコントロールパネルが見えない。探しても見つからないので、音声による作動だろうと見当をつけた。「開始」としずかに声をかけた。

何も起こらない。

「始め。スタート。開け。オン」

スクリーンには何も映らないままだ。部屋だけが低く音を立てている。

パスワードが必要なのだ。クローディアはかがんで、両手をデスクについた。思いつく言葉はたったひとつ。だからそれを口にした。

「〈監獄《インカースロン》〉」

映像は出ない。だが左手の指の下で、引き出しがなめらかに開いた。

中の黒ビロードの上に、鍵がひとつのっていた。クリスタルを網のように織りなした精妙な細工だ。その中心部には王冠をいただく鷲が埋めこまれている。ハヴァーナ王朝の紋章だ。さらに身を乗り出し、まばゆいまでに輝く多面を観察した。これはダイヤモンド？　ガラス？　その重厚な美しさに魅せられて、もっと顔を近寄せると、半ば白いその表面が息でくもり、頭で光がさえぎられて虹めいた輝きが失せた。これは〈監獄〉そのものの鍵なのか。もちあげてみたかった。だがまずは、ジェアドのディスクをそろそろとその表面に走らせてみた。

何の音もしない。

一度だけあたりを見回した。しんと静まりかえっている。

そこで、鍵を取り上げた。

部屋が崩壊した。アラームが鳴り響く。レーザー光線が床から何本も噴き上げて、クローディアを赤い光の檻に閉じこめた。金属の格子がガシャンと床をおおった。隠されていたライトがいっせいに光を噴き、彼女は世にも恐ろしい轟音の中に立ちつくした。胸の中で心臓ががんがん鳴ったと思うと、その瞬間にディスクがひりつくような痛みを、緊急に親指に送りこんできた。

彼女はそれを見下ろした。ジェアドのメッセージは恐怖でかすれている。

父上が戻ってきた。逃げなさい、クローディア、逃げて！

7

かつてサフィークはトンネルの外れにたどりつき、大きな広間を見下ろしていた。床には毒の水がたまっていた。腐食性の蒸気がたちのぼってくる。闇の向こう側には戸口が見え、そのさきは明るい。

〈翼棟《ウィング》〉の中の収容者たちは、彼を思いとどまらせようとした。「何人もが落ちたんだ。その骨は黒い湖で腐っている。おまえだって同じ運命にならぬと、なぜわかる？」

サフィークは答えた。「何度も夢を見たし、その夢には星々が出てきたからだ」そうしてワイヤーに飛びあがり、渡りはじめた。何度も休み、あるいは苦痛で手をとめてぶらさがっていた。彼らは何度も、戻ってこい、と呼びかけた。何時間もかかった末に、サフィークはようやく向こう側に渡りつき、よろよろと扉を抜けて、彼らから見えないところへ姿を消した。

サフィークという男は浅黒くほっそりとしていた。髪はまっすぐで長い。そのまことの名前は、推測するしかない。

『サフィークのさすらい』

ギルダスはつけつけと言った。「何度も言ったはずじゃ。〈外〉は存在する。サフィークはそこへ出るみちを見つけた。だが、こちらへはだれも入ってこない。おまえだって、入ってきたわけじゃない」

「あんたにわかるのか」

老人は呵々大笑し、床が揺れた。金属の檻は部屋のはるか上につるされ、中は、ふたりの人間がしゃがみこめばいっぱいになった。檻からは、書物や外科器具、また腐った標本のつめこまれたブリキ箱が鎖に吊されてぶらさがり、あたかも滝がなだれ落ちているかのようだった。檻には古いマットが詰めこまれ、そこからは微量の藁が、いらだたしげに舞う雪片のごとく、はるか下でものを煮ている火とシチュー鍋のほうへと落ちてゆくのだった。女がひとり、見上げて、驚いて何か叫んだ。それからフィンの姿を見て、口をつぐんだ。

「馬鹿な若造よ。わしにはわかっておる。〈知者〉たちがそれを書き残していたからの」ギルダスは長靴をひっぱりあげた。「〈監獄〉は人類の〈滓〉どもを収容し、封印し、地上から隔離するために作られた。もう何世紀も昔、マートルの時代、〈監獄〉が人々に話しかけていた時代のことだ。七十人の〈知者〉が、みずから収容者の管理を買って出て〈監獄〉に入り、そのあと出入り口は永久に封鎖された。彼らはその知恵を後継者に伝えた。子どもでさえ知っておることよ」

フィンは剣の柄をこすった。疲れて、むしゃくしゃした気分だった。

「今までにだれも入ってきたことはないのだ。わしは〈子宮〉のことだって、場所までは知らないが、よくわかっておる。〈監獄〉は有能だ。そのように設計されている。死んだものは無駄にせず、すべてを再生利用《リサイクル》する。あの〈小房《セル》〉で、新しい収容者が育ってゆく。おそらく動物もだな」

「でもぼくは覚えてる……あれやこれやのことを」フィンは自分の信念にしがみつくごとく、檻の格子をひしとつかんだ。見下ろすと、はるか下の床を、ケイロがくすくす笑う女ふたりを両脇に抱えて横切ってゆく。

ギルダスの視線が、フィンの視線を追った。「違う。おまえは〈監獄〉の神秘を夢見ているだけじゃ。おまえのヴィジョンこそが、〈脱出〉のみちを教えてくれるだろう」

「違う、ぼくは覚えてる」

老人は激昂したようだ。「何を覚えているというんじゃ」

フィンは、自分がひどく愚かしいことを言っているような気がした。「ええと……ケーキだ。銀の玉がのって、七本の蝋燭がついていた。何人もひとがいた。それから音楽……音楽がふんだんに流れて……」今の今までそのことには思いいたらなかった。奇妙にうれしくなったが、それも老人の視線に気づくまでだった。

「ケーキとな。それは何かのシンボルであろう。七という数字は重要じゃ。〈知者〉たちはそれがサフィークの印だと知っていた。悪しき〈カブトムシ〉に出会ったときを示すからだ」

「ぼくはあっちにいたんだ！」

「フィンよ、だれにも記憶はある。意味があるのは、おまえの予言だけじゃ。おまえに下りてくるヴィジョンこそ、〈星見人〉の大いなる才であり、他人と変わっている点じゃ。〈星見人〉は特別な人種よ。人々はそれを知っておる。奴隷でも、戦士でも、いや、ジョーマンリックでさえな。みながおまえを見る目つきでわかる。ときには、こわいものを見るような目つきだ」

フィンは黙っていた。あの発作がいやだった。突然襲ってくる、意識の混濁とブラックアウトは恐ろしかったし、発作のあとでギルダスの容赦ない尋問を受けると、体がふるえ、気分が悪くなった。

「いつか、あれで死ぬかもしれないな」彼はしずかに言った。

「たしかに、〈小房生まれ《セル・ボーン》〉で長生きするものはめったにいない」ギルダスの声は荒かったが、顔はそむけられていた。老人は、緑のローブの上のきらびやかな形の襟を留めると、こうつぶやいた。

「過去はもうない。どんな過去であれ、もう無意味だ。頭から追い出してしまえ。さもなければ気が狂うぞ」

フィンは言った。「あんたは何人くらい〈小房生まれ〉を知ってるんだ?」

「三人だ」ギルダスは先を編んだあごひげをいらいらとひっぱった。「おまえたちはめったにない存在だ。おまえたちを見つけるまで、わしはずっと探し続けてきた。〈小房生まれ〉と言われたある男は、〈皮膚病持ち〉の広間の外で物乞いをしとったが、わしが何とか説き伏せてしゃべらせてみると、知性はとうに失せていた。卵がしゃべるとか、猫が消えていって笑いだけが残るだとか、たわごとをほざくばかりじゃった。それから何年もたち、いくつもの噂が消えていったあと、わしは次の〈小房生まれ〉を見つけた。〈氷〉の〈翼棟《ウィング》〉に住む〈市民団〉の労働者だった。その女はじゅうぶん正常に見えた。わしは、見えたヴィジョンを話してくれ、とせつに頼んだ。だが、決して話してはくれなんだ。ある日のこと、その女は首を吊って死んだよ」

フィンはごくりと唾を飲んだ。「なぜ?」

「話じゃ、その女は、ひとりの子どもが自分を追ってくる、という妄想にとりつかれていったそうだ。目に見えない子どもがスカートをつかんで、呼びかけ、寝ていても目がさめる。その子どもの声にさいなまれたあげくだ。どうしても閉め出すことができなんだと」

フィンは身震いした。ギルダスが自分を見つめているのがわかった。〈知者〉はぶっきらぼうに言った。「フィンよ、おまえをここで見つけたのは、千載一遇のチャンスじゃ。おまえだけが、わしの〈脱出〉を手引きしてくれるのだ」

「できないよ……」

「できる。フィンよ、おまえはわしの予言者だ。わしと〈監獄〉の絆だ。おまえは今に、わしが生涯待ち続けてきたヴィジョンをもたらしてくれる。ついに時が来た、サフィークに従って〈外〉を探し求めるべき時が来たというしるしだ。〈知者〉たるものはすべからく、その旅をする。これまでに成功したものはいないが、〈小房生まれ〉生まれの導きを得たものもいないのじゃ」

フィンはかぶりをふった。もう何年もこれをきかされてきたが、きくといまだにぞっとする。この老人は〈脱出〉にとりつかれている。でもどうしてフィンにその手助けができよう。たまさかの記憶のひらめきと、皮膚がちりちりして息が詰まり、意識が遠のくあの経験が、いったい何の役に立つだろう。

ギルダスは彼を押しのけ、金属の梯子をつかんだ。「この話はするなよ。ケイロにもだ」

老人は梯子を下りていったが、その目の高さが、フィンの足もとに来たとき、フィンはつぶやいた。

「ジョーマンリックは、絶対にあんたを逃がしはしないだろう」

ギルダスは梯子段の間から、にらみあげた。「わしはわしの行きたいところに行くわい」

「ジョーマンリックはあんたを必要としてる。〈翼棟《ウィング》〉を治めていられるのは、あんたゆえだ。彼ひとりだったら――」

「ひとりでもやってゆくだろうよ。恐怖と暴力を使うのが得意だからな」ギルダスは一段下りてから、伸びあがるようにした。しなびた小さな顔に、ふっと喜びがともった。「フィンよ、おまえには想像できるか。ハッチを開き、闇の中から這い上がり、〈監獄〉を脱出する日のことを。星が見えるのだ。太陽もだ！」

フィンはしばし無言だった。それから勢いよく縄をつたいおり、〈知者〉を追い越した。「ぼくは見たことがある！」

ギルダスがいやな笑い方をした。「夢の中でじゃろう、愚か者め。夢の中でだけじゃ」

彼は驚くべき身軽さで、激しく揺れる縄梯子を下りていった。フィンはそれよりはゆっくりとそれに続いた。手袋をしていても、縄の摩擦が熱く感じられた。

〈脱出〉。

それはスズメバチのように刺す言葉、鋭く心を貫き、すべてを約束しながら何ものをも意味しない憧れだった。〈知者〉は、サフィークがかつて出口を見いだし、〈脱出〉したのだと教えてくれた。フィンはそれを信じ切れない気持ちだった。サフィークにまつわる物語は語られるうちにふくらんでゆき、遍歴の語り部や詩人のそれぞれが新しい物語を持っていた。ひとりの人間があれだけの数の冒険をなしとげ、〈監獄〉の中のあれだけの数の〈翼の主〉をたばかっているとしたら、何世代にもわたって生きていることになってしまう。〈監獄〉は広大で、不可知で、無数の廊下と階段と部屋と塔から成るラビリンスだという。〈知者〉はそう教えてくれた。

足が地面にぶつかった。〈巣穴〉から急いで出てゆく老ギルダスの、蛇めいた緑のローブをちらと目に入れたフィンは、おのれの剣が鞘におさまっているのと、二本の短剣がベルトにさしてあるのを確かめながら、あとを追った。

マエストラのクリスタルだけが、いまは関心を占めていた。あれを手に入れるのは、やさしくはないだろう。

〈身代金の亀裂〉は広間を三つだけ越えた先だ。フィンは、蜘蛛や、たるきのはるか上を舞う近親交配の影鷹《シャドーホーク》に用心しながら、真っ暗な無人の空間を突っ走った。彼以外の全員がもう来ているようだ。〈兵団〉のがやがやいう声が聞こえてきて、彼は最後のアーチをくぐった。みなは奈落のこちらがわから、さんざん罵声を浴びせ、それが登攀不可能のなめらかな石壁に反響している。

向こう側では〈市民団〉が一列の影となって待っていた。

〈亀裂〉は、純粋な黒曜石の床に開いたぎざぎざの裂け目だ。小石を落としても、何の音もしない。〈兵団〉は、亀裂を底なしだと考え、ここに落ちたら、〈監獄〉の真芯を突き抜けて、地核のどろどろのマグマに落ち込むのだと言うものもいた。たしかに亀裂からは熱がたちのぼり、その毒気が空気をちらちら光らせていた。おそらくは〈監獄地震〉で真っ二つにされたらしい亀裂の中央には、〈スパイク〉と呼ばれる針のように細い岩がたちあがり、そのてっぺんの面はひびわれ、すりへっていた。焼けこげ、錆び、豚の脂で黒ずんだ金属の橋が両側からのびて、その岩につながっている。そこはだれにも属さない中立の場所で、〈翼棟《ウィング》〉の敵対する部族の間での交渉や協定のために使われていた。

手に負えぬ奴隷がしばしば悲鳴とともに投げ落とされる、柵のないへりのところに据えた王座には、ジョーマンリックがどっかりと腰をかけ、それを〈兵団〉が取り巻き、玉座につながれた鎖の先には小柄な犬奴隷がうずくまっている。

「あいつを見ろよ」ケイロの声がフィンの耳にささやいた。「でっぷりと太ってさ」

「おまえと同じように自慢げだ」

〈義兄弟〉は鼻を鳴らした。「ふん、おれには自慢できるものが少なくとも一つはある」

だがフィンはマエストラを見つめていた。連れてこられた彼女は、人垣と、危なげな二本の橋と、向こう側のちらちらする光の中で待っている味方の人々に、すばやく目を走らせた。向こう側では一瞬だけ、男の叫び声がし、その声に、彼女の表情が平静を失った。衛兵から身をふりもぎって叫んだ。

「シム！」

呼んでいるのは夫だろうか、とフィンは思った。「行こう」とケイロに声をかけ、押し進んだ。

ふたりを見て、人垣が割れた。「みながおまえを見る目つきでわかる」だったっけ。フィンは苦く考えた。あの老人の言ったとおりだと思うと、むしょうに腹が立った。マエストラの後ろから近づいて、腕をつかんだ。「ぼくの言ったことを覚えてるか。あんたには危害は加えない。ただしあれを持ってくれれば、だが？」

彼女はフィンをにらみつけた。「あの人たちは何も惜しまない。愛というものがわかる人間もいるのよ」

皮肉が心に刺さった。「ぼくも、昔はわかっていたと思う」

ジョーマンリックがほとんど焦点を結ばぬうつろな目で、ふたりを眺めている。指輪をはめた指を橋に向かってぐいと突き出し、わめいた。「用意をしろ」

ケイロは女の両手を後ろにひっぱり、枷をはめた。それを見て、フィンはつぶやいた。「残念だ」

マエストラが彼の目をとらえた。「おまえを助けたわたしのほうが、よっぽど残念よ」

ケイロがからかうような笑みを見せた。そしてジョーマンリックのほうを見やった。

〈翼の主〉は重たげに腰をあげ、〈亀裂〉のへりまで歩いてくると、向こう側の〈文民〉たちをにらみつけた。太い腕を胸の前で組むと、鎖をつづった上衣がきしんだ。「そこなやつら、よく聞け」と大声を出した。「この女の体重だけの財宝を出せば、戻してやる。びた一文まからん。まぜものやがらくたは許さんぞ」

その声は、たちのぼる湯気の中に鳴りひびいた。

「まずきくが、おまえの約束にうそいつわりはあるまいな」怒りに冷えた答えがかえってきた。

ジョーマンリックはにやりとした。ケットの汁が歯を光らせる。「わしの約束だと？　わしは十になるころから約束は守らず、血を分けた兄弟を刺し殺した男だ。それは承知してもらいたいな」

〈兵団〉から忍び笑いがもれた。その背後の闇に半ば身を隠し、苦い顔をして立っているギルダスを、フィンは見た。

沈黙があった。

ちらちらする熱気のもやの奥深くから、ガラン、ドタンという音がした。〈市民団〉が亀裂ごしに、

〈スパイク〉へと財宝を投げはじめたのだ。彼らには何があるんだろう、とフィンは考えた。鉱石はもちろんだろうが、ジョーマンリックが求めているのは、黄金やプラチナ、そして極めつきは貴重な極小回路だ。何といっても〈市民団〉は〈翼棟〉でもっとも裕福な集団のひとつだ。だからこそ襲撃の対象になった。

橋が揺れた。マエストラが手すりをつかんで身を支えようとした。

フィンはしずかに「行けよ」と言って、軽くうしろをふりかえった。ケイロはすでに抜刀している。

「おれがついてるぞ、きょうだい」

「最後の一オンスが手に入るまで、その雌犬を行かせてはならんぞ」ジョーマンリックのきしるような声。

フィンは顔をゆがめた。マエストラを前に押しだし、自分も渡りだした。

橋は鎖を編んで造ったもので、ひと足ごとに揺れる。フィンは二度足をすべらせ、うち一度は橋全体が狂ったように揺れ、三人とも奈落に落ちかけた。ケイロが罵声を浴びせる。金属の輪をつかむマエストラの指は、関節が真っ白になっていた。

フィンは下を見なかった。何があるかはわかっている。暗黒と、たちのぼって顔をひりひりと焼き、奇妙に眠くなるガスをもたらす熱気だ。それを吸いこまないことが肝要だ。

少しずつ前進してゆくマエストラの声が、冷たく固く、後ろのフィンに届いた。「もしも、あの……クリスタルが来なかったら？　そしたら？」

「黙れ」前方の薄暗がりに、〈市民団〉が見えた——取り決め通り、三人の男が重みのかかった壇の上で待っている。フィンはじりっとマエストラの後ろに寄った。「ごまかして逃げるなよ。ジョーマンリックは二十もの武器で攻撃をかけるぞ」

「わたしは愚かじゃない」そう言って、マエストラは〈スパイク〉に足をかけた。

フィンはあとに続きながら、深い安堵の息をついた。それがいけなかった。熱いもやの放つガスで喉がつまり、咳きこんだ。

ケイロが彼をおしのけるようにして前に出、抜き身の剣をもたないほうの手で、女の腕をつかんだ。

「乗れ」

そう言って、女を壇のほうへ押しやった。それはアルミ製の大きな構造物で、今回のような取り引きの場合のために、各部分をここまでひきずってきて、たいへんな苦労をして組み上げたものだ。とはいえフィンは〈兵団〉と暮らすようになってから、これが使われるのを見たことはなかった。ジョーマンリックはたいてい身代金の受け渡しなどという面倒なことはしないのだ。

「しるしをよっく見ろよ」ケイロはなめらかな動きで〈市民団〉のリーダーに向き直った。「この女、それほど軽いわけじゃないだろうから」と笑って、「おまえたち、もっと粗食をさせとくべきだったな」

男はがっしりした体格で、着込んだ縞のコートは内側に隠した武器でふくらんでいる。ケイロのからかいには耳を貸さず、進んできて、錆びた目盛りをさす針を一瞥し、マエストラと一瞬すばやく目配せをかわした。襲撃のときに、見た覚えがあった。彼女がシムと呼んだ男だ。

男はフィンに険悪な目つきをくれた。ケイロはすかさずマエストラを引き戻し、短剣をその首すじにあてがった。「さあ、積み上げろ。小細工をするんじゃねえぞ」

財宝がざらざら流し出される前の一瞬、フィンは目から汗をぬぐった。もう一度ごくりと唾を飲んだが、深い呼吸はしないようにした。口と鼻をおおうものがほしい、と痛切に思った。かすかな、だが恐ろしいほど見慣れた赤っぽい点々が眼前を浮遊しはじめた。今はだめだ、フィンは必死に願った。頼む、今だけは来ないでくれ。

黄金がじゃらじゃら、がらがらと音を立てている。指輪、杯、皿、手の込んだ燭台。別の袋がさかさにされ、銀貨が流れ出た。密輪商人に持ちこまれた鉱石から鋳造したものだろう。それから、〈翼棟〉の暗くめったに人の行かぬあたりから盗んでこられた、繊細な備品の洪水——こわれた〈カブトムシ〉、〈目〉のレンズ、レーダーの壊れた〈掃除屋《スイーパー》〉。

針が動き出す。〈市民団〉の男はそれを見つめながら、ケットを一袋と、ギルダスでさえ噂にしかきいたことがないであろう、ひねこびた木々の生える森から取ってきた希少な黒檀の小片をふたつ、そこに置いた。

ケイロがフィンに笑みを向けた。

赤い針がじりじり動いてゆく。銅線とプラスティック・ガラスが山をなし、ひとつかみのクリスタルのフィラメント、つぎのあたった兜ひとつ、最初の一撃を受け止めたら折れてしまいそうな錆びた剣が三本、増えていった。

三人の男は忙しく手を動かしていたが、もう品物が底をつきかけているのは明らかだった。マエストラは唇をきつく結んで見つめている。ケイロのナイフの切っ先が、耳の下の皮膚を白くしていた。

フィンは呼吸が乱れてきた。目の裏にちくちくと痛みがはじける。ごくりと息を呑んで、ケイロに声をかけようとしたが、声が出ず、〈義兄弟〉のほうは最後の袋――つまらないブリキ細工ばかりだ――が、てっぺんにのせられるのを見つめていた。

針が大きく揺れた。

わずかに足りない。

「もっとだ」ケイロがしずかに言った。

「これで終わりだ」

ケイロはからからと笑った。「いま着てるコートのほうが、この女よりかわいいのかよ」

シムは体からはぎとるようにコートをぬぐと、投げた。それから、ちらとマエストラに目をやって、剣を投げ、そのあとから火縄銃も投げた。ほかのふたりも同じようにした。三人は空手で突っ立ったまま、ふるえる針を見つめていた。

針は微妙にしるしに重ならない。

「もっとだ」とケイロ。

「後生だから」シムの声はかすれていた。「頼むから、放してやってくれ」

ケイロがフィンに目をやる。「例のクリスタルとやらだが。ここにあるのか」

ぼうっとしたまま、彼は首をふった。

ケイロが氷のような笑みを男たちに向けた。あてがった刃に力をこめると、黒ずんだ血がうっすら光ってそこににじんだ。「あんたから頼め」

マエストラはこのうえなくおちつきはらっていた。「シム、この人たちはクリスタルをほしがってるの。廃墟の広間であなたが見つけたあれ」

「マエストラ……」

「あれをくれてやって」

シムはためらった。ほんの一瞬だったが、その間《ま》がマエストラを、あたかもげんこの一撃のように打ちのめすのを、フィンは吐き気に耐えながら見てとった。男は上着に手をつっこみ、何かを取り出したが、それが光をはじいて、男の指のあいだにつかのまの虹のさざなみを生み出した。「こいつを見つけた。もしかして……」

彼女が一瞥で、男を黙らせた。男はクリスタルをのろのろと、財宝の山の上に投げた。

針がぴたりと目盛りをさした。

すぐにケイロは女を押しやった。シムはその腕をつかみ、彼女を第二の橋のほうへ引っ張っていった。「走れ」と叫んだ。

フィンはうずくまった。唾液が喉にあふれるなか、クリスタルを取り上げた。中には大きな翼を広げた一羽の鷲の姿があった。ぼくの手首のしるしと同じだ。

「フィン」

彼は顔をあげた。

マエストラが足を止め、蒼白な顔でふりかえっていた。「それがおまえを打ち砕くといい」

「マエストラ！」シムが腕をつかんでいたが、彼女はそれをふりはらった。第二の橋の鎖をつかみながら、フィンに顔を向け、はき出すように言葉をたたきつけた。

「そのクリスタルを呪う。おまえを呪うわ」

「時間がない。早く行けよ」彼はしわがれ声を出した。

「おまえはわたしの信頼を打ち砕いた。わたしの憐れみを。わたしは、嘘は聞き分けられると思っていたのに。これからは二度と、知らない相手には親切にしない。そう思わせたおまえを一生許さない！」

マエストラの憎悪は彼を焼き焦がした。彼女が背を向けると、橋は揺れた。

奈落が狂おしく揺れ動く。マエストラが悲鳴をあげた、凍りつくような恐怖の一刹那、彼は「やめろ」と叫んで、ふらりと一歩踏み出そうとした。そのときケイロが彼の体をつかみ、何かが何かがバキッと裂けたような音がしたと思うと、橋を止めている鎖とリベットが音をたてて外れてゆくのが頭の中の痛みのせいか、恐ろしくゆっくりと見え、ジョーマンリックの呵々大笑が聞こえ、これは罠だったのだ、とわかった。

マエストラにもそれはわかっていたのだろう。彼女も突っ立ったままだった。フィンの目を一度しっかりと見つめ、それから消えていった。彼女もシムもほかのふたりも、奈落へ落ちてゆき、橋は珍奇な仕掛けのように、向こう側の壁面にバタンとぶつかり、すさまじい轟音をたてて、壊れた鉄の部品を巻きちらした。

悲鳴のこだまが薄れてゆく。

がっくり膝をついたフィンは、呆然と目を見張った。吐き気の波が体を走りぬける。彼はクリスタルをわしづかみにし、耳にとどろく轟音の中、ケイロの平静な声をきいた。「あの古狸めがこうすることまでは読めなかったな。ガラス一個じゃ、おまえの苦労にはまるで見合わん。だろ?」

そのときフィンは一瞬のうちに、苦痛に満ちた明晰さでもって悟った。思ったとおりだ、ぼくは〈外〉の生まれだ。なぜなら、この手にもっている物体は、もう何十年ものあいだ〈監獄〉のだれもが見たこともなく、その目的について考えようとも思わぬものなのに、ぼくにはなじみ深い。ぼくは、これをあらわす言葉を知っている。これが何だか知っている。

鍵だ。

闇と苦痛が轟然とせりあがって、彼を呑みこんだ。

倒れかかる彼を、ケイロががっしりと受け止めた。

第2部　地下では星々は伝説だ

8

〈怒りの歳月〉は終わり、昔とは何もかもが変わった。戦争は月をうつろにし、潮を止めた。もっと単純な生き方が必要だ。過去にたちもどるべきだ。すべての人間、すべてのものが、所を得て、整然と秩序を保っていた時代へ。自由など、生き延びるためにはささいな代償にすぎない。

『エンダー王の法令』

フィンは千マイルもの深みへと奈落を落ちてゆき、岩棚にぶつかった。息もできずに頭をもたげる。あたりでは闇がとどろくばかりだ。だれかがそばの岩にもたれて座っていた。

フィンはすぐに声を発した。「〈鍵〉は……」

「おまえのそばだ」

彼は岩屑の中を手探りし、〈鍵〉のなめらかな重さを感じとった。それからふりかえった。

そばに座っているのは見知らぬ男だ。若くて黒髪が長い。〈知者〉のに似た衿の高い長衣を着ているが、ぼろぼろでつぎがあたっている。男は岩の面を指さして、「フィン、見るがいい」と言った。

岩に鍵穴があった。そこから光がさしていた。それが小さな黒い扉で、透明なそこには星々や銀河が埋めこまれているのが見てとれた。

「これが〈時〉だ。これこそおまえが開けるべき鍵穴だ」サフィークは言った。

フィンは〈鍵〉を持ち上げようとしたが、重くて両手が必要で、そうしてつかんでみてさえ、ぐらぐらした。「手を貸してくれ」とかすれ声で頼んだ。

だが穴はみるみるうちに閉じてゆく。〈鍵〉をようやくちゃんと持てたときには、扉に残っているのは、針でついたほどの光の穴だけだった。

「試してみたものは数多い」とサフィークが耳もとでささやいた。「そうして、みな早く死んだ」


つかのま、クローディアは絶望で動けなくなっていた。

それから体を動かした。クリスタルの鍵をポケットに押しこみ、ジェアドのディスクを使って、黒ビロードの上におさまった鍵の完全なホログラム・コピーを取り、引き出しをがたんと閉めた。汗で熱くなった指で、この緊急事態に備えて用意した透明樹脂の箱を取り出し、そこをはじいてテントウムシを飛び出させた。虫たちは飛んでいって、コントロールパネルや床にとまった。それから彼女はディスク上の青いスイッチを押し、次に赤いのを押してから、ディスクをふって扉に向けた。

レーザー光線が三本、シューッと音を立てて消えた。檻に開いた隙間から、クローディアは一斉射撃を恐れながらすべり出た。この光の格子は悪夢のようだ。ディスクがジュウジュウ、カチリと音を立て、クローディアはやけになって、それに向かってどなった。壊れるか、パワー切れになるかと思ったのだが、原子が忙しく動きまわり、再形成されていって、白熱していた穴が、ゆっくりと金属の中に溶けこんでゆく。

ほどなくクローディアは扉を通り抜け、開けたままにして廊下に出た。

静まりかえっている。

驚いて聞き耳をたてた。書斎の扉が背後でかちっと閉まると、緊急アラーム音も、別世界で鳴っているかのように、すっぱり断ち切られた。

屋敷の中は平和だった。鳩がクウクウ鳴いている。下のほうで声がする。

クローディアは走った。裏階段を駆け上がり、屋根裏に向かい、召使いたちの住まいの一画の通路を駆け抜け、にがよもぎとクローブの匂いのする、つきあたりの小さな物置にたどりつく。そこに飛びこむとせわしなく手探りして、古い司祭部屋に通じるからくりを探した。爪で、塵と蜘蛛の巣を掻きわける。これだ、あった！　親指がぎりぎりはみださないくらいの小さなかけがねだ。

そこを押すと、壁の羽目板がきしんだ。体重をかけて押し、悪態をつきながら持ち上げると、羽目板がふるえながら開いたので、その奥へもぐりこんだ。

羽目板を閉め、背中をそこに押しつけると、やっと息ができた。

目の前には、ジェアドの塔に通じるトンネルが、闇の中にのびている。


フィンは体をねじまげて寝台に横たわっていた。

長いこと横になっているうちに、人が走りまわり、皿ががちゃがちゃ音をたてている、外の〈巣穴〉の物音が徐々に意識に入ってきた。片手でようやく探ってみて、体にきちんと毛布がかかっていることに気づいた。両肩と首が痛む。冷たい汗で体が冷えていた。

ごろりと寝返りを打って、汚い天井を見上げた。長い悲鳴のこだまが耳から消えない。リンリン鳴るアラームと、恐ろしくもひらめく光線の列。胸の悪くなるような一瞬、自分の先へのびている長い黒いトンネルの奥まで見通せ、その中に足を踏み入れれば、手探りで光のほうへゆけるのではないかという気がした。

そのとき、ケイロが言った。「時間だ」

〈義兄弟〉の姿がぼやけてゆがんだまま、近づいてきて、ベッドに座った。彼は顔をしかめて言った。「ひどいざまだな」

フィンが声を出そうとすると、しわがれた声しか出なかった。「あんたはまともだ」

ゆっくりと焦点が合った。ケイロの豊かな金髪は後ろで縛ってある。シムの縞模様のコートを着て、もとの持ち主以上に派手な飾りをつけていた。鋲を打った幅広のベルトを腰に巻き、宝石ずくめの短剣をストラップでつるしている。両腕を広げてみせた。「どうだ、似合ってるだろ」

フィンは答えなかった。怒りと恥ずかしさの波が、体内のどこかでわき起こった。心はそれから身をもがいて逃れようとした。それを心に入れてしまったら、おぼれ死にしてしまう。しわがれ声を出した。「ぼくはどのくらい寝てた？　そんなにひどい顔か」

「二時間てとこだ。また配給を逃したぜ。また、な」

そろそろとフィンは身を起こして座った。発作のせいで頭がかすみ、口の中が乾いている。

「いつもよりちっとひどかったかな。痙攣を起こしてた。もがいてびくびくひきつるのを、おれが押さえつけ、ギルダスが、おまえが自分を傷つけないよう処置してくれた。ほかのやつらはろくに気づいちゃいない。お宝をじっくり味わうのに忙しくてな。おれとギルダスとで、おまえを運んでもどった」

フィンは絶望に赤くなった。ブラックアウトは予想もつかないときに起きるし、ギルダスでは手のほどこしようがない。少なくとも本人はそう言っている。あのとどろく熱い闇に呑みこまれてから何が起きたのか、フィンはまったく覚えていないし、知りたくもなかった。あれは自分の弱みだし、〈兵団〉が自分を畏怖の目で見ていても、あれはひどく恥ずかしかった。いまは、まるで体外離脱をし、戻ってきてはみたものの、体の中に斜めに入りこんだかのような気分で、力は入らず、ひりひりと疼く。「〈外〉じゃ、こんなことはなかった。それは確かだ」

ケイロが肩をすくめる。「ギルダスはおまえがどんなヴィジョンを見たか、死ぬほどききたがってるぜ」

フィンは目を上げた。「後でいいさ」ぎごちない沈黙が落ちた。その中へ、声を押し出した。「ジョーマンリックがマエストラを殺せと命じたのか」

「ほかにだれがいるよ？　あいつが面白がるたぐいのことだろ。おれたちに対する警告にもなるし」

フィンはけわしい顔でうなずいた。ベッドから足を蹴り出し、すりきれた長靴を見下ろした。「絶対にあいつを殺してやる」

ケイロが品のよい片眉をあげた。「きょうだい、なぜそんなにこだわる？　ほしいものは手に入ったじゃないか」

「あの女《ひと》に約束した。無事に帰すと」

ケイロは一瞬彼を見つめた。「おれたちは〈滓〉だぞ、フィン。おれたちの約束なんて何の意味もない。あの女も知ってたはずだ。人質だったんだ。もし〈市民団〉がおまえを人質にとってたら、あいつらも同じことをしたよ。だからもう考えるな。前にも言ったろ。おまえは物事を真剣に考えすぎる。それがおまえを弱くする。〈監獄〉は弱さを許しちゃくれない。致命的な欠点は、決して見のがされない。ここじゃ、殺すか殺されるかだ」ケイロはまっすぐ前方を見つめ、その声にはフィンが初めてきく、妙に意固地なものがまじりこんでいた。だが、ふりかえったときの笑顔にはくったくがなかった。「で。あの鍵は一体何なんだ」

フィンの心臓がどきりと鳴った。「〈鍵〉！　どこにいった？」

ケイロはあきれたように首をふった。「やれやれ、おれがいなけりゃ、おまえは生きていけないな」と片手をあげ、曲げた一本の指から例のクリスタルがぶらさがっているのを、フィンは見た。それをつかもうとしたが、ケイロがぐいとひっさらった。「きいたろ。この鍵は一体何だって」

フィンは紙のようにかさついた唇をなめた。「鍵だから、開くための道具だ」

「開く？」

「錠前を外す」

ケイロが警戒ぎみになった。「〈翼棟の錠前〉か。どの扉でもか」

「さあ。ただ……そうだとわかるんだ」彼はせわしく手をのばして、鍵をつかみ、今度はケイロも惜しそうにだが、手を放した。それはガラスめいた繊維で織られた重たい品で、中心のホログラフの鷲が、王者のごとくフィンを見据えていた。首のまわりには王冠のように見えるみごとな衿をつけており、フィンは袖をひっぱって、自分の肌に薄くのこった青いしるしと比べてみた。

肩越しにケイロが言った。「同じみたいだな」

「同じものだ」

「だけど、それだけじゃ何もわからない。実際、おまえもその品も〈内〉生まれだってこともありうる」

「これは〈内〉から出たものじゃない」フィンは両手でそれをなでさすった。「見てくれ。こんな素材、どこにある？　この巧みな仕上がりも……」

「〈監獄〉が造ったかもしれないぞ」

フィンは何も言わない。

だがちょうどその瞬間、あたかも聞き耳を立てていたかのように、〈監獄〉がすべての明かりを消した。


〈管理人〉が観測所の扉をそっとあけたときには、壁のスクリーンは十八世紀のハヴァーナ王朝の王たちの映像を映しだしていた。すでに活力を失った王朝だが、その社会政策は〈怒りの時代〉にまで受け継がれていた。ジェアドはデスクの前に座り、片足をクラウディアの椅子の背もたれにのせていた。彼女は身を乗り出し、手の中の電子パッドの文字を読んでいた。

「……アレクサンダー五世。〈領国〉の回復者。〈二極性の契約〉を創造。すべての劇場と、あらゆる形式の大衆の娯楽の場を閉鎖……なぜ、そんなことをしたのかしら」

「恐れたからですよ」ジェアドはにべもなく言った。「そのころには、どんな集団も、秩序への脅威とみなされたのです」

クラウディアはにっこりしたが、喉はからからだ。父親には、こういう場面を見せなければならない。娘とお気に入りの家庭教師の場。もちろん父親は、ふたりが自分の存在を知っていることを、承知している。

「えへん」

クローディアは飛び上がった。ジェアドがふりかえる。ふたりの驚きのさまは真に迫っていた。

〈管理人〉はそれを嘆賞するかのように、冷たい笑みを浮かべた。

「父上」クローディアは絹のドレスのしわをのばすように、立ち上がった。

「もうお戻りですの。十一時とおっしゃっていたのに」

「たしかにそう言った。先生、入ってもよろしいかな」

「もちろんですとも」ジェアドが言い、その手から子狐がするすると飛び出し、書棚に跳びあがった。「〈管理人〉どの、おいでいただき、光栄です」

〈管理人〉は器具のちらかったテーブルに近づいていって、蒸留器に触れた。「ジェアド、きみの〈時代〉の解釈は少々……変わっておるな。とはいえ〈知者〉は、たいして〈規定書〉には縛られぬものだ」と、繊細なガラス器具を手に取って持ち上げたので、異様に拡大された左目が、そのガラスごしにふたりをじっと見据えた。「〈知者〉は思いのままにふるまう。発明し、実験し、過去の暴政の時代にあっても、人類の知性を活動的に保ってきた。いつでも新たなエネルギー源、新たな治療法を探している。見上げたものだ。しかし、聞きたい。娘の勉強は進んでいるか」

ジェアドはきゃしゃな指を組み合わせた。気を遣いながらこう言った。「クローディアはいつでも優秀な生徒ですよ」

「学究肌ということかね」

「そうです」

「知的で有能かね」〈管理人〉はガラス器具を下ろした。その目は娘から離れない。クローディアは目をあげて、おちついて父を見返した。

ジェアドがつぶやく。「この方は何を手がけても、成功なさいます」

「この子は、何でも手がけるからな」〈管理人〉が手を開くと、瓶が落ちた。デスクの角にぶつかって砕け、ガラスが飛び散ったので、驚いた鴉が鳴きながら窓から飛び出していった。

ジェアドはいちはやく飛びのいていた。その場で凍りついた。クローディアが彼のうしろに、身じろぎもせずに立っている。

「これはすまんことをした」〈管理人〉は残骸を平然とながめ、ハンカチを取り出して、指をぬぐった。「年のせいか、指がすべった。何か重要な液体が入っていたのかね」

ジェアドはかぶりをふった。クローディアは、彼の額がごくうっすらと汗に光っているのに気づいた。自分の顔も青ざめていることだろう。父親が言った。「クローディア、喜べ。エヴィアン卿とわしの間で、持参金の話し合いがついた。嫁入り道具をまとめにかかりなさい」

戸口で彼は足を止めた。ジェアドがかがみこんで、曲がった鋭いガラス片をひろい集めている。クローディアはまったく動かない。父親を見つめた。父のまなざしはつかのま、毎朝のぞく鏡の中の自分の顔を思い出させた。「わしは昼食はいらん。仕事が山積みだからね。書斎に行く。虫の問題があるようだし」

父が出ていって扉が閉まったが、ふたりとも口をきかなかった。クローディアは腰を下ろし、ジェアドはガラス片をディスポーザーに入れ、モニターのスイッチを塔に合わせた。ふたりはいっしょに、〈管理人〉の黒くごつい姿が、鼠の糞と蜘蛛の巣のあいだを几帳面に縫ってゆくさまを見つめた。

ようやくジェアドが言った。「父上はご存じですね」

「当然よ」クローディアは体がふるえているのに気づいた。ジェアドの古い長衣を肩のまわりにはおった。ドレスの下にはジャンプスーツを着ている。靴は左右が逆だし、髪は汗にぬれて束になりながら、後ろに掻きあげてある。「わたしたちにそれを思い知らせるために、ここに来たのよ」

「テントウムシがアラーム音を誘発したなんて、お信じにならないでしょうよ」

「言ったでしょ。あの部屋には窓がないの。でも、わたしが父さまの裏を掻いたなんて、ぜったいに父は認めないわ。これからもね。これはゲームなんだわ」

「でも〈鍵〉は……ばれませんかね」

「父さまがただ引き出しをあけて、見るだけなら、気がつかないわ。あれを使おうとされたら、それまでに本物を戻しておくわ」

ジェアドは片手で顔をぬぐった。ふらりと腰を下ろした。「〈知者〉ならこんなことを言うべきではありませんが。わたしはあの方がこわいです」

「だいじょうぶ？」

彼はクローディアに黒い目を向け、子狐が帯び下りてきて、彼のすねにたわむれた。

「はい。でもそれを言うなら、クローディア、あなたのこともこわいですよ。いったいぜんたいなぜ、あれを盗んだりしたんです？　父上に、自分がやったと知らせたいんですか」

クローディアは眉をひそめた。ときどきジェアドは鋭すぎる。「あれ、どこにあるの？」

ジェアドは一瞬彼女を見つめ、悲しげな顔をした。土製の壺のふたをとって鉤を垂らし、ホルムアルデヒドの液中から〈鍵〉を引き上げた。化学薬品の刺激臭が部屋いっぱいに広がった。クローディアは長衣の袖で顔をおおった。「あんまりだわ。ほかに隠し場所はなかったの」

さっき彼女は〈鍵〉をジェアドの手の中に押しこんだあと、着替えるのに忙しく、彼がそれをどこにやったか、見るひまもなかったのだ。ジェアドはそれを、保護用の封蝋の中から取り出して、作業台のごつごつと焦げた面にのせた。ふたりはそれを見下ろした。

〈鍵〉は美しかった。クローディアにははっきりと見えた。さまざまな面が窓からさしこむ陽光をとらえて、虹のようにきらめく。中心部に埋めこまれた、王冠をかけた鷲が、誇らしげにこちらを見返している。

しかし、あまりに華奢な作りで、どんな鍵穴にさしこんでも回せそうにない。その透明な内部にはどんな回路も仕組まれていない。「引き出しを開けるパスワードは〈監獄〉だったわ」

ジェアドが片眉を上げた。「つまりあなたのお考えは……」

「火を見るより明らかじゃない。こんな鍵で開けるべきものがほかにある？　この屋敷の中に、あんな鍵のついたものはないわ」

「〈監獄〉がどこにあるのか、わかりませんよ。それに、もしわかっても、使えません」

クローディアは顔をしかめた。「探しだすつもりよ」

つかのま、ジェアドは考えた。それから、彼女の見ている前で〈鍵〉を小さな秤にのせ、正確な重さをはかり、体積と長さを出し、その結果をいつもの正確な字体で書きとめた。「ガラスじゃありませんね。珪素の結晶したクリスタルです。それに」と秤を調節した。「ひじょうに特異な電磁場を持っています。純粋に機械的な面から言えば、これは鍵ではありません。きわめて複雑なテクノロジーの産物で、〈時代〉以前のものです。クローディア、これでは牢獄の扉は開きませんよ」

それはそうかもしれないと思っていた。もう一度腰を下ろし、考えこみながら言った。「わたしはずっと〈監獄《インカースロン》〉が妬ましかった」

意表をつかれたジェアドがふりかえると、彼女は笑った。

「ええ、本当よ。小さいときに宮廷に行ったわ。みんなが父さまを――〈監獄〉の〈管理人〉、〈収容者〉の〈保護者〉〈領国〉の〈庇護者〉を――ひと目見ようと集まってきた。そういう言葉がどういう意味かはわからなかったけれど、嫌いだった。わたし、〈監獄《インカースロン》〉というのが人間で、わたし以外の娘、秘密にされている双子のきょうだいだと思ったの。それで嫌いになった」クローディアはテーブルからコンパスを取り上げ、その脚を開いた。「それが牢獄のことだって知ったとき、父さまがランタンと大きな鍵、そう、錆びた大昔の鍵をもって、独房の並んでいるところへ下りていくのだと想像した。そこには巨大な扉があって、鋲や釘で、罪人のひからびた体が打ちつけてあるって」

ジェアドが首をふる。「ゴシック小説の読み過ぎですね」

クローディアはコンパスを一点に刺し、ぐるりと円を描いた。「しばらくのあいだ、わたしは〈監獄〉について夢を見たり、建物の地下のずっと深いところで、泥棒や殺人者が、がんがん扉をたたいて、逃げようとしてるところを想像したりしてたわ。いつもこわくて目が覚めて、その人たちがわたしをつかまえにくるんじゃないかと思った。それから、そんな単純な問題ではないのがわかったの」と目を上げた。「書斎のあのスクリーン。父さまはあれでもって、ここから〈監獄〉をモニターできるのよ」

ジェアドはうなずいて、腕組みをした。「〈監獄〉は造られたあとで封印された。あらゆる記録がそうなっています。入るものも、出てゆくものもいない。〈管理人〉だけがその進歩を監督できる。その場所は〈管理人〉しか知らない。ひじょうに古い説があります。〈監獄〉は地下何マイルもの深さにある、広大なラビリンスだというのです。〈怒りの時代〉のあと、人口の半分がそこに移されました。これはたいへんな不正ですよ、クローディア」

彼女は軽く〈鍵〉に触れてみた。「そうね。でもそんな話、救いにはならない。わたしが必要なのは、殺人の証拠であって……」

閃光が走った。

光がすうっと失せた。

彼女はぱっと指をひっこめた。

「驚いた」ジェアドが声にならない声で言った。
黒い指紋がクリスタルの表面に残った。目のような、まるい黒い開口部。
その中のずっと奥に、ふたつの光が動いているのが見えた。星のように小さな光が。

9

〈監獄〉よ、なんじはわが父
なんじの痛みよりわれは生まれたり
骨は鋼、血管は回路
その心臓は鉄の部屋

『サフィークの歌』

ケイロはランタンをかかげた。「賢者よ、どこにいる?」

ギルダスの姿は、いつも眠っている檻の中にも、〈共同体〉がこれみよがしに、すべての火鉢に火をたき、騒々しく歌い、大口をたたいて勝利を祝っている大部屋のどこにも見当たらなかった。ケイロは奴隷たちを何発かなぐりつけて、ようやくひとりが、掘っ立て小屋のたちならぶあたりへ向かう老人を見かけたことを白状した。あとを追っていって、小さな房にいるところを探しあてた。老人は奴隷の子供の化膿した足の傷に包帯をしてやっていた。母親が蝋燭を持ち、不安げに処置の終わるのを待っている。

「ここじゃ」ギルダスはふりかえってにらんだ。「ランタンをもっと近づけろ。何も見えやせん」

フィンは入っていって、光が少年をちらちら照らしだすのを見た。ひどく具合が悪そうだ。

「元気をだせよ」ぶっきらぼうに声をかける。

少年はおびえながら、にっと笑った。

「もし、あなたに触れていただけたら」母親が口の中で言った。

フィンはそちらを見た。美しさの名残はあるが、いまはやつれてやせほそっている。

「〈星見人〉の手には、癒しの力があるときききます」

「くだらん迷信さ」ギルダスが鼻を鳴らして、包帯をぎゅっと結んだが、フィンは少年の熱い額に、かるく四本の指をふれてやった。

「賢者どのの手と、さしてかわるまい」ケイロがぬけぬけと言った。

ギルダスは背をのばして、指を長衣にこすりつけ、いまの揶揄は聞き流した。「わしにできるのはせいぜいここまでじゃ。この傷は膿を出さんとな。清潔にしておくように」

ふたりがあとについて小屋を出ると、老人は不満げに言った。「感染症も、疾病もますます増えてゆくわい。必要なのは、黄金や錫ではのうて、抗生物質じゃ」

フィンは老人がこういう精神状態になったときをよく知っていた。暗くしずみこんで、何日も檻に閉じこもり、本を読み、眠り、だれとも話をしない。マエストラの死が、老人を苦しめているのだろう。そう思い、フィンは唐突に言った。「サフィークに会った」

「何だと」ギルダスがいきなり足を止める。ケイロでさえ、興味をひかれた顔をした。

「サフィークが言ったんだ――」

「待て」〈知者〉はせかせかとあたりを見回した。「こっちへ」

そこは暗いアーチの通路で、先へ抜けて〈巣穴〉に出ると、天井から太い鎖がぶらさがって、山のようにとぐろを巻いているところがあった。ギルダスは輪に足をかけ、ぐんぐんのぼっていって、闇の中に姿を消した。フィンがあとを追ってのぼってみると、老人は壁ぎわの高い棚の上で、鳥の古い糞や巣をわきに押しやっていた。

「こんな中に座れるかよ」ケイロが言った。

「なら立っておれ」ギルダスはフィンからランタンを受け取り、それを鎖の上にのせ、壁にもたせかけた。「さて。いっさいがっさい話してもらおう。ひとこともらさずにだ」

フィンはへりから足を出して、下を見おろした。「ここみたいな高い場所にいたんだ。サフィークがそばにいて、ぼくは〈鍵〉を持っていた」

「あのクリスタルか。サフィークがそいつを鍵だと言ったのか」ギルダスは衝撃を受けたようだ。白いひげのまばらな顎を掻いた。「鍵とは〈知者〉の言葉だ。フィン、魔法の言葉じゃ。錠を開ける道具じゃ」

「鍵が何だかぐらいは知ってるさ」フィンはむっとして言った。それから、心をおちつけようとした。「サフィークは、それを使って〈時〉の錠を開けろと言った。黒くて光る岩の中に鍵穴があった。でも〈鍵〉は重くて、ぼくには扱いきれなかった。それで……打ちひしがれた気持ちになった」

老人はフィンの手首をつかんだ。すさまじい力で締めつける。「サフィークはどんなかっこうをしていた？」

「若かった。黒髪を長くのばしてた。物語に出てくる通りだ」

「で、扉は？」

「すごく小さかった。その岩は内側から光を出していた。星のように」

ケイロは優雅なしぐさで壁にもたれかかった。「そいつはふしぎな夢だな、きょうだい」

「夢ではないぞ」ギルダスは堰を切ったようにしゃべりだした。信じられない喜びに、気がうわずっているようだった。「その扉は知っておる。一度も開かれたことがない扉だ。ここから一マイルほど離れた、地上の〈市民団〉の土地にある」老人は両手で顔をこすった。「その〈鍵〉はどこにある？」

フィンはためらった。古いひもに通して首にかけてみたが、ひどく重かったので、今は上着の内側につるしてあった。しぶしぶ、それを引っ張り出した。

〈知者〉はうやうやしい手つきで受け取った。静脈の浮いた小さな両手がそれを探りまわした。目のそばにもっていって、鷲を見つめた。「これこそわしが待っておったものじゃ」声は、こみあげる思いにつまった。「サフィークからの合図じゃ」と顔をあげた。「これがすべてを決める。今夜すぐに出発じゃ。ジョーマンリックにこれが何だか知られる前にな。フィンよ、時をうつさず、いまこそ〈脱出〉にかかろうぞ」

「ちょっと待った」ケイロが壁から身をはがす。「こいつはどこへも行かん。おれに誓いを立てたんだ」

ギルダスがいやな顔をし、彼を見た。「それはただ、おまえさんにとって、フィンが役に立つからじゃろう」

「あんただって同じじゃないか」ケイロは笑いとばした。「じいさん、あんたは偽善者だな。こいつの頭がどっかへ行ってるときのうわごとと安ぴかのガラス細工にしか、興味がないくせに」

ギルダスは立ち上がった。背丈はケイロの肩までもなかったが、その目つきは憎しみに満ち、すじばった体には緊張がみなぎっていた。

「わしは用心のうえにも用心をするつもりだ。用心をな」

「つまり？　おれを蛇に変えるとでもいうのか」

「おまえはすでに自分で自分をそうしておる」

鋼をふるわせ、ケイロが剣を抜いた。その目は青く氷のようだ。

「やめろ」フィンは言ったが、ふたりとも彼を見もしない。

「おまえのことは前から気に入らなんだ。おまえを信用したことはない」ギルダスはけわしい声で言った。「おまえは気取りやのうぬぼれた盗っ人で、おのれの快楽をしか思わぬ。いざとなれば平気で人を殺す――もう何べんもそうしてきおった。そしておまえの望みは、フィンを自分そっくりにすることだけだ」

ケイロの顔が紅潮した。剣をふりかぶり、鋭い切っ先を老人の目に向けた。「あんたのようなやつからフィンを守ってやれるのは、おれだ。おれがこいつの面倒を見てるんだよ。病気のときは頭をささえ、いつも背後を守ってやる。ぶっちゃけて言えばだ、あんたら〈知者〉連中は、魔法の端きれなんぞを後生大事につかんでいる大たわけよ」

「やめろって言ったろう?」フィンはふたりの間に割って入り、剣を押しのけた。

ケイロは目をいからせて、それをふりはらった。「おまえはこいつといっしょに行こうってのか。なんでだ?」

「ここに残るという理由があるか?」

「おいおい、フィンよ。おれたちはここでうまくやってるじゃねえか——食い物も、娘っ子も、ほしいものは何だってある。みんなに恐れられ、一目おかれて——いまならジョーマンリックだって敵じゃない。あいつの代わりに〈翼の主〉になるんだ、おれたちふたりで」

「いつまでだ?」ギルダスが笑った。「ふたりで争いあうようになるまでか」

「黙れ!」フィンはいきりたってふりかえった。「ふたりとも何なんだ。この地獄に、ぼくの味方はあんたたちふたりだけなのに、ぼくをとりあって喧嘩するだけか。どっちも、ぼくのことを考えてくれないのか。見者としてじゃなく、戦士としてでもなく、危険をひっかぶる馬鹿としてでもなく、ぼくフィン自身のことをだ」ふるえているうちに、ふいに骨の髄まで疲れを感じ、ふたりが見つめる前でうずくまり、両手を頭にあて、かすれた声で言った。「もう、がまんならない。ぼくはここで死ぬんだ。発作をくりかえして、次の発作におびえながら、びくびくして生きる。そんなのはもうたくさんだ。出ていきたい。自分が何なのか知りたい。〈脱出〉するんだ」

ふたりは押しだまった。ランタンの光の中を、細かな塵がゆっくりと舞い落ちてくる。やがてケイロが剣を鞘におさめた。

フィンはふるえを止めようとした。ケイロの侮蔑の目を見るのがこわかったが、目をあげた。だが〈義兄弟〉は手をさしだし、フィンを立ち上がらせると、面と向かい合った。

ギルダスがこもった声で言った。「わしもおまえのためを思っとるんじゃ、馬鹿が」

ケイロの目は青く鋭かった。「黙れよ、じいさん。こいつがいつものように、おれたちふたりをうまいこと操ってるのがわからんのか。フィン、おまえは実に食えないやつだよ。マエストラにもそれをやり、おれたちにもやってる」彼はフィンの腕を放して、一歩下がった。「いいだろう。で、みんなで上へ出るとする。だがな、フィン、マエストラの呪いを忘れたのか。死に際の呪いだぜ。あれでも出られると思うか」

「そいつはわしにまかしとけ」ギルダスが一蹴した。

「なるほど。魔法を使う、と」ケイロは信じられないように、ほとほと首をふった。「それに、〈鍵〉で、その扉が開くってどうしてわかる？　どんな扉でも、開くのは〈監獄〉がそう望んだときだけだ」

フィンは顎をこすった。背筋をまっすぐにのばした。「試してみなけりゃ」

ケイロが嘆息する。背を向けて、〈兵団〉の火の列を見下ろし、いっぽうギルダスは、フィンの目をとらえてうなずいた。しずかな勝利の確信に満ちた表情で。

ケイロが勢いよくふりむいた。「よし。だけど、こっそりとだ。たとえ失敗しても、だれにもばれんように」

「おまえは来んでもいい」ギルダスは低い声で言った。

「こいつが行くんなら、おれも行く」

そう言いながら、ケイロは鳥の糞を足で動かし、棚から落とした。落ちてゆくのを目で追ったフィンは、下で何かがうごめいたような気がした。鎖をつかんだ。「下にだれかいる」

ケイロが見下ろす。「確かか」

「ぼくは見たと思う」

〈知者〉がゆっくり立ち上がった。ただならぬ顔をしていた。「もしも密偵がいて、〈鍵〉の話を聞かれたとしたら、まずいわい。武器と食料をもって、十分後にシャフトの下のところで落ち合おう」

老人は〈鍵〉に目をやった。虹の光がこぼれてきらめく。「わしがこいつを持つ」

「だめだ」フィンが決然として取り返した。「ぼくのところにあるべきだ」

それをもって背を向けたとき、その重たさの中にふいにふしぎなぬくもりが感じられ、見下ろした。鷲のかぎ爪の下の青白い輪が消えかかっている。その奥から、一瞬、わずかな一刹那だったが、顔がこちらを見つめていた。

若い娘の顔だった。


「白状いたさねばなりませんが、わたしは乗馬が大嫌いでしてね」エヴィアン卿は、ダリラをしげしげと眺めながら、花壇のあいだを歩いていた。「無用に、領地から遠くへ離れるような感じがしますよ」卿は、ベンチのクローディアの隣に腰かけ、うららかに晴れた田園地帯に目を放った。教会の尖塔が熱気にぼうとかすんでいる。「それなのに、お父上がいきなり、もう帰るとおおせになった。もしや体調をくずされたのでなければよいのですが」

「何か急用を思い出したのでしょう」クローディアは言葉を選んで言った。

午後の光が屋敷の蜂蜜色の石にぬくもりを与え、それが濠の暗い金色の水に、照り映えていた。アヒルたちが、浮いているパンのかけらめざして、いちもくさんに泳いでゆく。クローディアは指でパンを割いて、もっと投げてやった。

エヴィアン卿が身をかがめると、そのなめらかな顔が水に映った。水に映った口が言う。「このご結婚に関しては、あなたもむろんお喜びと思いますが、いくらか、ご不安もおありでしょうね」

クローディアはパンくずをバンに投げてやった。「ときには」

「ご心配には及びませんよ。あなたなら苦労なくスティーン伯爵の手綱をとってゆけるだろうというのがみなの意見です。伯爵は母上がたいそう甘やかしておいでで」

クローディアもそのことは疑っていない。ふいに疲れを感じた。こんなふうに自分の役割をせおいつづけることのすべてが、重荷になってきた。立ち上がると、その影が水面をかげらせた。「すみませんが、いくつか用事もありますので、これで」

エヴィアン卿は顔もあげずに、ぽっちゃりした指をアヒルにさしのばしていた。そのままで「お座りなさい、クローディア」と言った。

この声。彼女は驚きながら、彼の後頭部を見つめた。鼻にかかったのんびりした調子は消えている。力強い命令の口調だ。彼が顔をあげた。

クローディアは無言で腰を下ろした。

「ちょっと驚くような話をしましょう。わたしは仮面をかぶるのを楽しんでいますが、ときどきそれには飽きる」如才のない笑みは消えて、別人のようになり、はれぼったいまぶたはやや退屈げになった。そして老けて見えた。

「仮面をかぶる?」

「ある人格を装うことです。だれでもそれはやっていることだ。この〈時〉という暴君の前では。クローディア、ここでは誰かに聞かれませんかね」

「屋敷内よりは安全ですわ」

「それなら」彼は座ったまま向きを変えた。白っぽい絹の上下が音をたて、彼のつけている香水のえもいわれぬ香りが、ふわりとクローディアの鼻先に漂った。「聞いてください。あなたにしなければならない話があります。チャンスは今だけかもしれない。あなたは〈鋼の狼〉という言葉を聞いたことがありますか」

危険だ。ここには危険がある。よほど注意しなくては。クローディアは答えた。「ジェアド先生は何でも教えてくれました。〈鋼の狼〉とはカリストン卿の紋章で、カリストン卿は〈領国〉への大逆罪をおかし、〈監獄〉に入った最初の囚人です。でもそれは何世紀も昔のことでしょう?」

「百六十年前です。ご存じなのはそれだけですか」エヴィアンがつぶやく。

「はい」これはほんとうだ。

彼は芝生の向こうに鋭い目を走らせた。「ではお話ししましょう。〈鋼の狼〉とは廷臣の秘密組織でもあります。廷臣と、あと……いわば、理想化された過去といつまでもたわむれることから解放されたいと望む不満分子も含まれています。つまりハヴァーナ王朝の圧政から逃れようとする輩です。彼ら……つまりわれわれ……は、民のことを気遣い、それぞれの望む生き方を認めてくれる女王を立てようとしています。つまり〈監獄〉を開く女王です」

クローディアの心臓が恐怖にどきりと打った。

「いま言ったことの意味がわかりますか、クローディア」

どう答えてよいかわからなかった。唇を噛みながら、見つめていると、メドリコートが門番小屋から出てきて、ふたりを探してあたりを見回した。「わかります。あなたもその集団のおひとりなんですね」

彼も秘書の姿を目に入れていた。口早に言った。「と言ってもいい。あなたにこの話をしたのは大きな賭けです。でもあなたは、あの父上の娘らしくはないですから」

秘書の黒い姿がはね橋をわたり、こちらへ歩いてきた。エヴィアン卿が力なく手をふる。「考えておいてください。スティーン伯爵の死を悼むものは多くありませんから」と言って立ち上がった。

「わたしをお探しだったかな」

ジョン・メドリコートは背の高い寡黙な男だった。クローディアに一礼して言った。「さようで。〈管理人〉がよろしくと申され、宮廷からただいま書類が届いたことをお知らせするようにとのことです」と革のかばんをさしだした。

エヴィアン卿はにっこりして、品のよいしぐさで受け取った。「それなら、行ってこれを読むとしよう。では失礼」

クローディアはぎごちなく腰をかがめておじぎをし、小男が、きまじめな秘書と並んで歩きながら、収穫の見込みについてとりとめない話をし、また書類を取り出して読むのを見送った。まさか、と思いながら、黙って指のあいだでパンを砕いた。

スティーン伯爵の死を悼むものは多くありませんから。

あれは暗殺のことか。エヴィアン卿は本気なのか。それとも女王が、わたしを罠にはめようとしているのか。わたしの忠誠心を試そうとしているのか。これはだれかに報告しても、黙っていても、まずいことになりそうだ。

クローディアはパンを暗い水面に投げ、首が緑に輝く大きいほうのマガモがそれをついばみ、小さいほうをいじめて押しのけるのを見た。わたしの人生ははかりごとと演技ばかりのラビリンスで、その中で唯一信じられるのが、ジェアド先生だった。

陽を浴びていても冷たい指どうしをこすりあわせ、粉をはらいおとした。

なぜなら、先生は死んでゆく人だから。

「クローディア」エヴィアン卿が戻ってきていた。ぽっちゃりした指のあいだに書状をはさんでいる。「あなたのいいなずけについてのいいお知らせです」こちらを見た表情は読みとりがたい。「カスパーが近くを旅しています。明日ここに着くでしょう」

クローディアは衝撃を受けた。こわばった笑みを見せ、最後のパン屑を水面に投げた。何秒か、それは漂っていった。それからぱくりと呑み込まれた。

ケイロは戦利品を荷物に詰めこんでいたっけ――上等の服、黄金、宝石、火縄銃。さぞ重いだろうが、当人は文句を言うまい。ひとつでも置いてゆくことのほうが彼には痛手なのだと、フィンは悟っていた。フィンの持ち物はといえば、服をひとそろい、食料、剣を一本、それに〈鍵〉だ。〈鍵〉があれば、それだけでよかった。チェストにためこんだ自分の取り分のお宝を見下ろして、自己嫌悪でいっぱいになりながら、マエストラが自分に向けた、焼きこがすような侮蔑の笑みを思い出した。バン、と音をたててチェストの蓋をしめた。

　ギルダスのランタンが前方に見えたので、彼は不安な目で後ろをうかがいながら、〈義兄弟〉のあとについて走った。

　〈監獄〉の夜はインクを流したように黒い。だが〈監獄〉は決して眠らない。その小さな赤い〈目〉のひとつが開いて、回転し、彼がその下を走りぬけたときにはカチリと音をたてたので、不安の小さなふるえが皮膚じゅうに広がった。だが〈監獄〉は好奇心まんまんに見守っているのだ。収容者とたわむれ、彼らが人を殺し、さまよい歩き、戦い、愛するのにまかせるが、やがてそれにも飽きると、〈監禁《ロックダウン》〉したり、みずからねじれて姿を変えたりして、彼らを苦しめる。収容者は〈監獄〉の唯一の楽しみであり、彼らの〈脱出〉などありえないことを〈監獄〉は知っているのだろう。

「急げ」ギルダスは待ちくたびれていた。彼が持ってきたのは、食料と薬を入れたかばんと、杖だけだ。杖を背にくくりつけた彼は、シャフトの中をのぼる梯子をちらと見上げた。「連絡橋までのぼる。てっぺんは警備されているだろうから、わしが最初に行く。そこから扉までは二時間だ」

「〈市民団〉のテリトリーを抜けてゆくんだ」ケイロがつぶやく。

ギルダスが冷たい目でにらんだ。「まだ、おまえは引っ返せるぞ」

「じいさん、こいつはもう引っ返せないぜ」

別の声がして、フィンがくるりと向き直った。ケイロもそばでふりむく。

トンネルの両側とあちこちの暗がりの中から、〈兵団〉の連中がのしのしと歩み出てきた。目を血走らせ、ケット中毒で昂揚して、弩《いしゆみ》を引きしぼり、あるいは火縄銃をかまえた男たちが。アモズがおそるべき斧を振りまわす。

ボディガードたちに囲まれて、眼光するどく、ジョーマンリックの巨体がそこにそびえたっていた。赤い汁がそのあごひげを血のように彩っている。

「だれも外に出ることはないわ。その〈鍵〉もな」

10

廊下の〈目〉たちは暗く、見張りを怠らず、その数は多かった。

「出てこい」彼は言った。

出てきたのは、みな子どもだった。ぼろを来て、傷だらけの肌は土色だった。その静脈は管《チューブ》で、髪は導線《ワイヤー》だった。サフィークは手をのばし、彼らにふれた。「おまえたちこそ、われらを救うもの」


『サフィークの歌』


だれも口をきかない。

フィンは梯子から離れた。剣をぬき、ケイロもすでに武器をかまえているのを見てとった。だがこちらの剣はたった二本、敵は多勢だ。

ビッグ・アルコがはりつめた空気を破った。「おめえがおれたちから逃げ出すとは、夢にも思わなかったぜ」

ケイロの笑みは鋼のようだった。「だれが逃げるって言った？」

「おまえの手の剣がだ」

ケイロが突きこんだが、ジョーマンリックは、胸にあてた鉄の籠手の背でもって、それを受け止めた。それから、この〈翼の主〉はフィンとケイロの向こうに目をやった。「あらゆる錠前を開けられる道具なぞ、ほんとうにあるのかね」発音は朦朧としていたが、彼の目は真剣だった。ギルダスが梯子から下りる気配を、フィンは感じた。

「わしはあると信じる。サフィークからわしに送られたんだ」老人はそばをすりぬけようとしたが、フィンがそのベルトをつかんで、引き留めた。うろたえたギルダスは身をもぎはなし、骨っぽい指を突き出した。「ジョーマンリック、よくきけ。そなたには長年、よき忠告をしてやった。そなたのところのけが人を癒し、そなたの作ったこの地獄穴にいくらかの秩序をもたらした。じゃが、わしは好きなときに好きなところに行く。そなたのところにいるべき時は終わった」

「ほう」大男は陰気な声を出した。「それはその通りだ」

〈兵団〉の面々が笑みをかわしあう。じりじりと詰め寄ってきた。フィンはケイロの視線をとらえた。ふたりはギルダスを守るように立った。

ギルダスが腕組みをした。侮蔑のみなぎる声で言った。「わしがそなたを恐れるとでも思うのか」

「ああ、そうとも、老いぼれよ。盛大に憎まれ口をたたいても、おまえはわしを恐れておる。それには十分なわけがある」ジョーマンリックは舌の上でケットを転がした。「おまえはこれまでわしのうしろで、手を切ったり、舌を抜いたりするのに、いやというほど立ち会ったし、みせしめに首を槍にさして飾るのも、十分見てきたはずだ」と肩をすくめた。「しかもこのところ、おまえの言葉は耳障りになってきた。わしは説教されたり、たしなめられたりするのを好まん。だから提案だ。わしがみずからおまえの舌を引っこ抜くまえに、さっさと失せろ。梯子をのぼって〈市民団〉どものところへ行け。おまえがいなくなっても困らん」

嘘だ、とフィンは思った。〈兵団〉の半分はギルダスのおかげで、命を拾い、あるいは手足を失わずにすんでいる。ギルダスは多くの戦のあとで傷を包帯し、縫い合わせてくれる。それはだれでも知っている。

ギルダスが不愉快そうに笑った。「で、〈鍵〉は？」

「ああ」ジョーマンリックが目を細めた。「魔法の〈鍵〉と〈星見人〉か。そのふたつは行かせられん。だれかが〈兵団〉を捨ててゆくことはありえない」と、ケイロに目を向けた。「フィンはこのさきも役に立つだろうが、おまえは逃亡者だ。おまえが〈脱出〉するのは〈死〉の扉からだな」

ケイロはひるみさえしなかった。背をそびやかし、その端正な顔は抑えた怒りに紅潮していたが、剣を握る手がごくかすかにふるえたのを、フィンは見逃さなかった。「今のは挑戦か」ケイロは切りつけるようにきいた。「もし、そうでないなら、おれが挑戦してやる」と、ふりかえって、みなに向かい合った。「こいつは安ぴかのガラス細工や〈知者〉の問題じゃない。〈翼の主〉よ、おまえとおれの問題だ。これまでずっとそうだったんだ。おまえは自分をおびやかす人間を裏切り、襲撃に追いやり、毒を盛り、その〈義兄弟〉を買収してきた。あげくにおまえの戦士団は、脳細胞が一個もない、ケットにただれた頭の持ち主ばかりになった。だがおれは違うぞ。ジョーマンリック、おまえは卑怯だ。でぶの卑劣漢で、殺人者で、大うそつきだ。すりきれて、終わっちまったやつだ。じじいだ！」

沈黙。

暗いシャフトの中にいまの言葉は、あたかも〈監獄〉が嘲弄のために幾度も幾度もささやきつづけるようにこだました。フィンはきつく剣を握りすぎて、腱が焼けつくようだった。心臓ががんがん鳴る。ケイロは狂った。これで二人ともおしまいだ。ビッグ・アルコが目をむく。ふたりの娘、リスとラミルが熱っぽい目で見つめる。

背後に、犬奴隷が鎖をいっぱいにのばして這い寄ってきていた。

すべての目がジョーマンリックを見つめていた。

彼はすぐ動いた。太い不格好なナイフを取り出し、背中から剣を抜いて、だれも声すらあげずにいるうちに、ケイロに斬りかかった。

フィンは飛びのいた。ケイロの剣がとっさにもちあがって、刀身がぶつかりあった。

ジョーマンリックの顔は怒りに真っ赤で、首筋には太い血管が盛り上がっていた。ケイロの顔面にたたきつけるように叫んだ。「死ぬのはおまえだ」と、斬ってかかった。

〈兵団〉はわっとどよめいた。歓声をあげながら、ふたりの周りに輪を縮めてきて、武器を打ち合わせ、整然と足を踏みならした。流血沙汰を見るのは楽しいし、ほとんどのものがジョーマンリックの傲慢を片腹痛く感じていた。だから、彼が打ち倒されるのを見たかった。だれもフィンには目もくれず、彼はわきに押しやられた。割って入ろうとしたが、ギルダスに引っ張られた。「下がっておれ」

「ケイロが殺される!」

「殺されても、損はない」

ケイロは全力をあげて戦っていた。若くて頑丈ではあったが、ジョーマンリックは倍の体重の持ち主で、老練な戦士で、まれに戦いの狂気が訪れると、狂戦士となった。ケイロの顔面に、腕に斬りつけたと思うと、続けざまにすばやくナイフを繰り出す。ケイロはたたらを踏んでさがり、〈兵団〉のひとりにぶつかったが、その男は容赦なく、彼を輪の中へ押しもどした。バランスをくずし、ふらりと前にのめりかかったところへ、ジョーマンリックが打ちこむ。

「やめろ！」フィンはどなった。

刃はケイロの胸をないだ。うっ、と顔をそむける。血しぶきが、観衆に降りかかった。

フィンも自分のナイフを抜き、いざという時のために身構えていたが、投げる隙がない。ふたりのところまでは距離があり、ケイロも必死で、まわりに目を配る余裕もなかった。一本の手が、フィンの腕をつかんだ。耳もとで、ギルダスがささやいた。「シャフトのほうへ戻れ。今なら、わしらが逃げてもわからん」

フィンはかっとなって、答えも出なかった。逃げるかわりに、身をひきはがし、輪の中央に割りこもうとしたが、太い腕がするりとその首にまわった。「おい、ズルはいかんぞ」アルコの息はケット臭かった。

フィンはあきらめまじりに見守った。ケイロには勝ち目がない。足にも手首にも傷を受けており、浅傷だが血がとまらない。ジョーマンリックの目はらんらんと燃え、ケットの汁に汚れた歯をむきだして笑っている。その猛攻は強打の連続だった。恐れも自意識もなく戦いつづけ、まじわる刀身からは火花が飛んだ。

息が切れてきたケイロは、怯えた目を左右に流した。フィンはもがいて足をばたつかせ、彼のところに行こうとした。ジョーマンリックが吠えた。ものすごいおたけびで、配下の全員がやんやとはやしたてる。一歩踏みこんで、びゅっと剣をふるい、大きな鋼の弧を描いた。

そのとき、よろめいた。

刹那、ほんの一瞬、体勢がくずれた。そして、どうっと、不可解な倒れ方をした。足が後ろに引かれ、人垣の足もとをすべる鎖にからめとられた。ぼろをまとった汚れた両手が、鎖で輪を作っていたのだ。

ケイロが跳びかかる。骨をも砕く一撃を、〈翼の主〉の鎖かたびらの背にたたきつけた。ジョーマンリックは怒りと苦痛にわめいた。

〈兵団〉のはやしたてる声が、瞬間にとだえた。

アルコがフィンを放した。

ケイロは緊張に蒼白になっていたが、手は休めなかった。ジョーマンリックの体が転がると、その左腕を踏みつけた。すさまじい音で骨が砕けた。ナイフが床にがらんと落ちる。ジョーマンリックはかろうじて身を起こして膝をつき、うなだれ、体をゆすりながら、砕かれた腕の痛みにうめいた。

人垣がざわつくのを、フィンは目の隅でとらえた。犬奴隷が引きずりだされる。さんざ罵られ、蹴られているその男のほうへと、フィンはもがきながら進んだ。だが彼がそこにたどりつく前に、ギルダスの杖の一撃で、ひとりが倒れ、体を二つに折った。「ここはわしにまかせろ」〈知者〉がどなった。

「おまえは、どっちかが死ぬ前に止めろ」

フィンは飛びのいた瞬間、ケイロがジョーマンリックの顔面をもろに踏みつけるのを見た。〈翼の主〉はまだ剣にしがみついていたが、次の強烈な一撃を頭に受けて、伸びてしまった。大の字になり、鼻と口からごぼりと血があふれた。

人垣は静まりかえった。

ケイロは頭をのけぞらせ、勝利の叫びをあげた。

フィンは茫然と見つめた。〈義兄弟〉は別人のようだった。目は輝き、汗にぬれて黒ずんだ髪は頭蓋にへばりつき、両手をいくすじも血がつたっていた。背ものびたかに見え、あらゆる疲労を焼きつくすなめらかで凝縮されたエネルギーに輝いていた。頭をもたげて、まわりを見渡した。なまなましく盲目的な、異様な目つきだった。何も見えていないくせに、すべてに挑戦をたたきつける目だ。

やがてケイロはゆっくりと背を向け、剣の切っ先をジョーマンリックの頸動脈にあてがって、力を加えた。

「ケイロ、やめろ」フィンは鋭く叫んだ。

ケイロの目がこちらへ飛んだ。一瞬だけ、口をきいたのが誰なのか、見きわめようとしたようだった。それから、しわがれ声で言った。「片はついた。いまはおれが〈翼の主〉だ」

「殺すな。そいつのけちな王国なんて欲しくないだろ」フィンは視線を外さなかった。「欲しいなんて思ったことはないくせに。〈外〉に、あんたは行きたかったんだ。それ以外のものは、ぼくらにとっては、ちっぽけすぎる」

あたかもそれに応えるかのように、シャフトからなまあたたかい風が吹き下ろしてきた。

一瞬、ケイロはフィンを見据えた。それからジョーマンリックを見た。「ここまできて、あきらめるのか」

「もっと多くを得るためだ。すべてを得るためだ」

「大きく出たな、きょうだい」ケイロは見下ろして、のろのろと刀身を持ち上げた。〈翼の主〉はぜいぜいと音を立てて、息を吸いこんだ。

すると、ケイロはすさまじい悪意をこめて、剣をジョーマンリックの開いた掌に突きこんだ。

〈翼の主〉は大声をあげ、のたうった。床に縫い止められて、苦痛と怒りに痙攣している体のかたわらで、ケイロは膝をついて、相手の指から、太い輪の部分にどくろの刻まれた〈命の指輪〉を引き抜き始めた。

「そいつは取るな」後ろから、ギルダスが叫んだ。「〈監獄〉が動くぞ」

銀は顔をあげた。まわりじゅうでライトがはじけるように点いていって、真っ赤に輝いた。千もの〈目〉がぱちりと開いた。アラームが鳴りだし、すさまじいうなりを上げた。

〈監禁《ロックダウン》〉だ。

〈兵団〉はたちまちのうちに割れ、押し合いへし合いの烏合の衆と化し、壁のスロットが開いて光砲が火を噴くや、わっと逃げ出した。血まみれで苦悶するジョーマンリックにかまうものもいない。

フィンはケイロをひきずってそこを離れた。「指輪は忘れろ」

ケイロはかぶりをふって、三個の指輪を胴着の内側に押しこんだ。「行け、早く」

背後でしわがれ声がした。「わしがあの女を殺したと思ったのか、フィンよ」

フィンはふりかえった。

ジョーマンリックが苦痛にもがいていた。毒液を吐くように言葉を押し出した。「違うぞ。きょうだいにきいてみろ。おまえの腐れた裏切り者のきょうだいにな。なんであの女が死んだのか」

レーザーの炎が鋼の棒のように、ふたりの間にひらめいた。フィンは一瞬、動けなかった。それからケイロが戻ってきて、彼を床に引きずり倒した。ふたりは汚れた床に張りつきながら、シャフトのほうへ這っていった。廊下には、エネルギーの格子が炸裂している。〈監獄〉は、ガシャンガシャンと格子を下ろし、扉を閉め、悪臭を放つ黄色いガスを封鎖したトンネル内に噴出して、効率よく秩序を回復しつつあった。

「あいつはどこだ」

「あそこだ」フィンは、ギルダスが死体の上を乗り越えてゆくのを見た。犬奴隷を引きずっており、その鎖が揺れて、老人の足もとを妨げていた。ケイロから剣をひったくったフィンは、奴隷を引き寄せ、錆びた枷に剣をたたきつけた。鋭い刃は、即座に枷を両断した。奴隷が顔をあげたとき、顔をすっぽりおおうぼろぼろの包帯の中に、明るい茶色の目が見えた。

「そいつは放っとけ。病気持ちだ」ケイロが彼を押しのけて前へ出、ぼっと噴き出して天井を焼きこがす炎にびくつきながらも、梯子に飛びついた。時をうつさず、シャフトの闇の中をするするのぼってゆく。

「その通りじゃ」ギルダスも重苦しい声をかけた。「足手まといになるぞ」

フィンはためらった。すさまじくとどろくアラーム音と鋼の落下音の中で、ふりかえった。皮膚病の奴隷の目が、自分を追っていた。だが、彼の目に映ったのはマエストラの目だった。心によみがえったのは、彼女の声だった。

これからは二度と、知らない相手に親切にしない。

フィンはとっさに身をかがめ、奴隷を背負いあげると、シャフトをのぼった。

上にはケイロの靴音が響き、下からはギルダスのあえぐようなつぶやきが聞こえた。梯子段を一歩一歩のぼってゆくうち、背中の重さでフィンは息が切れてきた。ぼろに包まれた両腕が彼にひしとしがみつき、そのかかとが腹に食い込んだ。速度がゆるんだ。三十段のぼったところで足を止めた。息が荒く、腕は鉛のようだった。あえぎながら、梯子にすがっていた。

耳もとにささやく声がした。「放して。自分でのぼれる」

驚いたことに、奴隷は彼の背から這いおり、するりと段に足を下ろすと、闇の中をのぼりはじめた。下ではギルダスが足を踏みならしている。「のぼった、のぼった、早く」

シャフトの中に塵が舞い、不気味なガス音が聞こえてきた。フィンは体を引きずるようにして、上へ上へとのぼり、やがてこむらと腿の筋肉が萎え、上の段をつかんで自分の体重を引き上げているせいで、肩もうずいてきた。

やがて、突然、空間が開けた。シャフトから連絡橋に上体を出して倒れかけた彼を、ケイロが引っ張りあげた。ふたりはギルダスを引き上げ、声もなく下を見おろした。はるか下で、光線が幾本もひらめく。緊急アラーム音が鳴りわたり、ガスが細くたちのぼってきて、フィンは咳きこんだ。涙にかすんだ目のさきに、パネルが横にすべってきて、シャフトをバシンと遮蔽したそれから、沈黙が訪れた。

だれも口をきかなかった。ギルダスは奴隷の手をつかみ、フィンはケイロといっしょにその後ろに続いた。梯子のぼりと先ほどの戦いの疲労が、じわじわきいてきたらしく、ケイロは急速に消耗し、切り傷から滴る血が、金属の歩道にはっきりと跡を残した。四人はいっときも休まず、ラビリンスのようなトンネルを走りぬけ、〈市民団〉のしるしのついた扉や閉まった出入り口を通りすぎ、使われていない大きな広場へ抜ける吊し格子の隙間をくぐりぬけた。たえず聞き耳を立てていた。〈市民団〉に見つかったら、おしまいなのだ。フィンは通路の角を曲がるごとに、遠くで何かが鳴るたびに、あるいはささやくような声がするごとに、冷や汗が湧くのに気づいた。また物陰を通るたび、小部屋をぐるぐると〈カブトムシ〉が這いまわっているのを見るたびに、耳をそばだてた。

一時間ほども足をひきずりながら走りぬけたところで、ギルダスが先に立って入っていった通路は床が傾いた回廊で、警戒中の〈目〉がずらりと並んでそこを照らしていた。そのてっぺんは真っ暗だったが、そこで足を止め、足音をしのばせてゆくと、鍵のかかった小さな扉にぶつかった。

フィンはケイロを助けて座らせ、自分もそばに倒れこんだ。犬奴隷は床にうずくまっている。しばし、狭いスペースに苦しげな息遣いがひしめきあった。やがてギルダスが立ち上がった。

「〈鍵〉を。早くしないと見つかるぞ」しわがれ声で言った。

フィンはそれを取り出した。扉にはひとつだけ穴があった。まわりを水晶の点に取り巻かれた六角形だ。

彼は〈鍵〉を穴にさしこんで、回した。

11

哀れなカスパーのことですが、彼のまわりにいてふりまわされるひとたちは気の毒だと思います。でもあなたには野心がおありですし、いまではわたくしたちは一蓮托生です。ご息女は王妃となり、わが息は王となるのです。支払いはすみました。もしもわたくしを裏切ったりなされば、どうなるかおわかりでしょうね。

「シア女王から〈監獄〉の〈管理人〉へ」（私信）

「なぜ、ここなの」クローディアは生け垣のあいだを、彼について行った。

「当然でしょう」ジェアドがささやく。「この道はだれにも見つけられませんから」

わたしにもだ、とクローディアは思う。イチイの迷路は古くからある複雑なもので、ぶあつい生け垣は向こうが見えない。クローディアは小さいとき、夏の長い一日、ここで迷子になって、歩きまわりながら、怒りにしゃくりあげていた。乳母とラルフが捜索隊を組織して、半狂乱になって探したあげく、中央の空き地の天体観測器の下で眠っている彼女を発見した。どうやってそこへたどりついたのかは覚えていないが、それでもときどき、ものうげな暑さ、蜂のうなり、そして日を浴びた真鍮の球体が、きれぎれの夢によみがえってくる。

「クローディア。曲がり角をひとつ落としましたよ」

もときた道をたどってみると、彼が辛抱強く待っていた。「ごめんなさい、ずいぶん先へ行っちゃってたわ」

ジェアドは道をよくわきまえていた。迷路は彼のお気に入りの場所のひとつだ。ここにきて本を読んだり研究したり、さまざまの禁じられた道具を注意深く試してみたりした。屋敷内で必死に荷造りをした大騒ぎのあとで来てみれば、ここは実に平和だった。刈りこまれた小径を、ジェアドの影を追って歩きながら、クローディアは薔薇の香りを吸いこみ、ポケットの中の〈鍵〉をまさぐった。

暑すぎることもなく、空には繊細な雲が数片浮かんでいる、完璧な日だった。三時十五分にひと雨くるように設定されていたが、それまでには用事はすんでいるだろう。角を曲がると、ふいに中央の空き地があらわれ、クローディアは驚きの目でそこを見回した。

「覚えているより、小さいわ」

ジェアドが片眉をあげた。「思い出とはそういうものですよ」

天体観測器は青緑色の銅製で、見かけは装飾的だ。そばには鉄製の椅子が品よく芝生の中に沈みこみ、血のように赤い薔薇がそのうしろに咲きみだれている。草むらにはデイジーが点々とちりばめられている。

クローディアは絹のドレスの下で足をかかえて、座った。「で？」

ジェアドがスキャナーを外した。「だいじょうぶのようです」と、ふりむいてベンチに座り、前屈みになって、きゃしゃな両手を神経質に組み合わせた。「では、話してください」

クローディアはエヴィアン卿との会話の内容を手早く伝え、彼は顔をしかめて聞いていた。話を終えると、彼女は言った。「もちろん、罠でしょうね」

「そうかもしれません」

クローディアは彼をじっと見た。「その〈鋼の狼〉という集団について、何をご存じ？　なぜ、わたしは知らされなかったの？」

ジェアドは顔をあげようとしない。これは悪いしるしだ。クローディアは恐怖の糸が、背骨にからみついてゆくような気がした。

やがて彼が口を開いた。「聞いたことはあります。噂は前からありましたが、だれが属しているか、陰謀がどのくらい深刻なものかは、だれにもわからなかった。昨年、宮殿で爆発物が発見されました。女王さまが立ち寄るはずの部屋からです。爆弾はこれといって目新しいものではありませんでしたが、小さな紋章が、窓のかけがねからぶらさがっていました。鋼の狼の形です」彼は、テントウムシが草の葉をわたってゆくのを見つめていた。「どうされますか」

「いまのところはまだ、何もしないわ」クローディアは〈鍵〉を取り出し、両手で支えて、陽光をその面にきらめかせた。「わたしは刺客じゃないもの」

彼はうなずいたが、心はよそにあるようで、じっとクリスタルを見つめている。

「先生？」

「何かが起きている」魅入られたように、彼は手をのばして、〈鍵〉を彼女の手から取った。「クローディア、ごらんなさい」

あの小さな光の点々がまたともり、こんどは奥深くで動いている。すばやいパターンの繰り返しだ。

ジェアドはクリスタルをすばやく腰かけの上に置いた。「熱くなってきました」

それだけではなく、今度は音まで聞こえてきた。クローディアは顔を近づけ、バタバタという音と、音楽のようにさざなみ打つ音を聞いた。

そのとき、〈鍵〉が声を発した。

「何も起きない」と言ったのだ。

クローディアは息をのんで、はじかれたように身をひいた。目をまるくして、ジェアドを見つめた。

「先生……？」

「静かに。聞いて」

もう少し年のいったしわがれた声がする。「もっとよく見ろ、愚かな。中に光がともってる」

クローディアはすっかり心を奪われてひざまずいた。ジェアドの繊細な指が音もなくポケットにすべりこむ。スキャナーを取り出し、〈鍵〉のそばにおいて、記録させた。

〈鍵〉が低く、鐘のような音を立てた。最初の声がまだ聞こえた。奇妙に遠いが、興奮しているようだ。「開くぞ。下がれ」

そのとき、クリスタルから音がした、重たいガタンという、不吉でうつろな音だった。一瞬、それが何だか気づくのに時間がかかった。

扉だ。扉の錠前が外れる音。

重い金属の、おそらくは古い扉だ。蝶番がきしみ、錆が落ちるような、あるいは上から瓦礫が落ちてくるような、ガラガラ、バリバリという音がする。

それから、沈黙。

〈鍵〉の中の光が反転して緑に変わり、消えた。

壕のそばの楡の木々にとまっていたミヤマガラスがいっせいに鳴いた。クロウタドリが一羽、薔薇のしげみに舞い降り、尾をひらめかせた。

「さて」ジェアドが低い声で言った。

スキャナーを調節して、もう一度それを〈鍵〉にかすらせた。クローディアは手をのばし、クリスタルに触れた。冷たい。

「あれ、何だったの？　あの人たちだれ？」

ジェアドはスキャナーをこちらに向けて、見せてくれた。「会話の断片ですね。リアルタイムだ。音声リンクが一瞬、開いて、また閉じたんでしょう。あなたが開いたのか、向こうが開いたのか、わたしにはわかりませんが」

「わたしたちがきいていること、向こうは気づかなかったわね」

「そのようですね」

「ひとりが『中に光がともってる』って言ったわ」

〈知者〉の黒い目が、クローディアのそれと合った。「あなたは、向こうも同じ装置をもっていると思うんですか」

「そうよ！」クローディアは興奮のあまり、座っていられず、威勢よく立ち上がった。クロウタドリが驚いて飛び去る。「ねえ、先生。前におっしゃったように、これは単なる〈監獄〉の鍵じゃないわ。交信の装置なのよ」

「〈監獄〉とのですか」

「収容者とのよ」

「クローディア……」

「考えてもみて。だれもあそこへは行けないのよ。交信装置がなければ、どうやって父さまが〈実験〉をモニターできるの？　そうでなけりゃ、何が起きているのか、聞けるわけないでしょ」

ジェアドはうなずいた。目に髪がかぶさった。「それは考えられますね」

「ただ……」クローディアは指を絡み合わせて、眉を寄せた。それから彼のほうに向き直った。「変な話し方だったわ」

「クローディア、言葉はもっと正確にしてください。変とはどういうことです？」

彼女は適切な言葉を探した。それが浮かんできたときには、自分でも驚いた。「怯えているようだった」

ジェアドは考えてみた。「そう……そうでしたね」

「でもいったい何におびえるの？　完璧な世界には、怖いものなんてないでしょう？」

ジェアドは煮え切らない声で言った。「劇か何かの上演だったのかも。それが放送されていたのかもしれません」

「でも、そんな……劇や映画があるってことは、そこの人たちが危険や難儀や恐怖について知る必要があるということでしょ。そんなことってあるかしら。自分の世界が完璧だったら、そんな必要はないでしょ。そんな物語を創作することさえできないんじゃない？」

〈知者〉は微笑した。「クローディア、そこは議論の余地がありますね。だれかが、あなたの世界は完璧だと言っても、あなたは危険やら何やらを知っている」

クローディアは顔をしかめた。「そうね。たぶん裏があるんだわ」と、翼を広げた鷲を指先でたたいた。「この装置は、聞くだけのものかしら。こっちから向こうに話しかけることはできるのかな」

ジェアドは嘆息した。「たとえできるとしても、やってはいけませんよ。〈監獄〉の状態は厳密に管理されている。すべてが入念に計算されつくされています。われわれがよけいなものを持ちこんだり、たとえ小さな鍵穴にせよ、そこに穴を開けたりしたら、すべてを壊すことにもなりかねません。〈楽園〉に病原菌は許されないんです、クローディア」

クローディアはふりむいた。「わかるけど……」

言いかけて凍りついた。

ジェアドの背後、生け垣の隙間に、父親が立っていた。彼女をじっと見つめている。恐ろしいショックで、心臓が一瞬はねた。それから、訓練しつくした笑顔を、優雅にするりと顔に装着した。

「父上」

ジェアドの体がこわばった。〈鍵〉はベンチの上だ。彼はすっと手をのばしたが、わずかに届かない。

「おまえたちを探して歩きまわったよ」〈管理人〉の声は柔らかだった。黒っぽいビロードのコートは、意を浴びた空き地の中心にある真空地帯のようだった。ジェアドが蒼白な顔で、クローディアを見上げた。もし〈鍵〉を見られたら……

〈管理人〉はおだやかに微笑した。「クローディア、知らせがある。スティーン伯爵がお着きになった。いいなずけ殿が、おまえを待っておられる」

凍りつくような一瞬、クローディアはまっすぐに父を見つめた。それから、ゆっくりと立ち上がった。

「エヴィアン卿が接待しておいでだが、それではお気がまぎれるまい。おまえはさぞ嬉しいだろうね」

父は近づいてきて、彼女の手を取った。わきによって、輝くクリスタルを父の目から隠したいところだったが、動けなかった。するとジェアドが低くつぶやいて、わずかに前のめりになった。

「先生?」びっくりして、クローディアは父の手をふりはらった。「苦しいんですか」

ジェアドの声はかすれていた。「いや……ちょっと気が……遠くなっただけで。心配ありません」

クローディアは手を貸して、身を起こさせた。〈管理人〉が気遣いを顔いっぱいにあらわして、見下ろすように立っている。「ジェアド、きみは近頃、根を詰めすぎじゃないかね。日だまりに出て座っているなんて、体によくない。それにほとんど夜通し仕事をしているだろう」

ジェアドはふらふらと立ち上がった。「ええ、クローディア、ありがとう。もうだいじょうぶです。ほんとうに」

「先生はすこしおやすみになったら」

「そうします。自分の塔にもどります。ではこれで失礼します」

彼はおぼつかなく背をのばした。恐怖の一瞬、クローディアは父が動かないのではないかと思った。彼とジェアドは、正面から見つめ合っていた。それから〈管理人〉が苦笑して、一歩下がった。「塔へ夕食を運ばせたほうがいいなら、手配しよう」

ジェアドはうなずいただけだった。

クローディアは先生がイチイの生け垣のあいだを、気をつけて縫ってゆくのを見送った。ベンチには目を向けるわけにいかない。だが、そこには何もないことがわかっていた。

〈管理人〉は近づいて腰を下ろし、両足をのばし、足首のところで重ねあわせた。「あの〈知者〉は驚くべき男だな」

「ええ。父上はどうやってここに入っていらしたのですか」

笑い声。「ここは、おまえが生まれる前にわしがデザインしたんだ。わしほどここの秘密に通じているものはいないよ。おまえのジェアド先生以上だ」と、片腕をベンチの背にかけて、ふりかえった。しずかに言った。「クローディア、おまえはわしの言いつけにそむくようなことをしたね」

彼女はごくりと唾を飲んだ。「わたしが？」

父親は重々しくうなずいた。目と目がぶつかった。

これではいつもと同じだ。父親は彼女をいたぶり、ゲームをしている。ふいに、もうたくさんだ、という気がしてきた。このすじがきも、ばかげたゲームも。憤然として立ち上がった。「そうよ。書斎に忍びこんだのはわたしよ」と、怒りに燃えて、父の顔を見つめた。「父上は書斎に入ったときにおわかりだったんでしょう。それならなぜ、知らないふりをなさったの。わたしは中を見たかったのに、一度も入れて下さらなかった。一度もよ。だから忍びこんだの。ごめんなさい。これでいい？ ごめんなさい」

父親はじっと自分を見つめている。動揺しているのだろうか。クローディアにはわからなかった。だが彼女はふるえていた。長年ためこんだ恐怖と怒りがはじけ出た。父が自分の人生をこうまで偽りに満ちたものにしたことへの憤懣。自分と、そしてジェアドの人生を。

父はあわてたように片手をあげた。「クローディア、何を言う。もちろんわしは知っていた。怒ってはいない。おまえの才能に感心しているよ。それは、宮殿での生活にかならず役に立つ」

クローディアは目をみはった。ほんの一瞬だが、父は驚いていた。驚いた以上だ。困った顔をしていた。

しかも〈鍵〉のことは口にしない。

そよ風が薔薇の茂みを揺らし、甘たるい香りをふわりと運んできた。父がこれほど多くを打ち明けたのは初めてだ、という無言の驚き。次に発せられた父の言葉はいつもの皮肉な調子をまとっていた。「おまえとジェアドが冒険を楽しんでくれたといいが」と言って、やにわに立ち上がった。「伯爵がお待ちだ」

クローディアは眉をひそめた。「会いたくありません」

「いやとはいえないよ」父は一礼して、生け垣の隙間に向かって歩いてゆき、彼女ははじかれたようにふりかえり、その背を見送った。そこで声をかけた。「屋敷の中に、どうして母上の肖像画が一枚もないの？」

そんなことを言うつもりはなかった。荒々しい衝動につきうごかされて出た声は、自分のいつもの声ではなかった。

父親の足がぴたりと止まった。

心臓がどくんと鳴った。クローディアは自分自身に驚きあきれていた。父親に、ふりかえって答えてもらおうとは思ってもいなかった。父の顔など見たくなかったのだ。もしも父が弱みを見せたら、それは恐ろしいことだ。完璧にとりつくろわれたあのおちつきが失われたら、その下にあるものは、考えたくもなかった。

だが、父はふりかえらずに言った。「クローディア、あまり図に乗らないように。わしにも我慢の限度というものがある」

父親が去ったあと、クローディアはなりふりかまわずベンチに座りこんでいた。背中と肩の筋肉は緊張にがちがちになり、両手は絹のスカートの上できつく握りしめられていた。ゆっくりと深呼吸をしてみた。

もう一度。

唇が汗でしおからい。

なぜ、父にあんなことをきいてしまったのだろう。いったいどこから、あんな問いが湧いてきたんだろう。母親のことなど一度も考えたことはないし、想像したことすらない。あたかもそんな人間は存在しなかったかのようだ。小さいとき、宮廷でほかの女の子たちが母親に世話を焼かれているのを見ても、自分の母親はどうしたのか、という好奇心さえ抱かなかった。

いつものように爪を噛んだ。わたしは致命的な過ちをおかしてしまった。あれだけは、絶対に口にしてはいけなかったのだ。

「クローディア」

大きな、要求がましい声。彼女は目を閉じた。

「クローディア、こんな生け垣の中に隠れても無駄だよ」枝がざわざわばりばりと鳴る。「声をかけてくれ。道がわからないよ」

彼女はため息をついた。「やっと来たのね。で、わたしの将来のだんなさまのご機嫌は？」

「いらいらしてかんしゃくを起こしてる。きみにはどうでもいいんだろうけど。ねえ、この合流地点には道が五本あるんだけど。どれなの」

彼の声が近づいた。彼の使っている高価なコロンの香りがした。エヴィアンのようにたっぷりふりかけているのではなく、ぎりぎり香るだけの量。「一番、似つかわしくない道。つまり屋敷のほうへ向かってる道よ」

不平がましくぶつぶついう声が遠ざかってゆく。「ぼくらの婚約みたいだ、とみんな言うだろうな。クローディア、ここから出してくれよ」

彼女は顔をしかめた。覚えている昔の彼よりも、ひどい。

イチイがなぎたおされ、バキッと折れた。

クローディアはぱっと立ち上がってドレスをはたいた。自分で感じているほど顔色が悪くないといいが。左手の生け垣が揺れる。剣がぬっと突き出され、入り口を切り開いた。父の無口なボディガードの大男ファックスが踏みこんでくると、あたりを見回し、枝を押さえて寄せた。その間から、不満げに口をとがらせた、やせた若者が入ってきた。露骨にふきげんな顔で、クローディアをにらみつけた。「クローディア、この服を見てくれよ。台無しだ。めちゃくちゃだよ」

彼はクローディアのかたほうの頬に冷たいキスをした。「これじゃ、だれでも、きみがぼくを避けてると思うだろうね」

「あなた、放校になったのよね」おだやかにクローディアは言った。

「こっちが出てきたんだ」彼は肩をすくめた。「退屈すぎてね。母上がこれをきみにって」

それは白い厚紙に書かれた二つ折りの手紙で、女王の白い薔薇の封蝋があった。クローディアは開いて呼んだ。

ごきげんよう

あなたの婚礼がすぐ目の前にせまっているという朗報は、お聞きおよびのことと思います。長年お待ちになったのですから、あなたのお喜びもわたくしに劣らず大きいものでしょう。カスパーはあなたをお迎えに行き、ここにお連れすると言いはって聞きません——ロマンティックですわね。あなたがたはお似合いの素敵なご夫婦におなりでしょう。いまからわたくしのことは、愛情あふれる母親と考えてくださいね。

女王シア

クローディアは紙をたたんだ。「あなた、言いはったの?」

「いや、母の命令で来た」カスパーは天体観測器を蹴った。「クローディア、結婚の手続きなんて、うんざりの連続だろうな。どう思う?」

彼女は無言でうなずいた。

12

腐敗は緩慢に進行したので、われわれはそれに気づくのが遅れた。そしてある日のこと、〈監獄〉と話をして、わたしが部屋を出ようとすると、〈監獄〉が笑ったのだ。低い、あざけるようなふくみ笑い。

わたしはそれを聞いて凍りついた。廊下に立ち尽くしていると、古い写本の断片の中で見たイメージが浮かんできた。〈地獄〉の巨大な口が、罪人たちをむさぼりくらうというやつだ。

そのとき、わかった。われわれはみずからを破滅させる魔物を創造してしまったのだと。

「カリストン卿の日記」

錠前の解除される音は〈監獄〉のつくため息のように、苦痛に満ちていた。何世紀も開かれたことのない扉を開くような音だった。だが、アラーム音はしない。〈監獄〉は、出口があることなど知らないのかもしれない。

フィンが、危ない、と声をかけ、ギルダスは一歩下がった。大量の瓦礫と錆の赤い雨がばらばらと降ってきた。扉が外側に開きかけて、何かが詰まって動かなくなった。

三人はしばらく待った。狭い隙間は暗く冷たいが、妙に甘い香りの風が向こうを吹いている。それからフィンが瓦礫をわきに蹴飛ばし、肩を扉に押し当てた。ぐっと押し、続いて体当たりしたが、また詰まって動かなくなった。だが、今度はすりぬけられるだけの隙間ができていた。

ギルダスがフィンをつついた。「よくあたりを見ろ。気をつけるんじゃ」

フィンは、力なく座りこんで疲れた顔をしたケイロをふりかえった。それから剣を抜いて、体をななめにして、隙間を通りぬけた。

外のほうが寒い。息が白く見える。地面はでこぼこで、下り坂だ。数歩歩いたところで、奇妙な金属片のようなものが、足首のまわりで音を立てた。手をのばしてみると、冷たくしめったとげとげしたものが指先に当たる。目がこの薄暗がりに慣れるにつれ、そこが柱の立ち並ぶ斜面だということがわかった。高い黒い柱が何本も頭上にのび、上のほうでからまりあっていた。一番近い柱まで手探りで行き、両手でさわると、妙な感じがした。氷のように冷たく固いのに、なめらかではない。無数の亀裂やひびが入っていて、あちこち植物のようなものが這い上がって、もつれたり、ふくらんだりしており、細かな枝がからみあっている箇所もあった。「フィンよ?」

ギルダスの黒い影が、扉のところに立っている。

「待って」フィンは聞き耳を立てた。微風が、からまりあった組織を吹き抜け、かすかな銀色のリンリンという響きをたてた。それが何マイルもの彼方まで伝わってゆくようだった。ひと呼吸おいて、彼は言った。「だれもいない。出てきてくれ」

服の擦れる音と、体の動く気配。それからギルダスが言った。「ケイロ、〈鍵〉を持ってきてくれ。

ここを閉めなければの」

「そんなことをして、戻れるのか」ケイロの声は疲れきっている。

「戻って何になるんじゃ。手を貸せ」犬奴隷が隙間をすりぬけて出てくると、すぐにフィンと老人は、小さな扉をもとの戸がまちに押しこんだ。カチリとしずかな音がして閉まった。

ざわりという音。きしるような音。光をともす。ランタンの中で光がおちつく。

「だれかに見られるぞ」ケイロが手厳しく言った。

だがフィンは言い返した。「言ったろ。ここにいるのはわれわれだけだ」

ギルダスが高く掲げたランタンの光で、みなはあたりを不気味に取り囲む柱の列を見回した。ようやくケイロが言った。「こりゃ、何だ」

背後で、犬奴隷がうずくまった。フィンはちらと目をやり、そいつが自分を見ているのがわかった。

「金属の木だ」光が、〈知者〉の編んだあごひげを照らした。彼は満足げな目をしていた。「鉄や銅の種族の住む森じゃ。葉っぱは箔のように薄く、金や銀の実がなる」そう言って目を転じた。

「こうした場所については、大昔からの言い伝えがある。黄金の林檎を守っている怪物どもの話じゃ。どうやらほんとうじゃったらしいの」

空気は冷たくしんとしている。ふしぎに広々とした感じだ。フィンがあえて口に出せずにいた問いを発したのは、ケイロだった。

「ここは〈外〉か？」

ギルダスが鼻を鳴らした。「それほど簡単だと思うかね。とりあえず、倒れる前に座るんじゃ」と、フィンに目をやった。「ケイロのけがの手当をする。ここは、〈点灯〉を待つには、最適の場所じゃ。ここで休もう。食べたほうがいいかもな」

だが、フィンはふりむいて、ケイロに向かい合った。体が冷えて気分も悪いが、強気に言った。「その前に、ジョーマンリックのあの言葉の意味を知りたい。マエストラの死のことだ」

一瞬の間があった。うっすらとした光のなか、ケイロはフィンにすさまじい怒りの目つきをくれてから、しゃらしゃら音を立てる葉の上にがくんと座りこみ、血のすじのついた両手で髪の毛をかきあげた。「おい、まさか、フィンよ、ほんとうにおれが知ってると思ってるのか。あいつを見たろ。あいつはもう終わりだと知っていた。口から出まかせでも何でも言えた。あんなのは嘘だ。忘れろ」

フィンは彼を見下ろした。一瞬、もう一度かさねて尋ねようかと思った。心の内部のしつこい疑いを黙らせたかった。だがギルダスが彼をわきに引っ張った。「何か役にたつことをするんじゃ。食べ物を探してこい」

〈知者〉が水を注いでいるあいだに、フィンは荷物を傾けて、干し肉の包みと果物、それにもうひとつランタンを取り出し、まずそれを点けた。それから氷のような金属の葉を踏みしだいてひとつの塊にし、その上に毛布を広げて座った。光の輪の外の暗い森から聞こえる、かさこそ、かりかりという小さな音が気になった。何とかそれを無視しようとした。ギルダスが切り傷を洗いはじめると、ケイロは猛烈な悪態をついたが、老人は彼のジャケットとシャツを細く裂いて、刺すような匂いのするハーブを噛んでどろどろにしたものを塗りつけ、胸の傷に包帯をした。

かげには犬奴隷がうずくまっていたが、姿はよく見えない。フィンは食料の包みをひとつ取り出し、開けて、中身のいくらかをさしだした。「取れよ」とささやいた。

ぼろを巻きつけた手はできものだらけだったが、その手が食べ物をひったくった。奴隷が食べているあいだ、フィンはじっと観察した。あのとき答えを返してきた、低い切迫した声を思い出した。そしてささやいた。「おまえはだれだ？」

「あいつ、まだ、そこにいるのかよ」ケイロがむかついたような声を出し、ジャケットを着込んで、裂けたり切れたりしているのに顔をしかめながら、紐をしめた。

フィンは肩をすくめた。

「さっさとお払い箱にしちまえ」ケイロは座って、がつがつと肉を呑みくだし、もっとないかとあたりを見回した。「皮膚病もちだぜ」

「こ、い、つ、はおまえさんの命の恩人じゃぞ」ギルダスが指摘した。

ケイロはむっとして目をあげた。「とんでもねえ！　おれが自分でジョーマンリックに挑戦したんだ」その目が奴隷のほうに飛んだ。そして、怒りにかっと目をむいて立ち上がるや、彼がうずくまっているところへ行き、何やら黒っぽいものをひったくった。「おれのだ！」

それは彼のかばんだった。緑の胴着と宝石ずくめの短剣が、中からこぼれ出た。「いやらしい泥棒め」ケイロは蹴りつけたが、相手は身をひねってよけた。それから、みなが驚いたことに、そいつは少女の声で言った。「これをとってきてあげたのは、あたしだよ」

ギルダスがぎょっとふりかえり、ぼろ着の塊をまじまじと見た。それから骨ばった指を突きつけた。

「正体を見せろ」

ぼろぼろのフードが後ろにのけられ、二本の腕が包帯と、まきつけた灰色の布をほどいた。ゆがんだ形の布の山から、小柄な姿があらわれた。かかえた膝の上には、短く刈った汚れた黒髪の頭がのっている。細面の顔からは、隙のない目が、こちらをうかがっている。服を何層にも重ねて巻きつけ、あちこちにこぶやふくらみを作っていたが、まるまった布を両手からはぎとると、だらだらと膿の出ているつぶれたできものがあらわれ、フィンはぞっと後ずさりした。だが、ギルダスはひとこと「作りものか」と言った。

そして近寄った。「わしを近づけなかったのも、無理はないの」

金属の森の薄闇のなか、犬奴隷はやせた小さな少女に姿をかえており、できものは色を巧みにぬりかさねたものにすぎなかった。少女は立ち方を忘れてしまったかのように、そろそろと立ち上がった。それからのびをし、うめき声をあげた。首にかかった鎖の鎖の両端ががちゃついて、揺れた。

ケイロがすさんだ笑い声をあげた。「こりゃ傑作だ。ジョーマンリックめ、意外にずるがしこかったんだ」

「あの男は知らなかった」少女は大胆に彼を見据えた。「だれも知らなかった。つかまったとき、あたしは仲間といっしょだった――その夜、おばあさんがひとり死んだ。あたしはその死体からぼろを盗んで、錆でもってできものをこしらえ、泥を体じゅうに塗りたくって、髪も切った。生き延びるためには、うまく立ち回らなきゃと思った。ものすごくうまく」

おびえながらも、鼻っ柱は強そうだった。年齢はわからない。めちゃくちゃに切った髪のおかげで、やせこけた子どもに見えるが、フィンは、自分よりそれほど年下ではないなと思った。「それはあまりいい考えじゃなかったようだな」

少女は肩をすくめた。「まさか、あいつの奴隷になるなんて、わからなかったし」

「あいつの毒味をすることになるのも?」

そこで少女は笑った。苦笑いだ。「あの人、いいものを食べてた。だから生きのびられた」

フィンはケイロにちらと目をやった。〈義兄弟〉は少女を見つめ、それから向こうをむいて、毛布にくるまった。「朝になったら、置いていこうぜ」

「あんたの決めることじゃない」少女の声はしずかだが迫力があった。「あたしはいまは〈星見人〉のしもべなんだから」

ケイロが寝返りをうって、目をむいた。「ぼく?」とフィンは言った。

「あんたがあたしをあそこから連れ出してくれた。だれも絶対そんなことしてくれなかったと思う。おいていっても、あとをついていく。犬らしくね」彼女は、ずいと一歩出た。「あたし、〈脱出〉したい。〈外〉を見つけたい。〈外〉があるとすればだけど。それに奴隷の部屋では、あなたは夢の中で星を見るし、サフィークから話しかけられるんだって、話題になってた。あなたは〈監獄〉の子どもだから、〈監獄〉は、あなたに出口を示してくれるって」

フィンは当惑して少女を見つめた。ギルダスが首をふる。ギルダスに見つめられて、フィンはその目を見返した。

「おまえさんしだいだ」老人はつぶやいた。

フィンはどうしてよいかわからなかったので、咳払いして、娘にきいた。「名前は?」

「アッティア」

「そうか、アッティア、あのな。ぼくはしもべはいらない。でも……ついてきたけりゃ、来てもいいぞ」

「その子、食べ物を持ってないんだぜ。つまり、おれたちが食べ物をやるってことか」とケイロ。

「それはいらない」フィンは衣類の包みをつついた。「ぼくにもくれなくていい」

「ということは、その子の分は、おまえがとってくるってことか。おれは知らんぞ」

ギルダスは金属の木の一本にもたれかかっていた。「眠るがいい。光がついたら、また話し合おう。じゃが、だれかが見張りに立たんとな。だから、最初はおまえだ、娘っ子」

少女はうなずいた。フィンがおちつかない気持ちで毛布にくるまってまるくなると、彼女は影にすべりこんで、姿を消した。

ケイロが猫のようなあくびをして、つぶやいた。「あいつ、おれたちの喉をかっさばくかもしれないぜ」


「もうお休《グッドナイト》みっていったでしょ、アリス」クローディアは言って、鏡台の鏡を見つめた。乳母は、床にちらばった絹の服のあれこれを検分するのに忙しい。

「クローディアさま、これはまあ。泥でだいなしですよ……」

「洗濯機に入れておいて。ばあや、どこかに持ってたでしょ」

アリスはじろりとにらんだ。ふたりともよくわかっていた。昔ふうに、服をこすったりたたいたり、糊をつけたりするのはひと苦労なので、使用人たちはとうの昔に、こっそりと〈規定書〉をお払い箱にしていた。おそらく〈宮廷〉でも似たような事情だろう、とクローディアは思った。

扉が閉まるやいなや、彼女は飛び立つように扉に走りよって、鉄製の鍵を回して鍵をかけ、シークレット・システムをすべてオンにした。それから扉にもたれかかり、考えをめぐらした。

ジェアドは夕食の席に姿を見せなかった。その意味ははっきりしている。彼は演技を続けるつもりなのだろうし、伯爵の愚かさが大嫌いなのだ。一瞬だけ、クローディアは、もしかしたら本当に迷路の中で具合が悪くなったのかもしれないと思い、声をかけに行ったほうがいいのかとも思ったが、ジェアドは、特に〈管理人〉の在宅しているあいだは、緊急事態に備えてミニコンピュータを放さないよう、警告してくれていた。

クローディアは化粧着の帯を結び、ベッドに飛び乗り、手をのばして、四本の柱の支える天蓋の中をまさぐった。

そこにはなかった。

屋敷はもう静まりかえっている。カスパーは夕食のあいだじゅう、好き放題にしゃべって、大いに飲んだ。十四品からなる魚とフィンチ、ニワトリ、白鳥、ウナギ、砂糖菓子からなるコース料理を満喫した。けんか腰の大声で、トーナメントのこと、新しい馬のこと、海岸に建造中の城のこと、賭博ですった金額のことを話題にした。最近は、猪狩りに熱中しているようだった。猪狩りというべきか、家来たちが猪に傷を負わせて縛りあげるまでは、後ろにひっこんでいて、そのあとでとどめを刺しに出てゆくのらしい。自分の槍はどんな作りで、どんなふうに殺すのか、また〈宮廷〉の廊下をずらりと飾る牙のついた頭についても、事細かに語ってきかせた。そしてそのあいだじゅう飲みつづけ、杯を重ね、その声はいよいよえらそうになり、ろれつが怪しくなっていった。

クローディアは顔に笑みをはりつけたまま耳を傾け、彼にはまるで理解できない、妙な棘のある質問をしてからかった。父親はずっとその向かいに座って、ワイングラスの柄をもてあそび、白いクロスの上で、細い指にはさんでひねくりまわしながら、クローディアを見つめていた。クローディアは飛び降りて、こんどは鏡台のところに行き、引き出しすべてをあさりながら、結婚しなければならない馬鹿者の隣にすわっている彼女をいかにも満足げに見ていた、父の冷たいまなざしのことを思い出していた。

どの引き出しにも入っていない。

ふいにこわくなった彼女は窓辺に行き、かけがねを外し、張り出し窓を開け、作りつけの腰掛けに乱雑に積み重なったクッションにのぼって身をまるめた。父さまがわたしを愛しているのなら、どうしてこんなことができるんだろう。わたしがみじめになるのがわからないんだろうか。夏の宵は温かく、アラセイトウとスイカズラと、濠のまわりにうねる麝香薔薇の生け垣の甘い香りがした。畑の彼方からは、ホーンズリー教会の鐘が十二回鳴る低い音がわたってきた。蛾が一羽舞いこんできて、おそれげもなく蝋燭の炎のまわりを飛びめぐった。その影がつかのま、天井に大きく映った。

父さまの笑みには、新たな棘が加わっていなかったろうか。あのとき、愚かにもうっかり口をついて出た母親についての質問が、さらに危険を招いてしまったのか。

母親は死んだのだ。アリスはそう言ったが、アリスはその当時、ここにつとめていたわけではない。

それを言うなら、当時いた使用人は、父の秘書のメドリコートひとりで、彼とはめったに話したことがない。だが、話してみるべきなのかもしれない。なぜならあの質問は、ナイフのように〈管理人〉の、謹厳な笑みと冷たい〈時代〉ふうの礼儀正しさの鎧を突き通してしまったのだから。クローディアは父を刺し、父もそれを感じた。

彼女は微笑した。顔がほてっている。

こんなことは初めてだ。

母親の死には、何か奇妙な点があったのだろうか。病死はよくあることだったが、裕福な層なら違法な薬も手に入る。この〈時代〉には発明されていないような薬だ。父親はきまじめだが、妻を愛していたのであれば、どれほど違法なことであれ、何でもしたはずだ。まさか〈規定書〉のために妻を犠牲にしたとでもいうのだろうか。それとも、もっとひどいことだろうか。

蛾は天井を飛びまわっている。クローディアは身を乗り出して、窓から空を見上げた。

夏の星々がまばゆく輝いていた。屋敷の屋根や切り妻を、うっすらとした光で照らしている。黄昏の光めいて、濠の黒と銀のさざなみがそこに映っている。

父さまは、たしかにジャイルズの死に関与している。それまでにも、だれかを殺したことがあるのだろうか。

頬に何かが触れて、クローディアは飛び上がった。蛾の羽根が頬をかすり、「窓辺の腰掛け」とささやくと、ジェアドの塔のかすかな光を目ざして、はたはたと飛び去っていった。

クローディアは笑顔になった。

力をこめて立ち上がると、クッションの下を手探りすると、クリスタルの冷たい角が手にふれた。それをそうっと引き出した。

〈鍵〉は星々の光を取り込み、それを保っていた。かすかな冷光《ルミネッセンス》を放っているようで、中の鷲はくちばしに細い光の破片をくわえていた。

みんなが夕食の席に出ているあいだに、ジェアドがここに持ってきてくれたのだろう。

クローディアは用心のために、まず蝋燭を消し、窓を閉めた。ベッドから重いキルトのふとんをはがしてくると、それにくるまって、〈鍵〉を膝にのせた。それからそれに触れ、なで、息を吹きかけた。

「わたしに話しかけて」と言った。

フィンは体が冷えきって、ふるえる力さえなくしていた。

金属の森は真っ暗だった。ランタンはケイロの広げた手の上に、そしてギルダスのまるまった体の上に、ごく小さな光の輪を生み出すだけだった。少女は木の下のひとつの影になっている。音ひとつ立てないので、眠っているのかどうかさえわからない。

フィンはそろそろと、ケイロの荷物に手をのばした。義兄弟の派手なジャケットを、自分のジャケットの上にはおろうと思ったのだ。二枚借りたほうがいいかもしれない。裂けても、ケイロはがまんしてくれるだろう。

荷物を引き寄せ、手を突っこみ、〈鍵〉に触れた。

温かい。

それをそうっと持ち上げ、指をからめた。それが発する熱が指のひきつりを和らげてくれた。すると〈鍵〉がしずかに言った。「わたしに話しかけて」

フィンは目を大きく見張って、ほかの者たちを見やった。

だれも動かない。

しずまりかえったなか、革ベルトをきしませながら、そろそろと彼は立ち上がり、向きを変えた。やっと三歩歩いたところで、金属の葉がばりばり鳴り、ケイロがもごもご言いながら寝返りを打った。

木の後ろで、フィンはぴたりと足を止めた。

〈鍵〉を耳もとに持っていった。〈鍵〉は無言だ。全体をなでまわし、振ってみた。それからささやきかけた。「サフィーク。サフィーク殿、あなたですか」


クローディアは息を呑んだ。

答えがあまりにもはっきりと聞こえたのだ。あわててあたりを見回し、何かに書き留めようとしたが、適当なものが見当たらないので、舌打ちした。それから言った。「違う、違う。わたしの名前はクローディア。あなたはだれ？」

「しずかに。みんなが目を覚ましてしまう」

「だれが？」

少し間があった。それから男の声が言った。「仲間だ」奇妙におびえているらしく、声を殺している。

「あなた、だれ？　どこにいるの？　〈監獄〉の人なの？　〈監獄〉の中にいるの？」

彼はぐっと頭をひき、仰天して〈鍵〉を見つめた。

中心部に小さな青い光がともっていた。彼は、皮膚にその光が映るほどに、かがみこんだ。「そのとおりだよ。きみは……つまり……〈外〉にいるのか」

沈黙があった。あまりに長いので、交信が切れてしまったのかと思いかけた。彼はあわてて「聞こえた？」と言い、それと同時にむこうの娘も「あなた、まだそこにいる？」と言い、ぎごちなく声がぶつかりあった。

それから娘が言った。「ごめんなさい。あなたに話しかけたらいけないんだった。ジェアドがそれは止めろって」

「ジェアド？」

「家庭教師よ」

彼はかぶりをふり、息がクリスタルを白くした。

「でもね。もう遅いわ。それに、いくつか言葉を交わしたからって、何世紀にもわたる実験がだいなしになるとは信じられないし」

相手が何を言っているのか、フィンにはさっぱりわからなかった。「きみは〈外〉にいるんだろ。〈外〉は存在するんだね。そこには星があるの？」

答えがなかったらと思うとぞっとしたが、少しして彼女は言った。「ええ。いま星空を見てるわ」

彼は驚きの息をついた。クリスタルがたちまち真っ白になった。

「あなたの名前、まだ聞いてなかったわ」

「フィン。ただのフィンだけ」

沈黙。ばつの悪い静けさのなかで、〈鍵〉は持ち重りして感じられた。ききたいこと、知りたいことは山ほどあって、どこから始めたらよいかわからなかった。やがて彼女が言った。「どうやって、わたしと話をしてるの、フィン？　それ、中に鷲のホログラムの入ったクリスタルの鍵？」

彼はごくりと唾を呑んだ。「そう。鍵だよ」

背後でざわ、と音がした。木の向こうをのぞいてみたが、ギルダスがいびきをかいて、ぶつぶつ言っているだけだった。

「じゃ、わたしたちは同じ装置のレプリカを持ってるんだわ」彼女の声はきびきびして考え深かった。問題を解いて、答えをはじき出すことに慣れているかのようだった。それは澄んだ声で、彼はふいに、ごくかすかな痛みの火花とともに、蝋燭のことを思い出した。ケーキにのった七本の蝋燭。

その瞬間、いつものように唐突に、〈監獄〉の明かりがともった。

彼は息を呑んだ。いま立っているのは、銅色と金色と赤褐色の風景の中だ。森は何マイルにもわたってなだらかに下降し、はるか下は広やかに起伏する土地だった。フィンは驚愕して、それを見つめた。

「どうしたの？　何があったの？　フィン」

「明かりがついたんだ。ここは……新しい場所だ。別の〈翼棟〉だ。金属の森なんだ」

彼女は妙なことを言った。「うらやましい。それ、素敵でしょうね」

「フィンよ?」ギルダスが立ち上がり、あたりを見回していた。一瞬、フィンは彼をここに呼ぼうとしたが、用心が勝ちを占めた。これはぼくの秘密だ。守る必要がある。

「もう行かなきゃ」と、口早に言った。「また話をするよ……これでぼくらは……きみが望めば話ができる。きみは……」彼はけんめいにこう言いたした。「ぼくを助けてくれなきゃ」

娘の答えに、彼はびっくりした。「あなたを助けるって、どういうこと? 完璧な世界に、どんな間違いがあるっていうの?」

蒼い光が薄れてゆくのを見て、フィンはこぶしを作った。必死の思いでささやいた。「お願いだ。ぼくが〈脱出〉できるように、助けてくれ」

13

壁には耳あり。
扉には目あり。
木には声あり。
獣は嘘をつく。
雨に気をつけよ。
雪に気をつけよ。
人に気をつけよ
知っているつもりの相手に。
『サフィークの歌』

フィンの声。
籠手をはめ、剣をもつ手を曲げていると、マスクの中から、彼の声がささやいた。
ぼくが〈脱出〉できるように、助けてくれ……

「構えてください、クローディア」剣の師匠は小柄な白髪の男で、盛大に汗をかいていた。その剣がクローディアの剣と交わる。練達の剣士ならではの小さく正確な動きが、シグナルを伝えてくる。彼女は自動的にそれに反応し、突きこみ、かわす――7，8，9――六歳のときから、たたきこまれてきたように。

あの少年の声にはどこか聞き覚えがあった。

マスクのあたたかい闇の中で、彼女は唇を噛む。アタック（攻撃）、カルト（中段の構え）、リポスト（突き返し）、うまく踏み込んで、師匠のパッド入りジャケットに剣先を突っ込む。

あのアクセント、わずかに遅い母音。宮廷で話したことがある相手。

彼女はすっかり熱くなって、反応していた。籠手はすでに汗でやわらかくなり、剣は鞭のように音を立て、いつもの稽古のかちっ、かちっという小さな音は気が休まり、剣を操るうちに、思考も高速化してゆく。

ぼくが〈脱出〉できるように、助けてくれ。

恐怖。ささやき声の中にあった恐怖。聞かれることへの恐怖、自分が口にしたことへの恐怖。それに〈脱出〉という言葉は聖なる言葉のようだった。禁じられた言葉、畏怖に満ちた言葉。

「カルトには、カルトですよ。クローディア。手は高くあげたまま」

彼女はうわの空で剣を受け流し、剣の刃が体をかすった。師匠の背後で、エヴィアン卿が大扉から中庭に出てゆきかけ、階段の上にたちどまって、嗅ぎたばこを吸っていた。優雅な立ち姿で、彼女のほうを見つめている。

クローディアは顔をしかめた。

考えることは山ほどある。フェンシングの稽古は、彼女の唯一の息抜きの場だった。屋敷の中は混沌としている。服の荷作り、ウェディングドレスの最後の仮縫い、置いていきたくない本や、連れていきたいペット。そうしたら今度はこれだ。ひとつは――ジェアドに〈鍵〉を持っていてもらわなければならないこと。クローディアの荷物の中では危ない。

いまや戦いは白熱していた。クローディアはあらゆる思いをふりはらって、打ち合いに、かちっという受け流しに、剣の撓《しな》い方《かた》に意識を集中しながら、打ち込む。一度、そしてもう一度、また一度。最後に師匠が一歩さがった。「上出来です、お嬢様。切っ先のコントロールがすばらしい」

クローディアはマスクを脱いで、師匠と握手をかわした。そばで見ると、師匠は老けこんで悲しそうな顔だった。

「これほどの弟子を失うのは残念ですよ」

彼女の手が、ぎゅっと彼の手を握った。「失う？」

彼は一歩下がった。「それは……その……お嬢様のご結婚のあとは……」

クローディアは怒りをおさえた。手を放し、すっくと背をのばした。「結婚しても、先生にはお願いしたいわ。父が何を言っても、忘れてください。わたしといっしょに宮廷まで来てください」

彼はにっこりして一礼した。疑いの消えない顔だった。背を向けて、アリスの手から水のグラスを受け取りながら、クローディアは屈辱感で顔がほてるのを感じた。

あの人たちは、わたしを孤立させようとしている。これは予想していたことだ。ジェアドが警告してくれていた。シア女王の宮廷では、彼女は頼る相手、結託してかりごとをめぐらす相手から切り離されるだろう。でも、彼女は甘んじてそれを受けいれるつもりはなかった。

エヴィアン卿が体をゆすりながら近づいてきていた。「お見事ですな」彼の小さな目は、フェンシングのズボン姿の彼女を、感心したように見つめている。

「おせじはやめてください」彼女はぴしりと言った。手をふってアリスを下がらせると、グラスと水差しを持って、つかつかと、緑の芝生の端のベンチへ歩いていった。少ししてから、エヴィアン卿があとを追ってきた。彼女はふりかえって言った。「あなたにお話があります」

「屋敷がわれわれを見張っていますよ」彼はしずかに言った。「みなの目につく」

「それなら、ハンカチをふって笑えば。とにかく密偵らしい行動をなさったら」

彼の指が嗅ぎたばこの箱をぎゅっとつかむ。「クローディア嬢、お怒りのようですね。でもわたしに対してではないようだ」

その通りだった。だが、それでもぐっと彼をにらみつけた。「わたしに何をさせたいんですの?」

彼は、湖面のアヒルの群れやいぐさの中の小さな黒いバンたちを見て、おだやかにほほえんだ。

「まだ何も。当然ながら、結婚式がすむまでは、こちらも動く気はない。でもその後は、あなたの手が必要になる。最初に女王を始末します――一番危険だから。そしてあなたが無事に女王になったあかつきには、夫君が何らかの事故で……」

クローディアは冷たい水を飲んだ。グラスの中にジェアドの塔がさかさまに映っている。背後の青空、塔の小さな窓。完全に〈規定書〉どおりだ。

「どうしていまのが罠でないと言えます？　女王があなたを疑うと思いますか。理由がありません」

エヴィアン卿は微少した。「女王がわたしに会ったことがない。最初は婚約のときで、
クローディアは肩をすくめた。女王には祝祭のときしか会ったことがない。最初は婚約のときで、
それはもう何年も前だ。白いドレスのほっそりした金髪の女性が、何百段も上のように見える玉座にかけていた。わたしは自分と同じくらいの大きさの花かごをかかえて、一段一段、気をつけていっしょうけんめいのぼったっけ。

女王の両手の爪は、つややかな深紅に塗られていた。

わたしの額にあてられた、ひんやりした掌。

そして言われた。「〈管理人〉殿。なんて愛らしい。可愛いお方」

「エヴィアン卿、あなたはこれを記録していらっしゃるのかしら。わたしを試し……わたしの忠誠心を試すために」

エヴィアンはかすかな音をたててため息をついた。「それは保証しま……」

「何を保証なさっても、おんなじですわ」クローディアはがたんとグラスをおいて、アリスがおいていったタオルをとりあげ、やわらかなそれで顔をふいた。それからふりかえった。「ジャイルズの死について、何をご存じですか」

彼はぎょっとしたようだ。色の薄い目がわずかに見開かれた。だが、彼は策謀にたけているらしく、答えた声には何の含みもなかった。「ジャイルズ王子？　馬から落ちたのですよ」

「それは事故で？　それとも暗殺？」

もしも彼がこれを記録していたら、わたしはおしまいだわ、とクローディアは思った。

彼はずんぐりした指を組み合わせた。「お嬢さま、まさか……」

「教えて。知りたいんです。だってわたしに一番関係が深いことですから。ジャイルズは……婚約者でした。わたしは気に入っていました」

「なるほど」エヴィアン卿は狡猾な目つきになった。「わかりました」迷うような顔だったが、やがて心を決めたらしく、こう言った。「あの死には少し妙な点がありました」

「知ってたわ。わたし、ジェアドにもそれを……」

「あの〈知者〉もそれを知っているんですか」彼ははっと顔をあげた。「わたしのことも？」

「ジェアドなら完全に信頼できます」

「〈知者〉というのは、もっとも危険な人種ですぞ」エヴィアン卿は屋敷のほうに目を転じた。アヒルの一羽が彼のほうに泳いできた。彼が波を立ててやると、アヒルはクワックワッと鳴きながら、戻っていった。「だれがどこで聞き耳を立てているかわからない」アヒルを目で追いながら、卿はしずかに言った。「ハヴァーナ王朝がわれわれをそんなふうにしてしまったのですよ、クローディア。そうして、恐怖がわれわれをむしばむようになった」

一瞬、彼は動揺しているようにすら見えた。それから、目に見えないしわをのばすように絹の服をなでつけると、がらりと違った声音で言った。「ジャイルズ王子はあの朝、いつもの従者たちを連れずに出かけました。よく晴れた春の朝でした。王子は健康でよく笑う十五歳の少年でした。二時間後、馬にのった使者が、汗まみれの蒼白な顔で飛び込んでくると、馬から飛び降り、宮廷の広間に駆けこみ、階段を駆け上がり、女王の足もとに身を投げ出しました。クローディア、わたしはそこにいました。話をきいたときの女王の顔を見ました。女王はみなと同じようにもともと顔が青白い方でしたが、そのときは真っ青になっていましたね。演技だとしたら、たいしたものです。枝を組んだ急ごしらえの担架に、王子の遺体がのせられてきました。顔には家来たちの長衣がかけられていました。大人たちは泣いていました」

クローディアはじれて先をうながした。「それで？」

「まことに荘厳な葬儀でした。ご遺体は、大きな黄金のローブと、王冠をいただいた鷲をぬいとった白い絹のチュニック姿でした。何千人もが列をなしてその前を通りすぎました。ご婦人がたは泣いていました。子どもたちが花を持ってきました。あんなにお美しかったのに、あんなにお若かったのに、とみんな言いました」

彼は屋敷のほうを見つめた。

「けれど少しおかしな点がありました。男がひとりいたのです。バートレットという男でした。王子の幼いころからの付き人でした。でもそのときはもう引退して、弱々しげな老人でした。そのバートレットは最後のお昼、弔問の人々がいなくなったときに、ご遺体との対面を許されました。柱の間を縫い、〈王家の間〉の陰を通って連れられてきたご老体は、よろよろと階段をのぼり、ジャイルズ王子を見下ろしました。さだめし涙を流し、悲嘆に泣き叫ぶだろうと、みな思いました。ところが、そうではなかった」

エヴィアン卿は顔をあげ、彼女はその小さい目に狡猾な色を見てとった。「クローディア、老人は笑ったのです。からからと」

金属の森を歩き続けて二時間、雪が降ってきた。

銅の根につまずいて、はっと白昼夢からさめたフィンは、雪はしばらく前から降っていたことに気づいた。散乱した葉はすでに雪におおわれている。彼は白い息を吐いて、ふりかえった。

ギルダスは少し遅れぎみで、少女に話しかけている。だがケイロは？

フィンはまたふりかえった。午前中、彼はあの声のことを考えつづけてとまらなかった。星空がある〈外〉からの声だ。クローディア。あの娘はどうやって、こちらに話しかけられたんだろう。シャツの内側の〈鍵〉の冷たい塊を、まさぐってみた。その無骨さに心が安らいだ。「ケイロはどこなんだ」

ギルダスが足を止めた。杖を地面に刺して、それによりかかった。「先を偵察に行った。おまえにそう言ったのに聞いておらなんだのか」老人はいきなりずかずかと近づいてきて、フィンの顔を見据えた。しわだらけの小さな顔の中の青い目は、クリスタルのようだった。「フィン、だいじょうぶか。もしかして、またヴィジョンが来たのかね」

「だいじょうぶだ。がっかりさせてごめん」〈知者〉の声の熱っぽさにへきえきしたフィンは、少女に目をやった。「おまえの鎖を外してやらなきゃな」

彼女は鎖の端がぶらぶらしないように、ネックレスのように首に巻きつけていた。衿の下のむきだしの肌にじかに当たらないよう、布をあてている。しずかに言った。「あたしなら何とかなってる。

でもここはどこ?」

ふりかえって、フィンは何マイルも広がる森を見渡した。風が立ちはじめ、金属の葉がしゃらしゃら、からからと鳴った。はるか下のほうでは、森が雪雲に埋もれ、上を見れば、〈監獄〉の高い天井が、霧がかったかすかな光をちりばめてうっとうしくのしかかっていた。

「サフィークはこの道を来たんじゃ」ギルダスの声は興奮と緊張にはりつめている。「この森で、彼は最初の疑い、つまり出口などはない、という黒い絶望に打ち勝った。ここで上りはじめたんじゃ」

「でも道は下りだよ」アッティアがしずかに言った。

フィンは少女を見た。泥と短い髪の下の顔は、奇妙な喜びに輝いている。「前にここに来たことがあるのか」ときいてみた。

「あたしは小さな〈市民団〉の組織の出だから。〈翼棟〉を出たことはない。だから……すごく嬉しい」

その言葉はマエストラを思い出させ、冷たい罪悪感が体を走りぬけたが、ギルダスが先に立って、どんどん進みはじめた。「下りのように見えるが、〈監獄〉が地下にあるという定理が正しければ、いずれ上り道になるはずじゃ。おそらく森を通りこした先じゃろう」

フィンは驚いて、何リーグにもわたって広がる森を見つめた。〈監獄〉とは、それほど広いのか。こんなふうな場所だとは夢にも思ったことがなかった。すると少女が言った。「あれ、煙かな」

指さすさきを、ふたりは見た。ずっとさきの霧の中に、細い柱がのびあがり、さきがぼやけて消えている。火からたちのぼる煙に似ている、とフィンは思った。

「フィン、手を貸せ」

一同はふりかえった。ケイロが銅と鋼の茂みから何かをひきずり出すところだった。駆けつけてみると、それは小さな羊で、四本足の一本がへたくそに修理されており、回路がむきだしだった。

「おまえさんはここでも盗みを働くのか」ギルダスが苦々しげに言った。

「〈兵団〉の規則は知ってるだろ」ケイロは愉快そうだ。「『すべては〈監獄〉のもの、〈監獄〉はおれたちの〈敵〉』だ」

ケイロはすでにその喉をかっさばいていた。そこであたりを見回した。「ここで解体できるな。その子ならできる。役に立つところを見せてもらおうか」

だれも動かなかった。ギルダスが言った。「馬鹿げとる。このあたりに、どういうたぐいの収容者がおるか、わからんではないか。どれくらいの勢力があるかもな」

「食わなきゃやっていけん」ケイロは色をなして、声を荒らげた。羊を投げてよこした。「もし、あんたらが要らんのなら、それでもいいさ」

ぎごちない沈黙が落ちた。それからアッティアがひとこと「フィン?」と言った。

彼女は、フィンがやれといえば、やるつもりなのだ。フィンはそんな権力を行使したくなかった。だが、ケイロがにらみつけているので、こう言った。「わかった。ぼくもてつだうから」

ふたりは並んで膝をついて、羊を解体した。アッティアはギルダスのナイフを借りて、器用に作業をした。前にもやったことがあるらしく、フィンがうまくできないと、彼女は彼を押しのけ、生肉をさばいた。彼らは肉を少しだけとった。それ以上は運べなかったし、料理のためのそだも持っていけない。羊は半分だけが生身だった。残り半分は、不器用につぎあわせられた金属でできていた。ギルダスが棒で残りの部分を引っ掻いてみた。「〈監獄〉も最近は、動物をちゃんと繁殖させられんのじゃな」

深刻な声だった。ケイロが言った。「それはどういう意味だ、じいさん」

「言ったとおりじゃ。昔は生き物は全身が生身じゃった。それから回路ができて、小さな回路が静脈や軟骨の代わりになった。〈知者〉たちは、見つけられるかぎりの組織を研究し、解剖しようとしてきた。一度わしは、死骸をもってきてくれた者に賞金を出すことにした。だが〈監獄〉にいつも先回りをされた」

フィンはうなずいた。何の死骸であれ、一夜で姿を消してしまうことは、だれもが知っていた。〈監獄〉はすぐに〈カブトムシ〉を出し、生の材料を回収してリサイクルに回す。ここでは埋葬されるものも、火葬にされるものもない。〈兵団〉のものが殺されても、お気に入りの持ち物におおわれ、花で飾られ、奈落のそばに放置される。朝には、影も形もなくなっている。

驚いたことに、アッティアが口を開いた。「あたしの民もそのことを知ってた。いまじゃもう長いこと、羊はこんなふうだよ。犬もだ。去年、あたしたちの集団で、子どもが生まれた。その左の足首から先は金属でできてた」

「そいつ、どうなったんだ」ケイロがしずかにきいた。

「その子？」アッティアは肩をすくめた。「みんなが殺した。そんなものは生かしておけないから」

「〈滓〉のほうが親切だったな。おれたちは、そういう怪物もぜんぶ生かしておいた」

フィンはちらと彼を見た。ケイロの声にはとげがあった。背を向けて、先に立って森の中へ歩いていった。だが、ギルダスは動かなかった。動かずにこう言った。「それがどういうことかわからんのか、愚かもの。つまり〈監獄〉には有機物が足りなくなってきとるんじゃ……」

だがケイロは聞いていなかった。頭をもたげて警戒体勢を取った。

森の中で音がした。フィンのささやき、さらさら鳴る風の音。最初は微風で、落ち葉を舞いあげるほどでもなかったが、フィンの髪とギルダスのローブを揺らした。

フィンはふりかえった。「どうしたんだ」

〈知者〉が動いて、彼を押した。「急げ、身を隠す場所が要る。早く」

四人は木々の間を走った。アッティアはぴたりとフィンの後ろについてきた。風が急速に強くなった。葉が舞い上がり、うずまいて、わきを飛びすぎてゆく。一枚がフィンの頬をかすめ、ちくっとしたので、手をあげて触れてみると、切れて血が出ていた。アッティアが片手で目をかばいながら、息を呑んだ。

あっというまに金属片の嵐が襲ってきた。いっきょに風が荒れ狂い、銅と鋼と銀の葉がカミソリのように鋭い旋風を巻き起こした。森がうめいて身をかがめ、小枝がぽきぽきと折れ、その音が見えない天井に鳴り響いた。

息を切らせ、頭を下げて走りながら、フィンは、大音声を思わせる嵐のとどろきを聞いていた。それは彼に向かって荒れ狂い、つかみあげ、投げとばした。怒りが、彼を金属の木にたたきつけ、なぐりつけ、打ちかかった。フィンはよろめきながら、葉という葉はそれ自身の言葉を持つ悪意の矢なのだと悟った。〈監獄〉が、みずからの細胞《セル》から生み出した息子たる自分を嘲っているのだ。彼は足をとめ、身を曲げて、叫んだ。「聞こえてるよ！　聞こえてるから、やめてくれ」

「フィン！」ケイロが彼を引きずり倒した。足がすべり、足もとにぽっかり穴が開いて、オークの大木の根がもつれあったあいだの窪みに倒れこんだ。落ちた下にはギルダスがいて、彼に押しのけられた。しばらくのあいだ全員が荒い息をつきながら、外の空気を恐ろしいまでに切り裂くひゅうひゅう、ごうごうという音に耳を傾けていた。やがてアッティアのくぐもった声が背後から聞こえた。

「この穴は？」

フィンはふりかえった。背後にほぼまるい形の窪みが、鋼のオークのかなり下にえぐられている。少女は四つん這いになって、中にもぐりこんでいった。箔のような葉が、その体の下でばりばりと鳴る。かびくさい、変につんとくる臭いがして、見ると、まわりの壁にはキノコがびっしり生えていた。胞子におおわれた、ゆがんだぶよぶよの塊だ

「こいつは穴だ」ケイロがけわしい声で言った。膝をのばして、コートからごみをはらい落とし、フィンを見た。「きょうだい、〈鍵〉はぶじか」

「もちろんだ」フィンはつぶやいた。

ケイロの青い目は厳しい。「見せてみろ」

妙に気は進まなかったが、フィンは上着の内側に手をつっこんだ。取り出してみると、薄闇の中でクリスタルが光っていた。冷たくて、何の音もせず、フィンはほっとした。

アッティアが目をまるくした。

「サフィークの〈鍵〉！」

ギルダスが彼女のほうを向いた。「なんと言うた？」

だが彼女が見つめていたのは、クリスタルではなかった。木の幹がなす後ろの壁に、細かく引っ掻いて描かれた絵を見つめていた。何世紀ぶんもの汚れをかぶり、のびすぎた緑の地衣類におおわれていたが、それは、ほっそりと背の高い黒髪の男が玉座に座っている図だった。掲げた手には六角形の細長い闇をもっている。

ギルダスはフィンから〈鍵〉を取った。それを六角形の裂け目にさしこんだ。すぐに〈鍵〉が光りだした。光と熱に燃え上がり、お互いの汚れた顔、斜めの切り傷を浮かびあがらせ、浅い穴の一番奥を照らしだした。

ケイロがうなずいた。「どうやらおれたちは正しい方向に向かってるらしいな」

フィンは答えなかった。〈知者〉をひたすら見つめていた。老人の顔には畏怖と歓喜が輝いていた。すさまじい執着。フィンは骨の髄までぞっとした。

14

われらは成長を禁じ、それによって滅びを止める。野心を禁じ、それによって絶望を止める。どちらもお互いの形がゆがんだものにすぎないからだ。何よりも〈時〉を禁じる。これからはいっさいの変化が止まる。

「エンダー王の法令」

「まさか、ほんとうにこんながらくたを全部、持っていきたいわけじゃないだろ」カスパーは積まれた本の一冊を取って、開いた。明るく輝く文字を漫然と眺めた。「本なら〈宮殿〉にある。本なんか面白くもなんともなかったがね」

「それは驚きね」クローディアはベッドに座って、雑然とした部屋の中を情けない気持ちで見回した。どうしてこんなに持ち物が多いんだろう。どうしてこんなに荷造りの時間が少ないんだろう。

「それに書物なら〈知者〉たちが何千冊も持ってる」彼は本をぽいと投げやった。「クローディア、きみは幸運だ。大学に行かずに済んだんだからな。もう退屈で死ぬかと思ったよ。それはともかく、鷹をつれて出かけないか。お膳立ては従者たちがいっさいやってくれる。そのためにいるんだから」

「いいわ」クローディアは爪を噛んでいた。それに気づいて、手を止めた。

「クローディア、ぼくをここから追い出したいのかい」

彼女は顔をあげた。彼がじっと見つめている。小さな目をおどおどと見張って。「きみがぼくと結婚したくないのは、知ってるよ」

「カスパー……」

「いいさ、かまわない。王家のしきたりってだけだ。母上が説明してくれた。跡継ぎが生まれたら、きみはだれを愛人にしてもいい。ぼくだってそうする」

クローディアは、信じられないという顔で彼を見た。じっと座ってはいられない。立ち上がるなり、散らかった部屋を歩きまわった。「カスパー、自分の気持ちに耳を傾けて！　あなたが宮殿と呼んでいるあの大理石の霊廟で、わたしたちがどんな生活をすることになるのか、考えたことがあるの？　うそと見せかけの中に生きて、作り笑いを顔にはりつけて、存在したこともない時代の服を着て、かっこうをつけて、粋がって、本の中にしかないお作法をまねして。そういうことを考えたことがある？」

彼はびっくりした。「昔からそんなもんだろ」

クローディアは彼のそばに座った。「あなたは自由になりたいと思ったことないの、カスパー？　春の朝、ひとりで馬に乗って、広い世の中を見に出かけられたら、と思ったことないの？　冒険をしたい、愛する人に出会いたいと？」

言い過ぎだった。言ってしまった瞬間に、クローディアはそれに気づいた。カスパーにはきつすぎた。彼は身をこわばらせ、渋面を作り、彼女をにらみつけた。「何が言いたいのかわかってるさ」しわがれた声だった。「きみは兄と結婚したかったんだ。お上品なジャイルズとね。でも兄は死んだ。だからあきらめるんだな、クローディア」それからずるそうな薄い笑みが戻ってきた。「それとも、ジェアドがいいのか」

「ジェアド?」

「わかってるくせに。ずいぶん年上だけど、そういうのが好きな娘もいる」

相手を平手打ちしてやりたかった。立ち上がって、ほくそえむ小さな顔をたたいてやるのだ。彼はにやっとしてみせた。「クローディア、きみがジェアドを見る目つきは見たよ。さっきも言ったが、ぼくはかまわんよ」

彼女は怒りに身をこわばらせて立ちあがった。「この性悪のヒキガエル!」

「怒ったね。つまり図星ってわけだ。父上はきみとジェアドのことをご存じかな、クローディア。ぼくから話してあげようか」

この若者は毒そのものだ。舌をひらめかすトカゲだ。そのきざな笑いは許せない。クローディアは身を曲げ、顔を彼の顔に近づけると、彼はぎょっと頭をそらせた。

「わたしにでも、他のだれにでも、二度とこの話を出したら、あなたを殺してやる。わかった、スティーン卿? わたしがこの手で、あなたのなまった体に短剣を突き刺してやる。あの人たちがジャイルズを殺したように、あなたを殺す」

怒りにふるえながら、彼女はつかつかと出てゆき、廊下中に響き渡るような音をたてて、扉を閉めた。外には、ボディガードのファックスがうろうろしていた。クローディアがそのそばを通りすぎると、彼はえらそうにゆっくりと足を止め、肖像画の並んだ下を階段のほうへ駆けてゆくときには、背中にその視線が刺さった。冷ややかな笑みが。

大嫌いだ。

みんな。

よくも、あんなことを言えたものだ。

よくも、あんなことを思いつけたものだ。階段を踏みならして駆け下り、両開きの扉を乱暴に開けて透りぬけ、女中たちを追い散らした。雷鳴のような気分だ。あんな汚らわしい嘘！　ジェアドに対して。そんなことを考えたことも、夢にも思ったことのないだろうジェアドに、そんなこと！

金切り声でアリスを呼んだ。乳母はあわてて走ってきた。「どうなさいました、お嬢さま」

「わたしの乗馬外套を。早く、、」

待っているあいだも怒りはおさまらず、歩きまわり、開いた玄関の扉から、永遠に完璧な芝生、青空、異様な声をあげている孔雀たちを眺めた。

怒りは熱く、心を慰めてもくれた。外套が来ると、それをはおって、断言した。「乗馬に出るわ」

「クローディアさま……まだまだ準備がありますのに。出発は明日ですよ」

「おまえがやって」

「ウェディングドレスの……最後の仮縫いが」

「そんなのずたずたにしてくれたって、わたしはかまわない」そう言うなり、階段を駆け下り、中庭を突っ切って、走りながら顔をあげると、父親が書斎の窓に立っているのが見えた。実際には存在したこともない、架空の窓だ。

彼はクローディアに背を向けて、だれかに話しかけている。

だれかが書斎でいっしょにいる？

でも、だれも入ったことがないはずだ。

足をゆるめ、とまどいながら、しばらく見つめていた。それから、父親がこちらをふりむくかもしれないと思い、あわてて厩に行ってみると、マーカスがすでに鞍を置かれて、じれったそうに地を掻いていた。ジェアドの馬も準備が整っている。やせたひょろ長い馬で名前はタム＝リン、おそらく彼女には理解できない〈知者〉のひそかな言葉遊びだろう。

クローディアはあたりを見回した。「〈賢者〉どのは？」とジョブにきいた。

いつも口が重いこの少年はつぶやいた。「塔へ行かれました、お嬢さま、何か忘れものだとか」

彼女はきっと彼を見た。「ジョブ、よく聞いて。おまえはこの地所の中の者を全員知ってる？」

「はい、よく」彼はせかせかと床を掃いて、塵の雲を舞い上げた。やめろと言いたかったが、それを言うと、少年はもっと緊張するだろうから、代わりにこう言った。「バーレットというおじいさんを知ってる？　隠居してるの。宮廷からお暇をもらって。まだ生きているかしら」

ジョブが頭を上げる。「はい、お嬢さま。ヒュールスフィールドにコテージを持ってます。水車小屋から道を下ってったところです」

クローディアの心臓がどきりと鳴った。「その人……まだぼけてない？」

ジョブはうなずいて、何とか笑みを作ろうとした。「剃刀みたいに鋭いです。でもあまりしゃべりません。宮廷での昔のこととかは。たずねても、目をむくだけで」

影が戸口を暗くし、わずかに息を切らしたジェアドが入ってきた。「すみませんでした、クローディア」

彼は鞍にひらりとまたがり、彼女はジョブが組んだ手に足をのせて、体をもちあげながらしずかに言った。「何を忘れたの？」

彼の黒い目が彼女の目とぶつかった。「無防備に放りだしていきたくないものがありましたので」と言い、その手がさりげなく、衿の高い深緑の〈知者〉のローブにのびた。

彼女はうなずいた。〈鍵〉のことだとわかったのだ。

馬を走らせながら、彼女はなぜ、こんなふうに妙に恥ずかしい気持ちになったのだろうといぶかった。


干したキノコと、ギルダスの荷物の中にあった粉で火を起こし、肉を焼いたが、そのあいだも外ではつむじ風が吹き荒れていた。みな口数が少なかった。フィンは寒くて体がふるえ、顔の切り傷が痛んだ。ケイロも疲れているのが感じられた。少女のことはよくわからない。わずかに離れたところに座って、そそくさと食べながらも、目は用心深くなにごとも見逃さない。

ようやくギルダスが、油のついた手をローブでぬぐった。「そこらに収容者の気配はあったかね」

「羊は何頭もほっつき歩いてたんだ」ケイロはあっけらかんと言った。「柵さえなかった」

「で、〈監獄〉は？」

「どうしておれにわかる。おそらく木々の中に〈目〉があるだろうよ」

フィンは身をふるわせた。頭がわんわん鳴り、変な感じだ。みんなに早く眠ってほしかった。眠ってくれれば、〈鍵〉を取り出して、話しかけることができる。あの娘に。〈外〉の娘に。それでこう言った。「どうせ先に行けないんだから、眠ったほうがいいよ。そう思わないか」

「いい考えだ」ケイロがものうげに言った。自分の荷物を窪みの壁にきちんと並べた。だがギルダスは、木の幹に彫られた図をじっと見つめている。そばに這い寄って、手をのばし、静脈の浮いた手でこすり始めた。地衣類がくるくるとまるまって落ちる。くすんだ色と苔の緑色の奥から細い顔があらわれた。両手は〈鍵〉をささげもっているが、きわめて細密な筆致で描かれており、本物そっくりだ。フィンは、〈鍵〉が木そのものの中の回路とリンクしているに違いないと思った。一瞬、不意をつかれ、ヴィジョンがすうっと流れすぎた。〈監獄〉全体が巨大な生き物で、ワイヤーでできたはらわたと骨のなかに、自分たちは入りこんでいるという映像だ。

フィンはまばたいた。

だれも気づかないようだ。だが、少女はじっと彼を見ている。ギルダスがしゃべっていた。「サフィークは自分のたどった道に、わしらを導いてくれている。ラビリンスの導きの糸のようなものじゃな」

「わざわざ自分の絵姿を残して、かね？」ケイロがのろのろと言った。

ギルダスが顔をしかめた。「まさか。これは彼に帰依した〈知者〉が創った寺院よ。先へ進めば、また他のしるしがあるはずじゃ」

「気の長い話だぜ」ケイロは寝返りを打ってまるくなった。

ギルダスがその背中をにらみつけた。それからフィンに向かって言った。「〈鍵〉を抜くんじゃ。大事にせんとな。思ったよりも長道中になりそうじゃ」

外の広大な森のことを思うと、そこを永遠にさまよわねばならないような気がする。フィンは六角形から鍵を引きだした。かちりという音を立てて抜けると、たちまち窪地はすうっと暗くなり、葉の破片がひゅうひゅう飛びかうなか、〈監獄〉の遠い灯の列がぼやけた。

フィンは体がこわばり、おちつかない気分だったが、しっかり聞き耳を立てていた。長いことたって、しわがれた呼吸音から、ギルダスが眠りこんだのを知った。他のみんなはどうだろう。ケイロは向こうをむいている。アッティアはいつも黙りこくっている。じっと動かずに、注目をひかずにいることが生きのびる道だと学んだらしい。外では、嵐に森が吠えたけっている。枝がばきばき鳴り、嘲るような大風が遠くから押しよせてくる。風が猛烈に木々をたたきつけ、すぐ上の鉄の幹をふるわせた。

自分たちが〈監獄〉を怒らせたのだ。禁じられた扉の数々を開き、境界を越えてしまった。もしかしたら、永久にここにとらわれたままになるかもしれない。まだ何も始めていないのに。

ついに、彼はもう待っていられなくなった。

葉の破片くずが極力音をたてないように、とにかく気を遣いながら、ポケットから〈鍵〉を引っ張り出した。〈鍵〉は冷たく、霜が凍りついている。指が跡をつけ、内側の鷲さえよく見えなくなったので、彼は表面の霜をよくぬぐった。

ぎゅっと握りしめる。「クローディア」とささやいた。

〈鍵〉は冷たく、まったく死んだようだった。

中では何の光も動かない。それ以上、大きな声を出す勇気はなかった。

だがちょうどそのとき、ギルダスがぶつぶつ言ったので、その機会をとらえて、〈鍵〉を体に引き寄せるようにして、まるくなった。「聞こえるかい」と言った。「そこにいるの？　お願いだ。答えて」

嵐がたけり狂っている。むせぶような音が、神経にまでこたえる。フィンは目を閉じて絶望にひたった。この前のは、ぜんぶ自分の想像で、あの娘は実在せず、自分はここの〈子宮〉のどこかで生まれたのだ、と。

そのとき、あたかも彼の恐れが生みだしたかのように、声が聞こえてきた。低い声。「笑った？　あの人は確かにそう言ったのですか」

フィンの目がぱちりと開いた。男の声だ。おだやかで考え深そうな。

だれかに聞かれたかと、狂おしくあたりに目をさまよわせた。そのとき、娘の声がした。「……ええ、そう言ったわ。先生、なぜそのおじいさんは笑ったのかしら。ジャイルズが死んでいたとしたら」

「クローディア」フィンは思わずその名をつぶやいてしまった。

とたんにギルダスがこちらを向き、ケイロが身を起こした。畜生、という声。フィンは〈鍵〉を外套の中に押しこみ、寝返りを打ったが、こちらを見つめているアッティアと目が合ってしまった。ぜんぶ見られていたんだ、と、すぐにわかった。

ケイロがナイフを抜き出していた。「いまの聞いたか。だれかが外にいるぜ」青い目が油断なく光る。

「違う」フィンはごくりと唾を呑んだ。「ぼくだ」

「寝言か」

「あたしに話してたの」アッティアがしずかに言った。

ケイロは、一瞬、ふたりをじっと見た。それからまた後ろにもたれかかったが、納得していないことが、フィンにはわかった。「そうなのか」と〈義兄弟〉が低い声で言った。「だったら、クローディアってだれだ」

ふたりは馬を駆って小道をたどった。オークの深緑の葉が頭上にトンネルをなしていた。「エヴィアン卿の言ったことを信じているんですか」

「このことに関してはね」彼女は前方、丘のふもとの水車小屋を見やった。「先生、そのおじいさんの反応はまったく変でしょう？　ジャイルズをかわいがっていたはずよ」

「悲しみは、ひとに奇妙なふるまいをさせるものです、クローディア」ジェアドは心配そうだ。「エヴィアン卿に、そのバートレットを探すつもりだと言いましたか」

「いいえ、だって——」

「他のだれかには？　アリスとか」

クローディアは鼻を鳴らした。「アリスに言ったら、あっというまに召使の区画じゅうに広まってしまうわ」そのとき、はっとした。息を切らしている馬の速度をゆるめた。「父さまが剣術のお師匠さまを解雇なさったわ。というか、するつもりなの。あの方から何かきいてらっしゃる？」

「いいえ、まだ何も」

ふたりはまた黙り、ジェアドが身をかがめて、門のかけがねをはずし、馬をいったん後ろにさげて、門を広く開いた。向こう側の小径にはわだちのあとが残り、両側に生垣があり、野バラがイラクサやアカバナ、ノラニンジンの白い花にまじって、そこにからみついていた。

指を刺したジェアドは、その指を口もとにもっていった。それから言った。「ここですね」

それはかたわらの栗の大木に半分隠れるように建っている、背の低いコテージだった。近づいて、クローディアは顔をしかめた。完璧に〈規定書〉どおりで、草葺の屋根にはところどころ穴が開き、壁はじめじめとし、果樹園の木はひねこびている。「貧しい人のための小屋そのものね」

ジェアドはいつもの悲しげな笑みを浮かべた。「そうですね。この〈時代〉には、金持ちしか安楽な暮らしはできなかったですから」

ふたりは馬をつないで、果樹園のへりのみずみずしい青草を食べさせた。門は壊れ、ぶらぶら揺れている。つい最近加わった力で、その下の草の葉はまだ露にぬれたまま、門にひきずられているのが、クローディアには見てとれた。

ジェアドが足を止めた。「扉が開いている」

クローディアが先に立とうとしたが、ジェアドが言った。「お待ちなさい、クローディア」と、小さなスキャナーを取り出し、ブーンと作動させた。「だいじょうぶ。だれもいません」

「じゃあ、入って、バーレットを待ちましょう。わたしは、今日しかないから」あちこち壊れた小径を勢いよく歩いてゆき、ジェアドも足早にあとに続いた。

クローディアは扉をさらに押し開いた。ギーッときしみ、中で何かの気配がした。「ごきげんよう」と、しずかに声をかけた。

静まりかえっている。

首をまわして、扉の奥をのぞきこんだ。

部屋は暗く、煙くさかった。低い窓から光がさしこみ、鎧戸は外され、壁にもたせかけてあった。暖炉の火は消えており、中に入って見ると、鎖につるした黒ずんだ鍋と焼き串があり、大きな煙突から吹き下ろす風に灰が舞い上がっていた。

小さな腰かけがふたつ、暖炉の隅に並び、窓のそばにはテーブルに椅子、そして調理台にはでこぼこのシロメの皿が数枚と、水差しがのっていた。クローディアは水差しを取り上げ、中のミルクの匂いを嗅いだ。

「まだ新しいわ」

小さな出口が牛舎に続いていた。ジェアドはそちらに歩いてゆき、戸がまちの下にかがみこんで、奥をのぞいた。

こちらには背をむけていたが、ふいに深刻に黙りこくったようすからして、何かがあったのだと、クローディアは悟った。「どうしたの」と声をかけた。

ふりかえったジェアドの顔は真っ青で、クローディアは、ぐあいが悪くなったのかと思った。「遅すぎたようです」と彼は言った。

クローディアは近寄った。彼は通せんぼをするように、その場を動かなかった。「見たいわ」と彼女はつぶやいた。

「クローディア……」

「先生、見せて」と彼のわきの下から、頭をつっこんだ。

老人は牛舎の床に大の字なりに倒れていた。首が折れているのは明らかだった。両腕を投げだして仰向きで、片手が藁に埋もれていた。両眼は開いたままだ。

牛舎は古い糞の匂いがした。ハエがたえずぶんぶん飛び回り、開いた戸口からスズメバチが出入りしていた。外で小さな山羊が鳴き声を立てた。

恐ろしさと憤りに体が冷えて、クローディアは言った。「あの人たちが殺したんだわ」

「それはわかりません」ジェアドは突然、生気を取り戻したようだった。老人のそばにひざまずいて、首すじと手首に触れ、体の上にスキャナーを走らせた。

「あの人たちが殺したのよ。ジャイルズについて、殺人について、何か知ってたからだわ。わたしたちがここに来るのを悟って、先回りしたのよ」

「悟るとはだれがです？」彼はしずかに立ちあがって、居間のほうに戻ってきた。

「エヴィアン卿は知ってたわ。わたしとの会話が盗聴されてたのかも。それにジョブもいる。わたし、あの子に……」

「ジョブは子どもですよ」

「でも父さまを恐れてる」

「クローディア、このわたしだって恐れています」

彼女はもう一度、藁の中の小柄な体に目をやり、こみあげてきた怒りに、わが身をきつく抱きしめた。「痕が見えるわ」とささやいた。

手の痕だ。ふたつの親指の痕のような黒い打ち身が、まだらになった皮膚にくっきり浮かんでいた。

「体の大きい男ね。力も強い」

ジェアドはいきなり、調理台についた戸棚を開け、皿類を引っ張り出した。「確かに、倒れたはずみで死んだわけじゃない」

クローディアはふりかえった。

彼は引き出しをあさり、暖炉のところに行って、かきまわしはじめた。それから驚いたことに、ひとつの腰かけにのぼって、煙突の暗闇の中に手をつっこみ、やみくもに探しはじめた。煤がざあっと降ってきた。

「先生、何を?」

「クローディア、この人は〈宮廷〉で暮らしていたんですよ。読み書きができなかったはずはない」

一瞬、わけがわからなかった。だが、すぐに身をひるがえして、あたりを見回し、ベッドを見つけ、マットレスを傾け、切り裂いて、蚤の巣くった藁を出した。

外では、クロウタドリが甲高い声をあげて飛び去った。

クローディアが目を見張る。「あの人たちが、戻ってきたの？」

「かもしれない。用心して」

だが動こうとしたとき、足が床板につまずき、キイと音を立てた。クローディアは膝をつき、ひっぱってみると、しょっちゅう使われていたらしく、一方の端を支点として、楽に持ちあがった。

「ジェアド！」

それは老人の宝物の隠し場所だった。何枚かの銅貨の入ったつぶれた財布、ほとんどの宝石が取れてしまった壊れた首飾り、二本の蛾ペン、折りたたんだ羊皮紙、それから一番底のところにこっそりと、クローディアの掌ほどの青いビロードの巾着袋が隠してあった。

ジェアドは羊皮紙を取り上げ、くまなく目を通した。「遺言書のようですね。きっと書き残していると思いましたよ。〈知者〉の教えを受けていたとしたら、それは……」彼はちらと目を流してよこした。クローディアは青い巾着を開けていた。中から、小さな金色の楕円形をしたものを取りだした。裏には王冠をいただいた鷲が彫られている。それをひっくり返してみた。

少年の顔がふたりを見上げていた。はにかんだようなまっすぐな笑みと、茶色の目。

クローディアは苦い気持ちで、その顔にほほえみかえした。家庭教師を見上げた。「これ、ひと財産になったと思うけれど、この人は決して売らなかったのね。すごく彼をかわいがっていたんだわ」

おだやかにジェアドは言った。「それは……」

「これはジャイルズよ。確かだわ」

第3部　手も、足も、鎖につながれて

15

サフィークは〈もつれ森〉を馬で出て、〈ブロンズの砦〉を目にした。ひとびとが四方八方から、その城壁の中へ流れこんでゆく。

「中へお入り」とみなが誘った。「急いで。でないと、やつらが攻撃してくる」

彼はあたりを見回した。世界は金属で、空も金属だった。人々は〈監獄〉の平原の上の蟻のようだ。

「忘れてしまったのか。きみたちはもうすでに〈内〉にいるんだぞ」

だが、彼らは急ぎ足に通りすぎながら、あんたは狂っている、と言った。

『サフィークの伝説』

一晩たけりくるった嵐は、唐突に止み、フィンはその静けさにはっと目を覚ました。あれだけの風がやんで不気味な気もしたが、少なくともこれで、〈監獄〉の気が変わるまでは、移動できる。ケイロは外に這いだし、ひきつった体をうめきながらのばした。一分後、いつになくひそめた彼の声が聞こえてきた。「あれを見ろよ」

フィンがようよう立ち上がって見ると、森は裸木になっていた。木の葉という木の葉、薄くまくれあがった金属の草の葉はあちこちに吹き寄せられ、こんもりと巨大な山になっている。

木々は今度は花を咲かせていた。緋色と黄金色の銅の花が、きらきらと丘を埋め、谷へとくだって、目の届くかぎり続いている。

背後で、アッティアが笑い声を立てていた。「きれい！」

彼は驚いてふりかえり、自分にはそれが障害物にしか見えていなかったことに気づいた。「そうか？」

「うん。でもあなたは……色彩に慣れているんだよね。〈外〉から来たんだもの」

「ぼくの言うことを信じるのか」

彼女はゆっくりうなずいた。「うん、あなたにはどこか違ったところがある。ここには似合わない。それに寝ながら呼んでた名前、クローディア。その人を覚えてるの？」

そのことは、もう他のものにも話していた。彼はうなずいた。それから顔をあげた。「アッティア、きみに味方になってほしい。その……ぼくはときどきひとりになりたい。〈鍵〉……があると、ヴィジョンが見やすいんだ。ときどき、ケイロやギルダスからも離れてひとりになりたい。わかってくれるか」

アッティアはよく光る目でじっと見つめて、真剣にうなずいた。「言ったよね。あたしはあなたのしもべ。フィン、いつ、そうするのか、言ってくれるだけでいい」

彼は自分を恥じた。彼の顔を見つめながら、アッティアはもうそれ以上何も言わなかった。

それからは、宝石のようにまばゆい風景を旅することになった。丘の下へと広がる植物園のあいだを縫ってゆくと、地面はあちこち分断され、そこを、ひびわれて奇妙につるりとした川底をもつ流れが幾本も走っている。フィンが想像もしたことのない昆虫が、径をところどころふさぐ葉の山を這っている。その山を迂回するのに、何時間もむだにした。高いむきだしの枝にはコクマルガラスが群れをなしてぴょんぴょん跳び、おもしろそうに目を光らせながら、旅人たちについてきたので、とうとうギルダスがののしって、こぶしをふりあげた。すると、彼らは音もなく飛び去った。

ケイロがうなずく。「なるほど、〈知者〉どのには、今でもやっぱり魔法の力があるんだな」

無言で、老人は彼をにらんだ。「その力がおまえさんにも効いたらと思うわい」

ケイロはフィンににやりとしてみせた。

フィンもうっすら笑みを浮かべた。いくらか気持ちが軽くなり、ギルダスのあとについて森の通路を下ってゆくうち、幸福感に似たものも感じられてきた。〈脱出〉は始まっているのだ。〈兵団〉ははるか背後になった。残忍な内輪もめと殺人と嘘と恐怖は終わった。もう事情は変わったのだ。サフィークが外へ出る道を示してくれる。

もつれた根をまたいだとき、彼は声をたてて笑いたくさえなったが、その代わりにかくしに手をつっこんで、〈鍵〉に触れてみた。

はっと手をひっこめた。

温かくなっている。

フィンはケイロに目をやって、先に立って進んだ。少ししてふりかえる。アッティアはいつもの場所に、つまり彼のすぐ後ろについていた。

気にさわって、足を止めた。「ぼくは奴隷はいらない」

彼女も足を止めた。「何と言われてもかまわない」と言い、傷ついた目で彼を見つめた。

「そこに小川がある。せせらぎの音がする。ほかのふたりには、ぼくが水を汲みに行ったと言ってくれ」

答えを待たずに、フィンは小径を外れ、プラチナのいばらの茂みの奥に入りこんで、下草の中にうずくまった。しなやかなワイヤーの薔薇の花があたりに咲き、うつろな葦の中ではミクロサイズの〈カブトムシ〉が忙しく動き回っている。

急いで〈鍵〉を取り出す。

危険な行為だった。ケイロがいつやってくるかしれない。だが、指に持った〈鍵〉はすでに熱く、クリスタルの奥には見慣れた小さな青い光がいくつかともっている。「クローディア」彼はおそるおそるささやいた。「クローディア、聞こえる?」

「フィン! やっと」

彼女の声の大きさに、彼はごくりと息を呑んだ。あたりを見回す。「しずかに! それから手短に。人が探しにくる」

「だれが?」心をひかれたようだ。

「ケイロ」

「それ、だれ」

「ぼくの〈義兄弟〉だ」

「わかったわ。じゃ、聞いて。〈鍵〉の下の部分に小さなパネルがあるの。目には見えないけれど、表面が少し盛り上がってるから。わかる？」

指で探ると、汚れた跡がついた。「いいや」あせりが来た。

「探して！　向こうの装置は違うものだと思う？」

最後の言葉は、フィンに向けられたものではなかった。もうひとつの声が答えた。この前、ジェアドと呼ばれていた男のものだ。「ほとんど同じものです。フィン、指先を使って。角《エッジ》を探して。そのそばの面です」

ぼくのことを何だと思ってるんだろう。彼は必死に探した。両手が痛くなった。

「フィン」ケイロのささやきが、すぐ後ろで聞こえた。彼は飛び上がって、〈鍵〉をふところに押しこみ、かすれ声を出した。「ああ、びっくりした！　水くらいおちついて飲ませてくれよ」

〈義兄弟〉の手が彼を押して、葉の山の中へ連れ戻した。「かがんで、黙ってな。お客さんが来たらしい」

クローディアはしゃがんで、いらいらと文句を言った。「ああ、彼、いなくなっちゃった。なんで消えたんだろう」

ジェアドは窓に近づき、中庭の大混乱を眺めた。「どのみち同じですよ。〈管理人〉どのが階段を上がってこられた」

「彼のしゃべりかた、きいた？　すごく、そう……泡を食ってたみたい」

「気持ちはわかりますよ」ジェアドは乗馬外套のポケットから小さな紙片の束を取り出し、さしだした。「これが、あのご老人の遺言書の全文です。旅の馬車の中で、読んでください」

いくつものドアの開閉する音。外で声もする。父の声だ。カスパーの声もする。

「読んだら、すぐに破棄してください、クローディア。コピーは取ってありますから」

「わたしたち、何か手を打たなきゃ。あの死体は？」

「あそこへ行ったことは秘密です」

彼の言葉が終わらぬうちに、扉が開いた。クローディアは平然と、紙片をドレスのなかにすべりこませた。

「娘や」父親が入ってきて前に立った。クローディアは立ち上がって、しっかり目を合わせた。父はいつもの黒いフロックコート姿で、首に巻いたスカーフは高価な絹で、長靴は最上級の革だった。だが今日は特別な場合だということを示すように、ボタンホールには小さな白い花がさされており、あまりにそれが父に似つかわしくないので、クローディアはまじまじと見つめてしまった。

「支度はできたかね」

クローディアはうなずいた。藍色の旅行ドレスと外套を着こみ、外套の内側には〈鍵〉を入れる特別なポケットを縫いつけてある。

「アーレックス家にとって、大いなる朝だよ、クローディア。おまえに新しい生活が始まる。われわれみなにとってもそうだ」白髪のまじった髪をびしっと後ろになでつけた父の黒い目は満足げだった。手袋をはめてから、彼女の手をとった。じっとりした手が娘に不快感を与えるのを知っているかのようだった。彼女はにこりともせず、父をながめ、心の中には、藁のなかの、目を開けたままの老人の死体が浮かんでいた。

クローディアは微笑して、スカートをつまんでお辞儀をした。「父上、支度はできておりますわ」

彼はうなずいた。「おまえに手抜かりはないのはわかっていたよ。わしはおまえに期待して裏切られたことがない」

母さまとは違って？　クローディアは辛辣に考えた。だが口には出さず、父親はジェアドにほんの形ばかりうなずいてみせ、娘の手を取って連れ出した。ふたりはしずしずと大広間に入り、ラベンダーをまき散らした床を踏んで、感激して見つめる使用人たちの列の間をぬけていった。〈監獄〉の〈管理人〉と誇り高いそのご息女は、いよいよ女王になるべき婚礼の旅に出立するのだ。ラルフの合図で、使用人たちはいっせいに拍手喝采し、美しいアヤメをふたりの足もとに投げ、自分たちは決して見ることのない婚礼の栄誉をたたえて、小さな銀のベルを打ち鳴らした。

ジェアドが書物のかばんを小脇にかかえて、その後ろに続く。彼は順繰りにみなと握手をかわし、女中たちは悲しそうな顔で、砂糖菓子の小さな包みを彼に押しつけ、塔はわたしたちが守ります、先生の貴重な道具はだれの手にもふれさせないし、子狐や鳥の世話をいたします、と約束した。

馬車の座席にすわってふりかえったとき、クローディアは、喉の奥にやるせない塊がこみあげてくるのを感じた。みんな、ジェアドとの別れをさみしがっている。彼のおだやかな物腰、繊細で整った容姿、そして子どもたちに咳の薬をくれたり、わがままな息子に意見をしてくれたりした優しさを、別れがたいものに思っている。でも、クローディアとの別れをつらいと思うものは、だれもいない。でも、それはだれのせい？　わたしはずっとゲームを演じてきた。わたしは女主人、〈管理人〉の息女なのだ。

氷のように冷たく、釘のように堅くあること。

クローディアはぐいと頭を起こし、アリスに笑みを向けた。「旅は四日ね。少なくてもその半分は馬に乗っていくつもりよ」

姥は顔をしかめた。「伯爵がうんとはおっしゃいますまいよ。それに、いくらかの時間は、ご自分の馬車のなかに、お嬢さまを座らせるおつもりでしょうし」

「わたしはまだ結婚していないのよ。それに結婚したら、あの人にもわかるわ。重要なのは、わたしがどうしたいかだってこと」みながわたしを冷酷だというなら、冷酷になってやろうじゃないの。

とはいえ、みなが馬に乗り、乗馬従者たちが集まり、馬車の列がゆっくりと門番小屋のほうへ向かいだしたいま、クローディアがしたいことはたったひとつ、生まれたときから暮らしてきたこの屋敷にとどまることだけだった。それで窓から身を乗り出し、手をふり、目の奥につんと涙がこみあげてくるのを感じながら、みなの名前を呼んだ。「ラルフ！　ジョブ！　メアリ＝エレン」

みんなが手をふりかえしてハンカチの嵐となり、白鳩の群れが切妻屋根から舞い上がり、蜜蜂がスイカズラの中を飛び回るなかを、馬車はごとごとと木のはね橋をわたっていった。濠の深緑の水の中に、屋敷が映り、バンや白鳥がその上を矢のようにかすめすぎる。背後には馬車や荷馬車や騎馬隊、猟犬、隼などの随行の大行列が続いた。今日は〈監獄〉の〈管理人〉の大望が成就に向けて動き出す日だ。

風に吹かれながら、クローディアは革張りの席にまた身を沈め、目にかぶさった髪をふっと吹いた。

そう、たぶんこれが始まりだ。


やってきたのは男たちだが、信じられない姿だ。

身の丈はどう見ても、八フィートはある。妙にぎくしゃくとした、鷺のような歩き方で、鋭くとがった葉がばりばり飛んでくる中を平然と、まっすぐに押し進んでくる。

ケイロにきつくつかまれて、フィンは腕が痛いほどだった。やがて、〈義兄弟〉は耳もとにひとことつぶやいた。

「〈高足〉だ」

そのとおりだ。ひとりが歩いてくるのを見ると、膝までの高さのある、金属のコンパスのようなものを履いているらしく、みなそれをうまく乗りこなして大股に歩き、その身長を利用して、木のあちこちのこぶのような場所に手をのばしていた。すると触れられた木はたちどころに半ば有機物の果実を生み出し、それを男たちは収穫しているのだった。

フィンは首をめぐらして、ギルダスの姿を探したが、〈知者〉と少女の姿はどこに隠れてしまったのか、目につかない。

彼は、男たちが一列になって、木々の間を遠ざかってゆくのを見送った。丘をくだってゆくにつれ、彼らの身長は縮むかに見え、最後の男の姿が、空気中の目に見えない障害物を通りぬけたかのようにゆらめくのを、フィンははっきりと見てとった。

しばらくすると、見えるのは頭と肩だけになった。そして消えてしまった。

ケイロは十分長いこと待ってから、ようやく立ち上がった。低い口笛を吹くと、近くの葉の山がびくりとふるえた。ギルダスの銀の頭が出てきた。「もう行ったかの?」

「ああ、遠くなった」

アッティアがそそくさと出てきたのを見届けて、ケイロがふりかえった。〈義兄弟〉にちらと目をやり、しずかに言った。「おい、フィン?」

あれが始まりかけていた。さっきの空気のゆらぎを見たのが、引き金になったらしい。フィンの皮膚がむずむずし、口は乾き、舌は板きれのようになった。片手で口をこすった。「だめだ」と口の中で言った。

「彼を支えてやれ」ギルダスが叫ぶ。

どこか遠くで、ケイロが「待て」と言った。

それから、フィンは歩いていた。ふたつの大きな銅の枝のあいだの、何もない場所をまっすぐに目指していた。そこの空気が動いて、光の柱の中を塵が降りくだってきたかのようだった。〈時〉の裂け目が開いたかに思われた。彼はそこまで来ると、足を止め、目が見えない者のように両手を前に突き出した。そこは世界から外へ出る鍵穴だった。

その中を風が吹いてきた。

ちくちくと小さな痛みがくる。それに耐えて、進み、そのへりを感じ、触れ、顔を近寄せ、細い光の穴に目をつけて、向こうをのぞいた。

色が揺れていた。まばゆくて涙が出そうで、彼はあえいだ。いくつもの形が動いている。緑の世界、夢の中で見るように青い空、黒と琥珀色をした、ブンブンいう大きな生き物がこっちに突進してくる。

フィンはひと声あげ、ふらりと下がった。うしろからケイロが、両腕をつかまえてくれた。「目を放すな、きょうだい。何が見える？　何だ」

彼はくずおれた。くたくたと足が萎え、積もった葉の上に倒れこんだ。アッティアがケイロを押しのけた。すぐに水をグラスに注いで、フィンにさしだした。受け取って、ごくりと飲み、目を閉じ、両手で頭をかかえた。頭がかすんで気分が悪い。胃がむかついた。そして嘔吐した。

上で、いくつもの声が騒いでいた。耳がはっきりすると、そのひとつがアッティアの声だとわかった。

「こんなことさせるなんて……フィンはぐあいが悪いのに」

ケイロの笑い声は嘲るようだった。「いまによくなるさ。こいつは見者だ。いろんなものが見えるんだ。おれたちの知りたいことがな」

「フィンのことは、気にしてあげないの？」

フィンは何とか頭を上げた。少女は両脇でこぶしを握りしめ、ケイロをまっすぐ見上げている。両眼からは傷ついたような表情が消えていた。いまやその目は怒りに燃えていた。

ケイロの嘲笑は消えない。「こいつはおれのきょうだいだ。もちろん、気にしているとも」

「あんたは自分のことを気にしてるだけ」と、少女はギルダスに顔を向けた。「それに、先生、あなたも。だって……」

そこで言葉を切った。どう見てもギルダスは聞いていない。片腕を金属の木にもたせかけ、前方を見据えている。「こっちへ来い」としずかに言った。

ケイロは片手を出し、フィンはそれを取り、よろよろと立ち上がった。〈知者〉のところまで空き地を横切っていって、彼の後ろに立ち、彼の見ているものを見た。

森はそこで尽きていた。前方には幅の狭い道が〈市〉に続いている。〈市〉は、燃えるような色のむきだしの平地に建つ城壁の後ろだった。金属の板を寄せ集めた家並みが身を寄せ合い、塔と胸壁は奇妙な黒っぽい木で造られ、錫と銅の葉で屋根が葺いてある。

そこへ向かう道の上に、笑いや叫びや歌のかしましい長い流れが続いていた。人の波もあり、馬車の列もあり、子どもを抱いたものもあれば、羊の群れを追っているものもあり、何万もの人々の列ができていた。


足を馬車のシートにのせて、クローディアはアリスが眠っている隙に、例の折りたたんだ小さな紙を読んでいた。馬車が揺れる。外では〈管理地所〉の緑の森と畑が、塵と蝿の雲の中を、ごろごろ通り過ぎてゆく。

わが名はグレゴール・バートレット。これは小生の遺言状である。見つけた方は大切に保管し、その時が来れば有効に活用していただきたい。大いなる不正が行われたが、存命のもののなかで、それを知るのは小生ひとりであるからだ。

小生は若いころから宮殿内に暮らしてきた。厩番の少年として、郵便配達として、家内の使用人として。信頼をかちえ、それなりに厚遇される身となった。先王の側仕えをつとめたので、王の最初の奥方はよく覚えている。海の彼方から来られたきゃしゃな美しい方で、ともにお若いときに結婚された。長子のジャイルズさまがお生まれのとき、小生はその守役に任じられた。それで乳母を手配し、子ども部屋づきの女官らを任命した。ジャイルズさまはお世継ぎで、何不自由なくお育ちになった。大きくおなりになるにつれ、小生にはわが子のごとく愛しい方となった。恵まれたお方であった。母上がみまかられ、王が後添えをめとられた時も、王子は宮殿のみずからの棟に住まい、たいせつなおもちゃやペットに囲まれ、一家をかまえておられた。小生には子どもがなかった。ジャイルズさまはわが命となった。そのことに決していつわりはない。

小生はやがて変化に気づきはじめた。お父上の足はしだいに遠のいた。二の君カスパー伯爵がお生まれになったのだ。この泣き叫ぶかしましいお子を、宮廷の女たちが甘やかし放題にした。そして新しい王妃が立たれた。

シアさまは奇妙な、情のうすいお方であった。陛下が馬車で森の道を走っておられるとき、外をごらんになると、十字路にシアさまが立っておられたという。そのわきを通りすぎ、そのおん目をごらんになると――それはふしぎな、光彩の青白い目であった――その瞬間から、シアさまのことが頭から離れなくなった。使者をあとから送られたが、そこにはもうだれもいなかった。近在の村や地所に手を回して調べ、ほうびを出すからというふれを貴族のあいだに回されたが、だれも見つけることはかなわなかった。だが何週間かたち、陛下が宮殿の庭を歩いていて、ふとお顔を上げると、シアさまが噴水のそばに座っておられた。

シアさまのお血筋も、どこの生まれかも、だれひとり知らなかった。小生は魔女に違いないと思う。二の君を生んですぐ、ジャイルズさまへの憎しみは明らかとなった。陛下にも宮廷のだれにも、それをお見せになることはなかった。よくよく気を遣い、お世継ぎを立てるようにしていた。けれど小生にはわかった。

ジャイルズさまは七歳のとき、〈監獄〉の〈管理人〉のご息女と婚約された。生意気な小娘だったが、王子は好いておられたようだ……


クローディアは微笑した。アリスに目をやると、窓から身を乗り出すようにして眠っている。父さまの馬車は、後ろだ。エヴィアンも同乗しているのだろう。彼女は紙片をさらに開いた。


……誕生パーティが盛大に行われ、星空のもと、ともに小舟で湖にこぎ出した夜、王子は、自分はなんと幸せな者だろうとおおせになった。そのお言葉は、終生忘れられない。

父王のご逝去は、王子には大いなる痛手となった。ひとり居を好まれるようになった。ダンスにも遊びにも参加なさらなくなった。勉学に身を入れられた。いまにして思えば、女王陛下を恐れるようになられたのではないか。決してそうとはおおせられなかったが。ここで話を早めよう。乗馬事故の前日、小生はカサに住む妹が病に倒れたという知らせを受けた。見舞いのために、ジャイルズさまにお暇を乞うと、たいそうご心配くだされ、厨房のものにご馳走を詰めさせ、妹に持ってゆくよう渡された。また馬車も手配して下された。〈外庭〉の階段で見送り、手を振って下さった。それがジャイルズ王子をお見かけした最後だ。

着いてみると、妹はまったく息災だった。だれが知らせを送ったのか、心当たりがないと言った。

小生は胸騒ぎがした。女王のことが気にかかった。すぐに立ち戻りたかったが、おそらく女王の手の者であったのだろう、御者めが、馬が疲れていると言って、それを拒んだ。小生はすでに馬を飛ばすこともない老齢であったが、旅籠の馬に鞍を置き、夜をついていっさんに走らせた。その時心をさいなんだ苦悶を書き記すことはすまい。丘を越え、宮殿の千の小塔が見えてきた時、どの塔にも黒い吹き流しがなびいていた。

その後のことはほとんど覚えていない。

ご遺体は大広間の柩台に安置され、それなりの時になって、小生はそばでお顔を見たいと願い出た。女王からの指示があり、男がひとり付き添いによこされた。それは〈管理人〉の秘書の背の高い無口な男で、たしかメドリコートと言った……

クローディアは仰天し、ひゅうと口笛を吹いた。アリスがいびきを掻いて、体の向きを変えた。

……小生はうちひしがれて段をのぼった。わが子がそこに横たわり、死に顔は美しく整えられていた。小生は涙に眼をくもらせつつ、身を曲げて、その額に接吻しようとした。

そのとき、はっと思いとまった。

おお、確かに見事な化粧ではあった。その少年がだれかはわからぬが、同じような年かっこう、同じような肌の色であり、巧みに皮膚用のワンドが使われていた。けれども小生にはわかった。はっきりと。

これはジャイルズさまではない。

小生は声を立てて笑ったかと思う。喜びにむせんだのだ。だれにも気づかれなければよいが。だれにも知れねばよいが。小生はすすり泣き、その場から退いて、傷心の家来、打ちひしがれた老人を演じた。しかし小生は、女王とおそらく〈管理人〉が、人に知られたくないと望む秘密を知ったのだ。

ジャイルズさまは生きている。

そして王子がおられる場所はといえば、〈監獄〉以外にありえない。

アリスがぶつぶつ言い、あくびをして目を開けた。「旅籠はまだでしょうかね」と眠そうにきいた。

クローディアは小さな紙を見つめ、目を大きく見開いた。初めて見る相手のように、乳母をしげしげとながめた。それから視線を下ろして、最後の文をもう一度読んだ。

そしてもう一度。

16

ジョン、わたくしに逆らわず、足もとに気をおつけなさい。宮廷には権謀術数がうずまき、わたくしたちに対する陰謀があります。クローディアのことなら、あなたの言われることからすれば、すでに、探し求めるものを目にしてしまったようですね。当人がそれに気づいていないとは、おもしろいこと。

「シア女王から〈管理人〉へ」（私信）

ジェアドがひとりでいるところをつかまえられたのは、何時間もたってからだった。旅籠のあるじはぺこぺこおじぎをし、夕食の席では、エヴィアン卿がよもやま話にふけり、父親からはじっと観察され、カスパーは自分の馬のことで不平を鳴らした。

真夜中もとうに過ぎたころになって、ようやく彼女は彼の屋根裏部屋の扉をたたいて、中にすべりこんだ。

彼は窓辺に座って星々をながめ、鳥が一羽、その手からパンをついばんでいた。「先生は眠らないの？」

ジェアドは微笑した。「クローディア、馬鹿なことをするんですね。ここにいるところを見つかったら、どう思われるかご存じでしょう」

「先生に危険が及ぶのはわかってるわ。でも、あの遺書について話があるの」

彼は一瞬、黙っていた。それから鳥を飛び立たせ、窓を閉め、ふりかえった。目の下にはくまができている。「話とは？」

ふたりは見つめ合った。やっとクローディアが言った。「ジャイルズは殺されたんじゃないわ。幽閉されたのよ」

「クローディア……」

「敵はハヴァーナ王朝の血を流したくなかったのよ。というか女王がそのことを恐れていたんだわ。女王でなければ父さまが……」と目を上げた。「ほんとうよ。父さまはこのことを知っているはず」

その声の暗い響きに、ふたりともぞっとした。クローディアは椅子に腰を下ろした。「それだけじゃない。あのフィンっていう人。〈囚人〉の。あの声……聞き覚えがあるの」

「聞き覚え？」ジェアドは鋭く彼女を見つめた。

「前に聞いたことがあるのよ、先生」

「思いこみですよ。クローディア、そんな結論に飛びつかないように」

彼女はしばらく黙っていた。それから肩をすくめた。「どっちにしても、もう一度やってみなきゃ」

ジェアドはうなずいた。扉に鍵をかけにゆき、小さな装置を扉の裏に取りつけ、調節した。そしてふりかえった。

クローディアは〈鍵〉の準備を整えていた。通話チャンネルと、この間見つけた小さな映像回路をオンにした。ジェアドは彼女の後ろに立って、鷲のホログラムが音もなく翼を動かすのを見つめていた。

「あの紙は処分しましたか」

「もちろんよ。完璧に」

〈鍵〉が光り出すと、ジェアドはしずかに言った。「あのおじいさんの血を流すのを平気でやってのけた人たちです。クローディア。われわれが家捜しをしたことも、もう知れているかもしれない。われわれが何を見つけたのか、恐れているはずです」

「いま言っているのは、父さまのことね」彼女は顔を上げた。「父さまはわたしには何もしないわ。わたしに何かあったら、王座が危ういもの。それに先生のことなら、わたしが守る」

彼の笑みは悲しげだった。信じていないことがよくわかった。

ごくしずかに〈鍵〉が言った。「聞こえる？」

「彼だわ。フィン、パネルに触って。触って。場所、わかった？」

「わかった」気の進まない声だ。「触ったら、どうなるの？」

「お互いの顔が見えると思うわ。こわいことはないわ。やってみてよ、お願いだから」

一瞬空気が凍りつき、ぱちぱちと軽い音がした。それからクローディアは危うく飛びのきそうになった。鍵からは音もなく光線が発せられていた。それが四角い区画を生み出し、その隅には、薄汚れた少年が驚いた顔でしゃがみこんでいた。

背が高くて、たいそうやせており、顔はやつれ、不安そうだった。髪はぼさぼさで長く、後ろで紐でくくり、服はと言えば見たこともないほどみすぼらしく、泥だらけの灰色と緑で、ひどくすりきれていた。ベルトには剣とさびたナイフがさしてある。

少年は驚愕の目で彼女を見つめた。


フィンの目に映った娘は、女王か王女のようだった。

清潔ですっきりした顔の持ち主で、髪が輝いている。つやのある絹のドレスに、そんな買い手がいればだが、売ればひと身代にはなりそうな真珠のネックレスをつけていた。ひもじい思いをしたことなどない、明晰で頭のいい娘だということがわかった。その背後には、ギルダスのそれなどかすんでしまうような、立派な〈知者〉の長衣を着た、まじめそうな黒髪の男が立っていた。


クローディアがあまり長く黙っているので、ジェアドは彼女にちらと目を走らせた。少年のひどい状況に衝撃を受けているらしいので、彼は低い声をかけた。「どうやら〈監獄〉は、楽園ではないようですね」

少年は彼をにらみつけた。「当たり前だ。先生はぼくをからかってるのか」

ジェアドは悲しげに首をふった。「違いますよ。その品物をどうやって手に入れたのか、教えてください」

フィンはあたりを見回した。廃墟はしずかで、がらんとしている。アッティアの影が入り口にうずくまり、外の闇を見つめている。だいじょうぶだ、というようにフィンにうなずいてみせた。彼はホロスクリーンに向き直った。その光を、だれかに見られるのがこわかった。

手首の鷲の話をしながら、彼はじっとクローディアを見つめていた。ひとの表情を読むのは得意だったが、彼女の顔は完璧にコントロールされ、どんな感情もあらわすことはなかった。とはいえ、目がかすかに大きく見開かれたので、話に引きこまれていることはわかった。そこで彼は嘘の話につなげていった。〈鍵〉は使われていないトンネルで見つけたことにし、マエストラのこともその死も恥辱も、そんな話ははなから存在しなかったように、口に出さなかった。アッティアがちらと目線を送ってよこしたが、彼は顔をそむけたままでいた。彼は〈兵団〉のことを語り、ジョーマンリックとの一対一の死闘の中で、自分が巨漢を打ち倒し、その手からどくろの指輪を三つ取って、仲間を導いて脱出したのだと言った。聖なる道をたどって、〈監獄〉を抜け出るところなのだと。

クローディアはときおり短い質問をはさみながらも、熱心に聞いていた。信じたのかどうか、彼にはわからなかった。〈知者〉のほうは終始無言で、ギルダスの話が出たときに、かるく眉を上げただけだった。そして言った。

「では、〈知者〉はまだ生き残っていたのですね。でも〈実験〉はどうなったのですか。社会構造や食料供給は？　どうしていっさいがおかしくなったんです？」

「そんなことはいいわ」クローディアはいらいらと言った。「先生、鷲のしるしが何をあらわすかわかるでしょ。わからない？」彼女は熱っぽく身を乗り出した。「フィン、〈監獄〉にはどのくらいいたの？」

「わからない」彼は顔をしかめた。「覚えているのは……ほんの……」

「ほんの?」

「ここ三年のことだ。ときどき記憶が……でも」彼は言いやめた。発作のことは話したくなかった。

クローディアはうなずいた。膝の上で彼女が両手を握りしめるのが見えた。一本の指にダイヤモンドの指輪が光っている。「聞いて、フィン。わたしの顔に見覚えがない? わたしがだれかわからない?」

彼の心臓がどきりとした。「わからない。わかってるはずなのか」

彼女は唇を噛んだ。緊張しているようだ。「フィン、聞いて。あなたはたぶん……」

「フィン!!」

アッティアの叫びがくぐもって消えた。一本の手が彼女をつかみ、がしっと口にふたをした。「遅かったな」ケイロは満面の笑みだった。

闇の中から、ギルダスがあらわれて、ホロスクリーンに見入った。一瞬、彼とジェアドは驚きの視線をかわしあった。

それからスクリーンは真っ白になった。

〈知者〉は祈りの言葉をつぶやいた。ふりかえってフィンを見た青くきびしい目には、例の執着が戻っていた。「見た、わしは見たぞ、サフィーク様を」

フィンは突然がっくりと疲労を覚えた。「違う」と言った。アッティアがケイロにつかまれて、めちゃくちゃにもがいている。「あれは違うよ」

「愚か者、わしは見た。見たんじゃ」老人は苦痛をこらえながら、〈鍵〉の前にひざまずいた。手をのばして、触れた。「フィン、サフィーク様は何と言うた？　わしらへのお告げは何と？」

「この装置に人が映るのを、なんでおれたちに黙っていた？」ケイロの語調は荒い。「おれたちを信用してないのか」

フィンは肩をすくめた。しゃべっていたのはほとんどが自分で、クローディアではなかったことに思いいたった。だから、彼らにはさっきのように思わせておいたほうがいい。「サフィークが……警告してくれた」

「何をだ」噛まれた手をさすりながら、ケイロは少女にいまいましげな一瞥をくれた。「この雌犬めが」とつぶやいた。

「危険を」

「どんな危険だ。ここは危険だらけ――」

「上からの危険だ」フィンは口から出まかせを言った。「上から危険がくる」

みなはいっせいに見上げた。

そのとたんアッティアが悲鳴をあげ、身をわきに投げ出した。ギルダスが悪態をついた。四隅におもりのついた、巨大蜘蛛の巣のような網が降ってきた。網はフィンを直撃して、打ち倒し、猛烈に塵が舞い上がり、コウモリの群れがギャーッと鳴いた。一瞬、息ができなくなり、ギルダスが隣で網にからまれてもがいているのが見えた。ふたりはねとねとした樹脂のついた重い糸にくるみこまれていた。

「フィン!」アッティアが膝をついて、網を引っ張った。網に手がくっついたのを、あわてて引きはがした。

ケイロは剣を抜いていた。彼女を押しのけると、綱に切りつけたが、中に金属が織り込んであるらしく、刀身はガンと音を立てた。同時に廃墟の中にしかけてあるアラームが甲高い音でうわんうわんと、むせぶように鳴りはじめた。

「時間をむだにするな」ギルダスがつぶやいた。それから憤然として、「ここから逃げろ」と叫んだ。

ケイロがフィンをじっと見た。「きょうだいを置いてはいけん」

フィンは立ち上がろうとしたが、立てなかった。一瞬、〈市民団〉の貨車の前に鎖でくくりつけられていた時の悪夢が、心の中で炸裂した。あえぐように言った。「ギルダスの言うとおりにしろ」

「こいつははがせる」ケイロは狂おしくあたりを見回した。「何かてこにできるようなものはないか」

アッティアが壁から突き出ている金属の支柱をつかんだ。それは折れて、両手に錆を残し、彼女は悲鳴をあげて、それを足下に投げだした。

ケイロが網を引っ張る。暗い色の油が両手とコートを、黒くした。畜生、と叫んだが、引っ張り続けた。フィンは下から持ち上げようとしたが、次の瞬間ふたりとも、重さに負けてつぶれてしまった。

ケイロが網のそばにしゃがみこむ。「おまえを探しにきてやる。助けてやる。だから〈鍵〉をよこせ」

「えっ？」

「おれによこせ。でないと、おまえが持ってるところを見つかって、取り上げられるぞ」

フィンの指が温かいクリスタルを握りしめた。一瞬、網ごしにギルダスの驚きの視線が見えた。

〈知者〉は言った。「フィン、いかん。こいつには二度と会えんぞ」

「黙れ、老いぼれ」ケイロが怒り狂ってふりかえる。「フィン、おれによこせ、今すぐ」

外で人の声がした。道をやってくる犬たちの声も。

フィンはもがいた。ぬるぬるの網の間から〈鍵〉を押し出した。ケイロがつかんで引っ張り出し、その指が完璧な鷲の姿の上に油をなすりつけた。それをジャケットの内側に押しこみ、ジョーマンリックの指輪をひとつ抜いて、フィンの指にぐいとはめた。「おまえがひとつ、おれがふたつ」

アラーム音が止まった。

ケイロは後ずさり、あたりを見回したが、アッティアはすでに姿を消していた。「誓って、あとで探しにきてやる」

フィンは動かなかった。だが、ケイロの姿が〈監獄〉の闇に消えたとき、鎖をつかんで小声で言った。「そいつはぼくしか使えない。サフィークはぼくにしか話しかけないんだ」

ケイロの耳に届いたかどうかはわからない。ちょうどそのとき、扉が打ち壊され、いくすじもの光が目に飛び込んできて、犬の歯がうなりながら、両手と顔に噛みつきにきた。

ジェアドは蒼白な顔で彼女を見た。「クローディア、突拍子もなさすぎます」

「彼かも知れない。ジャイルズかも知れないわ。ええ、見かけは変わってたわ。やせてたし、すごくやつれてた。大きくなってたし。でも、彼みたいな気がする。年回りもそうだし、体つきも。髪も」彼女はそこでほほえんだ。「目の色も」

クローディアはおちつかずに、部屋を歩き回った。彼の置かれた状況に、ひどく打ちのめされたことは言いたくなかった。〈監獄〉の〈実験〉の失敗は大変な痛手であり、〈知者〉ならだれもが衝撃を受けるのもわかっていたからだ。消えかかった暖炉の前にやおらうずくまると、クローディアは言った。「先生、眠らなくちゃ。わたしも眠るから。明日は、いっしょの馬車にしてもらうように言うわ。アリスが眠るまでは、いっしょにアレゴンの『歴史書』を読んで、そのあとは話ができるでしょ。今夜はとりあえずこう思うの。あれがジャイルズでなくても、ジャイルズかもしれないと言うことはできるわ。かもしれないと申し立てることはできる。あの老人の遺書と、彼の手首の鷲のしるしがあれば、疑惑は残るもの。この結婚を止めるには十分な疑惑よ」

「彼のＤＮＡは……」

「そんな言葉、〈規定書〉にないわ。それはご存じでしょ」

ジェアドはかぶりをふった。「クローディア、信じられない……まさか、ありえませんよ……」

「考えてみて」クローディアは立ち上がって、戸口に向かった。「かりにあの人がジャイルズでなかったとしても、ジャイルズはあそこのどこかにいるのよ。カスパーは世継ぎじゃないわ、ジェアド。わたしはそれを証明するつもり。女王と父さまにたてつくことになっても、やってみせるわ」

戸口で足を止めたのは、ジェアドをこの痛手のなかに取り残してゆきたくなくて、その傷心をやわらげることを何か言いたかったからだ。「彼を助けなきゃね。あの人たちみんなをあの地獄から」

ジェアドは背を向けていたが、そのままうなずいた。暗い声で言った。「お休みなさい、クローディア」

彼女は薄暗い廊下にすべり出た。ずっと先のアルコーブに、蝋燭が一本燃えている。歩いてゆくと、ドレスが床をしゅるしゅると擦った。自分の部屋の戸口で足を止め、ふりかえった。

旅籠はしずまりかえっているようだった。だが、おそらくカスパーのものであろう部屋の戸の外で、小さく身動きする気配があり、彼女は目を見張った。狼狽して唇を噛んだ。

大男のファックスが二つの椅子を並べた上に、横になっていた。

まっすぐにこちらを見つめている。彼はぞっとするようないやな目つきをくれて、手に持ったジョッキをふった。

17

古代の彫刻では、〈正義〉はつねに盲目だった。だが、もしも目が見えたとしたら、すべてを見てとるのであり、その〈目〉は冷たく、いっさいの慈悲を持たないのではないか。そのようなまなざしのもとで、誰が平穏無事でいられよう？

年々、〈監獄〉はその強制力を強めている。〈天国〉であるはずだったものは地獄に変わってしまった。

〈巨人〉は封じられている。〈外〉の者には、われらの悲鳴は聞こえない。それゆえ、わたしはこっそりと、ひとつの鍵を作ろうとした。

「カリストン卿の日記」

〈市〉の門をくぐったとき、フィンはその門に歯が生えているのを見てとった。かっと開いた口に金属の鋭い歯、カミソリのような歯が生えていた。緊急時にはメカニズムが作動して、この門はひとりでに閉じ、噛みしめた口は通行不能になるのだろう。

彼は、疲れたように馬車によりかかっているギルダスに目をやった。老人はなぐられて、唇が腫れ上がっていた。「ここにはあなたのお仲間がいるはずだ」とフィンは言った。
〈知者〉は縛られた両手で顔を引っ掻き、ぶすりと言った。「いたとしても、たいして重んじられてはおらんじゃろう」

フィンは眉をひそめた。何もかもケイロのせいだ。罠からふたりをひきずりだしたコウノトリ男たちが最初にしたのは、ギルダスの荷物をあさることだった。粉薬や軟膏、丁寧に包んであった鵞ペン、後生大事に持ち歩いている「サフィークの歌」の本などを放りだした。どれもたいしたものではなかった。だが肉の包みを見つけると、お互い顔を見合わせた。ひとりのやせこけた男が〈高足〉の上で向きを変えると、こう言い放った。「おまえらは盗人だな」

「聞いてくれんか」ギルダスは暗い声で言った。「わしらは、あの羊がおまえさんがたのものとは知らなかった。だれでも食ってゆかねばならん。わしの学識でもって埋め合わせをする。わしはそここそ腕の立つ〈知者〉じゃ」

「それなら、埋め合わせてもらおうか」男の目は平静だった。仲間たちに目をやると、みなおもしろそうな顔をした。「〈正義〉のみそなわすところ、おまえの両手でな」

フィンは皮膚に縄が食い込むほどきつく縛られていた。外へ引きずりだされたとき、ロバのつながれた小さな荷車が目に入った。コウノトリ男たちは、いかにも慣れたようすで奇怪な金属器具を脱ぎすて、それに飛びのった。

縛られたフィンは、老人と並んで、車の後ろにつながれ、〈市〉へ続く道路をよろよろと歩いていった。二度後ろをふりかえり、ケイロかアッティアかの姿がひと目でも見えないか、気配がないかと探したが、森はすでに彼方に遠ざかり、遠くで荒唐無稽な色彩に輝くばかりで、道は長い金属の斜面をまっすぐに下ってゆき、道の両側にはとげが埋め込まれ、ぎざぎざの穴が開いていた。

そうとうの警戒態勢だなと舌を巻いて、フィンはつぶやいた。「こうまでするとは、いったい何を恐れているんだろう」

ギルダスが顔をしかめる。「襲撃じゃよ。だから〈消灯〉までに中に入ろうと、みなあせっておる」

あせっているどころではなかった。前に見た大勢の列は、すでに中に入っており、門に向かって急ぐとちゅうで、城砦の中から角笛が鳴りひびくと、コウノトリ男たちは猛烈な勢いでロバを駆りたてたので、ギルダスは息を切らして、倒れそうになった。

とりあえず無事に、門を入ったところで、吊し格子と鎖が落ちる音がした。ケイロとアッティアもここに来たのだろうか。それともまだ外の森にいるのか。もし自分が〈鍵〉を持っていたら、確実にコウノトリ男たちにとられていただろうが、それでも、ケイロがそれを持っていて、もしかしたらクローディアに話をしているかもしれないと思うと、おちつかない気持ちになった。それに、もうひとつ気がかりなことがあったが、そちらは考えないようにした。少なくとも今のところは。

「来い」果実採りの男たちのかしらが、フィンを引きずりあげるように立たせた。「今夜のうちにやっちまわんとな。祭りの前に」

フィンは疲れた足で通りをたどりながら、こんなに大勢の人間は見たことがないと思った。小径にも路地にも、小さなランタンが花づなのようにかけわたしてある。〈監獄〉の灯が消えたとたんに、世界は、小さくきらめく銀の火花の、美しくもあざやかな網目模様と化した。何千人もの収容者が天幕を張り、とほうもない大市が立ち、人々は泊まるところを探し、あるいは羊やサイバーホースを囲いや市の広場へと追い立てていた。手がなかったり、目が見えなかったり、唇や耳の欠けた物乞いたちもいた。彼は、こんなふうに体が変形する病があるのかと、息を呑み、背を向けた。だが、半人《ハーフマン》はいない。ここでも、そういううとましい例は動物に限られているようだった。

馬蹄の響きは耳を聾するばかりだった。糞と汗の匂い、踏みしだかれた藁の匂い、そしてふいに甘くなまなましい白檀やレモンの香りもした。いたるところを犬が走りまわって、食物の袋を奪いあい、管の中をあさっており、その背後では、繁殖力の強い、銅の鱗の生えた小さな赤い目の鼠どもが、ひびわれや戸口にぬかりなくもぐりこんでゆく。

いたるところの隅にサフィークの絵像がある。扉や窓の上にもあって、指が一本欠けた左手を見せつけるようにさしだしているが、右手につかんだものを見て、フィンの心臓が音もなくはねた。クリスタルの〈鍵〉だ。

「見たか」

「ああ」ギルダスは息を切らして階段に座りこみ、コウノトリ男のひとりは人だかりの中に入っていった。「これは何かのお祭りじゃな。サフィークをまつるものではあるまいか」

「あの〈正義〉っていうのは……」

「しゃべるのはわしにまかせておけ」ギルダスは背筋をのばし、ローブのぐあいをなおした。「ひとことも言うな。わしが何者か、相手にちゃんと通じたら、すぐに解放されるし、この騒ぎも終わりじゃ。〈知者〉の言葉にはだれもが耳を傾けるからの」

フィンは顔をしかめた。「そうだといいんだが」

「おまえさんはあの廃墟でほかに何を見た？　サフィークはほかに何と言うた？」

「何も」すでに嘘の種も尽き、両腕は前で縛られていて、ひどく痛んだ。恐怖が冷たい滴のように、心に忍びこんでくる。

「二度と〈鍵〉にはめぐりあえん、とか？」ギルダスの声は苦い。「あるいはあの嘘つきのケイロめにも会えん、とか」

「ケイロのことは信じている」フィンは食いしばった歯の間から声を押し出した。

「おまえはよっぽどの馬鹿じゃ」

男たちが戻ってきた。虜ふたりはわきに引っ張られ、押されて塀のアーチをくぐり、左へ曲がる薄暗い広い階段をのぼった。てっぺんには大きな木の門が立ちふさがっている。両側のふたつのランタンの光で、その黒い木に巨大なひとつ目が深々と彫りこまれているのが見てとれる。目はじっとフィンをにらみ、つかのま生きている目が、自分を見つめているかと思われた。昔ながらの〈監獄〉の〈目〉が、興味深げに自分を観察しているような気がしたのである。

そこで、コウノトリ男が木の扉をたたくと、扉が開いた。並んだフィンとギルダスは、両側をはさまれて中に連れこまれた。

部屋は——そこが部屋だとしたらだが——墨を流したように真っ暗だった。

フィンはすぐ足を止めた。息が苦しく、その音が響き、奇妙なさらさらいう音が聞こえた。五感は、何もない大きな空間が、前方か、あるいはわきに広がっていることを告げた。もう一歩踏み出せば、未知の深淵へ落ち込むかもしれないと思ってぞっとした。心の中でかすかな記憶が動いた。光のない、空気のない場所があったというささやき。

男たちは引き下がり、彼は、何も見えない、だれにも触れられない状態で、ひどく心細くなった。そのとき、さほど遠くない前方で、ひとつの声が発せられた。

「われらはみな、ここでは罪人よ。そうではないか」

それは低いしずかな、抑揚に富んだ問いかけだった。声の主が男か女かもわからなかった。

ギルダスがすぐに答えた。「そうではない。わしは罪人ではなく、わが祖先も罪人ではない。わしは〈封鎖の日〉に〈監獄〉に入ったギルダスの子アモスの子ギルダス」

沈黙。それから声が言った。「そなたらが、ひとりでも残っておるとは思わなかった」同じ声だ。同じではないのだろうか。声は、今度はわずか左に移動していた。フィンはそちらに目をこらしたが、何も見えない。

「わしもこの若者も、そなたから盗んだりはせぬ」ギルダスはきっぱり言った。「わしらの仲間の別のものが、生き物を殺した。それは単なる過ちで――」

「黙れ」

フィンは息を詰めた。第三の声は最初の二つとそっくりだが、右側から聞こえる。相手はどうやら三人らしい。

ギルダスが不快げに息を吸いこんだ。彼の沈黙は怒りのそれだった。

中央の声が重々しく言った。「ここではわれらはすべて罪人。みな罪がある。〈脱出〉をなしとげたサフィークでさえ、〈監獄〉に負債を払った。そなたらも肉体と血で負債を払うのだ。ふたりとも」

光が強くなったのか、あるいはフィンの目が慣れていったのか。いまでは三人がよく見えた。前に、三つの黒い姿が座っている。全身をすっぽり黒いローブでおおい、奇妙な黒のヘッドドレスをつけていたが、それがかつらであることはすぐにわかった。鴉の濡れ羽色の、まっすぐな髪のかつら。だが、話しているのは年寄りだったので、そのかつらはいかにもグロテスクだった。これほどの年のいった老女は見たこともなかった。

三人の老女の皮膚は革のようにしわだらけで、目は乳白色だった。三人とも頭を垂れている。おちつかない足で床を掻きながら、フィンは彼女たちの顔が音を追って動くのを見てとった。盲目なのだ。

「お願いだ……」彼はつぶやいた。

「願いはきかぬ。いまのが判決じゃ」

彼はギルダスに目をやった。〈知者〉は老女たちの足もとにあるものを見つめている。最初の女の前の段には荒削りな木の紡ぎ車があり、そこからみごとな銀色のうねりをなす糸がこぼれ出ていた。それは第二の老女の足のまわりに渦を描き、もつれていた。まるで座っている椅子から一度も立ち上がったことがないようだ。それを巻いた糸かせには、目盛りのついた棒が一本ひっそりと隠してあった。その時点ですでに汚れ、ほつれた糸は、三番目の女の椅子の下を走って、鋭い鋏がもたせてあるところへとのびていた
ギルダスは苦しげな顔をしている。「おまえたちのことは聞いたことがあるぞ」とつぶやいた。

「ならば、われらが〈慈悲なき三者〉、〈罪なき者〉であることは知っておろう。われらの正義は盲

目であって、事実のみを問題にする。そなたらはここの男たちから盗みを働き、その証拠も示された」真ん中の老女が首を傾ける。「妹たち。それでよろしいか」

両側のふたりから同じ声が発せられた。「よろしい」

「ならば、盗みの罰を行うべし」

男たちが進み出てくると、ギルダスをつかみ、ひざまずかせた。四角い木の塊の輪郭が見えた。老人の両腕が引き下ろされ、手首がその上にのせられた。「やめろ！　聞いてくれ」かすれ声で叫んだ。

「やったのはぼくらじゃない！」フィンは動こうとした。「不当だ」

三つの同じ顔は盲目であるばかりか、耳も聞こえないようだった。中央の顔が細い指を一本あげた。闇にナイフの刃が光った。

「わしは〈大学〉の〈知者〉じゃ」ギルダスの声は、おびえてなまなましかった。額に汗の粒が浮かんでいる。「盗人扱いされるのは心外じゃ。さような権利は……」

彼はがっちりと押さえこまれた。ひとりの男が背後に立ち、もうひとりが、縛った手首をつかんでいる。ナイフがふりあげられた。「黙れ、じじい」ひとりが小声で言った。

「支払いはする。金はある。わしは病気が治せる。こっちの子は……こいつは見者だ。サフィークと話をする。星を見たことがあるのじゃ」

最後のひとことは絶叫のように飛び出した。とたんにナイフの男の手が止まった。その視線が三人の老女に飛んだ。

声を合わせて三人は言った。「星だと？」つぶやくような声が重なりあう。感動に満ちた声だった。

荒い息をつきながらも、ギルダスはここぞと言った。「星じゃ、〈賢女〉の方々。サフィークが言うた光よ。この子に尋ねてみよ。こいつは〈監獄〉の子、〈小房生まれ《セル・ボーン》〉だ」

三人は声をなくしていた。盲目の顔がいっせいにフィンのほうを向いた。中央の老女が手をさしのべて招き、コウノトリ男がフィンを前に押しだすと、老女はその腕に触れてつかんだ。フィンはじっと動かずにいた。老女の両手は骨張ってかさかさで、爪は長くて割れている。その手が彼の両腕を探り、胸をつたわって顔にのぼった。身をふりほどきたかった。ふるえだしそうだったが、じっと動かずに、ひんやりした荒れた指が額に、ついで目に触れるのに耐えていた。

ほかの二人は、じっと目を見張っている。一人の感覚が残りの二人に伝わるかのようだった。やがて中央の〈正義〉が、ふたつの手をフィンの胸に押しつけながらつぶやいた。「この子の心臓を感じる。大胆に打っておる。〈監獄〉の肉、〈監獄〉の骨じゃ。この子の中には空白がある。心の空《そら》が引き裂かれておる」

「悲しみが感じられる」

「喪失感も」

「こいつはわしのしもべだ」ギルダスが身を起こし、すばやく立ち上がった。「わしだけのしもべじゃ。じゃが、この子はさしあげよう。姉妹よ。わしらの罪の償いとしてさしだそう。公正な取引じゃ」

フィンは仰天して、彼をにらみつけた。「何だって。そんなこと、できるわけないだろ」

ギルダスがふりむいた。闇の中の彼は小さくしなびて見えたが、その目は天啓を受けて、炯々と狡猾に輝き、肩で息をしていた。老人は、フィンの指にはまった指輪を意味ありげにながめた。「わしにはこうするしかない」

三人の老女はおたがいに向かい合う形をとった。口はきかないが、三人のあいだで何かの知識がやりとりされているようだった。ひとりが突然くつくつと笑いだし、フィンはぞっと汗を流し、背後の男は恐怖にぶつぶつ言った。

「そうするかえ」

「せざるを得ぬかえ」

「できるかえ」

「それでよし」三人は声をそろえた。それから左の老女が身を曲げて、つむを取り上げた。ひびわれた指がそれをつむいだ。糸を取り、親指と人差し指の間を通した。「この者は〈一なる者〉となるべし。この者が〈貢ぎ物〉となるべし」

フィンはごくりと唾を呑んだ。力が入らず、背中は冷たい汗でじっとりぬれていた。「何への貢ぎ物？」

第二の老女が糸を計った。短く計った。第三の老女がはさみを手に取った。注意深く糸を切り、糸は音もなく塵の中に落ちた。

「われらが〈獣〉に対して負う〈貢ぎ物〉」とつぶやいた。

ケイロとアッティアは〈消灯〉の直前に〈市〉にたどりついた。荷馬車の上にのった最後の集団にまぎれこんだが、御者は気づきさえしなかった。門の外で、飛び降りた。

「さあ、どうする？」アッティアがささやいた。

「まっすぐ入るさ。みんなと同じに」

ケイロはすたすた歩き出し、彼女はその背をにらみつけてから、あとを追って走り出した。

小さめの門があり、その左手の城壁に細い隙間《スリット》が開いていた。何のためだろうとアッティアはいぶかったが、やがて衛兵たちが、人々をそこから入れているのに気づいた。

アッティアはふりかえった。道に人影はない。静まりかえった平原のかなたには防御壁が待ちかまえている。高いところには鳥らしいものが、銀の火花のように、おぼろげな霧の中で回転している。

ケイロが彼女を押しやった。「おまえが先に行け」

ふたりが近づくと、衛兵は訓練された者の目をふたりに走らせ、頭をしゃくって、隙間をさした。

アッティアが通りぬけた。そこは薄暗く臭い通路で、通りぬけると、〈市〉の砂利道に出た。

ケイロが後に続こうと、一歩踏み出した。

たちまち、アラームが鳴った。ケイロはふりかえった。壁の中で小さなビーッという音が鳴っている。すぐ上で〈監獄〉が〈目〉を開けて、こちらを見つめた。

門を閉めかけていた衛兵が、足を止めた。ぎょっとふりかえり、剣を抜いた。「おまえはだめ……」

みぞおちに一発たたきこまれて、衛兵は身を折った。ケイロはもう一発なぐって、相手を城壁にたたきつけた。男はぐったりとのびた。ケイロはひと息入れ、パネルのところに近づいて、アラームを切った。ふりむくと、アッティアがじっと見つめている。「なんであんたなの？　あたしじゃないの？」

「どうでもいいさ」彼は大股に彼女を追い越して歩いていった。「たぶん〈鍵〉をかぎつけたんだろう」

アッティアは彼の背を、豪華な胴着と、無造作にたばねている豊かな髪を見つめた。彼に聞こえないように、小さな声で言った。「なら、なんであんたはそんなに怯えてるのさ？」

彼が乗り込んで、馬車が少し沈むと、クローディアはほっと溜息をついた。「もう、この馬車にはいらっしゃらないのかと思ったわ」

窓から入り口をふりかえったとき、その言葉は口の中で消えた。

「それはどうも」父親は皮肉っぽく言った。

片方の手袋をぬいで、座席の塵をはらう。それから杖と本をそばに置き、声をかけた。「やってくれ」

馬に鞭が入って、馬車はきしんだ。すぐに馬具のじゃらじゃら鳴る音がし、中庭を回るときの揺れが来たので、クローディアは父の持ち物の上に倒れまいとした。だが、不安はあまりに大きかった。

「ジェアドはどこ？　わたし……」

「今朝はアリスといっしょに三番目の馬車に乗ってもらった。おまえと話がしたいんでね」

それは明らかに失礼なことだった。もっともジェアドは気にしないだろうし、アリスのほうはふたりきりになれて、わくわくするだろう。だが、〈知者〉を使用人同様に扱うとは……クローディアは怒りに身を固くした。

父親は一瞬、娘を見つめ、それから窓の外に目を放った。そのあごひげにまた少し白いものが増えたのをクローディアは認めた。重々しく断定的なその風貌は、いよいよその印象を強めている。

「クローディア、二、三日前に母上のことを尋ねたね」

父親になぐられたとしても、これほど驚きはしなかっただろう。とっさに、彼女は警戒体勢に入った。だが、主導権を取り、ゲームを好きな方向へ持ってゆき、攻撃するのは、いかにも父親らしいやり口だ。彼は〈宮廷〉のチェスの名手のひとりだった。クローディアは父のゲーム盤の上の歩《ポーン》、父が万難を排してクイーンにしようとしている歩にすぎない。

外では、やわらかな夏の雨が畑をぬらしている。甘くすがすがしい香りがした。クローディアは言った。「ええ、尋ねましたわ」

父親は田園風景に目を放ったまま、指で黒い手袋をもてあそんでいる。「母上の話をするのは、わしにはひじょうにつらいことだが、これまで心血を注いできたことがすべてかなう旅に出たうえは、今日こそ語るべき時だと思う」

クローディアは唇を噛んだ。

恐怖以外、何も感じられなかった。それから一瞬、ほんの一刹那だけ、今までに感じたことのない感情が来た。父を気の毒に思ったのだ。

18

われらは最愛のもの、最上のものを貢ぎ物にささげ、いまは結果を待つばかり。何世紀がたとうと、われらは忘れることはない。狼のごとく、われらは目を光らせて待つ。復讐せねばならぬのなら、喜んでしよう。

『鋼の狼の物語』

「わしが結婚したのは中年になってからだ」ジョン・アーレックスはこんもりしげった夏の木々が馬車の中にまきちらす陽光の斑を見つめながら言った。「裕福だった――わが家系はつねに〈宮廷〉に属していたからな――そしてわしは若くして〈管理人〉の地位についていた。クローディア、大きな責任をともなう仕事だ。おまえにはその大きさはわかるまいが」

父親は短いため息をついた。

馬車が石ころ道で揺れる。クローディアは、旅行外套のポケットにひそめたクリスタルの〈鍵〉が膝にあたるのを感じ、フィンのひもじそうなおびえた顔を思い出した。父さまの管理する〈囚人〉たちは、みんなあんなふうなのだろうか。

「ヘレナは美しくてしとやかだった。見合いではなく、宮廷の冬の舞踏会で偶然に顔を合わせた。先の王妃、ジャイルズさまの母上の部屋づきの侍女をつとめており、その家系の最後のひとりで孤児だったよ」

言葉を待つかのように、父は言葉を切ったが、娘は何も言わなかった。もし何か言えば、この魔法が断ち切られ、父が話をやめてしまうような気がしたのだ。父はクローディアを見もしなかった。低い声で言った。「わしはヘレナに夢中だった」

クローディアは両手をきつく握り合わせていた。それをゆるめた。

「短い求婚期間をへて、宮廷で結婚式をあげた。おまえがあげることになるような盛大なものではない、ひっそりとしたものだったが、そのあとにひかえめな披露宴があって、ヘレナはわしのテーブルの上座について笑っていた。クローディア、おまえにそっくりで、ただ少しだけ背が低かったかな。髪は金色でつややかだった。いつでも首には黒ビロードのリボンを巻いており、そこにつけたロケットにはわしらふたりの肖像画が入っていた」

父は無意識に膝をなでた。

「子どもができた、と言われたとき、わしは天にものぼる心地だった。もしかしたらもう遅く、跡継ぎは望めないかと思いかけていたからだ。〈監獄〉の管理は世襲制で、アーレックス家の血はわしで絶えるかと思った。いずれにせよ、わしはヘレナをいっそう大切にした。健康ではあったが、〈規定書〉の指示は守らねばならなかったから」

そこで顔を上げた。「一緒にいられた時期はごく短かった」

クローディアは息を吸った。「亡くなられたのね」

「お産のときだ」彼は窓の外に目を放った。木の葉の影がその顔にひらめく。「産婆をたのみ、〈知者〉の中でもっとも名のあるものをそばにつけたが、手のほどこしようがなかった」

クローディアは何と言ってよいか、わからなかった。こんな話をきく心の準備はできていなかった。もう一度、両手の指を組み合わせた。「それで、わたしは母上に会ったことがないのね」

「ああ」父の黒い目がこちらに向いた。「それから、わしは、肖像画を見るのも耐えられなくなった。一枚肖像画があったのを、鍵をかけてしまいこんだ。いまあるのはこれだけだ」

父親は上衣の内柄から、小さな金色のロケットを引き出し、首にかけていた黒いリボンを外して、彼女にさしだした。一瞬、受け取るのがこわかった。受け取ったそれは、父親の体温でぬくもっていた。

「開けてごらん」

クローディアは蝶番を外した。向かい合った楕円形のフレームの中には、それぞれ繊細な筆で描かれた細密画があった。右側が父親で、いまより若いがいかめしい表情をしており、髪は豊かな茶色だった。反対側は胸の開いた深紅の絹のドレスをきた女性で、愛らしく繊細な顔がほほえんでいた。口もとに小さな花をあてて。

母さま。

指がふるえた。気づかれたかと顔を上げると、父親がじっと見つめていた。重々しい口調で言った。「〈宮廷〉に行ったら、おまえのために複製を作らせよう。アラン親方はすばらしい職人だ」

父親に涙を見せるか、わめくかしてほしいと思った。怒るのでも、悲嘆にうめくのでもいいから、とにかく自分が反応を返せるようなことをしてほしかった。だが、父は沈鬱におちつきはらっていた。父は、ゲームのこのラウンドに勝ったのだ。無言で、クローディアはメダルを返した。彼はそれをポケットにすべりこませた。

ふたりともしばらく口をきかなかった。馬車はがたごとと本街道を走ってゆく。くずれかけた小屋のならぶ村を通りぬけ、池を過ぎると、鵞鳥たちがびっくりして、白い翼をはばたいて舞い上がった。それから道は上りにかかり、緑の森に入っていった。

クローディアは体がほてり、きまりが悪かった。スズメバチが開いた窓から飛びこんできたのを、手をふって追いはらい、小さなハンカチで手と顔をふくと、白いリネンに街道の茶色の埃がついた。やっと彼女は口を開いた。「話してくださって嬉しいわ。なぜ、今？」

「クローディア、わしはものごとをはっきり言うのが苦手なのだ。だが、今だけは、言えるような気がした」声は重苦しく、しわがれていた。「今度の婚礼は、わしの人生の栄光の絶頂となる。生きていたら、母上にとってもそうだったろう。どんなにか誇らしく、また嬉しく思ったことだろう」父は目をあげたが、それは灰色で鋼のようだった。「クローディア、なにごともこの慶事を妨げてはならん。われらの成功を邪魔立てするものがあってはならぬ」

クローディアが父の目を見つめると、彼はいつものようにゆっくりと微笑した。「さてと。おまえはわしより、ジェアドといっしょのほうが嬉しいだろうね」言葉にかすかな棘があったのを、クローディアは聞き逃さなかった。父親は杖を取り上げ、こつこつと馬車の天井をたたいた。外の御者が低い声を出すと、馬たちは足を踏みならし、鼻を鳴らしながらも、おちつかなげに止まった。馬がおとなしくなったところで、〈管理人〉は身を倒すようにして、扉をあけた。下りて、のびをした。「なんといい眺めだ。ごらん」

クローディアは父のそばに下り立った。

眼下を大きな川が、夏の陽にきらめきながら流れている。川は、熟れた大麦の金色の畑がゆたかにつらなる中を走っていた。街道ぞいの花咲く草原からは、蝶の群れが雲のように舞い上がるのが見えた。両腕に太陽が熱く照りつける。彼女はほっとして太陽を見上げ、目を閉じると、見えるのは赤い熱だけになり、鼻には埃の匂いと、踏みしだかれた西洋ノコギリソウの刺すような匂いが漂った。

ふたたび目を開けると、父はすでに杖をふりながら、うしろの馬車のほうへ戻っていって、エヴィアン卿に愛想のよい言葉をかけていた。卿は下りてきて、赤い顔の汗をさかんにぬぐった。

〈領国〉はクローディアの目の前に広がり、かなたの霧がかった地平線まで続いていた。つかのま、このしずかな夏の風景の中に飛びこんでゆき、何もない平和なこの土地に逃げこみたい、と思った。だれもいないところへ行きたい。

どこか自由になれるところへ。

すぐそばでひとの気配がした。エヴィアン卿がそばに立って、小さなワインの瓶をすすっていた。「きれいですな」と小さな声で言った。ぼってりした指でさした。「見えますか」

何マイルもかなたの丘陵地帯に、何かが光った。まばゆいダイヤモンドのような輝きだ。クローディアにはわかった。大いなる〈ガラスの宮廷〉の屋根に太陽が反射しているのだと。

ケイロは肉の最後のきれを食べ、満腹して後ろにもたれかかった。ビールを最後の一滴までのみほし、お代わりをもらおうとあたりを見回した。

アッティアはいまだに扉のそばに座っている。ケイロはそれを無視した。居酒屋は満員だった。二度声をかけて、ようやく聞こえたらしい。やがておかみがビールの入れ物をもってやってきて、ジョッキに注ぎながら言った。「おつれさまは？　何も召し上がらないの？」

「つれなんかじゃない」

「お客さまの後ろから入ってこられたから」

彼は肩をすくめた。「女の子がついてくるのは仕方ねえ。まあ、こういういい男だからな」

女は笑って、首をふった。「わかりましたよ。ハンサムさん。お勘定のほうはよろしく」

彼は数枚のコインを出し、ビールを飲み終えると立ち上がり、のびをした。顔を洗ったのでずいぶん気持ちがよくなり、炎の色の胴着は前から彼によく似合っていた。彼はアッティアには目もくれずにテーブルの間を抜けていったが、彼女はそそくさと立ち上がってあとを追い、うすぐらい通りを半ばいったところで、声をかけたので、彼は足を止めた。

「どこへ行けば、あの人たちを探せる？」

ケイロはふりかえらずにいた。

「どんな目に合ってるかもしれないのに。あんたは約束したのに……」

ケイロははじかれたようにふりかえった。「なんでおまえはどっか行かないんだ」

少女は見つめ返した。臆病なちびだとばかり思っていたのに、彼女はこんどもケイロと対決しようとしている。どうにも居心地が悪い。「あたしはどこへも行かない」少女はしずかに言った。

ケイロはにやりとした。「おまえ、おれがあいつらを見捨てると思ってんだろ?」

「うん」

遠慮のない言葉をぶつけられた。彼はかっとなった。彼はまた背をかえして、歩き続けたが、少女は影のようについてくる。犬のように。

「見捨てたいんだろうけど、あたしがそうはさせない。〈鍵〉を取ったままにはさせない」

ケイロは答えまいとしたが、言葉がつい口から飛び出した。「おれがどうするつもりか、わかっちゃいないな。フィンとおれは〈義兄弟〉だ。それがすべてだってことよ。おれは約束を守る」

「ほんとうに?」彼女は狡猾に、ジョーマンリックの声をまねした。「わしは十になるころから約束は守らず、血を分けた兄弟を刺し殺した男だ。ケイロ、そうするつもりじゃないの?〈兵団〉がまだあんたの中にいるんじゃないの?」

彼はアッティアにつかみかかろうとしが、彼女はすでに体勢を整えていた。跳びかかって、相手の顔を引っ掻き、蹴ったり突いたりしたので、彼はよろめいて、壁を背にくずれおちた。〈鍵〉が汚れた砂利の上に転がり落ち、ふたりは同時に手をのばしたが、少女のほうが早かった。

ケイロは怒りにうめいた。少女の髪をつかみ、乱暴に引き寄せた。「返せよ」

少女は悲鳴を上げてもがいた。

「そいつを放せよ」

彼はもっと強く引っ張った。アッティアは苦痛の声をあげて、〈鍵〉を闇の中に放り投げた。すぐさまケイロは彼女を放して、そのあとを追ったが、ひろいあげた瞬間、わめいて取り落とした。〈鍵〉は路上に転がっていた。中を青い光が駆けめぐっている。

突然、不気味な静けさのなかで、四角い映像の場がそのまわりに立ち上がった。豪華なドレスをまとった娘が木にもたれ、まばゆい光を浴びている。その娘がふたりをまじまじと見つめた。疑惑にとがった声で言った。

「フィンはどこ？　おまえたちはいったいだれ？」


フィンは蜂蜜菓子と見慣れない種子とわずかに泡立つ熱い飲み物を与えられたが、薬を盛られるのがこわくて、口をつけられなかった。何に巻きこまれるにしても、頭ははっきりさせておきたい。ほかに清潔な衣類と、水浴びの水を与えられた。部屋の扉の外には、コウノトリ男がふたり、壁によりかかっている。

彼は窓辺に近づいた。下まではかなりある。下は狭い小路で、物乞いだの物売りだの、間に合わせの天幕を張る人々で、いまだにごった返していた。穀物袋の下で眠る者もおり、家畜がいたるところをうろうろしていた。あきれるほどうるさい。

フィンは窓敷居に手をついて身を乗り出し、屋根を見やった。ほとんどが藁屋根だが、そこかしこに金属のつぎがあたっている。そこへよじのぼるのは難しそうだ。家は倒《フォール》れそうなほど、外向きにかしいでいるが、彼の場合は、確実に落《フォール》ちてしまうだろう。一瞬、落ちて首根っこを折ったほうが、えたいのしれない化け物との対決よりましかもしれないと思ったが、時間はまだある。状況は変わるかもしれない。

彼は首を縮めて、部屋の中にもどると、腰かけに座って考えようとした。ケイロはどこだろう。い

ま何をしているだろう。どんな計画を練っているのか。ケイロは強引で乱暴ものだが、はかりごとに

は長けている。あのときの〈市民団〉への襲撃も、彼が考えたのだ。いつでも何かよいことはないか

と考えている。フィンはすでに、彼の野放図な自信がなつかしくなっていた。

扉が開いた。ギルダスが体をひねってすべりこんでくる。

「あんた！」フィンは飛び上がった。「よくも……」

〈知者〉は両手をさしあげた。「フィン、怒っておるな。わしにはほかにどうしようもなかったの

じゃ。わしらがどんな目に合うはずだったか、おまえさんもわかっておろう」厳しい声でそう言うと、

歩いていって、腰かけにどっかりと座った。「それに、わしもおまえといっしょに行くわい」

「ぼくだけだ、と言われた」

「銀貨というものは役に立つもんじゃの」ギルダスはつけつけと言った。「たいがいの者は〈洞窟〉

行きを免れようとして賄賂を使うが、わしは逆じゃ」

部屋には腰かけは一つしかない。フィンは床の藁の中に座り、両腕で膝を抱えた。「ぼくはもう、

ひとりで何とかしなきゃならないのかと思ってた」

「なに、そりゃ違うぞ。わしはケイロではない。わしの見者を見捨てたりせん」

フィンは顔をしかめた。それから言った。「ぼくが何も見えなかったら、見捨てるのか」

ギルダスはかさかさの手をこすりあわせ、紙の鳴るような音を立てた。「まさか」

ふたりはしばらく黙って、通りの狂騒に耳を傾けていた。それからフィンが言った。「〈洞窟〉のことを教えてくれ」

「おまえさんはあの物語を知っとると思ってたが。サフィークが〈正義の城砦〉にさしかかった話じゃ。いまわしらのいるところじゃな。サフィークはそこの民が毎月、〈獣〉としてのみ知られているものに〈貢ぎ物〉を払っているのを知った。その〈貢ぎ物〉とは町の若い男か女じゃ。選ばれたものは山腹にある洞窟に入っていく。戻ってきたものはおらん」

ギルダスはあごひげを掻いた。「サフィークは〈正義の神〉の前にやってきて、〈貢ぎ物〉に決まっていた娘の代わりになろうと申し出た。娘は彼の足もとに泣きふしたという。サフィークが出てゆくと、市民みなが無言でそれを見送った。彼は単身、空手で〈洞窟〉に入っていった」

「それで？」

ギルダスはしばし沈黙した。少し低い声で、話を続けた。「三日間、何も起きなかった。四日目、あのよそ者が〈洞窟〉から出てきたという噂が野火のごとく走った。市民は城壁に並んで、門という門を開け放った。サフィークはゆっくり街道をのぼってきた。門に着くと、彼は片手をあげた。その右手の人差し指がなくなっているのがわかった。血が土に滴り落ちていた。彼は言うた。『負債はまだ払いおわっていない。わたしが払ったのでは足りない。〈洞窟〉に住んでいるものの飢えは決して癒されぬ。それは決して満たされぬ真空なのだ』そうして、身をひるがえして、歩み去り、人々は彼を止めようとはしなかった。だが、命を救われた娘はあとを追いかけてゆき、しばらく彼とともに旅をした。その娘が最初の〈信徒〉じゃ」

「じゃあ、それは」とフィンが言いかけたとき、扉がバタンと開いた。コウノトリ男らが手招きをする。「出ろ。その子はしばらく眠らねばならん。〈点灯〉のときに出発する」

ギルダスはちらと一瞥を投げてから出ていった。男はフィンに何枚か毛布を投げてくれた。彼は毛布を体に巻きつけて、うずくまるように壁際に座り、通りから聞こえる、人々の声や歌や犬の吠え声に耳を傾けていた。

寒くて、ひどく孤独な気分だった。ケイロのこと、そして〈鍵〉がひきあわせてくれた娘クローディアのことを考えようとした。それにアッティラも、彼を忘れてしまうつもりだろうか。みんなに見捨てられ、自分は運命のなすがままになるのか。

ごろりと転がって、身をまるめた。

そのとき〈目〉が見えた。

それはごく小さなもので、天井近くの壁にあり、半ば蜘蛛の巣に隠れていた。

〈目〉はじっと彼を見つめ、彼も見返し、それから身を起こして、それに向かい合った。「話しかけてくれ」彼の声は怒りと嘲りに低かった。「おまえもこわくてぼくに話しかけられないのか。もしもぼくがおまえから生まれたのなら、話しかけてくれよ。どうすればいいか言ってくれ。扉を開けてくれ」

〈目〉はまばたかぬ赤い火花だった。

「おまえは、そこにいるんだろう。聞こえているのはわかっている。前からわかっていたんだ。ほかの者は忘れても、ぼくは忘れない」彼は立ち上がっていた。近寄っていって手をのばしたが、〈目〉はあいかわらず、高すぎてとどかない。「おまえの話はあの人にした。マエストラに。殺された、いやぼくが殺した人に。おまえはわかっていたのか。あの人が落ちていったとき、おまえは受け止めたのか。どこかへ生かしたまま連れていったのか」

声はふるえ、口はからからだった。発作の兆候だとわかっていたが、怒りが大きすぎていまさら止められなかった。

「おまえから〈脱出〉してやる。誓って。どこか行くところがあるはずだ。おまえから見えないところへ。おまえがいないところへ」

汗をかき、気分が悪かった。座って、横になり、このめまいに身をまかせ、映像の乱舞を待つしかない。部屋、テーブル、暗い湖に浮かぶ舟。息が詰まりかけ、幻を追い払おうとしながらも、その中へおぼれてゆく。「いやだ、やめろ」〈目〉は星だった。赤い星。それがゆっくりと、開いた口の中へ落ちてくる。体内でそれは燃えながら、ささやくのが聞こえた。もっともほのかな息のように、無人の廊下でゆらぐ塵のように、火の中心で灰が焦げつくように。

「わしはどこにでもいる。どこにでも」

19

罪咎の長い廊下を抜け
わが銀の涙の糸はつづく
わが指の骨が鍵となり
わが血と油とが鍵穴をうるおす
「サフィークの歌」

クローディアはホログラムの映像を見つめた。「幽閉されたって、どういうこと？　おまえたちはみんな〈監獄〉にいるんじゃないの」

すると若者が、すでに鼻についてきた軽い嘲笑を浮かべた。どこか暗い小路の縁石のようなところに座って、後ろにもたれかかるかっこうで、じろじろと彼女を見つめている。「ほんとにそうかね。じゃ、あんたはどこにいるんだ、お姫さまよ？」

クローディアは眉をひそめた。いまいるのは、馬車が昼食のために止まった旅籠の納戸だ。衣類をしまってある石の部屋で、臭いはするし、〈規定書〉に忠実すぎて、快適とは言いがたい。だが、説明で時間をむだにしたくはなかった。「聞いて。おまえたちの名前は——」

「おれはケイロ」

「では、ケイロ。とにかく、わたしはフィンと話をしなければならないの。その〈鍵〉をどうやってフィンから取ったの？　盗んだの？」

彼は濃い青い目と長い金髪の持ち主だった。二枚目で、それを自分でも承知していた。「フィンとおれは〈義兄弟〉だ。お互いに誓いを立てた。あいつがおれにこれをよこしたのは、盗られないためだ」

「では、おまえを信用しているのね」

「もちろんだ」

別の声がした。「あたしはしてない」

少女がひとり、彼の背後から近づいてきた。彼は燃えるような目で少女を見つめ、「黙れよ」とつぶやいた。だが、少女はうずくまって、早口にクローディアに告げた。

「あたしはアッティア。この人は、フィンと〈知者〉さまを見捨てて、サフィークがやったように自分が〈脱出〉するつもりなんだ。そのために〈鍵〉を使おうとしてる。止めさせて。フィンが死んじゃう」

その名前の羅列にとまどって、クローディアは言った。「待って。ゆっくりしゃべって。なぜ、彼が死ぬの？」

「この〈翼棟《ウィング》〉で何かの儀式があるみたい。フィンは〈獣〉と対決しなけりゃならない。何かあなたにできることはない？　星からの魔法の力とか。あたしたちを助けて」

少女は、クローディアが見たこともないような汚いなりをしていた。髪の毛は黒く、めちゃくちゃな、ざん切り頭だ。ひどく心配しているようだ。クローディアは頭を働かせようとした。「わたしに何ができる？　おまえたちがフィンをそこから助けださなきゃ」

「なぜ、おれたちにできると思うんだ」

「そうしてもらうしかないから」ケイロがおだやかにきいた。

「わたしが話しかける相手はフィンだけよ」旅籠の中庭から叫び声がして、彼女はおちつかなげにふりむいた。

「あいつを好きだからか？　あんたはいったいだれだ？」

彼女は彼をにらみつけた。「〈監獄〉の〈管理人〉がわたしの父よ」

ケイロは鼻を鳴らした。「なんの〈管理人〉？」

「父は……〈監獄〉を監督しているの」体が冷えた。相手の嘲笑にぞっとなった。だが急いで続けた。「わたしなら〈監獄〉の見取り図を探せるかもしれないわ。秘密の道や扉や通路がのっていて、出口を探す助けになる地図を。でもフィンの顔を見るまでは、それ以上言えないわね」

ジェアドならうめき声をたてそうな嘘だったが、彼女にはそれしか言えなかった。このケイロは信用ならない。傲慢不遜だし、少女のほうは彼に腹を立て、恐れてもいるようだ。

ケイロは肩をすくめた。「なんでそうフィンにこだわる？」

クローディアはためらった。それから言ってしまった。「たぶん……たぶんあの人を知ってるから。大きくなったし、見かけも変わったけれど、どこか覚えがある。あの声も……もし、わたしの勘が当たっていたら、彼のほんとうの名はジャイルズ、そしてここの……ある名家の子息よ」言い過ぎてはだめだ。ケイロを動かすに足ること以外は。

ケイロは驚いて目を見張った。「〈外〉から人が入ってきたとやらいう、ほら話がほんとだって言うのかよ。あいつの手首のしるしに、何か意味があるとでも？」

「わたしはもうここにいられない。早く彼を助けて」

彼は腕組みをした。「もし、できなかったら」

「それなら、星の魔法のことも忘れなさい」クローディアは少女に目をやり、ふたりの視線がつかのま嚙み合った。「フィンを助けられなければ、この〈鍵〉もただの無意味なクリスタルの塊になるわ。でも、おまえが本当に彼のきょうだいなら、助けたいでしょ」

ケイロはうなずいた。「そりゃそうだ」そして、アッティアのほうを顎でさした。「あいつのことは忘れろ。頭がおかしい。何にも知らないくせによ」その声は低く真剣だった。「フィンとおれはきょうだいで、お互いの背中を守るんだ。いつでもだ」

アッティアはクローディアに目をやった。傷ついたような顔。疑いが目に動いた。「あの人、親戚なの？」少女がしずかにきいた。「兄さん？　いとこ？」

クローディアは肩をすくめた。「ただの友だちよ。友だち、それだけ」急いで彼女は映像を切った。〈鍵〉は悪臭ふんぷんたる闇の中できらめいた。それをスカートのポケットに押し込むと、とにかく外の空気が吸いたくて飛び出した。アリスが気をもみながら廊下をうろうろし、トレイや皿をもった召使いたちが忙しく、そのかたわらを通り過ぎてゆく。

「まあ、クローディアさま、そこにいらしたんですか。カスパー伯爵が探しておられますよ」

クローディアの耳には、とうに彼の声が聞こえていた。うるさくがなりたてる細い声だ。不愉快なことに、その話の相手はジェアドで、エヴィアン卿ふくめた三人は日向のベンチにすわり、その前には、旅籠の犬どもがものほしげに並んで寝そべっていた。

クローディアは姿をあらわし、砂利の上を歩いて近づいていった。

エヴィアン卿がすぐに立ち上がり、凝ったおじぎをした。ジェアドがそっと動いて、彼女の座る場所を開けてくれた。カスパーは不機嫌そうに、「クローディア、きみはいつでもぼくを避けてるな」と言った。

「そんなことないわ。どうしてまた、そんなことを言うの」クローディアは腰を下ろして、にっこりした。「すてき。わたしのお友だちがみんなここにそろって」

カスパーが顔をしかめた。ジェアドはわずかに首をふった。そのかたわらでエヴィアン卿が、レースのへりのハンカチに笑みを隠していた。よくもすまして伯爵のそばに座っていられる。これから暗殺をたくらんでいる相手ではないか、とクローディアは思った。だが彼としては、これは個人的な恨みではなく、政治以外の何ものでもない、と反論するのだろう。いつものように、ゲームだ。

クローディアはジェアドに顔を向けた。「今度は先生といっしょに乗っていきたいわ。もう退屈でどうしようもなくて。メネシアーの『〈領国〉の自然史』の本についてディスカッションしましょう」

「なぜ、ぼくとじゃいやなんだ」カスパーは肉のかたまりを犬どもに投げてやり、彼らがそれを取り合って争うのを見つめた。「ぼくは退屈な人間じゃない」と言い、その小さな目が彼女のほうを向いた。「そうだろ?」

これは挑戦だった。「とんでもない、殿下」クローディアは愛想よくほほえんだ。「もちろん、殿下にもご一緒していただきたいわ。メネシアーは針葉樹林の植生について、あちこちにうがったことを書いているのよ」

彼はいまいましげに彼女を見つめた。「クローディア、ぼくの前で、そんな純情ぶったおぼこのふりをするなよ。言ったろ。きみがだれにご執心でもかまわないって。とにかく、ぼくは全部知ってるんだ。昨夜のこと、ファックスから聞いたよ」

クローディアは顔から血の気がひくのを感じ、ジェアドのほうを見られなかった。犬たちがうなって、取っ組み合う。一頭が彼女のスカートをかすめ、彼女はそいつを踏みつけようとした。

カスパーが勝利にほくそえみながら立ち上がる。金の輪をつないだかたちの派手な衿に黒ビロードのダブレット姿で、犬どもを蹴散らし、キャンキャン鳴かせた。「ま、忠告しておくよ、クローディア。もう少々人目を気にしたほうがいい。母上はぼくほど大らかじゃないからね。母上にばれたら、おおごとだよ」と言って、ジェアドににやりとしてみせた。「きみの賢明な先生の持病が、急に悪化するかもしれないぜ」

クローディアは憤然と立ち上がりかけたが、ジェアドの手が軽くふれて、それを止めた。三人は、上等の長靴をはいたカスパーが、水たまりや犬の糞をよけながら、傲然と旅籠の庭を横切ってゆくのを見送った。

ようやくエヴィアン卿が嗅ぎたばこの箱を取り出した。「やれやれ。いまのは脅しのようですな」

クローディアはジェアドの目を見つめた。不安そうな暗い目。「ファックスって？」と彼はきいた。彼女は肩をすくめた。自分に腹が立ってならない。「きのうの晩、先生の部屋から出るところを見られたの」

ジェアドは目に見えてがっくりした。「クローディア……」

「わかってる、わかってます。全部、わたしのせいよ」

エヴィアン卿が上品な手つきでたばこを嗅いだ。「ひとこと言わせていただけるなら、いまのはまことにゆゆしい事件ですな」

「あなたの考えておられるようなこととは違います」

「それはそうでしょうが」

「ほんとうに違うのよ。それにもう仮面はかぶらないでけっこうよ。わたし、ジェアドにあの……〈鋼の狼〉の話をしました」

卿はあたりを見回した。「クローディア、声を落としてください」声からはいつもの愛想のよさが消えている。「あなたが先生を信頼しているのはわかりますが――」

「聞かせてもらってよかったです」ジェアドは長い指でテーブルの上をたたいた。「あなたのはかりごとはばかばかしいどころか、犯罪であり、すぐに露見しますよ。どうしてこの人を巻き込もうなどとなさったんです？」

「この人がいなくては成功しないからですよ」太った男は冷静に言ったが、額にはうっすら汗が光っている。「〈知者〉の先生、あなたこそハヴァーナ王朝の鉄の法令のあやまちをよくご存じのはずだ。われわれは——われわれの一部は——豊かでよい暮らしをしているが、自由ではない。〈規定書〉に手も足も鎖で縛られて、動きのない空虚な世界の奴隷だ。男も女も文字が読めず、時代を重ねて積み上げられてきた科学の進歩の恩恵は富裕層に独占され、画家も詩人も過去の名作をいつまでもなぞり、不毛な亜流の作品を作り出すばかりだ。新しいものは何もない。新しいものは存在しない。何も変わらず、成長も、進化も、発展もない。〈時〉は止まってしまった。進歩が禁じられたのです」

彼は身を乗り出した。クローディアはこれほど真剣な彼、いっさいの偽装をかなぐり捨てた彼を見たのは初めてで、そのことにぞっとした。まったく別の人間、はるかに年がいき、疲弊しきって行き詰まった人間を見たような気がしたのだ。

「クローディア、われわれはじわじわ死んでゆくところです。自分たちを囲いこんだこの煉瓦の独房を打ち破り、鼠のように永遠にまわし続ける踏み車から脱出しなければならない。わたしは、みなを自由にすることに身をささげてきました。それがわたしの死を意味するとしてもかまわない。死ですら、ある種の自由だからです」

沈黙のなか、あたりの高い木々の中でミヤマガラスが鳴いた。そろそろ厩の馬たちに馬具がつけられるところで、蹄が砂利を踏みならしている。

クローディアはからからの唇をなめた。ささやくように言った。「まだ、何もしないで。わたし……少しお知らせしたいことがあります。でも今はまだ」さっと立ち上がった。これ以上言いたくなかったのと、エヴィアン卿の言葉がナイフのようにえぐりだした傷とも言える、なまなましい苦悩を感じたくなかったからだ。「馬の用意ができましたわ。行きましょう」

通りは人でいっぱいだったが、みな黙りこくっている。フィンはその沈黙が恐ろしかった。はりつめた静けさで、彼らが飢えたように見つめてくる目つきで足が萎えた。女たち、ぼろ着の子どもたち、体の不自由なもの、老人、兵士。目をそらしたくなるような冷たい視線で、フィンはうなだれて足もとに目を落とし、路上の土くれを見つめるしかなかった。

上り坂の通りに響く音といえば、彼を取り囲む六人の衛兵の足音、つまり鉄の底の長靴が砂利道を踏みしだく音と、はるか上で、不吉なしるしのように輪を描きながら、大きな鳥が雲間に響かせている高く悲しげな声と、〈監獄〉の丸天井にこだまする風の音ばかりだった。

そのとき、だれかが鳥の声に歌い返した。哀悼の声で、あたかもそれが合図のように、人々がその声を引き取り、低く誦しはじめた。悲しみと恐れをつむぐ奇妙な歌を。フィンは言葉を聞き取ろうとしたが、断片しか耳に入ってこない……切れた銀の糸……罪咎と夢のはてしない廊下……そうした言葉のあとにくりかえされるリフレインが耳について離れない。その指の骨が鍵となり、その血と油とが鍵穴をうるおす。

角を曲がったところで、フィンはふりかえった。

ギルダスがたったひとり、あとについてくる。衛兵たちは無視しているが、老人は堂々と頭を起こし、足取りたしかに歩いており、人々の目が、その深緑色をした〈知者〉の長衣の上をいぶかるようにさまよった。一心に思いつめたけわしい顔が、フィンを励ますように軽くうなずいてみせた。

ケイロやアッティアの気配はない。フィンは落ちこみながら、群衆の中に目を凝らした。ふたりは自分の運命を知ったのだろうか。〈洞窟〉の外で待っていてくれるのか。クローディアと話をしたのだろうか。不安にさいなまれたが、自分の恐れていることについては考えまいとした。心の闇の中に蜘蛛のようにひそむ恐れ、〈監獄〉の嘲りのささやき声にも似た恐れ。

ケイロはひょっとしたら〈鍵〉をもって逃げたのではないか。

フィンはかぶりをふった。〈兵団〉で三年間いっしょに暮らしてきたが、ケイロが自分を裏切ったことはない。彼をからかい、笑いものにし、彼のものを盗り、喧嘩し、言い争ったことはある。だが、いつでもそばにいてくれた。いまになって、フィンは、〈義兄弟〉について、自分がほとんど何も知らないこと、彼がどこから来たのかも知らないことに、はたと気づいてぞっとした。ケイロは、ふた親は死んだ、と言っただけだ。フィンはそれ以上何もきかなかった。いつでも自分の喪失感の苦しみ、ときおりひらめく記憶の断片のことにのみ、かまけていた。

きくべきだったのだ。

もっと相手を気遣うべきだった。

黒い花弁がはらはらとふりかかってきた。見上げると、ひとびとが手につかんだそれを投げていた。それが砂利の上に落ちて、道の上にかぐわしい黒い絨毯を敷き詰めた。その花弁には特別な性質があるらしい。お互いにふれあうと溶けてしまい、溝や路上を甘い香りを放つどろりとした塊が流れてゆく。

フィンはふしぎな気分になった。あたかも、それが彼を夢の中に誘いこみ、昨夜きいた声を思い出させたようだった。

わしはどこにでもいる。あれは〈監獄〉からの答えのようだった。顔を上げたのは、ぽっかり口を開いた門の下で、吊し格子には赤い〈目〉がついており、そのまばたかぬ視線が彼を見据えていた。

「ぼくが見えるのか」彼はつぶやいた。「ぼくに話しかけたのか」

だが門は背後になり、そこはもう〈市〉の外だった。

道はまっすぐに先へのび、人けがなかった。ねばねばの油がそこを細く流れていた。背後で門と扉がバタンと閉まり、鉄の格子がガシャンと下りた。ここ、丸天井の下では、世界はからっぽだった。平原を氷のような風が吹き抜ける。

衛兵たちがせかせかと、かついできた重い斧を肩から下ろした。先頭のひとりはキャニスターのついた装置も持っていた。火炎放射器だな、とフィンは思った。「〈知者〉が追いつくまで待ってくれ」衛兵たちは、フィンが囚人ではなく隊長でもあるかのように、言うことをきいてくれ、ギルダスが息を切らして追いついてきた。「おまえの兄貴はあらわれなんだな」

「いまに来る」言えば助けになるような気がした。

一同は足早に、小さくまとまりあって進んだ。両側の地面には穴や罠がしかけてあり、その底で鋼の歯が光るのを、フィンは見たように思った。ふりかえると、〈市〉ははるか遠くになり、城壁には人が並んで見送り、声を上げ、子どもらを抱え上げて見せてやろうとしていた。

衛兵の隊長が言った。「ここからは道を外れるぞ。気をつけて、われわれの踏んだ跡を踏み、まちがっても逃げようなどと考えるな。ここいらには火の玉がごろごろ埋まってるからな」

火の玉とは何なのか、フィンにはわからなかったが、ギルダスは顔をしかめた。「その〈獣〉とやらはよほど恐ろしいやつなのじゃな」

隊長はちらと目をくれた。「〈知者〉どの、わたしは〈獣〉を見たことがないし、見たいとも思わん」

表面のならされた道を外れると、歩きづらくなった。銅の地面は引っかかれ、うがたれて、幅広の畝のような状態になっている。あちこちに燃えた跡があり、炭化してばりばりの炭になった部分を踏みつけると、粉末がふわっと舞い上がった。ガラス状になっている部分もある。こうなるにはよほどの熱が必要だろうと、フィンは踏んだ。刺すような焦げ臭い匂いもした。フィンは男たちのあとにぴったりついて、彼らの足もとを注視していた。男たちがわずかに足を止めた時に、頭を上げてみると、すでに平原のかなり奥まで来ており、〈監獄〉の灯がずっと上のほうに、複数の太陽のようにまばゆく輝き、フィンとギルダスの影を後ろにのばしていた。

一マイルほどの高さにある丸天井の中では、さきほどの鳥が依然として輪を描いていた。一度かん高く鳴いたので、衛兵たちが目を上げた。フィンのすぐそばの男がつぶやいた。「死肉を探してるな」

このさきどれだけ歩くのかと、気がかりになってきた。ここには丘もなければ、尾根もない。どこに洞窟があるというのだろう。フィンは、金属の岸壁に裂け目のようなものが開いているところを想像していた。いまや新たな不安が生まれてきた。自分の想像力でさえ、及ばないようなことが起きるのか。

「止まれ」隊長が片手をあげた。「ここだ」

そこには何もなかった。それがフィンの第一印象だった。安堵が大波のように押し寄せてきた。ぜんぶ作り事だったのだ。自分はここで解放され、衛兵たちは〈市〉にとって返して、おぞましい怪物の話などをでっちあげて、人々を鎮めるのだろう。

だが、衛兵たちのそばを通りすぎたとき、地面に穴が開いているのが見えた。

そこに〈洞窟〉があった。

「あなたはあるはずもない地図をやると、約束したんですか。とんでもない思いつきですよ、クローディア。いよいよ危険な事態になってきましたね」ジェアドが言った。

彼がひどく気をもんでいることはわかった。彼女は、馬車の彼の座っているがわのほうへ近寄って言った。「先生、わかってます。でも得るものも大きいわ」

彼が顔をあげたとき、その目にまた苦痛がもどっていることに、クローディアは気づいた。「クローディア、あなたはまさか、エヴィアン卿のばかげた計画をまじめにとっているわけじゃないでしょうね。人殺しになるんですよ」

「わたしは人殺しはしない。わたしの計画がうまく行けば、そんな必要はなくなるわ」だが、いま自分が何を考えているかについては、口に出さなかった。考えていたのはこういうことだった。もしも女王に発覚したら、もしもジェアドの身が危険になったら、自分は彼を救うために、いっさいのためらいなく、女王もカスパーも、そして父親さえも殺すがわに加担するだろう。

おそらくジェアドもそれを知っているのだろう。馬車が揺れたとき、彼は窓から外に目をやり、顔をくもらせた。黒髪が〈知者〉の長衣の衿をかすめる。「あそこにわたしたちの監獄がある」

彼の視線を追って、クローディアは〈宮殿〉の尖塔とガラスの塔群を見た。小塔にも塔にも旗や吹き流しがなびき、すべての鐘が彼女を歓迎して鳴り響くなか、鳩たちが舞い上がり、青空の中に輝かしくそびえたつ、一マイルの高さのテラスというテラスからは、祝砲が低く轟然ととどろいた。

20

われらは、残っているものすべてをここに運びこんだ。いまではそれは、われら全員よりも大きい。

〈知者〉マートル『プロジェクト・レポート』

「これを。それから、これもとれ」隊長は小さな革袋と剣をフィンの手に押しこんだ。袋は軽くて、空としか思えない。「何が入っているんだ」フィンはおどおどときいた。

「今にわかる」隊長は後ろに下がって、ギルダスに目をやった。そうして言った。「〈知者〉どのはなぜ逃げない？　なぜ命をむだにする？」

「わしの命はサフィークのものじゃ」ギルダスは断言した。「彼の運命がわしの運命じゃ」

隊長はほとほと首をふった。「ご勝手に。だが、今までに戻ってきたものはおらんぞ」と〈洞窟〉の口のほうをあごでしゃくった。「そこだ」

一瞬、密度の濃い沈黙があった。衛兵たちは斧をきつく握りしめた。剣を受け取り、背後に未知の恐怖がせまっているいまこそ、フィンが逃げ出そうとするはずだ、と思うらしい。〈貢ぎ物〉として連れてこられたうちの何人が悲鳴をあげて、ここで最後のあがきを見せたことだろう。

ぼくは違う。ぼくはフィンだ。

大胆不敵に彼はふりかえり、裂け目を見下ろした。

裂け目はたいそう細く、中は真っ暗だった。へりの焼け焦げは、あたかも〈監獄〉の骨組みたる金属が数えきれぬほどの回数、過熱されては溶けたあげくに、グロテスクにねじれ、細まったかのようだ。この金属の唇から何が這い出してくるにせよ、そいつは鋼をトフィー菓子のように溶かせるやつなのだろう。

彼はギルダスに目をやった。「ぼくが先に行く」と言い、〈知者〉が反対する前に、背を向けて、闇の裂け目へと下りていきながら、最後に遠くへ目を放った。だが焼け焦げた平原はがらんとして、〈市〉が城砦のように彼方にそびえたっているばかりだ。

長靴の足をへりにそってすべらせ、足がかりがあったので、体を中にねじこんだ。

いったん地下に入ると、闇が彼を押しつつんだ。両手足であたりを探ってみると、地上の裂け目は傾いた地層と地層のあいだの水平面で、穴は斜めに地下へとくだっていた。彼は五体をうつぶせに平たくして、黒い岩板めいた表面を、頭を先にしてじりじり進んでいった。そこには瓦礫すなわち、石や鋼が溶けたなめらかな玉が積もっており、腹に擦れてかなり痛い。指が塵と小石の中を掻く。何かの塊をつかんだら、それは骨かなにかのようにくずれた。彼はあわててそれを落とした。

岩天井は低い。二度、背中がこすれて、押しつぶされるのではという不安がこみあげてきた。その瞬間、冷たい恐怖に打たれて、彼は動きを止めた。

汗を流しながら、深く息を吸う。「ギルダス、どこにいる？」

「すぐ後ろじゃ」ギルダスの声も緊張している。声が反響し、上から塵の雨がフィンの髪や目の上に降ってきた。手が彼の長靴をつかんだ。「進め」

「なぜ？」彼は頭を傾けて、後ろを見ようとした。「〈消灯〉までこのままでいて、それから這ってもどればいい。あいつらが外で暗くなるまで待っている、なんてことはないだろう。もう帰ったはずだ。邪魔するものは……」

「火の玉じゃよ。馬鹿者。何エーカーにもわたって散らばっておる。一歩でも間違えたら、足が吹き飛ばされるぞ。それにおまえさんは昨夜わしが見たものを見ておらん。兵士どもは城壁のまわりを巡回しとるし、サーチライトが一晩じゅう平原をぐるぐる照らしておるのじゃ。すぐに見つかるわい」彼の笑い声は、闇の中では陰鬱な吠え声のようだった。「わしがあの盲目の〈正義の神〉どもに言うたのは本心じゃ。おまえさんは〈星見人〉だ。サフィークがここへ来たのなら、わしらも進むまでよ。ただし、外への道は上り道だというわしの仮説は、まちがっている可能性もある」

フィンはあきれて首をふった。この苦境の中でも、この老人は何よりもまず、おのれの仮説の真偽にこだわっているのだ。フィンは長靴のつまさきをぐっと食い込ませては、体を持ち上げ、先に送り、そうやって進んだ。

続く数分のあいだに、天井はじりじりさがってきて、いずれは床について、動きがとれなくなるかと思われた。だがありがたいことに、隙間は広がりはじめ、同時に左へ傾いて、さらに急な坂でくだってゆく。ようやっと、頭を天井にぶつけずに、膝立ちになることができた。「先が広がっている」

フィンの声はうつろだった。

「そこで待っておれ」

ギルダスが手探りで近づいてくる。大きな音がして、光がブシュッとともった。〈兵団〉が危難を知らせる信号に使っていた素朴な照明弾だ。〈知者〉がうつぶせのかっこうで、荷物から蝋燭を引き出そうとしているのが見えた。彼は炎を蝋燭に移した。噴きだした赤い火が消えると、こんどは小さな炎が、前方のどこかからくるすきま風にちらちらとゆらめいていた。

「あんたがそんなものを持ってきていたなんて、知らなかった」

「派手な服や無意味な指輪よりましなものを、持ってくる人間もおるということよ」ギルダスは炎を片手でかこった。「しずかに進むんじゃ。相手が何者であれ、われらの近づく匂いと音を、すでにかぎつけておるじゃろう」

それに答えるかのように、前方で大きな音がした。ごりごりときしむような低い音で、広げた五指の下の岩を振動が伝わってくる。フィンは剣を引き出し、きつく握りしめた。闇の中には、何も見えない。

先へ進むと、トンネルは広がり、空間が開けた。小さくゆらめく蝋燭の光で、金属の層が畝をなす側壁や、石英の結晶の露出する岩が見てとれた。また、光があたるとトルコ石色とオレンジ色にきらめく、奇妙な酸化物におおわれている場所もあった。彼は両手足をついて、身を低くした。

前方で何かが動いた。聞くというよりも感じたのだが、臭い空気の流れが喉の裏側にひっかかった。彼はじっと動かずに、聞き耳を立て、すべての神経をとぎすませた。背後で、ギルダスがぶつくさ言った。

「しずかに！」

〈知者〉は、ちっと言った。「やつがいるのか」

「たぶん」

空間がぽっかり開けているのが感じられた。闇に目が慣れるにつれ、傾斜した岩の角や面が、影から浮かびあがってきた。焦げた石の尖塔が見えたが、それがとほうもない大きさであり、またはるか彼方にあることに、フィンは衝撃を受けた。すきま風は、いまや顔にまともに吹き付ける風となり、巨大な生き物のなまあたたかい息、恐ろしく強い臭気となっていた。

そのとき一瞬にして彼は、その怪物がまわりにぐるりととぐろを巻いていること、黒くそぎおとされたような岩の多面はそのものの皮膚であり、突き出た大石は化石化したかぎ爪であることを、明瞭に悟った。ここは太古の獣の、くすぶりつづける鱗の皮膚で作られた洞窟の中だ。

彼はふりむいて、警告を発しようとした。

だがゆっくりと、すさまじい重さにきしみながら、ひとつの目が開いた。

赤い目、重いまぶたのかぶさった、彼の身体よりも大きな目が。


通りはどこもかしこも、耳を聾する喧噪にあふれていた。たえず花が飛びかう。しばらくたつとクローディアは、馬車の屋根にどさどさとものがぶつかったり、すべったりする衝撃に、びくついている自分に気づいた。つぶれた茎の匂いが、むせるほど甘たるく漂ってくる。そこはかなりの上り坂で、座っている体があちらこちらへと揺すぶられた。隣のジェアドは真っ青だ。彼女はその腕を取った。

「だいじょうぶ？」

彼はよわよわしくほほえんだ。「外へ出られたらいいんですが。〈宮殿〉の階段で吐いてしまったら、さまになりませんからね」

クローディアは笑みを作ろうとした。ふたりがしばらく無言で座っているあいだに、馬車はごとごとがたがたと〈外城砦〉の門を通りぬけ、幅の広い屋根の下、中庭と砂利を敷いた柱郎を抜けていったが、馬車が左右に振られたり曲がったりするごとに、クローディアは、ここで待ち受けているはずの生活に深く深く罠でからめとられてゆくような気がした。権力の迷路、裏切りの迷宮に。どよめきがしだいに遠ざかり、車輪の回転がなめらかになったので、カーテンの隙間からのぞいてみると、道には高価な布でできた赤い絨毯が敷かれ、通りにはずらりと花づながかけわたされて、鳩たちが屋根や軒の間から飛び立った。

ここまでのぼると、また人が多くなった。ここは〈宮内省〉や〈規定書省〉の廷臣たちの住む区域で、喝采もより洗練されたものになり、ときおりヴィオールやセルパンやファイフや太鼓の音楽で中断される。先のほうで拍手喝采が聞こえたのは——カスパーが自分の馬車の窓から身を乗りだし、歓迎にこたえたからだろう。

「みんな花嫁を見たがりますよ」ジェアドがつぶやいた。

「まだ花嫁じゃないわ」

沈黙。それから、クローディアは言った。「先生、わたし、こわい」すると彼が驚くのが感じられた。「ほんとうにこわいの。この場所が恐ろしい。うちにいたときは、自分が何者で、何をすればいいかわかっていたわ。わたしは〈管理人〉の娘で、自分の居場所がわかっていた。でもここは落とし穴だらけの危険な場所でしょ。小さいときからずっと、この場所が自分を待ち受けていることは知っていたけれど、今は立ち向かえる自信がなくなったの。みんながわたしを呑み込んで、ここに溶け込ませようとする。でもわたしは変わりたくない。変わりたくないのよ！　わたしのままでいたいの！」

ジェアドは溜息をついた。彼の黒いまなざしが、おおわれた窓を見つめているのを、クローディアは見てとった。「クローディア、あなたほど勇気のある人をわたしは知りません」

「違うわ……」

「違いませんよ。それにだれもあなたを変えることはできません。たやすいことではないでしょうが、あなたはここを統べる人になる。女王は力があるけれど、あなたをうらやむでしょう。あなたは若いし、自分の跡を襲うからです。あなたの力は、女王と同じほど大きいのです」

「でも、もしも、先生が追い払われたら……」

彼はふりむいた。「わたしは去りません。わたしは勇敢な男ではない。それはわかっています。正面対決は苦手です。〈知者〉ではあっても、お父上のひとにらみで、骨の髄までふるえあがるのです。でも、わたしをあなたのそばから追い払うことは、だれにもできません、クローディア」彼は身を離すようにして、背筋を起こした。「もう何年も死の顔をまともに見つめてきましたから。少なくとも、ある種の不敵さは身についたかもしれません」

「その話はしないで」

彼はおだやかに肩をすくめた。「それはいずれ来るのです。でも、わたしたちのことばかり考えていてはいけない。問題はフィンを助けられるかどうか、です。〈鍵〉をわたしてください。しばらくわたしがやってみます。それの複雑な機能は、まだ全容がわからないのですが」

馬車がごとんと敷居を越えたとき、クローディアは隠しポケットから〈鍵〉を取り出し、彼にわたした。すると同時に、クリスタルの奥の鷲の翼がひらめいた。あたかも本当にはばたいて飛び立とうとしたかのようだった。ジェアドはさっとカーテンを開けた。陽光が、クリスタルの多面をきらめかせた。

鳥は飛んでいた。

暗い風景の上、焦げた平原の上を飛んでいた。ずっと下の大地に亀裂が開いており、鳥はすうっと舞い降りて、その中に突っ込み、身をねじって狭い裂け目に入っていった。クローディアは恐怖に声をあげた。

〈鍵〉は真っ暗になった。赤い光点がひとつだけ、中で脈打っている。

だが、ふたりが目をこらすうちに、馬車は止まり、馬たちが地を踏みならしていななき、扉が勢いよく開かれた。〈管理人〉の影が入り口を暗くした。「さあ、おいで、みなさんがお待ちだ」と、しずかに言った。

ジェアドのほうを見ず、何も考えまいとしながら、クローディアは馬車から降り立ち、父に腕を取られて、すっくと背をのばした。

ふたりはその姿勢で、廷臣の喝采の二重の列に、華麗な絹の吹き流しに、王座へとのぼる大階段に向かい合った。

王座には、大きなひだえりのついた、まばゆい銀のドレスに身を包んだ女王が座っていた。この距離からでも、その髪と唇の赤さと、首飾りのダイヤモンドの輝きはきわだっていた。その肩の後ろには、仏頂面でカスパーが立っている。

〈管理人〉がおだやかに言った。「笑顔をお見せ」

彼女は笑みを作った。それは輝かしく自信に満ちた笑み、いままでの生涯のすべてと同じく偽りの笑みであり、冷たさをおおうマントだった。

そうしてふたりはしずしずと階段を上っていった。


それは彼が悪夢の中で見る皮肉なまなざしだった。すぐにわかった。彼はしわがれ声で「おまえか」と言った。

背後でギルダスが息を呑むのが聞こえた。「戦え、フィン、やっつけろ」

〈目〉はうずまいている。その瞳孔では、緋色の銀河が螺旋状に渦巻いていた。そのまわりじゅうで、黒いものが体をふるわせながら、もたげた。〈獣〉の広大な皮膚にはさまざまなものがちりばめられている。宝石のかけら、骨、ぼろきれ、武器の柄などだ。何世紀も昔からそこにあったものの上を、皮膚がおおってしまったのだ。めりめりばきっという音とともに、黒い多面の岩が頭となって、彼の上にのしかかるように持ち上がった。金属の突起がかぎ爪のようにするするとのび、洞窟の斜めの床をつかみ、ふるわせた。

フィンは身動きできなかった。体が、土埃とガスに包みこまれた。

「戦え」ギルダスが彼の腕をつかむ。

「無駄だ。見えないのか……?」

ギルダスは怒りに吠え、彼の剣をひったくると、〈獣〉の盛り上がった皮に突き立て、血潮が滝のごとく噴き出すのを予期したかのように飛びのいた。だがそれから、フィンが目のあたりにしたものを見てしまい、彼も目をむいた。

傷などできなかった。皮はぱっくり開いたあと、ぐじゃぐじゃになると、剣を呑み込んで、ふたたびそのまわりに盛り上がった。〈獣〉は合成された生き物で、何百万もの存在――コウモリ、骨、カブトムシ、黒い蜂の群れ――をたえず並べ替えつづけ、その組成は万華鏡のごとく、岩屑や金属片を動かして休むことなく変化している。そいつが体を返して、天井近くまでのびあがったのを見たふたりは、この〈獣〉は何世紀もかけて、〈市〉のあらゆる災厄と恐怖を呑みこみつづけてきたのだと悟った。しかも送りこまれた〈貢ぎ物〉をすべて吸収し、食ってしまったにもかかわらず、その飢えはいよいよつのるばかりだった。そいつの体内のどこかに、〈正義の掟〉によってここにひきずってこられた死者の、犠牲者の、子どもたちの何十億もの原子がおさまっている。いまや〈獣〉は磁力を帯びた肉と金属の塊で、くずれかかった尾には指の爪や歯やかぎ爪がちりばめられていた。

そいつはふたりの上に頭をのばすと、じりじりと下げ、大きな赤い〈目〉をフィンの顔に近づけてきて、その皮膚を真っ赤に染め、両手を血塗られたように見せた。

「フィンよ」そいつはひどく甘いかすれた喉声をだした。深い歓喜に彩られた声を。「ようやく来たな」

彼はあとずさってギルダスにぶつかった。〈知者〉の手が彼の肘をつかむ。「ぼくの名を知っているのか」

「わしがおまえに名を与えたのだ」その舌が、口のかわりの暗い洞窟の中でひらめいた。「ずっと昔、おまえがわしの細胞の中で生まれたときにな。おまえがわしの息子となったときだ」

フィンはふるえていた。今の言葉を否定してわめきたかったが、何の言葉も出てこなかった。

〈獣〉は頭を傾けて、彼を観察した。長い鼻面からは蜂や鱗が滴り落ち、それが粉々に砕けてトンボの群れになったかと思うと、再び別の形に変わってゆく。「フィン、おまえが来るのはわかっていた。ずっと見てきたのだ。フィン、おまえは特別だから。わしのすべての腸と血管の中で、わしがとりこんだ何十億もの存在の中で、おまえにそっくりなものはない」

頭がすうっと近づいてくる。笑みめいたものが浮かんで、また砕けた。「わしから逃れられると、本気で思うのか。わしがおまえを殺せることを忘れたか。光と空気を断ち、一瞬にして焼き殺すこともできる」

「忘れてはいない」彼はかろうじてそう言った。

「ほとんどの人間は忘れる。ほとんどのものはおのれの牢獄で生きることに満足し、それこそが世界だと思う。だが、フィン、おまえは違う。わしのことを覚えている。あたりを見回し、わしの無数の〈目〉がおまえを見つめているのを知った。おまえがわしによびかけ、わしがそれを聞いた暗黒の夜々に」

「あんたは答えてくれなかった」彼はつぶやいた。

「だが、わしがそこにいたことはわかったろう。おまえは〈星見人〉だ、フィン。なんと面白いことよ」

ギルダスがずいと前に出た。顔は蒼白で、まばらな髪は汗に濡れている。「おまえはだれじゃ」低い声できいた。

「わしは〈監獄〉だ、老人よ。わかっておるはずだ。わしを創造したのは〈知者〉たちではないか。おまえたちの非凡にして僭越な、終わりなき大失策だ。わしはおまえたちに復讐する神だ」〈獣〉は左右に体をゆすりながら近づいてきた。かっと開いた口はあまりにも巨大で、そこにぶらさがったぼろきれが見てとれ、また奇怪な甘く油くさい匂いが鼻をついた。「おお、〈賢者〉どもの傲慢よ。今となっておまえらは自らの愚かさから逃れる道を見いだそうとするのか」

〈獣〉はずるずると退がり、赤い〈目〉はすべて糸のように細まった。「フィン、わしに支払え。サフィークが支払ったようにな。おまえの肉、おまえの血を。そこの老いぼれと、そいつのすさまじい死への欲求をよこすがいい。そうすればおまえの〈鍵〉が、夢にも思わぬ扉を開いてくれるかもしれぬぞ」

フィンの口の中は灰のようにからからだった。「これはゲームじゃない」

「違うのか？」〈獣〉の笑い声は低くシュウシュウとささやくようだった。「おまえたちは盤上の駒ではないのか」

「人間だ」じわじわ怒りがこみあげてきた。「苦しむ人間だ。おまえにさいなまれる人間だ」

一瞬、〈獣〉は分解して、雲霞のごとき虫の大群となった。それから寄り集まって、ガーゴイルとなり、新たな顔を得、蛇のように身をくねらせた。「それは違うぞ。人間はお互いを苦しめあうのだ。それを止められるシステムはない。悪を締め出せる場所はない。なぜなら、人間どもは、みずから悪を持ち込むからだ。子どもでさえもだ。そういう人間どもは矯正不可能だ。わしの仕事は、そういうものどもをせめて収容することだけだ。わしの体内にとどめるのだ。まるごと呑み込んでしまうのだ」

触手がひゅうっと伸びてきて、彼の手首にからみついた。「フィン、わしに支払え」

フィンは身をふりほどき、ギルダスに目をやった。〈知者〉の体はしぼんだように見えた。ありとあらゆる恐怖がいちどきにふりかかったかのように、顔はやつれはてていたが、それでもゆっくりとこう言った。「わしをくれてやれ。今のわしにはもう何も残っておらん」

「だめだ」フィンは〈獣〉を見上げた。爬虫類めいた笑みが、すぐそばにせまっていた。「おまえにはもうすでに命をひとつやった」

「ああ、あの女か」笑みがじんわり広がる。「あの女の死はこたえたろう。良心の呵責と、慚愧の思いとは、めったにないものだ。わしには実におもしろいぞ」

その笑いの中の何かに、彼ははっと息を呑んだ。希望が痛いほど彼をゆすぶった。「生きてるんだな。あんたがあの人を受け止めた。落ちるのを止めた。そうじゃないのか。あの人を助けたんだろ」

赤い螺旋が彼にウィンクした。「ここではなにひとつ無駄にはならぬ」とつぶやいた。

フィンは目を見張ったが、ギルダスの声が耳に低く響いた。「こやつは嘘つきじゃ」

「いや、そうじゃないかも……」

「おまえをもてあそんでおるのだ」老人はいかにも憎さげに、中で混沌のうずまく〈目〉を見据えた。「わしらがおまえのようなものを作ったのがまことなら、わしは喜んで、みずからの思考の値を支払ってやろう」

「だめだ」フィンは老人をひしとつかんだ。彼は親指からにぶい銀色の環を抜いて、高く掲げると、そこから火花がほとばしった。「これを〈貢ぎ物〉として取るがいい、父上」

それはどくろの指輪だった。何もかもが、もうどうでもよかった。

21

わたしは長い年月を費やして、ひそかに〈外〉の器械の複製をこしらえた。いまではそれがわたしを守ってくれる。先週はタイモンが死に、ペラが暴動で行方不明になり、わたしはこの無人の広間に隠れてはいるが、〈監獄〉はわたしを探している。「殿」と、あれはささやくのだ。「あなたを感じる。わが皮膚の上を這うあなたを」

「カリストン卿の日記」

女王がしとやかに立ち上がった。

陶器のように白い顔にはめこまれた風変わりな目は、澄んで冷たい。「かわいいクローディア」クローディアは膝を曲げておじぎをし、両頬をかすめるキスを感じ、ぎゅっと抱きしめられてその細い骨格を感じた。骨入りのコルセットと、大きなフープでふくらませたスカートの中の小柄な体を。だれもシア女王の年齢を知らない。何といっても、彼女は魔女なのだ。ひょっとしたら〈管理人〉より年長かもしれないが、隣に並んだ彼は色浅黒く重々しく、白髪まじりのあごひげは念入りに整えられていた。これに対して女王の姿ははかなげだが、その若々しさは圧倒的で、息子とさほど年が変わらないように見えた。

　彼女はクローディアのほうに向き直ると、不満げなカスパーの鼻先をすりぬけて、案内していった。

「あなた、ほんとうにおきれいね。そのドレスは素敵ですよ。それにそのおぐし！　それは地色なのかしら。それとも染めておいでなの？」

　クローディアはふうっと息を吐いた。すでにむっとしていたが、答える必要はなかった。女王が早くも別の話題にうつっていたからだ。「……で、わたくしがさしでがましいことを言っていると、思わないでくださいね」

「ええ」わずかな間があったので、クローディアは気のない返事をした。

　女王はにっこりした。「けっこうよ。さあ、こちらへ」

　そこは木の両開きの扉で、ふたりの従僕がそれを押し開いたが、クローディアが中に入ると、扉は閉まり、その小さな部屋全体が音もなく上昇していった。

「もちろんわかっておりますよ」女王は彼女をしっかり引き寄せてつぶやいた。「〈規定書〉を破っていることは。でも、これはわたくし専用ですから、だれにもわかりません」

　小さな白い両手に、腕をきつくつかまれ、爪が食い込むのを、クローディアは感じた。拉致されでもしたように、息がつけなかった。父やカスパーでさえ、後に残されたのだ。

　扉が開くと、前にのびている廊下は、金色に燦然として鏡づくしだった。クローディアの屋敷の三倍の長さはあるだろう。女王は彼女の手を取り、〈領国〉のすべての国を描いた大きな絵地図の間を通りぬけていった。絵地図の四隅には、巻き上がる波と人魚と海の怪物が描かれている。

「ここが図書室です。あなたは本がお好きとか。カスパーは残念なことに、勉学が嫌いでね。本当のことを申せば、あの子に文字が読めるかどうかあやしいものですよ。今は中には入りません」

先へ連れ去られそうになりながら、彼女はふりかえった。それぞれの地図の間には、人ひとりが中に隠れられそうなほど大きい、青と白の陶器の壺がおいてある。そして鏡どうしがまばゆい陽光を映し合って混沌とかがやき、クローディアはふいに、廊下がどこまで続いているのか、いやそもそもどこかで終わるのかどうかも、わからなくなった。女王の小柄な白い姿が前にも、後ろにも、横にも、無限に反復され、クローディアが馬車の中で感じた恐怖は、女王のこの異様なほど若々しい歩調と、自信に満ちた鋭い声に、具象化されたように思われた。

「さあ、ここがあなたのお部屋ですよ。お父上はお隣です」

すばらしかった。

絨毯には足が沈みこみ、サフラン色の絹の天蓋のついたベッドは溺れそうだった。

いきなり彼女は、女王の手から手を引き抜き、罠を悟ってあとずさった。わたしはここにとらわれてしまう。

シア女王は黙っている。空疎なおしゃべりが消えた。ふたりはお互いを見つめ合った。

それから女王がほほえんだ。「クローディア、あなたには警告しなくてもだいじょうぶでしょう。ジョン・アーレックスのご息女はもうよくご存じでしょうけれど、念のため申しておきますね。鏡の多くはマジックミラーで、〈宮殿〉中に仕掛けられた盗聴器は最高水準のものです」そう言って、彼女に近づいた。「うかがったところでは、あなたは最近、亡くなったあの気の毒なジャイルズに関心をお持ちとか」

クローディアはおちつきはらった顔を見事にくずさなかったが、両手は氷のように冷たくなった。目を伏せた。「よく、あの人のことを考えましたわ。もし、事情が違っていたら、と……」

「ええ、わたくしどももみな、ジャイルズの死には打ちのめされました。でもたとえハヴァーナ王朝が終わろうとも、〈領国〉には支配する者が必要です。クローディア、あなたはまさに適任だと信じていますのよ」

「わたしですか」

「そうですとも」女王は向きを変え、金色の椅子に優雅に腰を下ろした。「あなただって、カスパーがおのれ自身をすら支配できないのをご存じでしょう。さ、ここにお座りなさいな。忠告をさしあげたいの」

彼女は驚きに凍りついた。腰を下ろした。

女王は身を乗り出し、赤い唇でしおらしげな笑みを作った。「ここでのあなたの生活はとても楽しいものになりますよ。カスパーは子どもですから――おもちゃや馬や、いくつもの宮や、娘たちで遊ばせておけば、何の問題も起こさないでしょう。あの子が政治をまったく理解していないことは、確かですから。すぐに飽きてしまうのですよ！　あなたとわたくしとで、うまくやってゆきましょう、クローディア。男どもを相手にするのがどれほど退屈か、まだ、おわかりでないでしょうけれど」

クローディアは両手をじっと見つめた。今のこの発言は現実なのか。少しでも現実の部分があるのか。そして、どのくらいの部分がゲームなのか。

「わたしは……あの」

「わたくしがあなたを嫌っている、と思ってらしたの？」女王の笑いは少女のようだった。「クローディア、わたくしにはあなたが必要よ。ふたりで国を治めましょう。あなたならうまくおやりだわ。そうすれば父上もあのいかめしいお顔に笑みをお見せになるでしょう。ですから」と小さな両手がクローディアの手を軽くたたいた。「ジャイルズの悲しい思い出はお忘れになって。あの子はここよりもよい場所にいるのですから」

ゆっくりと、彼女はうなずき、立ち上がった。女王も絹の服をさらさら鳴らしながら立ち上がった。

「ひとつだけお願いがあります」

片手を扉にかけたまま、シア女王はふりかえった。「何かしら？」

「〈知者〉のジェアドです。わたしの家庭教師で……」

「もう、家庭教師は要らないでしょう。これからはわたくしがすべてを教えてさしあげるわ」

「ジェアドにはここに残ってもらいたいのです」クローディアはきっぱりと言った。

女王はまっすぐに彼女を見返した。「あの人は〈知者〉としてはお若い。父上がどうお考えかわかりませんし……」

「あの人はここに置いてください」問いではなく、断言するように、クローディアはそう言った。

女王の赤い唇がぴくりとふるえた。楽しげな笑みが浮かんだ。「あなたのおっしゃる通りに。あなたのお望みしだいよ」

ジェアドは戸がまちにスキャナーを設置し、小さな窓を開けて、ベッドに腰かけた。殺風景な部屋だ。〈宮廷〉は〈知者〉の部屋とはかくあるべきだと思っているらしい。床は木で、濃い色の羽目板には、シロツメクサと単純化した薔薇の浮き彫り模様がついている。蘭草の匂いとしめっぽい匂いがし、ほとんど何もない部屋だが、彼はすでに小さな盗聴器をふたつ撤去しており、まだほかにもあるかもしれなかった。しかし、この機会を逃すわけにはいかない。

〈鍵〉を取り出し、手にもって音声リンクをオンにした。

闇が映るばかりだ。

不安になって、もう一度触れてみた。闇が大きな円になったが、やはい暗いままだ。やがてその中にうずくまっている人影が、うっすら見えてきた。「だめだ、いまは話ができない」人影がささやいた。

「それなら聞いて」ジェアドは声を落としたまま言った。「こうすればいい。タッチパネルを、2、4、3、1の順番で押せば、結界が生じる。どんな検索システムでも、きみは全く見つからない。監視相手からすれば、消えてしまう。理解できるか」

「おれは馬鹿じゃないぜ」ケイロのせせら笑うようなつぶやきがかすかに聞こえた。

「フィンは見つかったのか」

答えなし。スイッチが切られたのか。

ジェアドは指を組み合わせ、〈知者〉の言葉で小さく悪態をついた。窓の外で、わあっと声があがる。遠くの庭園ではフィドル弾きたちがジグを弾いている。今夜は、お世継ぎの花嫁到着を祝って、みなが踊るのだろう。

だが、もしもバートレット老人の言った通りなら、真の世継ぎはまだ生きており、クローディアはそれがあのフィンという若者だと信じている。ジェアドは首をふって、長い指で衿の留め金を外した。クローディアは期待をかけすぎだ。だが、自分の疑いは言わずにおこう。彼女にはその希望しかないのだから。それに、王子の生存もまんざらありえないことではない。彼女の直感が正しければだが。

彼は疲れたように、固い枕に身をあずけ、ポケットから薬の巾着を出し、調合した。摂取量を三粒増やした。先週もそうしたが、体の奥深くにひそんだ痛みはあいかわらずじわじわと、生き物のように成長している。ときにはそれが薬をうまそうに食らっているような気がする。そいつの飢えを満たしてやっているのかもしれない。

彼は注射器を使いながら、眉をひそめた。ばかげた病的な考えだ、と思った。

だが横になって眠りについたとき、一瞬だけ、銀河のように真っ赤な目が壁に開いて、こちらを見ているような気がした。


フィンは必死だった。指輪を高く掲げた。「これをやる。ぼくらを放せ」

〈目〉がぐっと大きくなり、指輪をしさいに検分した。「このものに値打ちがあると信じておるのか」

「この中には命がひとつ入っている。中にとらわれている」

「言い得て妙だ。おまえたちの命もすべて、わしの中にとらわれている」

フィンはふるえていた。もしもケイロが聞いているのなら、いまこそ行動を起こすはずだ。もし、ここにいれば。

ギルダスは理解したらしい。大声でどなった。「これを取れ。わしらを放せ」

「わしが〈サフィークの貢ぎ物〉を取ったようにか。これを取れば」もりあがった〈獣〉の皮膚が裂けて、光がさしでた。その奥深くに小さな骨が埋め込まれているのが見えた。

ギルダスが、畏怖に打たれて祈りの言葉をつぶやいた。

「なんと小さいことよ」〈獣〉はそれを眺めた。「しかし、大いなる苦しみの代償だ。その、とらわれた生命とやらを見せよ」

するすると触手がのびてきた。フィンは指輪を握りしめた。汗ですべりそうだ。それから手を開いた。

そのとたん、〈目〉はまばたいた。広がり、また収縮すると、あたりを見回した。〈獣〉の喉からは油のようにぬらりとした、ささやき声がもれ出た。けげんそうな、だが心を深くとらえられたものの問いかけだった。

「いま何をした？　おまえはどこにいる？」

フィンの口を、だれかの手がふさいだ。ぎくりとして、ふりかえると、アッティアが一本指を口にあて、黙れと言う身振りをした。背後にケイロが片手にしっかと〈鍵〉をつかみ、もう片手には火炎放射器をつかんで立っている。

「おまえが見えない」〈獣〉は仰天したようだ。「ありえない！」

無数の触手が生えだし、ねばつく糸を出す小蜘蛛の群れに変わってゆく。

フィンはよろよろと下がった。

ケイロが放射器を肩にかまえる。「おれたちの居場所を知りたいなら、ここだ」平静に言った。

一陣の炎がごうっとフィンの前を走った。〈獣〉は怒りに吠えた。たちまち洞窟内は混沌の嵐となり、形態と順列から解き放たれて鳴きわめく鳥や蜂やコウモリでいっぱいになった。弧を描き、はばたき、螺旋を描いて、洞窟の天井高くに舞い上がり、めちゃくちゃに体を岩にたたきつけた。

ケイロが、やったぜ、と声を上げる。もう一度放射すると、黄色い炎が噴き出て、〈獣〉は、さまざまな破片と焼け焦げた皮膚とくずれた岩の滝と化し、赤い〈目〉は狂奔する小さな羽虫の爆発に過ぎなくなった。

炎がじゅうじゅうと音を立てて岩壁にぶつかり、いきなり熱くはねかえってきた。「やつは放っておこう。ここから出よう」フィンは叫んだ。

だが、岩天井と床が傾き、彼らのまわりで裂け目が閉じてゆく。

「おまえのことは見えぬかもしれぬ」〈監獄〉の苦い声が、轟音にまじって聞こえる。「だが、おまえはこの中だ。せがれよ、わしはおまえをきつく抱きしめよう」

ふたりは背中あわせに追い詰められた。洞窟はぐるぐると回りながらせばまり、天井からは砕けた岩板が落ちてくる。フィンは混乱の中で、アッティアの手をつかもうとした。「離れちゃだめだ」

「フィン」ギルダスの声は喉に詰まっている。「壁の中だ。あの上のほう」

フィンは一瞬、何を言われているか、わからなかった。それから、それを見てとった。ほそい裂け目が上へと開いてゆく。

すぐにアッティアは身をもぎはなした。駆け寄って身をおどらせ、岩の出っ張りをつかむと、うねる触手の届かないところへ体を引き上げ、〈獣〉の鱗そのものを登りはじめた。

フィンはギルダスを彼女のほうへ押しやった。老人の足取りはぎごちないが、それでも必死の勢いでのぼってゆく。石や宝石の塊が、その手の下でぼろぼろ欠け、ずるずると崩れた。

フィンはふりかえった。ケイロは武器をかまえている。「行け！　やつはおれたちを探してる」

〈監獄〉は盲目になっていた。〈獣〉の各部が再合成されて、かぎ爪になり、尾になり、闇の中で、それが手探りし、のたうつのを、フィンは見た。〈獣〉は、ふたりがおのれの皮膚の上にいるのを感じ、ふたりの動きの震動を感じている。フィンはケイロに、いったいどうやったのか訊きたかったが、そんな悠長なことはしていられなかったので、身をひるがえし、あたふたとギルダスの跡を追った。

一分ごとに、壁は様相を変え、再合成され、波打ったと思うと、傾いてまっすぐにのびる。〈獣〉が後足で立ち上がり、身をねじって、その背から彼らを掻き落とそうとしているかのようだった。〈獣〉は巨大な洞窟の天井近くまで彼らを持ち上げ、必死にしがみついていたフィンは上を見上げ、ひび割れの向こうに光を見た。いくつもの針の穴からさしこむまばゆい光で、刹那くらくらとして、星空の中にいるような気がした。一つの星の光が回転しつつさしこんできたが、それはサーチライトで、うめいた彼の顔と手は銀色に染まり、姿が残すところなく照らしだされた。

アッティアがふりかえったが、その顔はぼやけている。「もっとゆっくりだよ！　あたしたち〈鍵〉のそばにいなきゃ」

ケイロはまだずっと下をのぼっており、火炎放射器はすでにわきに投げ捨てていた。畝をなす皮が波打つと、彼は足をすべらせ、片足が宙を掻いた。〈獣〉もそれを感じたらしく、低くののしると、いきなり蒸気が噴きだし、あたりが熱くなった。

「ケイロ！」フィンがふりかえった。「あいつを置いていけない」

アッティアが身をくねらせながら下りてきた。「だめ。ケイロは自分で何とかできる」

ケイロはひしと岩にしがみついた。元のところまで体をひきずりあげた。〈獣〉がふるえた。それから、フィンにはあまりにもなじみ深い、いまわしい笑い声をあげた。「どうやらおまえたちは身を隠す道具を手に入れたらしいな。めでたいの。だが、その正体を、いまに探りだしてやろう」

土砂がばらばら落ちてきた。光の箭が差しこむ。「待て」フィンはギルダスに向かって叫んだ。老人は首をふる。

「もう、これ以上つかまってはおれん」

「大丈夫だ、できる」

フィンは、アッティアにせっぱつまった目を向けた。少女はギルダスの腕を両肩にかけた。「あたしがいっしょにがんばるよ」

フィンは、ケイロがしがみついているところに、落ちるようにして降り立った。片手で彼をつかみ、体を密着させた。「だめだ。出口はない」

「あるはずだ」ケイロはあえぐように、「おれたちには〈鍵〉があんだろ？」

それをねじるように取り出して、フィンの手がそれを取った。一瞬、ふたりの手がともにそれをつかんでいた。それからフィンがひったくって、手の届かないところへ持っていった。そしてすべてのボタンを押した。鷲を、その球体と王冠を、激しく突いた。何も起きない。〈獣〉がふたりの下でのたうったとき、彼は〈鍵〉をふって、ののしった。するとふいに手の中でその温かさが増してゆき、過熱して、不気味なむせぶような声をあげた。あっと叫んで、フィンは取り落としかけ、あやうくつかみとめた。熱くて火傷しそうだ。

「それを使えよ」ケイロがどなった。「岩を溶かせ」

フィンは〈鍵〉を洞窟の壁面に押しつけた。すぐにブーンと音がして、カチリと鳴った。

〈監獄〉が絶叫した。苦悶の悲鳴だ。岩が崩れ落ち、アッティアが上で叫んだ。フィンが目をむいて見つめるなか、あたかも世界という布地が裂けるように、真っ白な巨大な裂け目がじりじりと側壁に開いていった。

〈管理人〉はクローディアとともに窓辺に立ち、松明の乱舞するお祭り騒ぎを見下ろしていた。「よくやったな」いかめしい声で告げた。「女王はご満悦だ」

「それはそれは」クローディアは疲労困憊で、頭が回らなかった。

「明日、たぶんわれわれは……」父親は言いかけて言葉を切った。

甲高い、ただならぬビーッという音が響いたのだ。執拗に、大音量で鳴りつづける。クローディアは驚いて見回した。「今のは?」

父親は身動きもせずに立っている。やがて彼は胴着のポケットに手を入れ、時計を取りだし、親指でカチリとその黄金のケースを開いた。見事な文字盤。クローディアは時間を見た。十一時十五分前をさしている。

だが、今のは時鐘ではなく、アラーム音だ。

〈管理人〉は時計を凝視している。顔をあげたとき、その目は冷たく灰色だった。「わしは行かねば。お休み、クローディア、よく眠るがいい」

驚きながら、クローディアは、父親が戸口に向かうのを見送った。「今のは……もしかして〈監獄〉で何かが？」ときいた。

彼は鋭いまなざしでふりかえった。「なぜ、そう思う？」

「アラームが鳴るのを……初めて聞いたので……」

彼はじっと娘を見つめている。クローディアはしまった、と思った。やがて彼は言った。「そうだ。どうやら……事故があったらしい。心配はいらない。わしが自分で何とかする」

父親が出ていき、扉が閉まった。

一瞬、クローディアはその場に凍りついていた。羽目板を見つめたままだった。それから、その静けさに活を入れられたかのように、突然行動に移った。黒い肩掛けをひっつかんで体に巻きつけ、扉に突進すると、すばやく開けはなった。

父は金色の廊下のだいぶさきを、足早に歩いていた。その姿が角を曲がるやいなや、彼女は息を切らし、やわらかな絨毯の上を音も立てずに走って追いかけた。その姿がほのぐらい鏡という鏡にひらめく。

大きな花瓶のそばで、カーテンが舞い上がった。その裏にすべりこむと、そこはうすぐらい螺旋階段のてっぺんだった。早鐘のように鳴る心臓をかかえて、彼女は待った。父の黒い姿が下りてゆき、やがてすばやい興奮した足取りで走り出した。早足に彼女も後を追った。片手をしめった手すりにかけたまま、ぐるぐると螺旋階段を回ってゆくうちに、いつか金色の壁は煉瓦になり、石になり、階段はすりへらされてくぼみ、緑の地衣類がこびりついていた。

下は寒く、かなり暗かった。息が白い。クローディアはふるえながら、肩掛けを体にぎゅっと巻きつけた。

父は〈監獄〉へ行くのだ。

あの〈監獄〉へ。

はるか彼方に、ごくかすかに、あのアラーム音が響いている。せっぱつまった激しい音で、まぎれもない緊急事態だ。

ここはワインセラーだ。並びの大きな部屋で、天井は穹窿をなし、大小の樽が積んであり、蛇のような配線が這う壁には、にじみ出た白い塩分がこびりついている。これが〈規定書〉どおりだとしたら、まさに真に迫っている。

クローディアはじっと動かずに、積んだ樽の影から先をのぞいた。

父親は門にさしかかっていた。

それは緑色のブロンズの門で、壁に深く埋め込まれ、かたつむりの這いあとでぬらぬら光り、歳月で腐食が進んでいた。大きな鋲がいくつも打ちこまれていた。錆びた鎖がかけわたしてある。クローディアの心臓がひとつ、音もなく跳ねた。扉には、ハヴァーナ朝の鷲の広げた両の翼が、緑青の層に埋もれながらも残っていたのだ。

父親がすばやくあたりに目を走らせ、彼女は息をひそめて頭を引っ込めた。それから父親は鷲のつかんでいる球体を、いくつかの数の組み合わせでたたいた。カチッという音がした。

鎖がすべって揺れ、がしゃんと落ちた。

蜘蛛の巣とカタツムリと塵が降りそそぐなか、門は激しくゆれて開いた。

クローディアは身を乗り出し、扉の奥、すなわち〈内〉に何があるのか見ようと目をこらしたが、そこにあるのは闇と金気くさい酸っぱい匂いばかりで、父がふりかえったので、あわてて元の場所に飛びこんだ。

もう一度のぞいてみたとき、父の姿はなく、門は閉じていた。

クローディアは、しめった煉瓦にもたれかかって、音のないしめった口笛をもらした。

やっと。ついに。

わたしは見つけたのだ。


アラーム音は容赦なく鳴り響いて、神経にこたえ、骨にこたえた。フィンは発作が起きそうな気がした。恐ろしくなって、隙間へとよじのぼり、そこをうなりながら吹き抜ける氷のような風にあたった。

〈獣〉の姿は失せていた。ケイロがフィンの上にのぼってきて、ギルダスをつかまえたとき、それは消えてしまった。みなは突然、瓦礫の滝の中に押し流され、それから壁にたたきつけられた。フィンの手に、三人の体の重みがかかっていた。

彼は苦痛に叫んだ。「だめだ、支えられない」

「くそ、やるんだ！」ケイロがあえぐ。

恐怖に体が張りつめた。ケイロの手がすべり、猛烈にぐいっと引っ張られた。

だめだ。手が焼けつく。

影がひとつ、彼の上に落ちてきた。〈獣〉の頭か、あるいは大鷲かと思ったが、彼が必死に身をねじってみると、銀色の船が力強いうなりをあげながら、隙間からすべりこんできたのだ。古代の帆船の姿をし、その帆は蜘蛛の巣のパッチワークで、帆綱はからまって、船縁からぶらんと垂れている。

船は彼らの上に堂々とうかび、それからごくゆっくりと、船底のハッチが開いた。四本の太いケーブルに吊られた籠が、そこからおりてくる。上の船縁からは、ゴーグルと奇怪な呼吸機器をつけた、ガーゴイルめいた恐ろしい顔が見下ろしていた。

「乗れ」そいつがきしむ声で言った。「わがはいの気が変わる前に」

どうやったのか、よくわからないが、すぐさまケイロがひどく揺れる籠の中に転がりこんだ。ギルダスが引っ張りこまれる。アッティアがほんの一瞬だけ動きをとめてから、跳躍し、それからフィンが、つかまっていた手を放して中に落ちこんだ。安堵でほとんど何も考えられず、手を放すことへの恐怖もなかった。どこかに受け止められた感覚もなかったが、心地よい静けさが、突然、耳もとでケイロのどなる声に破られた。「フィン、おれの上からどけ」

彼は何とか体をずらした。アッティアが心配そうな顔でかがみこんでいる。「だいじょうぶ？」

だいじょうぶでないのはわかっていたが、アッティアのわきを通って籠のへりに行き、揺れにくらくらしながら、氷のような風の中で、目を放った。

「……だいじょうぶだ」

もう〈洞窟〉の外だった。平原の上、〈市〉の何マイルも上空だった。〈市〉は平原の上におもちゃのように横たわり、この高さから見ると、〈市〉の周辺にあちこち焼け焦げた痕や、噴気孔が見てとれた。この土地そのものが、地下で吠えながら怒りの蒸気を吐きつづける〈獣〉の皮膚でもあるかのようだった。

雲がきれぎれに飛んでゆき、金属めいた黄色い蒸気が見え、虹がかかっていた。

フィンは、ギルダスにつかまれるのを感じた。老人の声は喜びのうわごとめいており、風にさらわれてよく聞こえない。「おい、見ろ。見るんじゃ。あそこにまだ、強大な〈知者〉たちがおるぞ」

彼は首をねじって見た。銀の船が螺旋を描いて上昇してゆくと、ありえないほど細く高い塔が、頂きをきらめかせながら、針のごとくに雲上に佇立していた。息が白く凍り、手すりに霜となって張りつき、ぱりんと割れると、それぞれの氷片はあたかも磁化されたかのように、きらきら光りながらすべて塔のほうをさした。薄い空気にあえぎ、寒さと恐怖にふるえながら、彼は老人の腕をつかんだ。二度と下を見る勇気はなかった。針のてっぺんの小さな着陸場所が、針の先でゆっくりと回転する球体が、しだいに大きくなってゆくのを見たのみだった。

しかし、これほど高いところにいても、彼らの頭上にはさらに何十マイルもの厚みの〈監獄〉の夜が、凍てつくような空に向けてのび上がっているのだった。

がんがん打ちたたく音で、ジェアドは恐怖に冷や汗をかきながら目覚めた。

一瞬、いまのが何なのかわからなかった。ついで、クローディアのささやき声が聞こえた。「ジェアド、早く。わたしよ！」

彼は身を起こし、よろよろと歩いていって、戸がまちのスキャナーをもぎとり、かけがねをまさぐった。かけがねを上げるやいなや、すごい勢いで扉が開き、彼の顔面を直撃しかけた。するりとクローディアが入ってきた。息を切らし、埃まみれで、汚い肩掛けを絹のドレスの上に巻きつけている。

「どうしたんです、クローディア。お父上にばれたんですか。われわれが〈鍵〉を持っていることが」彼はあえぐように言った。

「違うわ、そうじゃないの」彼女は息が続かず、ベッドにどさりと腰を下ろし、体を二つ折りにして脇腹をつかんだ。

「では何です？」

クローディアは片手をあげ、待てという身振りをした。少しして、やっと口がきけるようになると、顔を上げたが、その顔は勝ちほこっていた。

彼はふいに危機感を覚えて、あとずさった。「クローディア、いったい何をしたんです？」

彼女は痛烈な笑みを浮かべた。「長年やりたかったことをやったの。父さまの秘密に通じる扉を見つけたわ。〈監獄〉への入り口よ」

第4部　空間に浮かぶ世界

22

「将たちはどこにいる？」サフィークは尋ねた。

「砦に」と黒鳥は答えた。

「では詩人たちは？」

「別世界の夢に浸っているわ」

「では工人は？」

「闇に挑む器械をこしらえている」

「では世界を作った〈賢者〉たちは？」

鳥は黒い首を悲しげに下げた。

「塔にこもる老婆や妖術使いになってしまった」

『〈鳥の国〉のサフィーク』


フィンはそっと球体のひとつに触れてみた。

繊細なライラック色のガラスに、彼の顔がグロテスクにふくらんで映っていた。背後で、アーチをくぐって入ってきたアッティアが、あたりを見回していた。

「ここは何なの？」天井からぶらさがったたくさんの球体をおもしろそうに眺めている。今朝の彼女はいつになくこざっぱりしていた。髪はくしけずられ、新しい服のおかげで前より幼く見える。

「あいつの実験室だ。ここを見てごらん」

球体のいくつかには、風景がまるごとそっくり納められている。ひとつの球体の中では、小さな黄金の獣の群れが平和にまどろんでいたり、小山の砂地を掘っていたりした。アッティは両手を、ガラスの球体の上に広げた。「あったかい」

彼はうなずいた。「眠れた？」

「少しね。あんまり静かだから、目が冴えちゃって。あなたは？」

彼はうなずいた。極度の疲労で、小さな白いベッドに倒れこむや、服も脱がずに眠りこんだことは言いたくなかった。今朝、目を覚ましてみると、だれかが毛布を着せかけてくれ、白いからっぽの室内の椅子の上に清潔な服を出しておいてくれた。ケイロだろうか。

「船に乗ってた人を見た？　ギルダスはあれも〈知者〉だと思ってるよ」

アッティアは首をふった。「顔にしるしがないから違う。それにきのうの晩、あの人は『ここの部屋を適当に使ってくれ。話は朝になってからだ』としか言わなかった」と、フィンに目を流してよこした。「ケイロを助けにもどるなんて、あなたは勇敢だった」

ふたりはしばらく黙っていた。フィンは球体のへりを回ってきて、アッティのそばに立ち、獣が体を掻いたり転がったりしているのをいっしょに見ているうち、この球体の外にも、この室内にはいくつものガラスの世界があることに気づいた。海の緑色だったり、金色だったり、薄青かったりしたが、どれも繊細な鎖に吊され、中にはこぶしよりも小さな球体もあった。また広間ほどの大きさのものもあって、そこでは鳥が飛び、魚が泳ぎ、あるいは何十億もの昆虫が群がっていた。

「いろんな生き物を入れる檻を作ったみたいね。あたしたちを入れるやつを作らないといいけど」アッティアは平然と言ったが、そこで彼の激しい反応に気づいた。「どうしたの、フィン」

「何でもない」彼の両手が、かがみこんでいた球体に熱いくもりを残した。

「何か見たのね」アッティアは目を見開いた。「フィン、まさか星空を？　本当に星は何百万もあるの？　闇の中に集まって歌を歌うの？」

愚かにも、彼はアッティアをがっかりさせたくないと感じた。「見たんだ、大きな建物の前に湖がひとつあった。夜だった。水面にランタンが漂ってた。小さな紙のランタンで、中には蝋燭がたててあって、青や緑や赤に見える。湖には小舟も出てて、その一隻にぼくものってた」彼は顔をこすった。「アッティア、ぼくはそこにいた。船縁から身を乗り出して、水面に映る自分にさわろうとした。そう、そこに星々があった。みんなには、袖をぬらしたといって怒られた」

「星々に？」アッティアはすりよった。

「いや、人にだ」

「どんな人たち？　フィン、それ、だれだったの」

彼は思いだそうとした。匂いの記憶。そして人影。

「女の人だ。怒ってた」

胸が痛んだ。痛みがよみがえった。そのせいで、例の閃光が引き起こされた。彼は見まいと目を閉じた。汗が噴き出し、口の中はからからだった。

「やめて」アッティアは不安になって、手をのばした。鎖のすれたあとが、手首に赤いみみずばれになっている。「興奮しないで」

彼は袖で顔をこすり、室内は、彼の生まれた〈小房《セル》〉の中以来の静けさになった。彼は間の悪いつぶやきをもらした。「ケイロは起きてるかな」

「ああ、ケイロ！」アッティアは鼻で笑った。「あんなの、どうでもいい」

彼女が球体のあいだを歩きまわるのを、彼は見ていた。「そんなにあいつを嫌わなくてもいいじゃないか。〈市〉では彼にくっついていたんだし」

アッティアが答えないので、フィンは言った。「どうやって、ぼくとギルダスの跡をつけてこられたんだ」

「そんなにかんたんじゃなかったよ」アッティアはきゅっと唇を結んだ。「〈貢ぎ物〉の噂を聞いたところで、ケイロが火炎放射器を盗まなきゃって言った。あたしが目くらましの動きをして、あいつが盗った。別に感謝もされなかったけどさ」

フィンは笑った。「ケイロはそういうやつなんだ。だれにも礼を言わない」球体に両手を這わせ、彼は額をそこにつけた。すると、中の爬虫類が無感動に見返した。「あいつが来てくれるのはわかってた。ギルダスは来ないと言ったけれど、ケイロは絶対にぼくを見捨てない」

アッティアは答えなかったが、彼女の沈黙には妙な緊張がこもっていることに、フィンは気づいた。

顔を上げてみると、アッティアは怒りに似た目つきでこちらを見つめている。いきなり感情を爆発させた。「全然わかってないよ、フィン。あいつがどんなやつかわからないの？　さっさとあんたを見捨ててくところだった。〈鍵〉を取って、あとも見ずにね」

「まさか」彼はびっくりした。

「まさかじゃない！」彼女はまっこうから彼を見据えた。白い肌に打ち身の跡がなまなましい。「あいつが残ったのは、あの娘さんが脅したからだよ」

体がすうっと冷えた。「娘さん？」

「クローディア」

「ケイロはあの人に話しかけたのか」

「あの人が、あいつを脅した。『フィンを助けられなければ、この〈鍵〉もただの無意味なクリスタルの塊になるわ』って。ほんとうに怒ってた」アッティアはかすかに肩をすくめた。「感謝する相手はケイロじゃなくて、あの人だよ」

フィンには信じられなかった。

そんなはずはない。

「そうじゃなくてもケイロは来たはずだ」彼は低いがんこに言いはった。「あいつがどう見えるかは知ってる。だれにも関心がない顔をしてる。でもぼくは知ってるんだ。いっしょに戦ってきた。お互い誓いを立てた」

彼女はかぶりをふった。「フィンは人を信頼しすぎるよ。きっと〈外〉の生まれなんだ。だって、ここにはそぐわないもの」そこで足音が聞こえたので、口早に言いたした。「〈鍵〉を返せって言ってみたら。頼んでみたら。そしたらわかるよ」

ケイロがぶらぶらと部屋に入ってきて、ひゅうと口笛を吹いた。藍色のダブレットを着て、髪はぬれ、部屋にあった皿からとってきた林檎をかじっている。あと二つのどくろの指輪が指にきらめいていた。「ここにいたのか」

彼はひとまわりした。「ここが〈知者〉の塔か。あのじいさんの寝てる檻なんか、かたなしだな」

「そう思ってくれてありがたいわ」フィンが驚いたことに、最大級の球体のひとつがぱっくり割れて、みなれぬ男がギルダスを従えて出てきた。ふたりにどのくらい聞かれたんだろう。それに球体の底へ下りてゆく階段なんて、どうやって作ったんだろう。だが、その答えが出る前に、球体はまたパシンと閉まり、何百もの光る球体のひとつに過ぎなくなった。

ギルダスは玉虫色に光る〈知者〉の緑のローブをまとっていた。とがった顔をきれいに洗い、白いあごひげは整えられていた。別人のようだ、とフィンは思った。飢えたような感じが少し失せた。口を開いたとき、その声にはとげがなく、新たな威厳が備わっていた。

「こちら、ブレイズだ」それから小さくつけくわえた。「〈知者〉ブレイズ」

長身の男が軽く頭を下げた。「わがはいの〈諸世界の部屋〉にようこそ」

三人は彼をまじまじと見た。呼吸器を外した顔は驚くべきもので、できものや斑点やひどい火傷にいろどられ、少ないぼさぼさの髪をつるりとしたリボンで、後ろで束ねている。〈知者〉の長衣の下には、化学薬品のしみだらけの古ぼけた膝までのズボンと、かつては白だったと思われるしわくちゃの上着を着ていた。

しばし、みな声を失っていた。やがて、フィンが驚いたことに、アッティアがこう言った。「先生、助けていただいてありがとう。死ぬところでした」

「ああ……うむ。そうだな」彼はアッティアを見た。その笑みはゆがんで、ぎごちなかった。「それはその通りだ。下りていったほうがいいと思ったのだ」

「なぜ？」ケイロの声は冷ややかだ。

〈知者〉はそちらに顔を向けた。「なぜ、とは意味がわからんが……？」

「なぜ介入した。おれたちを助けるためか。おれたちの持ってる何かが欲しかったのか」

ギルダスが顔をしかめた。「こいつはケイロという。礼儀知らずのやつでの」

ケイロは鼻を鳴らした。「この男が〈鍵〉のことを知らずに助けたとは言うなよ」彼は林檎にかぶりつき、しゃきしゃきという咀嚼音が静けさの中に響いた。

ブレイズはフィンのほうを見た。「で、きみが〈星見人〉だな」と言い、きまり悪いほど遠慮のない視線で彼を見た。「わが友の話では、サフィークがその〈鍵〉をきみに送ったとやら。それの力で〈外〉へ出られるという。きみは自分が〈外〉から来たと信じている」

「来たんです」

「覚えているのか？」

「いや……そう思うんです」

一瞬、男は彼をじっと見た。細い片手で、無意識に頬のできものを掻いている。やがてこう言った。

「残念だが、きみはまちがっていると言わざるをえない」

ギルダスが驚いてふりかえった。アッティアも目を見張る。

フィンは狼狽した。「どういうことですか」

「きみは〈外〉から来たのではないと言ったのだ。〈外〉から来たものはだれもいない。なぜなら、〈外〉などというものはないからだ。

一瞬、部屋に満ちた沈黙は、まさかという驚きあきれたものだった。やがてケイロが低く笑いだし、林檎の芯を石床に投げすてた。つかつかと歩いてくると、〈鍵〉を取り出して、ガラスの球体のそばにバシンと置いた。「わかったよ、〈賢者〉どの。もしも〈外〉が存在しないのなら、こいつはなんだ？」

ブレイズが手をのばし、〈鍵〉を取り上げる。おちついて無造作にひっくり返した。「ああ、こういう装置のことは聞いたことがある。最初の〈知者〉たちが発明したのだろう。カリストン卿がひそかに一つこしらえて、試す前に死んでしまったという伝説がある。これを使うと、〈目〉からは見えなくなるのだ。もちろん他にも機能はある。だが、これで外へ出られることはない」

彼は、おだやかに卓上にクリスタルを置いた。ギルダスが彼をにらみつける。「きょうだい、それはばかげとる。わしらはみな、サフィークおんみずからが――」

「サフィークについては、らちもない昔話と伝説以外は何も伝わっていない。わがはいは退屈をまぎらすために観察しているのだが、下の〈市〉の愚かなやからは毎年、新たなサフィーク伝説をひねりだしている」ブレイズは腕を組んだ。灰色の目は冷徹だ。「人間は物語を作りたがるものだ、きょうだい。夢を見たがるのだ。この世界が深い地下にあって、上へ旅することができれば、外へ出られると思う。はねあげ戸をあげれば、空が青く、大地が麦や蜂蜜を生みだし、苦しみのない国へ出られるのだと。あるいは〈監獄〉の中心を囲む九つの円があり、その奥深くにまで下りてゆけば、〈監獄〉の心臓、生きた本体があって、それを通りぬけて別世界に出られるのだと」ブレイズはかぶりをふった。「伝説だ。それ以外のなにものでもない」

フィンは衝撃を受けた。ギルダスに目をやった。老人も打撃を受けているようだったが、やがて怒りを爆発させた。「どうしてそんなことが言える？　かりにもあんたは〈知者〉じゃろう？　あんたが〈知者〉とわかったとき、わしらの苦闘も楽になるだろう、あんたなら理解してくれるだろうと思ったのに……」

「もちろん理解するとも」

「なら、なんで〈外〉がないなどと言えるのじゃ」

「わがはいは見たからだ」

その声があまりに深刻で絶望的だったので、部屋を歩き回っていたケイロでさえ、足をとめて、まじまじと彼を見た。フィンのそばでアッティアが身震いした。「どうやって見たの？」

〈知者〉は黒い空っぽの球体をさした。「あれだ。あの実験に何十年もかかったが、わがはいの意志は固かった。わがはいの作ったセンサーは金属であろうと皮膚であろうと、また骨でも電線でも、その中を見通せる。わがはいは〈監獄〉を何マイルもの深さまで探査してみた。広間や通路、海も川もだ。諸君と同じように信じていたのだ」彼はしわがれた声で笑い、すりへった爪を噛んだ。「ああ、そうだ、わがはいは〈外〉を見つけたのだ。ある意味ではな」と背を向けて、コントロール装置にふれると、さきの球体に光がともった。「これを見つけた」

闇の中に映像が浮かぶ。球体の中に球体があり、それは青い金属でできていた。それが宇宙の永遠の暗黒の中にたったひとつ、音もなくぽつねんと浮かんでいる。

「これが〈監獄〉だ」ブレイズは指を突きつけた。「われわれはこの内側に住んでいる。そこが一つの世界だ。建造されたのか、みずから成長していったのか、だれにもわからん。だが、これだけが、広大な真空の中に浮かんでいる。つまり無の中にだ。外には〈無〉しかない」と、肩をすくめた。「すまん。諸君の生涯の夢を打ち砕きたくはない。だが、他にゆくべきところなぞないのだ」

フィンは息ができなかった。無情な言葉に、生命が吸い出されてしまったかのようだ。球体を見つめていると、ケイロが後ろに近づいてきた。〈義兄弟〉の体のぬくもりと力強さを感じ、心が安まった。だが全員を驚かせたのはギルダスだった。

彼はからからと笑った。とどろくような粗野な喉声で嘲った。すっくと身を立てると、ブレイズに向き直って、ねめつけた。「それで、おまえはおのれを〈賢者〉とぬかすのか。おおかた邪悪な〈監獄〉めに化かされたのであろう。〈監獄〉にうそいつわりを見せられ、それを信じこんで、このように人間どものはるか高みに住まって、見下しておる。化かされたよりも、なおたちが悪いわ」ギルダスは自分より背の高い相手に、つかつかと近づいた。フィンも思わず一歩踏み出した。老人の短気はよく知っていたからだ。

だがギルダスはふしくれだった指を空中に突き出し、低くけわしい声で言った。「よくもおまえはぬけぬけと口はばったくも、わしから望みを奪い、この者たちから生きる機会を奪おうとしたな。サフィークが夢に過ぎず、〈監獄〉しか存在せぬなどとは、いったいどの口で言えるのじゃ」

「それが本当だからだ」ブレイズは答えた。

ギルダスはフィンの手をふりはらった。「嘘つき！　おまえなぞ〈知者〉ではない。それにおまえは忘れている。わしらは〈外〉の人間を見たのだ」

「そうよ。話をしたんだ」アッティアが言う。

ブレイズははっとした。「話をしたと？」

一瞬、ブレイズの確信がゆらいだように見えた。彼は指を組み合わせ、こわばった声で言った。

「だれとだ？　相手はどういうものたちだ？」

みながフィンを見たので、彼は答えた。「クローディアという娘だ。それに男がひとりいた。ジェアドと呼ばれていた」

一瞬沈黙があった。それからケイロが、「さあ、これをどう説明する？」と言った。

ブレイズは背を向けた。だが、すぐにふりむいた。真剣な顔だった。「諸君をがっかりさせたくはない。娘と男を見たと言ったな。だが、そのふたりがどこにいるのか、どうしてわかるのだ？」

「ここじゃないところだ」とフィン。

「ここじゃない？」ブレイズはちらとフィンに目をやり、あばた面をかしげた。「どうしてわかる？その二人も〈監獄〉の中にいるのではないと、どうしてわかるのだ。ほかの〈翼棟《ウィング》〉かもしれない。どこか遠くの、暮らしかたもまったく違うところにいて、自分が閉じ込められていることさえ知らないのかもしれない。考えてもみろ。こんな〈脱出〉の企ては愚かで、おまえは一生を台無しにするぞ。何年もむなしい旅を続け、探しつづけ、けっきょくはむだだとわかるのだ。自分の暮らす場所を見つけて、心の平和を学べ。星々のことなぞ忘れろ」

ガラスの球体のあいだに、そして高い天井の木のたるきにまで、そのつぶやき声は通った。打ちひしがれ、ギルダスのかんしゃくの罵声すら耳にはいらず、フィンは窓に向かって立ち尽くした。はめこまれたガラスの向こうには、高すぎて鳥も飛ばない〈監獄〉の成層圏を漂う雲が見えた。何マイルも下には寒々しい風景が広がっていた。そこにあるだろう遠い丘陵と黒い斜面は、目の届かぬ壁かもしれない。

彼は自分自身の恐怖が恐ろしくなった。

もしそれが本当で、〈脱出〉などありえないなら。そう、ここからの、あるいは自分自身からの〈脱出〉など。

自分はフィンで、このさきも変わらずフィンでありつづける。過去も未来も持たず、帰るべき場所もない。いままでの自分以外の自分などありえない。

ギルダスとアッティアは怒っていた。ふたりは熱っぽく言いつのっていたが、ケイロの冷ややかなコメントがその喧噪を切り裂いて、全員を黙らせた。「あのふたりにきいてみたらどうだ?」と、〈鍵〉をさしあげ、コントロールパネルにふれ、すばやく回した。たいそう慣れた手つきだということが、フィンにはわかった。

「意味がない」ブレイズがすぐに言った。

「おれたちには意味がある」

「それなら勝手にその友達と話をするがいい」ブレイズは背を返した。「わがはいはそんなことはごめんこうむる。この塔は、自分の家のように使ってもらっていい。食べるのも眠るのも自由だ。わがはいの言ったことをよく考えてみてほしい」

ブレイズは球体のあいだを歩いてゆき、しみだらけの服の上にローブをひるがえして、扉から出ていった。あとにはかすかなつんとくる匂いと、それとは別の何か甘い香りが漂った。

彼がいなくなったとたん、ギルダスは長く痛烈な悪態をついた。

ケイロがにやっとした。「あんたも〈兵団〉で、ちっとは役に立つことを学んだようだな」

「長年探して、ようやく見つけた〈知者〉が、かような腰抜けとはな！」老人はほとほとうんざりしたようだった。それから手を突き出した。「わしに〈鍵〉をよこせ」

「その必要はない」ケイロはそれをすぐにテーブルにのせ、一歩さがった。「もう作動してる」

聞き慣れたブーンという音が大きくなった。ホログラムの映像が飛び出し、まるい光の円となった。今日は以前よりも明るいようだ。ここのほうがその源に近いからか、その力が増大したのか。その円の中へ、あたかもみなと同じ空間にいるかのように、クローディアが入ってきた。目が輝き、顔は緊張に張りつめていた。フィンが手をのばせば、彼女に触れられそうだった。

「あのふたりが、あなたを見つけたのね」

「そうだ」フィンはつぶやいた。

「ほんとうによかった」

そばにはジェアドもいた。木らしいものに片腕でよりかかっている。ふいにフィンは、そこが野原か庭園で、そこにさす光は輝かしい金色をしていることに気づいた。

ギルダスが彼をおしのけるように前に出た。「ご同輩」と簡潔に声をかけた。「そなたは〈知者〉か」

「そうです」ジェアドは背をのばして、きちんと礼をした。「あなたもそのようにお見受けしますが」

「かれこれ五十年、〈知者〉をやっておる。そなたが生まれる前からの。さて、わしの三つの問いに答えていただきたい。うそいつわりのないところを。そなたらは〈監獄〉の〈外〉にいるのか」

クローディアが目を見張った。ジェアドがゆっくりとうなずく。「そうです」

「どうして、そのことがわかる？」

「ここは宮殿であって、監獄ではないからです。太陽が頭上に輝き、夜には星が出る。それに、このクローディアが、〈監獄〉に通じる門を発見したからです」

「きみが？」フィンは息を呑んだ。

だがクローディアが答えようとしたのを、ギルダスがさえぎった。「あとひとつきかせてくれ。もしそなたらが〈外〉にいるのなら、サフィークはいずこじゃ。そちらに出てから、あの方は何をなされた？　いつ戻ってきて、われらを解放してくださるのじゃ」

庭園には花が、まばゆい赤い罌粟の花が咲き乱れていた。ジェアドはクローディアに目をやり、その沈黙のあいだに、蜂が一匹、花弁の上でブンブンと羽音を立てた。それは小さな音だったが、フィンはかすかな記憶のよみがえりにおののいた。

やがてジェアドは背をのばし、近づいてきた。ギルダスと彼は、いま近々と向き合っていた。「ご同輩」ジェアドは礼儀正しく言った。「わたしの無知をお許しください。わたしの好奇心をも。愚かな問いと思われるなら、それもお許しください。けれど、サフィークとはどなたですか」

23

何も変わらなかった。今後も変わることはあるまい。だからわれらが変えねばならぬ。

『鋼の狼の物語』

フィンは、その蜂が金色の花弁の中から出てきて、自分に止まりそうな気がした。蜂がブンブン言いながら手のそばをかすめると、彼はぎょっと身をひき、蜂も勢いよく逃げ去った。

彼はギルダスに目をやった。老人はすでにふらつきはじめていた。アッティアが支えて座らせ、ジェアドも、しまったという表情で、助けようとするかに手をさしのべた。ちらとクローディアに目をやる。フィンは彼のつぶやきを耳にした。「きいてはいけなかったようですね。あの〈実験〉は……」

「サフィークは〈脱出〉した」ケイロは腰掛けを引き寄せて、ホログラムの光の中で座った。赤いコートがその光をたっぷり受けている。「サフィークは出ていった。出てゆけたのは彼ひとりだ。それが伝説さ」

「伝説ではない」ギルダスがしわがれ声で吠えた。顔をあげた。「そなたは本当に知らぬのか？　わしは……外ではサフィークは大物に……そう、王にでもなったかと思っておった」

クローディアは言った。「いいえ、でも少なくとも……調べてみることはできます。どこかに隠棲してしまったのかもしれないし。ここでもすべてが完全というわけではありません」と、機敏に立ち上がった。「ご存じないかもしれませんけれど、こちらでは、〈監獄〉こそすばらしい場所だと信じられています。楽園だと」

四人は目をむいて、彼女を見つめた。

クローディアは彼らの、まさか、という驚愕の表情を見てとった。ケイロの顔はすぐに、面白そうな皮肉な笑みに変わった。「そりゃ、傑作だ」とつぶやいた。

そこで彼女は話してきかせた。〈実験〉のこと、父のこと、〈監獄〉の封印された謎のこと。それからジャイルズの話もした。ジェアドが「クローディア……」と言ったが、彼女は手を振って退け、驚くほどあざやかな緑の草の上を歩き回りながら、早口に話をした。「ジャイルズは殺されなかった。そのことがわかりました。隠されたんですわ。わたしは、その場所をそちらだとにらんでいます。そして、あなたこそジャイルズだと」

彼女がふりかえって、四人に向かいあうと、ケイロが口を開いた。「まさかあんたは……」と言いかけ、〈義兄弟〉を見上げた。「フィンが？　王子さまだって？」と笑い出した。「あんた、気は確かかい？」

フィンはわが身を抱きしめた。自分がふるえているのがわかった。めったに追いはらえないいつもの混乱が心の隅にきざしてきて、あたりのものの輝きも、くもった鏡の中の物体のように薄れていった。

「あなたはあの人に似ているわ」クローディアはきっぱり言った。「いまはもう写真というものが認められていない。〈規定書〉にないから。でもあの老人が肖像画をもっていたわ」青いかばんから、すっとそれを取り出して掲げた。「見て」

アッティアがはっと息を吸いこんだ。

フィンはふるえた。

その子は髪の毛を光らせ、顔には無邪気な幸福感が漂っていた。信じられないほど健康な輝きを発していた。胴着は金の布で、肌はふっくらと桃色をしていた。手首には小さな鷲のかたちが焼きつけてある。

フィンは近寄った。手をのばし、クローディアはその細密画を彼のほうに掲げ、彼の指は金色の額縁をつかもうとし、ほんの一瞬、つかんだような感触があった。確かに触れた気がしたのだ。それから指先はむなしく合わさり、その物体がはるか彼方にあること、想像も及ばぬ遠方にあることを知った。そしてはるかな時間の彼方に。

「おじいさんがひとりいたの。バートレットという。あなたの後見をしていた人よ」

フィンはクローディアをじっと見た。彼の中の空白が、彼をも相手をもおびやかした。

「では、シア女王は？　あなたの継母。あなたを憎んでいたと思うわ。あなたの腹ちがいの弟のカスパーは覚えてる？　亡くなられたお父上の王さまは？　覚えてるはずよ」

思い出したかった。心の暗黒の中から、いまあげられた人たちを引きずりだしたかったが、何も見つからなかった。ケイロが立ち上がり、ギルダスがその腕をつかんだが、フィンに見えているのは、クローディアの姿だけだった。自分を見つめて、思い出せとせまる、熱いはげしいまなざしだけだった。「わたしたちは婚約してたのよ。あなたが七つのとき、大きなお祭りがあった。盛大な祝賀会だったわ」

「この人を放っておいてあげて」アッティアがぴしりと言った。「かまわないで」

クローディアはさらに近づいてきた。手をのばし、彼の手首に触れようとした。「フィン、そこを見て。それはあの人たちでも消せなかった。あなたの身分のあかしよ」

「なんのあかしにもならないよ！」アッティアがいきなりこちらを向いたので、クローディアはぎくりと一歩下がった。少女はこぶしを握りしめ、打ち身だらけの顔は蒼白だった。「この人を苦しめないで！　この人を愛してるのなら、やめて！　この人が苦しんでるの、わかんないの？　思い出せないんだよ。あなたはこの人がジャイルズかどうかなんて、ほんとはどうでもいいくせに。ただ、そのカスパーと結婚したくないだけなんだ」

衝撃の沈黙のなか、フィンは荒い息をついた。ケイロが彼を腰かけのほうに押しやり、彼は膝が砕けて、へなへなとそこに座りこんだ。

クローディアは青ざめていた。一歩下がったが、目はアッティアに吸いついて離れない。やがてこう言った。「それははっきり言って違うわ。わたしは本物の王がほしいの。まことのお世継ぎが。たとえハヴァーナ朝の血をひくとしてもよ。そして、あなたをここから出してあげたいの。あなたがた全員を」

ジェアドが近づいて、身をかがめた。「だいじょうぶですか」

フィンはうなずいた。心に霧がかかっていた。両手で顔をこすった。

「こいつはこんなふうになっちまうんだ。もっとひどくなることもある」ケイロが言った。

「それはあの人たちにほどこされた処置のせいでしょう」〈知者〉の黒い目が、ギルダスのそれとぶつかった。「たぶん記憶をなくさせる薬を投与されたのだと思います。解毒薬またはセラピーを試されたことはありますか?」

「わしらの医薬品は限られたものじゃ」ギルダスはうなるように言った。「テレピン油を粉末にしたものや、罌粟を煎じたものを使うた。一度、のこぎり草を用いたこともあるが、彼の具合が悪くなってしもうた」

ジェアドは礼儀を失わない驚きのそぶりを見せた。クローディアはその表情から、いまのがたいそう原始的な薬で、こちらの〈知者〉たちはとうの昔に忘れ去ったものだと知った。とたんに、すさまじい怒りといらだちがこみ上げた。向こうに入っていって、フィンを引っ張り出したい、目に見えない障壁を打ち破りたいと思った。だが、それはできない相談だったので、強いておだやかにこう言った。「わたし、心を決めました。わたしが行きます。門を通ってそちらへ」

「それで、どうなるっていうんだよ」ケイロがフィンを見ながらきいた。

答えたのはジェアドだった。「わたしはこの〈鍵〉についてよくよく検討しました。わかったのは、お互いこうして話し合える力の強さが変化していることです。映像はクリアーになり、さらに焦点が合ってきました。これはおそらく、クローディアとわたしが、そちらにより近い〈宮廷〉に来たからでしょう。〈鍵〉はそれを感知したのです。あなたがたが門へと近づく案内をしてくれるかもしれません」

「地図があるんじゃなかったのかい」ケイロがクローディアを見た。「そこの王女さまがそうおっしゃったんだが」

クローディアはいらいらとため息をついた。「嘘をついたのよ」

そしてまっすぐに彼を見据えた。彼の青い目は氷のように鋭い。

「しかし問題はあります」ジェアドが急いで言葉をついだ。「奇妙な……不連続があるのが気になります。〈鍵〉がこんなふうにお互いの姿を映し出せるようになるまでに、時間がかかりすぎます。毎回、物理的あるいは時間的なパラメーターの調節が必要なようで……お互いの世界の波長がうまくあっていないのでは……」

ケイロが馬鹿にしたような顔をした。どうせ時間のむだだ、と考えていることが、フィンにはわかった。それで腰かけから頭をもたげて、しずかに言った。「でも先生、〈監獄〉は別世界だと思われませんか？　地球から遠く離れた空間に浮いている世界だと？」

ジェアドがはっと目を見張った。それからおだやかに答えた。「いいえ。おもしろい理論ですが」

「だれからそんなことをきいたの？」クローディアが切りこんだ。

「そんなことはどうでもいい」フィンはよろよろと立ち上がった。クローディアを見た。「きみたちの〈宮廷〉には湖がないかな。蝋燭を中に入れた紙のランタンを浮かべたことがある」

クローディアのまわりの罌粟は、陽光を浴びて真っ赤な紙のように見えた。「あるわ」

「ぼくの誕生日に、ケーキと、小さな銀の球が？」

クローディアは息も止まったかのように無言で立ち尽くしていた。

そうして彼が耐え難い緊張のなかで見つめていると、彼女の目が大きく見開かれた。背を向けて叫んだ。「ジェアド、〈鍵〉を止めて！　止めてよ！」

〈知者〉がとびついた。

球体のぶらさがる暗い部屋はあっというまに闇ひと色になり、床が傾いているかのような妙なめまいと、薔薇の香りだけが残った。

ケイロがそろそろと、さきほどまでホログラムの映像のあった、何もない空間に右手をさしのばした。火花が散り、彼は、畜生、と言って、さっと手を引っ込めた。

「あの人たち、何かに怯えたみたい」アッティアがかすかに言った。

ギルダスが眉をひそめる。「何かにではない、だれかにじゃ」


彼の匂いだ。甘いまぎれようもない香水の匂いで、だいぶ前から漂っていたことにいま気づいた。重大な話の最中だったので、自分があえて無視していたのだということもわかった。ラベンダーとデルフィニウムと薔薇の花壇のへりに目を向けたとき、ジェアドが背後でゆっくりと立ち上がるのが感じられた。彼も同じことに気づいたらしく、小さな落胆の吐息をもらしていた。

「出てきて」彼女は氷のような声で言った。

相手は薔薇のアーチの後ろにいた。しかたがないという顔で、そこから出てきた。花びらのようにやわらかいピーチ色の絹の上下を着ていた。

一瞬だれも口をきかなかった。

やがて、あらわれたエヴィアン卿がばつの悪そうな笑みを浮かべた。

「どのくらいお聞きになったのかしら」クローディアは腰に手をあててきいた。

卿はハンカチを取り出して、顔の汗をぬぐった。「かなりですかね。たぶん」

「そのしぐさ、やめて」クローディアは怒り狂っていた。

彼はジェアドにちらと目をやって、それから興味深げに〈鍵〉を見た。「これはまたおもしろい装置ですな。これが存在すると知っておったら、天国から地獄までかけずりまわって、探したものを」

クローディアは憤懣やるかたない調子で息をついて、背を向けた。その背に向けて、エヴィアン卿は抜け目なく声をかけた。「あの若者がほんとうにジャイルズさまなら、それがどういうことか、おわかりですね」

彼女は答えない。

「つまりクーデターに、錦の御旗ができた、というわけですよ。おまけに立派な大義名分でもある。あなたはまさに痛快なことをおっしゃった。まことのお世継ぎ、と。これこそ、あなたが約束してくださった情報ですかな」

「そうよ」彼女はふりかえって、彼の恍惚とした表情を目に入れた。それは以前のときと同じように、体がぞっと冷たくなるようなものだった。「でも、エヴィアン卿。言っておきますが、わたしたちのやり方でやります。まず最初に、わたしがあの門から入ります」

「おひとりではまずいですな」

「ひとりではありませんよ」ジェアドがすばやく言った。「わたしも行きます」

彼女は驚いて彼を見つめた。「先生……」

「クローディア、一緒に行くか、ふたりとも行かないか、です」

〈宮殿〉でトランペットが鳴り響いた。クローディアはぎくりとして、建物の方を見やった。「いいわ。でも絶対に暗殺はなしです。わかりました？　ジャイルズが生きていることを、民に知らせて、彼をみなの前につれていけば、いかに女王さまでももう否定はできないはず……」

ふたりを見つめているうちに、語尾がたよりなく消えた。ジェアドは草から摘んだ小さな白い花を不安げにもてあそび、指でつぶして香りを立てていた。彼女を見ようとしなかった。エヴィアン卿はこちらを見つめていたが、その小さな目は憐れみに近いものをたたえていた。「クローディア、あなたはまだそこまで無邪気なんですか」と言って近づいてきた。彼女とほとんど背丈の変わらぬ男は、日差しの中で汗を掻いている。「民人がジャイルズさまとまみえることはありえませんな。女王がそれを阻止する。あなたも彼も容赦なく殺される。あなたのお話にあったあの老人のように。ジェアドも、そのほか陰謀について知っていると思われたものもみな同じ運命だ」

クローディアは顔がほてるのを感じながら、腕組みをした。恥ずかしかった。幼い子どもに優しく説きさとすような言い方をされたのが、なお悪かった。もちろん、エヴィアン卿の言うとおりなのだ。

「敵は殺さねばなりません」エヴィアン卿の声は低くしたたかだった。「のぞかねばならない。そのことはいま決めておかねば。その時がくればいつでもそうできるように」

クローディアは彼を見上げた。「いやです」

「いやとは言えません。もうその時は目の前だ」

ジェアドが花を落として、首をめぐらした。ひどく青ざめた顔だった。「少なくとも婚礼が終わるまでは、待っていただかなくては」

「婚礼は二日後ですぞ。それが終われば行動にうつる。おふたりとも詳細は知らないほうがよろしいでしょうな……」卿は手をあげて、何か言いかけたクローディアの言葉を封じた。「クローディア、どうぞわたしに尋ねないでいただきたい。もしもうまく行かずに、あなたが尋問を受けるようなことになっても、知らなければ、何ももらさずにすむ。あなたは決起の時も、場所も、手段も知らない。〈鋼の狼〉が何者かも知らない。あなたは糾弾されずにすむ」

わたし自身以外にはね。クローディアは苦く考えた。カスパーは強欲な暴君で、このさきも悪くなる一方だろう。女王は虫も殺さぬ顔の殺人者だ。ふたりはこのさきも〈規定書〉を押しすすめていくだろう。決して変わるまい。だがそれでも、クローディアは自分の手をふたりの血で汚したくなかった。

トランペットがもう一度、さらにせっぱつまった調子で鳴り響いた。「行かなければ」クローディアは言った。「女王さまが狩りに行かれるので、わたしも」

エヴィアンはうなずいて背を向けたが、ふた足も歩かぬうちに、彼女は言葉を押し出した。「待って、あとひとつ」

ピーチ色の絹がうすく光った。蝶々が興味をひかれたように、その肩にまつわってきた。

「父上のこと。父上は？」

美しい青空に向けて、〈宮殿〉の千の塔のひとつから、ばたばたと鳩が飛びたった。エヴィアンはふりかえらず、その声はあまりにしずかで、かろうじて聞き取れる程度だった。「あの人は危険です。このことといっさいにからんでいる」

「父上には手を出さないで」

「クローディア……」

「お願い」彼女は両こぶしを握りしめた。「父上は殺さないで。わたしに約束して。誓って。でないと、いますぐ女王のところに行って、すべてをぶちまけます」

さすがに驚いて、エヴィアン卿はふりかえった。「まさかそんな……」

「わたしのことを、よくわかってらっしゃらないようね」

鉄のような冷たさで、彼女は卿に対した。わたしの強情だけが、父の心臓にナイフを近づけないですむのだ。父が自分の敵、微妙な意味での敵、チェス盤の向こうの冷やかな対戦相手であることはわかっている。だが、それでもわたしの父なのだ。

エヴィアン卿はジェアドに一瞥を投げてから、長い苦しげな息をついた。「いいでしょう」

「誓って」彼女は手を出して、相手の手をつかみ、ぎゅっと握った。熱くてじっとりした手を。

「ジェアドが証人よ」

しぶしぶながら、彼は、クローディアと組み合わせた指を持ち上げられるにまかせた。ジェアドがその繊細な手を上にのせた。

「わたしは誓う。〈領国〉の貴族として、〈九本指のお方〉の信奉者として」エヴィアン卿の小さな灰色の目は陽光を浴びて白っぽく見えた。「〈監獄〉の〈管理人〉は殺さないと」

クローディアはうなずいた。「ありがとう」

彼女とジェアドは、エヴィアン卿が手を放し、絹のハンカチで神経質にその手をぬぐいながら遠ざかるのを見送った。その姿は緑のライムの並木道を下っていって消えた。

彼がいなくなるとすぐに、クローディアは草の上に座り、青いドレスの下で膝をかかえた。「ああ、先生、何もかもうぐちゃぐちゃで、わけがわからない」

ジェアドはほとんど聞いていないようだった。こわばりをほぐすかのように、おちつきなく身を動かしていた。それから急に止まったので、蜂に刺されたのかとクローディアは思った。

「〈九本指のお方〉とはだれですか」

「え？」

「エヴィアンが言った言葉ですよ」彼はふりむいた。その黒い目には、クローディアが見慣れたあのすさまじい集中が浮かんでいた。ときに、何昼夜もぶっとおしで実験に打ち込むときの、あの集中力だ。「そんな秘密結社をきいたことはありますか」

彼女は乱暴に肩をすくめた。「ないわ。それに、そんなことを考えてるひまはないわ。聞いて。今晩、宴が終わったら、女王さまの御前会議があるの。大きな宗教会議で、婚礼や即位のいろいろな段取りを決めるの。カスパーも〈管理人〉も秘書も、重要人物は全員出るわ。とちゅうで抜けたがる人はいない」

「あなたも？」

彼女は肩をすくめた。「先生、わたしのこと、何だと思ってるの？　チェス盤上の歩よ」と笑った。ジェアドが嫌いだと百も承知の、苦い意地悪な笑い方で。「だから、わたしたちはそのとき〈監獄〉へ入るのよ。今回は、絶対安全よ」

ジェアドは優しくうなずいた。顔はやつれていたが、さきほどの興奮の名残はあった。「クローディア、わたしたち、と言ってくれて嬉しいですよ」小声で言った。

彼女は顔を上げた。「先生のことが心配なの。どんな場合でも」淡々とそう言った。

ジェアドはうなずいた。「ふたりとも同じ運命ですよ」

ふたりはしばらく黙っていた。

「女王さまがお待ちでしょう」

だがクローディアは行こうとはせず、ジェアドが見ると、その顔は張り詰めて、遠いものを見つめていた。「あのアッティアっていう子、妬《や》いていたわ。わたしのこと」

「そうですね。とても近しい間柄なんでしょう。フィンとあの仲間たちは」

クローディアは肩をすくめた。立ち上がって、ドレスから花粉をはらい落とした。「いいわ。いまにわかることだもの」

24

〈監獄〉に入る鍵を探し求めるのか。

汝の内側を探すがよい。鍵はつねにそこに隠されている。

『〈夢の鏡〉からサフィークへの言葉』


この〈知者〉の塔は妙だな、とフィンは思った。

彼とケイロとアッティアは言われた言葉をそのままに受け取って、その日は暮れるまで、そこいらじゅうを探検してまわったが、どうにも首をひねるようなことがいくつかあった。

「たとえば食い物だ」ケイロが鉢から小さな緑の果物を取り上げ、用心深く匂いを嗅いだ。「これは生えたものだな。だけど、どこに生えた？　ここは何マイルもの上空で、下りるすべもない。まさかあの銀の船で市場に通っているとも思えん」

下りるすべがないと知ったのは、寝台のある基底部の部屋部屋がむきだしの岩の上に建てられていたからだ。小さな石筍が家具のあいだに生え、天井からはカルシウムのつららがさがり、一世紀半におよぶ〈監獄〉の生活の上に瓦礫が積もっている。フィンはそうしたものが形成されるには、もっと長い時間、おそらく一千年ほどかかるだろうと思っていたのだ。

アッティアの後ろについて、厨房から倉庫や観測室を、ぶらぶらめぐってゆくうちに、ふと一瞬、おそろしい白昼夢に魅入られて吸いこまれるような気がした。もしかしたら〈監獄〉はそれ自体がひとつの世界で、老齢で生命を持ち、自分はその中のバクテリアのような微生物にすぎず、クローディアも住民のひとりで、そしてサフィークその人すらさえ、〈脱出〉不可能の恐怖に耐えかねた〈囚人〉たちの生み出した夢にすぎないのではないか。

「それにあの書物の山だ」ケイロは図書室の扉を押しあけ、いとわしげに眺めた。「あんなたくさんの本が必要なやつがいるのか。そもそも読むつもりがあるのかよ」

フィンは彼のそばを通りすぎた。ケイロは自分の名前さえ読めるかどうかあやしく、それを鼻にかけていた。一度、ジョーマンリックの取り巻きのごろつきが壁になぐり書きをしたのを、自分への侮辱ととって、大げんかをしたことがある。命は助かったものの、ケイロはさんざんぶちのめされた。その落書きは侮辱どころか、むしろ彼への裏返しの賛辞だったということを、フィンは彼には言えなかった。

フィンは読み書きができた。だれから教わったのかわからないが、ギルダス以上によく文字が読めた。ギルダスは半分口の中で音読しなければならず、本は今までに十冊ほど読んだことがあるだけだった。その〈知者〉はいまここで、図書室の中心のデスクに座って、ふしくれだった両手で革装丁の写本をめくりながら、手書きの文字に目を近づけている。

その周囲をぐるりと取り巻いて、ほの暗い天井にまでそびえたつ本棚には、ぶあつい本がびっしりと並んでおり、すべて金文字のナンバーが入り、緑と栗色の表紙で装丁してあった。

ギルダスは頭をもたげた。さぞかし深い感動にうちふるえているのかと思いきや、その声は辛辣だった。「書物だと？　ここには書物などないわい」

ケイロが鼻を鳴らした。「じいさんよ、自分で思ってる以上に目が悪いんじゃねえか」

いらいらと、老人は首をふった。「ここの書物は役に立たん。見ろ。名前と、ナンバーだけだ。何もまともなことは書いておらん」

アッティアが一番手近の棚から一冊とり、フィンはその肩越しに眺めた。本は厚くほこりをかぶり、ページの隅は虫に食われ、乾燥しきってぱらぱらとはがれ落ちる。そのページに名前のリストがあった。

マルキオン
マスカス
マスカス　アトール
マテウス　プライム
マテウス　ウムラ

それぞれのあとに数字がふってある。八桁の長い数字だ。

「囚人の名前かな」フィンが言った。

「たぶん。名前のリストね。これが何冊もある。〈翼棟〉ごと、階層ごとに、何世紀分も」

それぞれの名前の隣には、小さな四角に囲まれた似顔絵があった。アッティアはその一つに触れて、あやうく本を取り落としかけた。フィンもうっと息を呑んだので、ケイロがテーブルに飛んできて背後に膝をついた。

「これは、また」

それぞれの名前の後ろに、一連の映像がページ上でめまぐるしく点いたり消えたりしていた。アッティアが小さな指先でひとつをちょんと突くと、それは停止して、みるみる大きな映像へと展開した。ページをいっぱいに埋め尽くしているのは、黄色の上着を着た背のまがった男の映像だ。アッティアが指を放すと、映像はまた波打ちはじめ、同じ人物が、通りにいるところ、旅行しているところ、暖炉のそばで語らっているところ、眠っているところなど、人生の何百もの場面を映し出した。それはカタログ化された人間の一生で、見ているうちに男の身体は、しだいに老いてゆき、背がまがり、杖にすがり、物乞いをし、何かの恐ろしい皮膚の病に冒されていった。

それからいっさいが消えた。

フィンがしずかに言った。「〈目〉だ。〈目〉たちは監視するだけじゃなく、記録しているんだ」

「だけど、このブレイズという男は、どうやってこれだけのものを集めたんだ?」そこで、ケイロがはっと衝撃を受けて、頭をあげた。「おれの映像もここにあると思うか」答えを待たずに、Kと書いてある書棚に近づき、長い梯子を見つけて、書物にたてかけ、かるがると登っていった。本を次々に抜き出しては、いらだたしげに元の場所に押しこんでゆく。

アッティアは***A***のセクションに向かい、ギルダスも読書に没頭していたので、フィンも***F***の項目を見つけて、自分自身を探した。

フィムノン
フィンマ
フィミア
フィモス　ネポス
フィナラ
ページをめくる指はふるえ、文字をたどってゆくうちに、やっと見つかった。
フィン
彼はそこを凝視した。フィンは十六人いたが、彼は最後だった。見慣れた黒い文字で、彼のナンバーがあった。〈小房《セル》〉の中で着ていたオーバーオールに書かれていた数字で、もうすっかり暗記してしまった。その隣には小さな映像があった。ふたつの三角形が重なった形で、ひとつは逆向きだった。星だ。不安で死にそうになりながら、彼はそれに触れた。
映像が生み出された。白いトンネルの中を這っている彼。
彼はすぐにそれを止めた。
すると、もう少し若く、清潔な身なりの彼、恐怖と涙ながらの決意に満ちた顔の彼があらわれた。
見ると、胸が痛んだ。映像をさらに戻そうとしたが、それが最初の映像で、それ以前には何もなかった。
何も。
心臓が高鳴った。ゆっくりと映像を先へスクロールした。

彼とケイロ。〈兵団〉の面々。彼が戦い、ものを食べ、眠っている。一度、笑っている映像があった。成長、変化。そして喪失。このさきが見えるような気がした。たえまなく移り変わる映像が、しだいしだいに厳しく油断のない、きつい表情の人間に変わってゆく。いつも、ケイロの諍いやはかりごとの背後にいる自分。一つの映像にはぎくりとした。痙攣しながら身をまるめている自分のゆがんだ顔を見てとって、嫌悪感に身がふるえた。あわてて映像を先へ進め、ひとつひとつが見えないほどの高速で動かし、最後にぐっと押して停止させた。

あの襲撃の場面だ。

鎖を半分解かれて、茫然自失しながら、マエストラの腕にすがりついている自分。彼女は落ち込んだ罠に気づいたばかりのようだ。奇妙に傷ついた顔、ほとんど打ちのめされたような表情。その笑顔はすでにこわばっている。

このさきがあったら、もう見たくない。

彼がバンと本を閉じる音が、静かな室内に大きく響き、ギルダスがぶつぶつ言い、アッティアがこちらを見た。

「何か見つかったの？」

彼は肩をすくめた。「新しいことは何も。きみたちは？」

ふと気づくと、アッティアはいつのまにかAのセクションを離れ、Cの書棚の間にいる。「なぜそこにいるんだ？」

「ブレイズが〈外〉はない、と言ったよね。あたし、『クローディア』を探してみようと思って」

ぞっとさむけがした。「で？」

彼女はぶあつい緑の本を手にしていた。すぐにその本を閉じて、向こうを向くと、棚にもどした。

「なかった。ブレイズはまちがってる。あの人は〈監獄〉の中にはいない」

どこか奥歯にものがはさまったような物言いだったが、それについて考える間もなく、ケイロの怒りのうめき声に、彼はふりかえった。

「やつめ、おれのいっさいがっさいを、ここに残してる。全部だ」

ケイロが赤ん坊のときにふた親を失い、薄汚ない浮浪児集団の中で大きくなったことを、フィンは知っていた。それはいつも〈兵団〉の周縁をうろうろしている集団で、戦士の私生児や、殺された女の子ども、だれも素性を知らない子どもたちから成っていた。その中で食べ物を確保して、生きのび、しかも獰猛な仲間にもまれながら、ケイロのように顔に傷を作らぬままでいるには、なみなみならぬ根性が要る。だからこそフィンの〈義兄弟〉は、いつもぴりぴりと警戒のとげを立てているのだろう。

ケイロも勢いよく、バンと本を閉じた。

「おまえのけちな過去なぞ忘れろ」ギルダスが顔をあげた。とがった顔が輝いている。「本物の本を読め。これはカリストン卿、自称〈鋼の狼〉という男の日誌だ。最初の〈囚人〉と言われている」彼はページをめくった。「ここにすべてが書いてある。〈知者〉の〈登場〉、最初の罪人たち、〈新秩序〉の確立。当時の人数はかなり少なかったようだが、そのころはお互いどうしで話すのと同じように、〈監獄〉に話しかけたのじゃ」

いまやギルダスの声には畏怖がこもっていた。

みなは彼のまわりに集まってきた。その本は他のものより小さく、文字は正真正銘の手書きで、紙にひっかかるペンでもって書かれていた。ギルダスはページをたたいた。「あの娘の言ったとおりだ。〈監獄〉は、あらゆる問題を封じこめる場所として設立されたが、それは同時に、完璧な社会を創造するという希望のあらわれでもあった。それがうまくいっておれば、わしらはとうの昔に悟りすました哲学者になれておったはずじゃが。ここに、こうある」

彼は持ち前のきしむような声で読み上げた。

「すべての備えは万全であり、すべての不測の可能性は把握されていた。われらは滋養に富んだ食物、無料の教育、〈規定書〉にすでに支配されてしまった〈外〉以上に高い医療水準をもっていた。〈監獄〉には規律があった。目に見えぬ存在がわれらを見張り、罰を与え、支配するのだ。

だが、しかし。

すべては腐敗する。反体制派が結成されつつあった。テリトリーをめぐる争いが起きた。婚姻関係や家系どうしの反目が複雑化してゆく。すでにふたりの〈知者〉が信奉者を率いて出奔し、自分たちだけでまとまって暮らすようになった。殺人者がこわいし、盗人はいつまでも盗みつづけるから、と言うのだ。人が殺され、子どもが襲われた。先週、ふたりの男が女を争って戦った。〈監獄〉は介入した。以後、ふたりの姿は見えなくなった。

ふたりとも死んで、〈監獄〉が彼らを自らのシステムに統合してしまったのだと、わたしは思う。死刑の規定はなかったのだが、〈監獄〉がいまやすべてを取りしきっていた。〈監獄〉はみずから考えるようになったのだ」

沈黙の中で、ケイロが言った。「それでうまくいく、とやつらは本当に思ったのかね」

少しして、ギルダスはページをめくった。静かななかに、そのつぶやくような声ははっきり響いた。

「そうらしいの。カリストン卿は何が誤っていたかについては、明言しておらん。もしかしたら、計画外の要素が入りこんで、バランスを崩したのかもしれぬ。ほんのひとことの意見、ひとつのささいな行動がひきがねとなって、完璧なエコシステムの中の微少な欠点がじわじわと肥大し、システムを破壊してしまったのかもしれぬ。あるいは〈監獄〉そのものが機能不全に陥り、暴君と化したのか――おそらく、起きたのはそちらじゃろう。しかし、それは原因なのか、結果なのか。それから、今度はこうある」

彼が言葉を指でたどりながら読み上げるのを後ろからのぞきこんだフィンは、そこに下線がひいてあり、ページが汚れているのに気づいた。だれかが何度もそのページをひねくりまわしたかのようだ。

「……あるいは人間は、みずからのうちに悪の種子を内包しているのだろうか。おのれのために完璧に作られた楽園に置かれたとしても、みずからの嫉妬や欲望で、それをゆっくりと毒してゆく存在なのだろうか。わたしは、人間が、みずからの腐敗を〈監獄〉のせいにして、〈監獄〉を責めているのではないかと思う。このわたしも例外ではない。人を殺し、またおのれの利益のみを求めたからだ」

部屋を領した大いなる沈黙のなか、天井からさしこむ光の柱を通って、細かな塵がはらはらと落ちてゆく。

ギルダスは本を閉じた。フィンを見上げた顔は灰色だった。「ここに長居すべきではないの」重苦しい声だ。「ここは死んだ塵がふりつもり、疑惑が心にしのびこむ場所じゃ。行こう、フィン。ここは避難所ではない。罠の中じゃ」

塵を踏んでくる足音に、みなは顔をあげた。ブレイズが、さしいる陽光の柱をぐるりととりまく回廊に立って、手すりをきつくつかみ、こちらを見下ろしていた。

「諸君には休息が必要だ」おだやかな声で言った。「そもそも、ここから下りるすべはないだろう。わがはいが連れていくつもりにならないかぎり」


クローディアは念には念を入れていた。割り当てられたすべての部屋にスキャナーを設置し、自分やジェアドがベッドで平和に眠っているホログラム映像をしかけ、家令補佐にはたっぷり賄賂をはずんで、会議の進行具合や、婚姻条約の条項の数、式のすべてが終わるまでの時間を聞き出した。仕上げにエヴィアン卿に会って、何でもよいから話題をひきのばすように頼んだ。真夜中を十分過ぎるまで、父親を大広間にとどめておくためだ。黒っぽい身なりで大小の樽のあいだにすべりこんだクローディアはようやっと、階上のいつはてるともしれない宴会から解放され、実体のない影にでもなったような気がした。上では、慇懃な嫌みの応酬のほかに、女王の赤い唇から出るうんざりするほど甘たるくなれなれしい言葉の数々もあった。女王はクローディアの手をとって握りしめながら、うっとりした口調で、ふたりの幸せな生活、新たに建てる宮殿、狩り、舞踏会、そしてドレスのことなどをしゃべり続けていた。カスパーは女王をにらみつけたまま、やたらと酒をあおり、隙を見つけるや、脱兎のごとくその場をすべり出て、小間使いのだれかをひっかけに行った。そして、黒いフロックコートにぴかぴかの長靴姿の父親は、長テーブルの彼方から、蝋燭と花のあいだを縫うようにして、一度だけすばやく彼女に視線を合わせてきた。

わたしが何かをたくらんでいるのを、察しているのだろうか。

いや、うだうだ考えている暇はない。クローディアは頭をさげて蜘蛛の巣の下をくぐったあと、立ち上がろうとしたところで、長身の姿にぶつかり、驚いて悲鳴をあげかけた。

相手は彼女をつかまえた。「すみません、クローディア」

ジェアドも黒い服を着ていた。彼女は相手をぐっとにらんだ。「ほんとうに、わたしをおどかさないで。全部、もってきてくださった？」

「はい」彼の顔色は悪く、目の下にはくまができていた。

「先生のお薬も？」

「何でもすべて、持ってきました」彼はよわよわしくほほえんだ。「だれでも、わたしをここの見習いだと思いますよ」

クローディアは彼を元気づけようと、笑みを返した。「うまくいくわ。先生、調べるのよ。〈内〉を見てみなければ」

彼はうなずいた。「では、急ぎましょう」

クローディアは先に立って、天井が穹窿をなす廊下を通りぬけていった。今夜は、この前よりも煉瓦がしめっているのか、塩分のしみでた壁の発する悪臭で、呼吸が苦しい。

門も前より高く見え、そこに近づいたクローディアは、扉にまた鎖がかかっているのを見た。鎖の輪のひとつひとつが彼女の腕よりも太い。しかし、ぞっとしたのは、太った大きなカタツムリの群れだ。あたかも何世紀もそこに棲息していたかのように、金属にこびりついた半透明の物質の上を、銀色の跡をひきながらジグザグに這い回っている。

吐き気をこらえながら、クローディアは一匹をはがした。ぽすっと音をたててとれてきたカタツムリを、投げすてる。「ここよ。父さまがこの錠に数の組み合わせを打ち込んでいたわ」

そこにはハヴァーナ朝の鷲が大きな翼を広げていた。それがつかんでいる球体には、小さな七つのまるい窪みがあった。それに触れようとしたとき、ジェアドに指をつかまれた。

「待って。もし違う組み合わせを入れてしまったら、アラームが鳴ります。もっと悪ければ、ここから出られなくなるかもしれない。クローディア、よくよく気をつけなければ」

彼は小さなスキャナーを取り出し、錆びた鎖のあいだにしゃがみこむと、ごくおだやかなしぐさで、解読と調節を始めた。

じれったくなったクローディアは、引っ返してワインセラーを再度チェックして、また戻ってきた。

「先生、急いで」

「これは急ぐわけにはいきません」彼は作業に没頭し、おちついて指を動かしていた。

何分もたち、クローディアはあせりで、いてもたってもいられなくなった。〈鍵〉を取り出し、彼の後ろでそれに見入った。「あの、もしかして……」

「クローディア、待ってください。最初の数字はほぼ確定できました」

何時間もかかるかもしれない解読作業だ。扉にはディスクがついており、まわりの金属よりわずかに明るい、緑がかったブロンズ色に輝いていた。ジェアドの頭上に、クローディアは手をのばし、そのディスクを横にすべらせた。

鍵穴だ。

クリスタルと同じ六角形。

クローディアは手をのばして、鍵をそこにさしこんだ。

たちまち〈鍵〉は彼女の手を離れて飛びこんだ。

大きなガタンという音がして、クローディアは悲鳴をあげ、ジェアドもあわてて飛びのいた。〈鍵〉はひとりでに回っていた。鎖が砕ける。錆が落ちる。門がふるえながら、開いた。

体をたてなおすと、ジェアドはあらゆるアラーム装置をあわただしく探査しながら、かすれ声でささやいた。「クローディア、なんて大それたことを」だが、彼女は平気だった。門が、〈監獄〉の門が開いたので嬉しくて笑っていた。わたしは〈監獄〉を解錠したんだ！

最後の鎖がすべり落ちた
いくつものワインセラーにそのこだまが響いた。

ジェアドは雑音がすべて消えるまで、じっと待った。

「どう？」

「だれも来ませんね。上は万事、異常なしというところですか」彼は片手で額の汗をぬぐった。

「聞こえないほど地下深くに来てしまったんですね。クローディア、わたしたちは分を越えた深みにはまってしまいましたよ」

彼女は肩をすくめた。「フィンを見つけることは、分を越えてないわよ。それにフィンは自由になるのが、当然の分なんだから」

ふたりは暗い隙間を見つめて、じっと待った。クローディアは、〈囚人〉の一団がわっと飛び出してくるのを、予想しないでもなかった。

だが、何も起こらない。それで前に進んで、門を開けた。

そして〈内〉をのぞいた。

25

わたしはかつて、林檎をひとつ食べた娘の話を読んだことがある。だれか賢明な〈知者〉が与えたのだ。それを食べたおかげで、娘はものごとが違って見えるようになった。金貨と見えていたものは、枯れ葉だった。豪華な服は、蜘蛛の巣でできたぼろだった。そして全世界は塀の中に囲いこまれており、その門には鍵がかかっていることを知った。

わたしも体が弱ってきた。ほかの者はみな死んだ。鍵は完成したが、もう使う元気が残っていない。

「カリストン卿の日記」

ありえない。

彼女は凍りついたように立ち尽くした。希望ががらがらと音をたてて崩れ落ちた。

はりめぐらされた暗い廊下、迷宮のような〈小房《セル》〉の数々、ネズミが走りまわるしめった石の通路、そんなものを予想していたのだ。

だが違った。

　奇妙に傾いた入り口を通ると、そこにあった白い部屋は、父の書斎の完璧なコピーだった。機械類が低い有能なうなり音を立て、天井からひとすじ落ちる光の下に、端然とデスクと椅子が並んでいた。

　クローディアは絶望の息を吐いた。「まるっきり瓜二つだわ」

　ジェアドは注意深くあたりをスキャンしていた。「〈管理人〉どのは実に細部まで行き届いたお方のようですね」スキャナーを下ろした彼の顔は、クローディアと同じほど放心状態だった。「クローディア、門が開いた今こそ、わかりましたよ。〈監獄〉がこの下にあるのではない。地下の迷宮などはない。この部屋だけがすべてです」

　呆然と、クローディアはかぶりをふった。それから足を踏み入れた。

　すぐに、以前に父の部屋に入ったときと同じ効果を感じた。奇妙にあたりがぼやけ、かちかちという音がし、床が足の下でなめらかにのびてゆき、壁がまっすぐそびえたつ感じ。空気さえ室内ではひんやりと乾いた感じで、ワインセラーの湿気とは違う。

　彼女はふりむいて、ジェアドを見つめた。

「どうもこれは妙ですね。これは特別な転移《シフト》ですよ。前に言ったように、この部屋とセラーは……地続きではないような」

　彼はクローディアのあとについて入ってくると、黒い目を大きく見開いた。だが失望に打ちひしがれていたクローディアは、それどころではなかった。

「なぜ、父さまの書斎のコピーがここに?」彼女は近づいていって、腹立ちまぎれにデスクを蹴った。「ここも、あっちと同じで、まるで使ってないみたい」

ジェアドは魅入られたようにあたりを見回していた。「ほんとうに全く同じですか」

「どこもかしこも細かいところまでおんなじだわ」彼女がデスクに身を乗り出して、〈監獄〉というパスワードを告げると、引き出しが流れ出てきた。思ったとおり、中には、クローディアのとまったく同じ〈鍵〉が入っていた。「父さまは〈鍵〉をうちとここに置いていたんだわ。でも〈監獄〉はどこかほかの場所なのね」

あまりにがっくりした声だったので、ジェアドは心配そうに目をやり、そばに寄った。しずかに言った。「そんなにご自分を責めることは……」

「フィンには、入る手立てを見つけた、と言っちゃった」彼女はぞっとして、自分の体を抱きしめるようにした。「わたしたち、これからどうなるの？　明日になったらカスパーと結婚するか、反逆罪で死刑になるか」

「または、あなたが女王になるかです」

クローディアはじっと彼を見た。「または、女王。でも、そのために血の池に手を浸して、それに一生つきまとわれるんだわ」

彼女はその場を離れ、低いうなりをたてる銀色の器械を見つめた。うしろでジェアドが「少なくとも……」と言うのが聞こえた。

そして、ふいに言葉を切った。

言葉の続きが気になって、ふりかえってみると、彼は〈鍵〉の入った開けっぱなしの引き出しの上にかがみこんでいた。ゆっくりと背をのばし、ちらと彼女に目を流した。興奮にかすれた声で、こう言った。

「これはコピーではありません。同じ部屋です」

クローディアは目を見張った。

「ごらんなさい、クローディア。こちらへ来て」

〈鍵〉。〈鍵〉は黒ビロードの上にのっており、彼が手をのばしてふれると、クローディアが仰天したことに、指はその中を通りぬけて、下のやわらかなクッションに届いたのだ。それはホログラムの映像だった。

クローディアがそこに仕掛けた映像だ。

彼女はあとずさって、あたりを見回した。すばやく身を伏せて、椅子の脚のまわりを探しまわった。「もしも同じ部屋なら、たぶん……」はっと息を呑んで、混乱の叫びとともに飛び上がった。小さな金属片を手にしていた。「これ、前にもここに落ちてたのよ。いったい、どういうわけ？　同じ部屋だなんて、どうしてありえるの？　あの部屋は、うちにあったのよ。何マイルも離れた」彼女は開いた扉を見つめ、その先の〈宮殿〉のうすぐらいワインセラーの部屋部屋を見やった。

ジェアドのほうは、恐れなど消し飛んでしまったようだ。細面の顔が輝いている。金属片を手に取って、しげしげと眺めたあと、ポケットから小さな袋を取り出し、その中に入れて封をした。そうして、椅子にスキャナーを向けた。「ちょうどここに、妙な場所がありますね。空間の裂け目が深くなっているというか」くやしそうに顔をしかめた。「ああ、クローディア、もっとましな器具があれば。〈規定書〉のせいで、〈知者〉の活動がこうも長く妨げられてさえいなかったら！」

「気がついた？　この椅子は床に留めつけてあるわよ」

初めて見てとったのだが、椅子は金属の留め金で床に固定されていた。クローディアはそのまわりをひとめぐりした。「なぜ、この位置に？　デスクから遠すぎるじゃない。ただし、ライトが真上だけど」

ふたりは照明を見上げた。細く、わずかに青い光が椅子の上にこぼれているばかりだ。かろうじて本が読めるくらいの明るさだ。

背筋の凍るような考えが浮かんだ。「先生……ここ、まさか拷問部屋じゃ？」

彼はすぐには答えなかった。だが、なめらかな声音に、クローディアはほっとした。「違うと思いますね。拘束具もないし、暴力の跡もない。父上がそんな道具を使う必要があったと思いますか？」

それには答えたくなかった。それでこう言った。「見られるかぎりのものは見たわ。出ましょう」

もう真夜中を過ぎていた。いまにも足音が聞こえはしないかと、全身で聞き耳を立てていた。

ジェアドが不承不承うなずいた。「でもクローディア、この部屋には秘密が隠されていますよ。わたしは全世界をなげうってでも、この秘密を解き明かしたいです。もしかしたら、ここそ門かもしれない。われわれが見過ごしているものがあるかもしれない」

「ジェアド、もう十分よ」

クローディアは門に向かい、通りぬけた。ワインセラーは陰気にしずまりかえっている。アラームはすべて正常の位置にあった。だが、それでも恐怖が去らない。黒い人影がいくつもこちらを見張っているような気がする。ファックスがそこらにいるかもしれない。父親が、さっきわたしの立っていた影にいるかもしれない。ブロンズの門がいきなり閉まって、ジェアドが出られなくなるかもしれない。あせったクローディアに引っ張り出されて、彼はひっくり返りそうになった。

〈鍵〉をつかんで鍵穴から抜き出すと、門はほとんど音もなく、するすると元のように閉まり、鎖もひとりでにつながって、もとの位置にもどった。カタツムリたちは全く動ぜず、すりへった鷲の翼の上をぬらぬらと移動しつづけている。

クローディアは無言で、〈知者〉の黒い姿のあとについて、樽の列の中を通りぬけていった。失望と敗北感で、言葉もなかった。こうなった今、フィンは自分をどう思うだろう。さぞかしケイロはあざ笑い、あの少女はほくそえむことだろう。クローディア自身にとっても、自由な日はあと一日だ。

階段のてっぺんで、彼女はジェアドの袖をつかんで、引き留めた。「わたしたち、別々にもどったほうがいいわ。いっしょにいるところを見られないほうが」

彼はうなずいた。闇の中で、彼がすこしだけ赤くなったような気がした。「ではあなたが先に。気をつけて」

クローディアは動かずに、暗い声で言った。「もうおしまいね。すべては終わった。フィンは、けっきょくあの場所で朽ち果てていくんだわ」

ジェアドは柱に背をあずけ、深呼吸した。「クローディア、気を落とさないで。〈監獄〉は、すぐそこです。わたしには確信がある」彼はポケットから何かを取り出した。驚いたことに、それはあの床に落ちていた金属片を、小袋に納めたものだった。

「それ、何なの」

「わかりません。明日、ここにある〈知者〉の塔を利用して、試しにすこし調べてみます」

「先生はいいわ」彼女は苦い顔をそむけた。「わたしが試すのは、ウェディングドレスよ」

彼が答えられずにいるうちに、クローディアは階段をすべるようにのぼって、蝋燭に照らされた廊下に消えてしまった。真夜中の静寂の中に、〈宮殿〉内のささやき声が響く。

ジェアドは、その小さな金属片を指先にはさんで回してみた。しめった髪を後ろになでつけ、ゆっくりと息を吐いた。

あの奇妙な部屋のおかげで、しばらくは苦痛さえ忘れていた。だが、いまそれは、あたかも彼を罰するかのように、ひどくなってよみがえってきた。

何時間もブレイズの姿は見かけていない。消えてしまったようだが、どこに行ったのか、フィンにはわからなかった。

「この塔の中に、おれたちがまだ見てない部分があるよな」ケイロがつぶやいた。「それは出口さ」

彼はベッドに大の字になって、白い天井を見上げている。「それにあの本の山についての与太話だが――おれはひとことも信じないぜ」

ブレイズは、〈監獄〉の記録についての質問を一笑に付した。「この塔はからっぽだった。おそらくあれだけの書物を収めるためだけに造られたのだ」と、夕食の席でパンを回してくれながら言った。「わがはいはここを発見して、気に入ったので、越してきた。あの映像がどうしてここに保管されることになったのかはまったく知らないし、あれを読む時間も読む気もない」

「でもあんたは、ここが安全だと思っておる」ギルダスがつぶやいた。

「安全だとも。だれもわがはいに手を届かせることはできない。〈目〉はすべて撤去したし、〈カブトムシ〉は入ってこれない。もちろん〈監獄〉にはさまざまの監視手段があるし、わがはいも観察されているだろう。他のみんなと同じように、わがはいの映像も本にのっている。けれど、いまこの瞬間は別だ。諸君の〈鍵〉の不思議な力のおかげでね。この瞬間は、われわれはだれからも見られていない」そこでブレイズは笑顔になり、顎のかさぶたをこすった。「もしわがはいにあのような装置があれば、あれを使ってもっと多くのことが学べるのに。まさか、譲ってくれるつもりはあるまいね」

「あいつはほしがってる」ケイロはやにわに身を起こして座った。「ギルダスに笑われたときのあいつの顔、見たろう？　冷たい顔をして、何か思いついたようだった。〈鍵〉をほしがってるんだ」

フィンは膝を立てて床に座っていた。「絶対手に入らないさ」

「どこにあるんだ？」

「安全なところだよ、きょうだい」彼は上着をたたいた。

「よし」ケイロはまた寝転がった。「じゃ、剣をそばから放すな。あのかさぶただらけの〈知者〉の野郎は、どうもうさんくさい。気にくわねえ」

「アッティアによれば、ぼくらは彼の囚人だそうだ」

「あの雌犬め」ケイロの発言は偏見に満ちている。フィンが見ていると、彼は体を返してベッドから下り立つと、切子面をもつ窓ガラスにちらと自分の姿を映してみた。「でも心配はいらん。このケイロさまに考えがある」

彼は上着を着込むと、用心深く扉をまわるようにして出ていった。

ひとりになったフィンは〈鍵〉を取り出して、眺めた。アッティアは寝たし、ギルダスはここへ来てからというもの、どうやら休むひまもなく、書物の山を調べまくっているようだ。フィンはしずかに扉を閉め、そこに背中をもたせかけた。そうして〈鍵〉を作動させた。

すぐに光が点いた。

服が散乱した部屋が見え、そこの光で目が痛くなった。窓ごしにさしこむ太陽だ。〈鍵〉が照らし出す輪の向こうには、大きな重たい木のベッド、壁かけ、そして彫刻をほどこした羽目板の壁があった。それから、息を切らしたクローディアの姿があった。

「前もってちゃんと予告してよ。あなたの姿が人に見られるかもしれないのに」

「だれに？」

「侍女たちと、それからお針子。お願いだから、フィン」

彼女は髪を乱して赤い顔をしていた。白いドレスを着ている。真珠とレースを丹念にかがりつけた胴着。ウェディングドレスだ。

一瞬、彼は言葉を失った。それから彼女は彼の隣に来て、藺草を撒いた床にうずくまるように座った。「わたしたち失敗したの。門を開けたんだけど、それは〈監獄〉に通じる門ではなかったのよ、フィン。全部、ばかげた勘違いだったわ。わたしが見つけたのは、父の書斎に過ぎなかったの」彼女は自己嫌悪に陥っているようだった。

「でも父上は〈管理人〉なんだろ」彼はゆっくり言った。

「とにかく名前はね」彼女は渋面を作った。

フィンはかぶりを振った。「クローディア、きみのことを思い出せたら。〈外〉のことも、何でもかでも」と、顔を上げた。「もしもぼくが本物のジャイルズじゃなかったら？　あの肖像画……ぼくには似ていない。別人じゃないか」

「昔は似てたわ」彼女は頑固に言い張った。身をねじって、絹ずれの音を立てながら、彼の前に来て顔を見つめた。「あのね、わたしはとにかくカスパーと結婚したくないの。あなたが救い出されて、自由になれば、わたしたちの婚約は……でも無理ね。そんなの起こりっこない。でも、アッティアの言ったのは違うわ。わたしはただ利己的なつもりでやってるんじゃない」苦い笑みを浮かべて言った。

「あの子はどこ？」

「寝てると思う」

「あなたのことを好きなのね」

彼は肩をすくめた。「ぼくらがあの子を救い出した。だから恩を感じてるんだ」

「あれを恩だっていうの？」彼女は前方の宙を見つめた。「フィン、〈監獄〉では、人はお互い愛しあったりするの？」

「そういうことがあるとしても、ぼくは見たことがない」だがそのとき、彼はマエストラのことを考えて恥ずかしくなった。ぎごちない沈黙が漂った。クローディアの耳には、隣の部屋で侍女たちがおしゃべりしている声が聞こえた。また、フィンの向こうに窓が曇りガラスになっている小部屋があり、そこから人工の黄昏の光がおぼろにさしこんでいるのも見えた。

匂いもした。それに気づいて鋭く息を吸いこんだので、フィンが彼女を見た。かびくさい不快な匂い、金属的な刺激臭、密封されて永遠にその中を循環しつづける空気の匂いだった。クローディアはやにわに膝立ちになった。「〈監獄〉の匂いがするわ！」

フィンは目を見張った。「匂いなんかしない。それに、どうやって――」

「どうやってかはわからない。でも匂いがわかるのよ」

彼女は飛び立つや、彼の視界から走り出てゆき、やがて小さなガラス瓶を持って戻ってくると、栓を抜いて、陽光の中に軽くふりまいた。

小さなしずくが塵の中に飛び散って輝く。

そこでフィンは声をあげた。その香りは豊かで強く、ナイフのように彼の記憶に切り込んできたからだ。彼は両手で口を押さえ、もう一度、そしてもう一度、吸い込んだ。目を閉じ、必死に考えようとした。

薔薇。黄色い薔薇の庭園。

ケーキにナイフが刺さっていて、自分はそれを押し下げて切った。とてもかんたんで、自分は声を立てて笑ったっけ。指にかけらがついた。甘かった。

「フィン、フィン、フィン！」クローディアの声がはるか彼方から彼をゆさぶり戻した。口の中はからからで、いつものちくちくした感じが皮膚を走った。彼は身をふるわせ、何とか落ち着こうとした。ゆっくりと呼吸し、汗が額を冷やすにまかせた。

クローディアがにじり寄っている。「あなたに匂いがわかるんなら、この滴はあなたのところにまで行ってるんだわ。そうでしょ。いまなら、わたしにさわれるんじゃない？　フィン、やってみてよ」

彼女の手がすぐそばにあった。彼はその手に自分の手をからめ、指を閉じていった。

指は彼女の手を通りぬけ、何も感じられなかった。温かさも、おののきも。彼は後ろにもたれかかり、ふたりとも無言になった。

ようやく彼は言った。「クローディア、ぼくはここから出なきゃ」

「出られるわ」彼女は膝をついて、らんらんと目を輝かせていた。「誓う。わたしはぜったいに諦めない。たとえ父さまのところに行って、膝をついて頼むことになったとしても。わたしはやってみせる」と言って体を返した。「アリスが呼んでる。待ってて」

光の輪が暗くなった。

そこにうずくまっているうちに、体はこわばり、部屋は耐えがたくがらんとしたものに思われてきた。彼は立ち上がり、〈鍵〉を上着につっこみ、部屋を出ると、階段を駆け下りて図書室に飛び込んだ。ギルダスがいらいらと歩き回り、ブレイズは食べ物を並べたテーブルごしに彼を見つめている。

フィンに気がつくと、やせた〈知者〉は立ち上がった。

「いっしょに食べる最後の食事だ」と言って、片手を広げてみせた。

不審の目で、フィンは彼を見た。「食事のあとは？」

「わがはいが諸君を安全な場所につれてゆくから、旅を続けるといい」

「ケイロはどこだ」ギルダスが鋭く言った。

「ぼくは知らない。じゃ、あんたはわれわれを放してくれるのか」

ブレイズはおちつきはらった灰色の目で彼を見た。「もちろんだ。いつでも諸君に力を貸したい。ギルダスの話をきいて、諸君が旅を続けることの意義がわかったよ」

「では〈鍵〉のことは？」

「わがはいは、それなしでやってゆくしかないな」

アッティアもテーブルについて、両手を組み合わせて座っていた。フィンと目が合うと、わずかに肩をすくめた。ブレイズが立ち上がる。「諸君が自由に計画をたてられるよう、失礼するとしよう。食事を楽しみたまえ」

彼の去ったあとの沈黙の中で、フィンは言った。「あの人を見損なっていたな」

「あたしはまだ、あの人は危険だと思ってる。〈知者〉なら、なぜ、自分のできものを治さないのさ？」

「おまえが〈知者〉について何を知っておる。もの知らずな娘だ」ギルダスが低くうなった。

アッティアは爪を噛んでいたが、フィンが林檎のほうに手をのばすと、先にひったくって囓った。「あたしは、お毒味役よ」よく聞き取れない声で言った。「忘れた？」

フィンはかっとなった。「ぼくは〈翼の主〉じゃない。おまえはぼくの奴隷じゃない」

「そうね、フィン」彼女はテーブルの上に身を乗り出した。「あたしはあんたの友だち。そして、それ以上」

ギルダスが腰を下ろした。「クローディアから何か知らせは？」

「失敗したって。門はどこへも通じてなかったたって」

「思った通りじゃ」老人は重苦しくうなずいた。「あの娘は賢いが、あの二人からの助けはあてにできんな。サフィークだけが頼りよ。ひとつ物語があって……」

老人の手が果物に伸びたが、フィンはそれをつかんだ。アッティアから目を離さない。彼女は青ざめた顔で腰を浮かしかけ、ふいに喉を詰まらせた。指から林檎のへたが落ちた。フィンが身を乗り出してつかまえると、彼女は指で喉をかきむしりながら、痙攣した。

「林檎で、喉が焼けそう」あえぐように言った。

26

あなたは軽率に選びすぎましたわ。前もって警告をさしあげましたのに。彼女はあまりにも聡明ですし、あなたはあの〈知者〉を見くびっておいでです。

「シア女王から〈管理人〉へ」（私信）

「毒が入ってたんだ」フィンはテーブルを乗り越えてゆき、アッティアをしっかりつかまえた。彼女は息を詰まらせ、彼の腕をつかんできた。「何とかして！」

ギルダスが彼を押しのけた。「わしの薬品袋を持ってこい。急げ」

貴重な何秒かで、それを探し当てて戻ったときには、ギルダスは、苦痛にのたうつアッティアを脇を下にして寝かせていた。〈知者〉は袋をひっつかんで、中をかき回し、小瓶の蓋を取り、彼女の唇にあてがった。アッティアがもがく。

「喉が詰まってるんだ」フィンが小声で言ったが、ギルダスは悪態をつきながら、むりやりにそれを嚥下させ、アッティアは咳き込みながら、体をひきつらせた。

やがてすさまじい苦悶の声とともに、彼女は嘔吐した。

「よし」ギルダスはしずかに言った。「いいぞ」と少女をきつく抱きしめて、すばやく脈を探り、じっとりした額に手を当てた。彼女はまた吐いて、それからぐったりとのけぞった。蒼白な顔はまだらになっている。

「毒は抜けた？　大丈夫か」

だがギルダスはまだ顔をしかめている。「冷たすぎる」とつぶやいた。「毛布をとってきてくれ。扉を閉めて、見張れ。ブレイズが来たら、ぜったいに入れるな」

「なぜまたあいつが……？」

「馬鹿め。〈鍵〉じゃよ。あいつは〈鍵〉がほしいんじゃ。他のだれがこんなことをする？」

アッティアがうめいた。体がふるえている。唇と目の下が妙に青い。フィンは言われたとおりに、重たい扉を閉めた。

「毒は抜けたのか？」

「わからん。そうは思わん。あっというまに血管に回ったのかもしれん」

フィンは呆然と彼を見つめた。ギルダスは毒には詳しい。〈兵団〉の女たちは毒の専門家で、ギルダスも彼女たちから学ぶことにやぶさかではなかった。

「他に何かできることは？」

「何もないわい」

扉がふるえた。それが肩にぶつかり、彼はすさまじい勢いで剣をぬきはなって、振り返った。そこにはケイロがじっと立っていた。

「こりゃいったい……?」彼の鋭い目は、一瞬に事態を見てとった。「毒か?」

「腐食剤の一種じゃ」ギルダスは少女が嘔吐しながら、もだえるのを見つめた。思い決めたように、ゆっくりと立ち上がった。「わしにはもう何もできん」

「何かあるはずだ」フィンは彼を押しのけた。「ぼくが食ってたかもしれないんだ。ぼくだったかもしれないんだぞ」とアッティアのそばに膝をついて、体をもちあげ、楽にしてやろうとしたが、苦痛のうめきを聞いて手をとめた。怒りと絶望が襲ってきた。「何かしなくちゃ」

ギルダスがそばにしゃがみこむ。きびしい言葉が、うめき声を切り裂いた。「フィンよ、こいつは化学酸だ。体内がすでに焼けただれとる。唇も喉も。もう長くはあるまい」

　フィンはケイロを見た。

「行こう。いますぐだ。やつの船の隠してある場所を見つけた」きょうだいはそう言った。

「この子を置いてはいけない」

「この子は死ぬんだ」ギルダスは、彼女から目をそらさせまいとした。「手のほどこしようがない。あとは奇蹟しかないが、わしにはその持ち合わせがない」

「なら、ぼくらだけが助かるっていうのか」

「この子もそれを望んでおる」

ふたりはフィンをとりおさえようとしたが、彼はふりはらって、アッティアのそばにひざまずいた。少女はぐったりと動かず、褪せかけた打ち身のあとが皮膚にはっきり浮き上がり、息もしていないように見えた。フィンは死を見たことがあった。死には慣れていたが、いまは魂のすべてがそれを拒否しており、マエストラを裏切ったときに感じたやましさがよみがえってきて、熱波のように彼を押し流し、圧倒しかけた。彼は言葉を呑みこんだ。目に涙があふれてきた。

もしも奇蹟が必要なら、アッティアこそそれにふさわしいのに。

彼はとびたって、ケイロに向き直るや、その両手をつかんだ。「指輪だ。ぼくにもうひとつ指輪をくれ」

「おい、待てよ」ケイロはぐいと身をひいた。

「ぼくによこせ」声がきしんだ。剣をふりあげた。「ケイロ、ぼくにこいつを使わせるな。あんたにはまだひとつ残るじゃないか」

ケイロはおちついていた。青い目がちらと、苦悶に身をまるめるアッティアを見た。それからフィンを見つめかえした。「指輪が効くと思うのか」

「わからない！　でもやってみれば」

「あまっこひとりだ。ろくな値打ちもねえ」

「ひとりひとつだ、とあんたは言った。ぼくの分をアッティアにやるんだ」

「おまえの分はもう、くれてやったじゃないか」

つかのま、ふたりがにらみあうのを、ギルダスは見つめた。それからケイロが指輪をひとつ、指から抜いて見下ろした。それを無言で、フィンに投げてよこした。

フィンは受け止め、剣を落として、アッティアの指をつかみ、それをはめてやった。彼女には大きすぎたので、落ちないようにおさえてやりながら、声には出さずに、サフィークに、指輪に閉じこめられた命の持ち主に、そして何者かに祈った。ギルダスが大いに疑わしげな顔で、そばにうずくまった。

「何も起きない。何が起きるはずなんだ?」

〈知者〉が顔をしかめた。「そんなものは迷信よ。おまえさん自身、馬鹿にしておったくせに」

「息が。間遠になってきた」

ギルダスは彼女の脈を探り、鎖が当たっていた汚れた傷跡に触れた。「フィンよ。受け入れろ。そんな……」

と言いかけて、言葉を切った。指をぎゅっと強め、もう一度脈を探った。

「どうした?　どうなった——」

「どうやら……脈が強くなってきたようじゃ……」

「ならかつげ。運ぶんだ。行こう」ケイロが言った。

フィンはケイロに剣を投げてやり、かがんでアッティアを抱き上げた。軽々と持ち上げられる重さだったが、その頭がぐったりと彼にもたれかかった。ケイロはすでに扉を開け放ち、外をのぞいていた。「こっちだ。静かに」

彼のあとに、二人は続いた。

汚い螺旋階段を駆け上がると、はねあげ戸があった。ケイロがそれを押し上げ、闇の中に体を引きずりあげてから、間をおかずにギルダスを引き上げた。「その子を」

フィンは彼女を押し上げた。それから振り返った。

吹き抜けの中で、奇妙な波動が空気をふるわせている。その音が不穏な感じでこちらへ向かってきたので、彼はあわててよじのぼり、這い上がるなり、はねあげ戸をバタンと閉めた。ケイロは壁の格子と格闘している。ギルダスもふしくれだった両手でそれをつかんでいた。

アッティアのまぶたがふるえ、やがて開いた。

フィンは目を見張った。「きみは死ぬところだったんだ」

彼女はものも言わずに、首をふった。

格子がばりばりと音を立てて壁からはがれ、その後ろに大きな暗い広間があらわれた。その中央の床には鉄のケーブルで、宙に浮かぶ銀の船が繫留されていた。フィンはアッティアの腕を肩にかけた。小さな四つの姿がなめらかな灰色の床を駆け抜けてゆく。梟の目の下の鼠のように、隠れようもない危うい状況だ。頭上の天井には巨大スクリーンが設置され、フィンが見上げると、そこにひとつの目が映し出された。彼の知っている、小さな赤い〈目〉ではなく、灰色の虹彩をもつ人間の目が拡大されたもので、それが高性能の顕微鏡をのぞきこんでいるような具合だった。

やがてさきほどの空中の波動が床からしみだしてきて、全員の足をすくった。〈監獄地震〉だ。針のような〈知者〉の塔を、震えがてっぺんまで駆け抜けた。

ケイロが転がって跳ね起きた。「こっちだ」

ちらちら光る縄梯子が垂れている。ギルダスはそれをつかんで、上りだした。ぶらぶらとぎごちなく揺れる端を、ケイロがしっかりと押さえた。

「あれを上れるか」フィンはきいた。

「大丈夫」アッティアは顔から髪をかきあげた。まだ顔色はひどく悪いが、青さは退きはじめていた。ちゃんと呼吸もできるようだ。

フィンは、その指を見下ろした。

指輪は縮んでいた。細くきゃしゃな輪は、彼女がロープをつかんだはずみに折れ、こまかな破片がひとりでに落ちた。フィンは片足でそれに触れた。骨のようだった。大昔のからからの骨。

背後ではねあげ戸がバンと開いた。

フィンはふりかえった。ケイロが剣を返してくれ、自分も剣を抜いた。

ふたりはともに、暗黒の四角に向かい合った。

「さて、これで明日のしたくは万全ですわ」女王は最後の書類を赤い革張りのデスクにのせ、両手の指先を合わせて、後ろにもたれかかった。「〈管理人〉どのはたいそう気前がよくていらっしゃる。たいした持参金ですよ、クローディア。地所のすべてと、宝石の櫃、黒馬十二頭。ほんとうにあなたを愛しておられるのね」

女王の爪は金色に塗ってあった。たぶん本物なのだろう、とクローディアは思った。証書を一枚取り上げて、かるく目を通したが、彼女の頭にあるのは、木の床をきしませながら歩き回っているカスパーのことだけだった。

シア女王がふりかえる。「カスパー、しずかにおし」

「退屈で死にそうなんだ」

「それなら、遠駆けに行ったら。アナグマ狩りでも、なんでもすれば」

彼は背を向けた。「そうだな。いい考えだ。じゃ、また、クローディア」

女王は片方の完璧な眉をあげた。「世継ぎがいいなずけに対する言葉遣いではないわね」

戸口まで半分行きかけたところで、彼は足を止め、戻ってきた。

「〈規定書〉は奴隷のためのものですよ、母上。われわれのためではない」

「〈規定書〉がわたくしたちの権力を保証するのですよ、カスパー。それをお忘れでない」

彼はにやりと笑い、クローディアに深々と念の入ったお辞儀をしてから、手にもキスした。「では祭壇のところで、クローディア」彼女も立ち上がって、冷ややかに腰をかがめた。

「それでいい。じゃ、ぼくは出かける」

彼は勢いよく扉を閉め、長靴の足音がカツカツと廊下を遠ざかっていった。

女王はテーブル越しに身を乗り出した。「少しでもふたりきりになれてよかったわ、クローディア、お話ししたいことがあるの。かまわないでしょう?」

クローディアは顔をしかめまいとしたが、唇がきつく結ばれた。ここから出て、ジェアドを探しに行きたい。会える時間はほんとうにわずかなのだ。

「わたくしは考えを変えました。ジェアド先生には〈宮廷〉を出るようお願いしました」

「いやです」

止める間もなく、言葉が飛び出していた。

「いいえ。婚礼のあとは、〈大学〉に戻られます」

「そんな権利は……」クローディアは立ち上がっていた。

「わたくしにはどんな権利でもありますのよ」女王の笑みは美しく、そして苛烈だった。彼女は身を乗り出して言った。「クローディア、お互い、理解しあいましょう。ここの女王はただひとりです。あなたにいろいろ教えてさしあげますけれど、ライバルは要りません。あなたもわたくしもそのことをわきまえておかねば。なぜならわたくしたちは似たもの同士だからですわ、クローディア。男は弱いものです。あなたのお父上でさえ操れます。でもあなたはわたくしの跡継ぎとして育てられた。あなたの時節をお待ちなさい。わたくしからはいろいろ学べますよ」女王は後ろにもたれかかり、指先で書類をたたいた。「お座りなさい」

その言葉には鋼の脅威があった。クローディアはのろのろと座った。「ジェアドはわたしの友だちです」

「今からは、わたくしがあなたの友です。わたくしはたくさん密偵を使っていますのよ、クローディア。いろいろ報告を受けています。こうするのが、ほんとうに一番いいことなのですよ」

女王は背をのばし、紐をひいてベルを鳴らした。すぐに召使いが入ってきた。粉をふった鬘をつけ、お仕着せを着ていた。「〈管理人〉どのに、わたくしが待っているとお伝え」

彼が出てゆくと、女王は砂糖菓子の箱を開け、じっくりとひとつ選んでから、にっこりして残りの箱をクローディアに勧めた。

頭が痺れたような気持ちで、クローディアは首をふった。きれいな花を摘んでみたら、中が腐って、蛆虫が這っていたのがわかったような気分だ。自分はいままで、シア女王を本当に危険だとは思っていなかったのだ。いつでも恐れるべき相手は父親だった。いま思うと、自分は大きな勘違いをしていたのだろうか。

シア女王は、赤い唇で小さくほほえみながら、見つめている。その唇をレースのふちどりのハンカチでぬぐった。扉が開くと、女王は椅子にもたれかかり、肘掛けに腕をかけて垂らした。「親愛なる〈管理人〉どの。ずいぶんごゆっくりでしたこと」

彼は赤面した。

頭の中で混乱が渦巻いてはいたが、クローディアはすぐそのことに気づいた。彼は決して急がない。だが、いまその髪は少々乱れ、黒いコートの一番上のボタンはかかっていなかった。

重々しく一礼したが、その声には微妙な息切れが感じられた。「申し訳ありません。少々手を取られることがありまして」

はねあげ戸からは何も入ってこなかった。

「梯子を上げろ」フィンは言った。

ケイロが身を返したところで、また床が波打った。フィンは凝視した。波がその下で荒れ狂うように、地震で敷石が持ち上がった。フィンが動くより早く、世界がずれた。床にたたきつけられ、あるはずもない丘の斜面を転がりおちた。柱にぶつかって、わきばらに痛みが走り、うっと言った。

広間が傾いている。

ぞっとしながら彼は確信した。〈知者〉の塔は倒れかかっている。その細い根もとから折れかかっているのだ。そのとき縄梯子がぶつかってきたので、それをつかんだ。ケイロはすでに乗船し、甲板の銀の船べりから身を乗り出している。フィンはよじのぼった。手が届くようになるやいなや、ケイロが手をつかんでくれた。

「やつをだしぬいたな。行くぜ」

船が上昇する。恐怖の声をあげて、フィンは甲板で足をすべらせた。この建造物ぜんたいが縦横に揺れ、ふわ、と浮き上がった。ロープが下で一本また一本と切れてゆく。

塔の壁には開口部があった。ブレイズが船を着陸させていた幅広い棚の前だ。だが、ギルダスが渾身の力をこめて箭の入った輪を引っ張り、回そうとしたとき、船ががたんと揺れ、全員ひっくり返った。瓦礫がばらばらと、甲板と帆の上にふりそそいだ。

「何かがわしらを行かせまいとしておるわい」老人は吠えた。

ケイロが船べりから身を乗り出した。「畜生、錨があるぜ」

すぐ駆けもどってきた。「巻き上げ機があるはずだ。探せ」

みなはハッチを開けて、甲板下の暗闇の中へ下りていった。外れた煉瓦が次々落ちてくる音が、頭上にはじける。

そこは通路だの調理室だのが迷路のように入り組んだ場所だった。駆け回って次々扉を開けていったフィンはどの部屋もからだということに気づいた。貯蔵品も、積み荷もなく、乗員もいない。そのことについて考えるいとまもなく、ケイロが下の暗闇からどなった。

下甲板は暗い。円形の巻き上げ機がその空間をでんと占めている。ケイロが棒をはめこんだ。「手を貸せ！」

ふたりはいっしょに力をこめた。全く動かない。器械はびくともせず、錨の鎖は重い。

もう一度力をかけ、フィンは背筋が裂けるかと思ったとき、ゆっくりと、長い不満のうめきをもらしながら、巻き上げ機はぎりぎりと動き出した。

フィンは歯を食いしばり、もう一度力を入れた。顔から汗が噴き出す。となりのケイロが息を詰めてうなる。

やがて、もうひとりの体が加わった。まだ青い顔のアッティアが隣で棒にとりついていた。

「おい……だいじょうぶ……かよ？」ケイロがうなるようにきいた。

「だいじょうぶ」少女はかすれ声で答えた。フィンは彼女が笑っているのを見て驚いた。ぼさぼさ髪の下で目が輝き、顔に血色がもどってきた。

錨が激しく揺れた。船が傾き、それから突然、上昇した。

「やったぜ！」ケイロはかかとをふんばって、さらに押し、そうすると、いきなり巻き上げ機が彼らの体重でなめらかに回りだし、錨の太い鎖がぎりぎりと床から上ってきて、心棒のまわりにおとなしく巻きついていった。

鎖をすべて巻き上げ、器械がきしみながら止まると、フィンは甲板昇降口を駆け上がったが、甲板にとびたしたとたん、恐怖の声を上げて立ちすくんだ。

船は雲の中を飛んでいる。雲が彼のまわりでねじれ、裂けると、ギルダスは舵輪をののしっているものの、帆はすべてまんまんとふくらんで、その下の小さく切り取られた光の中を、鳥が一羽、とんでいるのが見えた。

「ここはどこ?」アッティアが背後でつぶやく。

やがて船は霧を抜け出し、青い大気の海のただなかに入り、傾いた〈知者〉の塔ははるか背後になった。

ケイロは荒い息をつきながら手すりに身をもたせかけ、歓声をあげた。

フィンは並んで立ち、後ろをふりかえった。「なぜ、ブレイズはぼくらを止めようとしなかったんだろう」ジャケットに手をつっこんで、彼はクリスタルの〈鍵〉の角に触れた。

「そんなの、どうだってかまわん」〈義兄弟〉は答えた。

それからふりかえって、フィンの腹に強烈な一撃をたたきこんだ。

アッティアが悲鳴をあげた。フィンは体中の空気を追い出されてくずおれた。苦痛に体が仰天し、息詰まるような真っ暗闇が視界をおおいかけた。

舵輪のところから、ギルダスが何か叫んでよこしたが、風にさらわれて聞こえない。

ゆっくりと、激痛がおさまっていった。やっと息が吸えるようになったフィンは顔をあげ、見るとケイロは両腕を手すりにのばし、こっちを見下ろしてにやにや笑っていた。

「なんだよ……」

ケイロは手をさしのべて、彼を助け起こし、彼はよろよろと立ち上がって、相手に向かい合った。

「今のでこりたら、二度とおれに剣を向けるなよ」

27

サフィークは両腕に翼を縛りつけ、大洋と平原の上を、そしてガラスの都市や黄金の山脈の上を飛びわたっていった。獣たちは逃げ去り、人々は指さした。はるか彼方までゆくと、空が彼のすぐ上にあって、こう口をきいた。「わが子よ、引き返せ。おまえは高くまで上りすぎた」

サフィークは声をあげて笑った。それはめったにないことだった。「今回はきけぬ。そなたが開くまで、そなたをたたきつづけるぞ」

だが〈監獄〉は怒って、彼を打ち落とした。

『サフィークの伝説』

「ジェアドは出てゆかせると女王がおっしゃいました」クローディアはふりむいて、父をにらみつけた。父のさしがねかどうかを知りたかった。

「言っただろう。いずれは、そうなるはずだったのだ」〈管理人〉は彼女のそばを通りすぎて、自室の窓ぎわの長いすに腰を下ろすと、廷臣たちが涼しい夕風に吹かれながら、つれだって散策している公園《プレジャー・ガーデン》に目を放った。「おまえも、それを呑まねばならんだろうな。王国を手に入れるためには、ささいな犠牲にすぎん」

クローディアは腹立ちまぎれに叫びだしたかったが、父はふりかえって、彼女の一番恐れている、あの値踏みするようなまなざしで見つめた。

「それに、もっと重要な話し合いがある。ここにお座り」

いやだった。それでも歩いていって、金色のテーブルのそばの椅子に座った。

父は時計に目をやってから、ぱちんと蓋を閉め、手に握った。

しずかに言った。「おまえはわしのものを、持っておるだろう？」

皮膚が恐ろしさに総毛立った。一瞬、口がきけないかと思ったが、意外に平静な声が出てきた。

「父上のもの？　それは何でしょう」

彼は微笑した。「クローディア、おまえはほんとうに見上げた娘だ。おまえを作ったのはわしだが、それでもいつも驚かされるな。だが、つけこむのもたいがいにするよう、警告しておいたはずだ」父は時計をポケットに入れ、身を乗り出した。「わしの〈鍵〉を持っておるな」

彼女は狼狽して息を呑んだ。父は姿勢をもどすと、ぴかぴかの革長靴の足を組んだ。「そう。否定しないのだな。それが賢明だ。〈鍵〉の映像を引き出しに仕掛けておいたのは見事だ。実に見事だよ。ジェアドのお仕込みだろうな。アラームが鳴った日、わしは書斎を調べてみて、引き出しを開けて、中を見た。〈鍵〉をつまみ上げようとは思わなかった。それにあのテントウムシ――なんと創意に満ちた工夫だ。おまえたちはふたりとも、わしをよほどの愚か者と思っておったのだろうな」

クローディアはかぶりをふったが、父はすでに立ち上がって、窓辺に近づいていた。「クローディア、おまえはジェアドと、わしのことを話題にしたのか。わしからあれを盗んで、ふたりして物笑いにしたのか。さぞかし楽しかったろうな」
「わたしが取ったのは、必要だったからです」クローディアは両手を握りあわせた。「父上が隠しておられたから。話してくださらなかったからです」

父は足を止め、彼女を見た。きょうはきれいに髪をうしろになでつけ、視線はいつものようにおちつきはらって考え深い。「何をだ？」

クローディアはゆっくり立ち上がって、父に向かい合った。「ジャイルズのことです」

父はここで大いに驚いて絶句するはずだった。だが、彼はまったく動じなかった。突然、はっきりとわかった。父はこの名前が出るのを完全に予想しており、それを口にしたわたしを罠にはめるつもりでいたのだ。

「ジャイルズは死んだ」

「いいえ、死んでいません」首飾りの宝石がくすぐったい。ふいに怒りがこみあげ、それを引きはずすと、床にたたきつけ、腕を組むと、たまりにたまった言葉が、ついに堰を切ってほとばしった。「ジャイルズの死は見せかけでした。父上と女王さまが仕組まれたのでしょう。ジャイルズは〈監獄〉に監禁されています。父上に記憶を消されて、自分が何者かさえも覚えていません。よくもそんなことを」クローディアは足台をわきに蹴とばした。それはひっくり返って転がっていった。「女王さまのやり口というならわかります。無能な息子を王座につけたい一心でしょう。でもなぜ父上が？　わたしはジャイルズとすでに婚約していたのに。父上の壮大なご計画はそれでうまく行くはずだったのに。なぜ、わたしたちにそんなことを?」

父は片方の眉を上げた。「わたし、たち?」

「わたしだって当事者です。カスパーに嫁がされるという事実は、父上には何でもないことだったのですか? わたしのことはまるで考えてくださらなかったの?」

クローディアはふるえていた。人生のこれまでのすべての憤りがほとばしり出た。父が何ヶ月も遠出して放っておかれた日々、微笑で見下ろしはするものの、決して触れてはくれない日々。

父は短いあごひげを親指と人差し指でなでた。「おまえのことは考えていた」しずかに言った。「おまえがジャイルズを好いていたことはわかっていた。だが、あれはいちずな少年で、優しすぎ、立派すぎた。カスパーは愚かで、ろくな王にはなれぬ。彼なら、おまえがもっとうまく操れる」

「そんな理由で、なさったのではないでしょう」

父は顔をそむけた。その指が暖炉を軽くたたいているのを、クローディアは見た。父は、きゃしゃな陶器の人形をとりあげ、しげしげと眺めてから、置いた。「おまえの言うとおりだ」

父は黙った。もっとまくしたててくれれば、わたしもわめくことができるのに、とクローディアは思った。ひどく長い時間がたったように思えたが、ようやく彼は椅子にもどり、腰を下ろして、おだやかに言った。「ほんとうの理由は秘密だ。おまえがわしの口からそれをきくことはないだろう」

クローディアの驚きを見て、父は片手をあげた。「クローディア、わしを軽蔑しておろう。おまえとあの〈知者〉は、さぞかし、わしのことを怪物同然に思っているだろう。だがそれでも、おまえはわしの娘で、わしはいつでもおまえの利益のために動いてきたのだ。それに、ジャイルズの幽閉は女王の計画であって、わしのではない。わしは無理強いされて同意したのだ」

クローディアは嘲るように、鼻を鳴らした。「無理強い？　女王さまが父上にそれだけの力を持っておられますの？」

彼ははじかれたように頭を上げ、低くうなった。「そうだ。そしておまえもだ」

その声にこもった毒が、一瞬、彼女をひるませた。「わたしが？」

木の肘掛けの上にのった父の両手はこぶしを作っていた。「忘れるのだ、クローディア。放っておけ。きくな。その答えはおまえを打ちのめす。それしか、わしには言えぬ」立ち上がった父の姿は黒く、丈高く、その声はさむざむとしていた。「で、〈鍵〉の話だ。おまえがあれを使って何をやったか、すべてわかっている。バートレットについて調べたことも、〈監獄〉と交信したことも。おまえがジャイルズだと信じている囚人のことも知っている」

クローディアは驚きに目を見張り、父は乾いた笑い声をあげた。「クローディア、〈監獄〉には十億の囚人がいるのだ。なのに、おまえはジャイルズを探しあてたと信じているのか。あそこでは時間も空間もまったく異なっている。あの若者はほかのだれであるとも言える」

「生まれつきのしるしを持っていましたわ」

「いまはな！　〈監獄〉について説明しようか」父は非情な声で言い、近づいてきて、娘を見おろした。「あそこは閉じたシステムだ。何も入ることはない。出てゆくこともない。〈囚人〉が死ねば、その原子も、皮膚も、器官も再利用される。彼らはお互いどうしがまじりあってできているのだ。修復され、再生され、器官の組織が利用不可能な場合は、金属やプラスティックと合成される。フィンの鷲のしるしは何の意味もない。そもそも彼のしるしではなかったかもしれない。見たと思っている記憶の光景も、彼のものではないかもしれない」

クローディアはぞっとして、父の言葉をさえぎろうとしたが、ひとことも出てこなかった。「あの若者は盗人で嘘つきだ」父は容赦なく続けた。「抗争をくりかえす殺人集団の一員だ。そのことを、本人の口からきいているか」

「ええ、もちろん」彼女はたたきつけるように答えた。

「それは正直なことだな。では、あいつが、その〈鍵〉のコピーを手に入れようとしたために、断崖の底に突き落とされて殺された罪のない女の話は？　しかも、あいつはその女に対して、命は助けると約束していたのに、だ」

クローディアは黙っていた。

「それ、見たことか。聞いてはおるまい」父はあとずさった。「この馬鹿げた話はもう終わりにしよう。〈鍵〉を返しなさい、早く」

クローディアはかぶりをふった。

「クローディア」

「わたしの手元にはありません」とつぶやいた。

「ではジェアドか――」

「ジェアドをこのことに巻き込まないで！」

父はクローディアをつかんだ。ひどく冷たい手が鉄の力で、彼女の手首を握りしめた。「〈鍵〉を返さないと、わしにたてついたことを後悔するぞ」

父の手をふりはらおうとしたが、手は離れない。クローディアは乱れた前髪の間から、父をにらみつけた。「わたしに手を出すことはできないわ。父上の計画の遂行にはわたしが必要だってこと、よくご存じでしょ」

一瞬、ふたりはにらみあった。それから父がうなずいて、手を離した。血の通わない白い部分が、かせの跡のように手首を取り巻いて残った。

「確かに、おまえに手を出すことはできん」父はしわがれ声で言った。

クローディアは目を見張った。

「だが、あのフィンがいる。それにジェアドも」

クローディアは一歩下がった。背中を冷や汗がつたい、体がふるえた。しばし、ふたりはお互いを見つめあった。もう、これ以上まともにものが言えないと悟ったクローディアは、やおら身をひるがえし、戸口に走ったが、父の言葉に足が止まり、それを耳に入れてしまった。

「〈監獄〉を出る道はない。〈鍵〉をよこしなさい、クローディア」

クローディアは外に出て、バタンと扉を閉めた。通りかかった召使いが驚いて彼女を見た。向かいの鏡を見て、クローディアはその理由を悟った。髪をふりみだした赤い顔の娘が、不機嫌に顔をしかめている。憤懣やるかたなく、わめきだしたかった。だが、そうはせずに自室にもどっていって、扉を閉め、ベッドに身を投げ出した。

枕に沈んで、頭をそこに埋めると、体を小さくまるめて両腕で体を抱きしめた。心は混乱の極みだったが、ふと体を動かしたはずみに、枕の上で紙がかさりと鳴ったので、頭をもたげて見ると、そこにメモが留めてあった。ジェアドからの手紙だ。「お会いしたいのですが。信じられないような発見をしました」とあった。

クローディアが読み終わるなり、紙は灰になって消滅した。

今は微笑することさえできなかった。

船の索具にしっかりつかまってフィンが見下ろすと、臭い硫黄の黄色い液体をねっとりとたたえた湖がいくつも見えた。なだらかな斜面では獣たちが草を生んでいるが、ここから見ると妙にぶかっこうな生き物で、船の影がおおいかぶさったのにおびえて逃げ出した。行く手にはまだいくつか湖が見えたが、そばには、小さくひねこびが茂みが生えているばかりだ。右手には目の届く限り砂漠が広がり、そのさきは影に没している。

もう何時間も船は飛んでいる。最初にギルダスが舵を取った。どこを目指すでもなく、高いところを安定して飛んでいたが、そのうち、だれか代わってくれと叫びだして、フィンがあとを引き受けた。この乗り物は奇妙なことに、突風や微風にいちいち翻弄されながら進んでゆく。頭上に帆がはためいている。白い帆布を風がふくらませたり、しぼませたりするのだ。フィンは二度ほど雲の中につっこんでしまった。二度目の時には気温が驚くほど下がって、ちくちくする灰色の雲の中から出たときには、舵輪もまわりの甲板も氷のとげで真っ白で、それが板の上に落ちてぱりぱり音を立てた。

アッティアが彼に水を持ってきてくれた。「水はたくさんある。でも食べ物がない」

「何だって？　何もないのか」

「うん」

「ブレイズはどうやって生きていたんだろ」

「ギルダスがもってきた食べ物の残りしかない」フィンが飲んでいるあいだは、アッティアが小さな両手を太い箭にかけて、舵をとった。「あたし、ギルダスから指輪のことをきいた」

フィンは口をぬぐった。

「あたしなんかには過ぎたことだよ。また、もっと大きな借りができちゃった」

彼はそれを誇らしく思うと同時に、不快にも感じた。舵輪を取り返して言った。「ぼくらはみんな、ひとつじゃないか。それにあの指輪が効くとは思ってなかった」

「ケイロがくれただなんて、びっくりした」

フィンは肩をすくめた。それをアッティアはじっと見ていた。だが、空をも目に入れていた。「見て、すごいね。あたしは生まれてからずっと、掘っ立て小屋ばっかりの小さな暗いトンネルで暮らしてきたから、こんな広い空間……」

「家族はないの？」

「兄さんたち、姉さんたちがいた」

「両親は？」

「ううん」かぶりをふった。「わかるよね……」

フィンもわかっていた。〈監獄〉での生涯は短く、何が起こるか予想がつかない。「両親に会いたい？」

アッティアは舵輪をきつく握ったまま、黙っていた。「うん、でも……」とにっこりした。「物事ってどう転ぶかわからないね。つかまったとき、あたし、もう人生はおしまいだと思った。でも、今はこうしてる」

フィンもうなずいていた。それから言った。「あの指輪に救われたと思う？　それとも、ギルダスの嘔吐剤が効いたんだと思う？」

「指輪にだよ」きっぱりと言った。「それからあなたに」

フィンには、それほどの確信はなかったのだ。

それから、甲板で所在なげにしているケイロに目をやると、笑みが浮かんだ。彼の〈義兄弟〉は操舵の順番が回ってきたとき、大きな舵輪を一瞥するや、下へロープを探しにいった。それで舵輪を縛って固定し、そばに座って、上に足をのせたのだ。「だって、何もぶつかるものがねえじゃないか」とギルダスに言ったものだ。

「この馬鹿者が」〈知者〉はどなりつけた。「目をおっ開いていろ。それに尽きる」

銅の丘陵とガラスの山脈、金属の木の生えた森が、下を流れすぎてゆく。登攀不能の谷に、隔離されて住んでいる部落もいくつか見かけた。大きな塔も何本かあったし、小塔からたくさんの旗をなびかせた城もあった。クローディアのことを思うと、そういうものが怖かった。しぶきが虹となって頭上にかかる。奇妙な作用をもつ気圏を飛んでいたときには、島が空に映ったり、熱気が四角い形をなしていたり、紫や金の炎がぶれてひらめいたりした。一時間前には、尾の長い鳥の群れがふいに鳴きながら輪を描いて急降下してきたので、ケイロは首を縮めた。それから、また唐突に、鳥たちは姿を消し、地平線にぼうとかすむ黒い点々になっていった。一度、高度がひどく下がった。フィンが身を乗り出すと、臭い掘っ立て小屋が何マイルも立ち並び、人々が、錫と木材でできた、いまにも壊れそうな住まいから走り出してきた。足の悪いもの、病いをかかえたもの、そして生気のない子どもたち。風が吹いて船が先へ押しやられたときには、彼はほっとした。〈監獄〉は地獄だ。だが、自分はここの〈鍵〉を持っている。

フィンは〈鍵〉を取り出して、コントロールパネルに触れた。以前も試したが、何も起きなかったのだ。今回も何も起こらないので、もう二度と作動しないのかという気もした。だが、〈鍵〉は温かった。ということは、自分たちは正しい方角へ、つまりクローディアのいる方向に向かって、旅をしているのだろうか。だが、この〈監獄〉が広大無辺だとすれば、出口にたどりつくには、何生涯ぶんもの時間が必要なのかもしれない。

「フィン」

ケイロが鋭く叫んだ。それで彼は顔をあげた。

前方で何かがひらめいた。最初は灯火だと思ったが、やがて、そのまわりのほの暗さはいつもの〈監獄〉の薄闇ではなく、行く手をさえぎる雷雲の塊だということがわかった。彼はケーブルで掌をすりむきながら、急いで下りていった。

ケイロがあわただしく舵輪の綱をほどいている。

「あれは何だ?」

「天候の異変だ」

それはまっ黒だった。中に稲妻がひらめいていた。船が近づくと、雷鳴と、低いとどろきと、いまわしくも小気味よげな笑い声が聞こえてきた。

「〈監獄〉がぼくらを見つけたんだ」フィンはささやいた。

「ギルダスを呼んでこい」ケイロが小声で言った。

〈知者〉は下にいて、きしむランプの明かりで、地図や海図をのぞきこんでいた。「これを見ろ」老人が顔をあげる。しわ深い顔がランプの光を受けて、影を濃くした。「どうしてこうも広いのじゃ。これだけの広大な土地を、サフィークを追ってゆかねばならぬのか」

フィンは地図の山がテーブルからすべり落ちて、床をおおいつくしているのを見て、仰天した。もし〈監獄〉の全地域をあらわすのに、これだけの枚数が必要だとしたら、未来永劫、旅を続けてゆかねばならないのか。「ギルダス、手を貸してほしい。雷雲が来た」

アッティアが駆けこんできた。「ケイロが早くって」

あたかもそれに応えるかのように、船がぐうっと傾いた。フィンがテーブルをつかむと、地図がすべってまるまった。そこで彼は甲板にとって返した。

黒雲が帆柱の上にそびえたち、銀の吹き流しがばたばたとあおられている。船は横倒しになりかけていた。船べりにすがりつき、手あたりしだいのものをつかんでたどりながら、もがくようにして舵輪のところへ行った。

ケイロは大汗を掻いて、罵声をあげていた。「これは〈知者〉ブレイズめの魔術だな」と叫んだ。

「違うと思うな。〈監獄〉がやってるんだ」

雷鳴が再度とどろいた。甲高くむせぶような音をたてて疾風がぶつかってきた。ふたりは舵輪につかまり、しがみついて、それをわずかな頼みとして、その後ろにうずくまった。金属のかけらや葉、瓦礫などが、吹き付けてきて、雹のようにはねかえる。やがて小さな白い塵や、ガラスの粉、ボルト、石が飛んできて帆を切り裂いた。

フィンがふりかえった。

ギルダスがメインマストの後ろにうつぶせになってしがみつき、片腕でアッティアを抱いているのが見えた。「動かないで」フィンは叫んだ。

「〈鍵〉をくれ」ギルダスの叫びを風がさらってゆく。「わしが下へ持って行ってやる。もし、おまえさんたちが飛ばされたら……」

フィンにもそれはわかっていた。だがそれでも〈鍵〉を手放すのはいやだった。

「そうしろよ」ケイロがふりむきもせずうなるように言った。

フィンは舵輪を放した。

たちまち体が吹き飛ばされ、もんどりうって、甲板を転がっていった。〈監獄〉が襲ってきた。のしかかるようにせまってくるのを感じ、彼は転がりながら悲鳴を上げた。

嵐の中心部から、鷲が急降下してきた。雷のように真っ黒な姿で、かぎ爪が稲妻のようにばりばり音を立てた。〈鍵〉をねらって身をのばし、フィンもろともつかみあげようとした。

フィンは片側に身を投げだしてよけた。もつれたロープの山がぶつかってきた。一番近くの綱をつかんで勢いよくふりあげると、タールを塗った重い端は宙を舞って、鳥の胸をかすめかけたが、鳥はそれを避けて飛びすぎ、空高く舞い上がり、また急降下してきた。

フィンは、ギルダスのそばを身を沈めて駆け抜け、甲板の避難場所に飛び込んだ。

「また来るよ」アッティアが叫ぶ。

「〈鍵〉を狙ってるんじゃ」ギルダスが身を縮めた。雨がみなをたたきつける。もう一度雷面がとどろいた。今回は、上空はるか彼方で、怒りのつぶやきを思わせる大音声だった。

鷲が降下してきた。舵輪のそばで身を隠す場所もないケイロは体をまるめた。鳥は円を描き、くちばしをかっと開いて、怒りの声をあげた。それから、唐突に、東へ向きを変えて飛び去った。

フィンは〈鍵〉を引っ張り出した。触れると、すぐにクローディアがあらわれた。目がうるみ、髪はくしゃくしゃだ。「フィン、聞いて。わたし――」

「聞いてほしいのはこっちだ」船が大きく傾いて揺れるなか、彼はぎゅっと〈鍵〉をつかんだ。「クローディア、きみの助けがほしい。父上に話をしてくれ。この嵐を止めてもらわないと、みんな死んでしまう」

「嵐？」クローディアはかぶりをふった。「それは……父は動いてくれないわ。あなたを殺したいと思っているから。フィン、父に全部ばれたわ。知られてしまったの」

「それって――」

ケイロが大声を上げた。フィンは目を上げ、その光景を見るなり〈鍵〉をきつく握りしめたが、映像が切れる寸前に、クローディアもそれを目に入れた。

それは巨大な金属の壁だった。〈世界のはての壁〉。
底知れぬ深みから、壁はぬうっと立ち上がり、隠された空のはてへとのびていった。
そして、船はまっすぐ、その壁に向かって進んでいこうとしていた。

28

入場は〈門《ポータル》〉からだ。〈管理人〉のみが鍵を持ち、出獄はそれによってのみ行われる。ただしどの〈獄《プリズン》〉にもすきまや裂け目はある。

〈知者〉マートル『プロジェクト・レポート』

もう夜も更けている。〈黒檀の塔〉の鐘は十時を告げた。夏の夕闇がおとずれ、蛾が庭園をとびかい、遠くで孔雀が声をあげるなか、クローディアは回廊を急いでいた。すれちがう召使いたちは、椅子やタペストリーや鹿肉の大きな塊をかついだまま、大儀そうにお辞儀をする。もう何時間も前から、人々は披露宴のしたくで大わらわだ。ジェアドの部屋がどこなのか、だれにも聞き出す勇気がなく、クローディアは困って顔をしかめた。

でも、彼は待っているはずだ。

四羽の石の白鳥の噴水の暗い角を曲がったとき、彼の手がのびてきて、彼女をつかまえた。そのままアーチの通廊を引っぱられていって部屋に連れこまれ、彼がオークの扉をあらかた閉め、その隙間から外をのぞいたときには、クローディアはすっかり息を切らしていた。

人影が扉の前を通りすぎた。クローディアには見覚えのある、父の秘書だ。

「メドリコートだわ。わたしを尾けてきたのかしら」

ジェアドは唇に一本指を立てた。いつもよりさらに顔色が青く、疲れて見え、神経を昂《たかぶ》らせているようすに、クローディアは心配になった。ジェアドは先に立って、石段を下り、使われていない中庭を横切り、黄色いキングサリが頭上におおいかぶさる小径に入った。そこの半ばほどで、足をとめてささやいた。「ここにわたしが使っている建物があります。わたしの部屋は盗聴されているので」

〈宮殿〉の上には、大きな月がかかっている。〈怒りの時代〉の傷痕が、その表面をでこぼこにしている。その銀色めいた輝きが果樹園と温室を浮かび上がらせ、暑さで開いたままの、ダイヤモンドのようなガラスの張り出し窓を照り返していた。とある室内から、かすかな楽音が漂ってくる。同時に話し声や笑い声、皿の鳴る音もした。ジェアドの黒い姿が、石の熊が踊っている形の二本の柱の間にすべりこみ、ラベンダーとレモンバームの香りのする茂みを抜け、塀に密着して建てられた小さな建物に向かった。この塀のある庭園で、もっとも人けのない一画だ。クローディアは小塔と、そのてっぺんの蔦におおわれたくずれた手すりを目にした。

ジェアドは扉の鍵を開けて、彼女を招きいれた。

暗くて、しめった土の匂いがする。頭上で灯りがひらめいた。ジェアドが小さなたいまつを手にしていた。それでもって、さらに内側の戸をさした。「早く」

戸は歳月で白くかびが生え、やわらかくなってぼろぼろと崩れかけていた。薄暗い部屋の中の窓はどれも蔦で完全におおいかくされている。ジェアドがランプを点けると、クローディアはあたりを見回した。「うちそっくりね」ジェアドはすでに電子顕微鏡をぐらぐらのテーブルに設置し、いくつかの本や器具の箱を開いていた。

ジェアドはふりかえった。火明りに浮かぶその顔はやつれていた。「クローディア、これを見てください。これでいっさいが変わります。いっさいが」

彼の苦しそうなようすに、クローディアはおびえた。「おちついて」としずかに言った。「だいじょうぶ？」

「だいじょうぶですよ」彼は顕微鏡の上にかがみこんで、長い指で器用にピントを合わせた。それから一歩下がった。「わたしが書斎からもってきた、あの金属片のことを覚えていますか？　ごらんなさい」

とまどいながら、クローディアはレンズに目を当てた。映像はぼやけている。彼女はほんの少し調節しなおした。それから声を失って、体がこわばったので、彼女がそれを見たこと、そして見た瞬間に理解したことが、ジェアドにもわかった。

彼はその場を離れて、蔦と茨におおわれた床に、けだるげに腰を下ろし、〈知者〉のローブのすそを塵に引きずりながら、体に巻きつけた。そしてクローディアが凝視しているさまを見守った。

それは〈世界のはての壁〉だった。

もしサフィークがほんとうにこの壁のてっぺんから下まで滑り落ちたのだとしたら、それには何年もかかっただろう。フィンはこの壁を見上げ、とほうもない面積から反射される風が、行く手に、ごうごうと乱気流を発生させているのを感じた。〈監獄〉の中心部から瓦礫が噴き上げられては、落下して無限の渦巻きを描く。どんなものも、その風にとらえられたら、逃れられないだろう。

「向きを変えろ」ギルダスが舵輪に這い寄ろうとしている。フィンがあとを追った。ふたりはケイロのそばににじり寄って、噴き上げる風の手前でなんとか船の向きを変えようと、必死に舵輪をひっぱった。

雷鳴とともに、〈消灯〉がやってきた。

暗黒の中で、ケイロが悪態をつき、ギルダスがそばで悪戦苦闘しつつ、舵輪にしがみついているのを、フィンは感じた。「フィンよ、レバーを引くんじゃ。甲板のだ」

フィンは片手で探り、見つけ、それを引っ張った。

明かりが点滅しながらもともり、へさきから二本の水平な光のビームが発せられた。〈壁〉がはや、そこにせまっている。光の輪が、家よりも巨大な鋲を、そして、それを打ちつけた壁面を照らし出す。無数の破片がぶつかったあげくに、ひびわれて、傷だらけになり、腐食した壁面だ。

「バックできないか」ケイロが叫んだ。

ギルダスが侮蔑の一瞥をくれた。その瞬間、全員が倒れた。柱や円材、ロープをこぼしながら、船は壁面を、帆を翼のごとくはためかせる巨大な銀の天使のように一気にすべり落ちた。帆は瞬時にちぎれ、船体が砕けるかと思った瞬間、乱気流に受け止められた。帆柱がぴしぴし鳴り、銀の船はひとりでに回転しながらふたたび急上昇した。ヘッドライトが〈壁〉をさまよい、闇、鋲、闇が視野に入れかわる。フィンはからまれたロープにしがみつき、ケイロのものと思われる腕をしっかとつかんだ。

船は、怒号する闇から噴き上げる上昇気流の荒れ狂う風に、天高く投げ上げられ、ぐんぐん上ってゆくうちに空気が薄くなり、雲と嵐ははるか眼下に退き、〈壁〉がまことの悪夢のごとくせまってきた。そのでこぼこの表面は近くから見ると、ひび割れと小さな扉に網目のごとくおおわれ、いくつもの開口部からはコウモリが飛び出し、楽々と突風に身をまかせて飛んでいた。十億もの原子の衝突に磨かれた金属の表面は、ヘッドライトを浴びて光っている。

船が傾く。ひどく長く思われた一瞬、フィンは船が横倒しになるのを覚悟し、ケイロにしがみついて目を閉じたが、目を開けてみると、船体は立ち直り、ケイロがロープにからまれてばたつかせている手足に、彼は直撃された。

ともがぐるりと回る。すさまじい滑落感とともに、とほうもない力がかかった。

ギルダスがわめいた。「アッティアだな！　あの子が錨を下ろしたんだ」

アッティアは甲板下におりて、巻き上げ機のくさびを抜いたに違いない。上昇がゆるやかになり、帆がずたずたになってゆく。ギルダスはようやっと立ち上がり、フィンを引き寄せた。「〈壁〉につっこんで、その先へ飛ぶんじゃ」

フィンは茫然と目を見開いた。〈知者〉が叫んだ。「それしか出口はない。でないと、船は永遠に浮き沈みしながら、さまようばかりじゃ。むこうへ抜けるんじゃよ」

と指さした。黒っぽい立方体が見える。傷だらけの金属面から飛び出しているそれは、まっ黒な闇の入り口だった。小さい。そこを通りぬけられる可能性はかぎりなく低い。

「サフィークは立方体の上に下りたったという」ギルダスは倒れまいと、彼にしがみついた。「あれこそそれじゃわい」

フィンはケイロに目をやった。ふたりは疑心暗鬼の目をかわした。アッティアがハッチを上って、転がるようにこちらへ駆けてきたとき、フィンは悟った。〈義兄弟〉は老人が冒険の夢にとりつかれたあげく、おかしくなったと考えているのだ。だが、それにしても、ほかにどんなチャンスがある？

ケイロが肩をすくめた。彼は無謀にも舵輪を回して、船をまっすぐ〈壁〉に向けた。ヘッドライトの中に、黒い謎めいた立方体が待ち受けている。


クローディアは口もきけなかった。驚きと狼狽が大きすぎた。

何頭かの獣の姿が見えた。

ライオンだ。

しびれたような頭で数を数えた。六頭、七頭……子ライオンが三頭。ひとつの群れ《プライド》だ。たしかそういう用語だったと思う。「あれ、本物じゃないでしょうね」とつぶやいた。

背後でジェアドがため息をついた。「いや、本物ですよ」

ライオン。生きて、歩き回っている。一頭が吠え、残りは草地で居眠りをしている。木が数本。水鳥のうかぶ湖。

彼女は身をひいて、顕微鏡を見直し、またレンズに目をつけた。

子ライオンの一頭が、別の子ライオンを前足ではたいた。二頭はとっくみあって転がった。雌ライオンが一頭あくびをし、前足を平らにのばして横になった。

クローディアはふりかえった。蛾のとびかうランプの明かりの中でジェアドを見つめ、彼も見返した。しばらくのあいだ、何も言えなかった。だが頭の中には、考えたくもない考え、恐ろしくて追いかけたくもない仮説があった。

やっとクローディアは言った。「倍率、どのくらい小さいの？」

「信じられないほどの極小というところです」ジェアドは長い黒髪の端を噛んだ。「百万ナノメーターほど……無限小です」

「そんな……どうしてそんなところに……？」

「これは、いわば重力箱《グラビティボックス》です。自動調整するシステムです。この技術はもう失われていると思いますね。もともとは動物園がまるごとあったはずです。象や縞馬や……」語尾が消えた。ジェアドはかぶりをふった。「おそらくこれが試作品だったのでしょう。最初は動物で試してみた……それから。どこへ進んだのか」

「まさか……」クローディアは、何とか言葉にしようとした。「あの〈監獄〉って……」

「われわれは巨大な建物を、つまり地下の大迷宮を探そうとしてきました。まるごと一つの世界を」ジェアドは前方の闇を見据えた。「クローディア、わたしたちにはまったく見えてなかったのです。〈大学〉の図書館には、こういうこと――すなわち次元間変換――がかつては可能だったということを示す記録があります。そういう知識はすべて〈戦争〉で失われました。というか、そう考えられています」

クローディアは立ち上がった。じっと座ってはいられなかった。自分の皮膚の原子よりも小さなライオン、彼らが横になっていた、もっと小さい草の葉、その前足でつぶされるもっと小さな蟻、毛皮に巣くう蚤……どうにも受け入れられない。だが、彼らにとってはその世界が正常なのだ。そして、フィンにとっても……?

クローディアは知らず知らずにイラクサを踏みつけて歩いていた。無理矢理口に出した。「〈監獄〉は小さかったのね」

「わたしはそう思います」

「〈門《ポータル》〉とは……」

「入るプロセスをさしています。体のすべての原子が崩壊する」顔をあげたジェアドはひどく気分が悪そうだった。「わかりますか。あの人たちは恐れるものをすべて囲い込むため、いっさいを縮小して〈監獄〉を作ったのです。そうすれば〈管理人〉が掌の中に握りこめる。複雑化しすぎたシステムという難点に対して、何という答えが出されたことか。世界中の問題を処理するための、これは何という答えだったのでしょう。これで多くのことに説明がつきます。空間的な異常にも。それに時間の差異についても。そちらはごく小さいものでしょうが」

クローディアは顕微鏡のところに戻って、ライオンたちが転がったり戯れたりするのを見つめた。「だから、誰も出てこられないのね」と言って顔をあげた。「先生、このプロセスは逆行させられないの?」

「わたしにはわかりません。あらゆる可能性を検討してみなければ——」言いかけてはたとやめた。「そうだ、われわれは〈門《ポータル》〉を見たんですよ。門を。父上の書斎には椅子があった」

クローディアは後ろのテーブルにもたれかかった。「あの光の装置ね。天井から光が落ちてくるところ」

身の毛がよだつ。クローディアはまたもじっとしていられなくなって、歩き回りながら、必死に考えた。それから言った。「わたしも先生にお話があるの。父上に知られたわ。わたしたちが〈鍵〉を持ってるってこと」

彼の目に浮かぶだろう恐怖を見たくなかったので、クローディアは相手を見ずに、父親の怒りと要求について説明した。話し終えたころには、気がついてみると、ランプの明かりのなかで、ジェアドのそばにうずくまって、ささやくように小さな声で話していた。「〈鍵〉は返したくないの。フィンを出してあげなきゃ」

ジェアドは黙っていた。長衣の高い衿がその首のまわりを包んでいた。「それはできないでしょう」沈鬱な声で言った。

「何か方法があるはず……」

「ああ、クローディア」家庭教師の声は低く苦かった。「あるわけがありません」

声、声。だれかが笑っている。大声で。

ぱっとクローディアは立ち上がり、ランプを吹き消した。ジェアドは意気消沈していて、声に反応するどころではなかったからだ。闇の中でふたりはじっとして、酔っ払いたちのどら声や、がなりたてる調子はずれのバラッドが果樹園を抜けて遠ざかってゆくのに聞き耳を立てていた。しずけさの中で、クローディアの心臓はどきどきとうるさいほどに音を立て、痛いほどだった。かすかな鐘の音が鐘楼と、〈宮殿〉の厩で、十一時を告げていた。あと一時間で、クローディアの婚礼の日が明ける。負けたくない。まだあきらめない。

「これで、〈門《ポータル》〉がどこにあって、何をするかはわかったわけだから……ジェアド、操作できる?」

「たぶん。でも帰り道はありませんよ」

「やってみる」クローディアは早口に言った。「入っていって、フィンを探すわ。だってここにいて何が得られるの? 一生カスパーと暮らすだけなんて」

「だめですよ」ジェアドは座ったまま身を起こして、彼女の顔を見た。「あちらの生活がどんなものか、想像したことがありますか。暴力と残酷の支配する地獄です。そして、こちらでは——もしも婚礼が行われなければ、すぐに〈鋼の狼〉が決起します。おそろしい流血の惨事になるでしょう」彼は手をのばして、クローディアの両手を取った。「わたしはあなたに、いつでも事実から逃げないことを教えてきたつもりですが」

「先生——」

「婚礼は行われなくては。残されているのはそれだけです。ジャイルズには、戻るすべがないのです」

クローディアは手をふりほどきたかったが、彼がそうはさせなかった。これほど彼に力があるとは、思ったことがなかった。「ジャイルズはわれわれにとっては死んだも同然です。たとえ生きていたとしても」

クローディアは両手を下にすべり落とし、逆に彼の手を、すがるようにつかんだ。「わたし、そんなふうに生きていけるかどうか、わからない」とささやいた。

「わたしがわかっています。あなたは勇敢な人ですから」

「ひとりぼっちになってしまう。先生はここから追い払われるし」

彼の指は冷たかった。「言ったでしょう。あなたにはまだまだ学ぶことがあるようですね」闇の中で、彼はめったにうかべないほほえみを浮かべた。「わたしはどこへも行きませんよ、クローディア」


できなかった。全員で舵輪をひっぱっても、船はまったく安定しない。帆はすでにぼろぼろ、帆綱は四方八方へ飛び散り、船縁は裂け、船は振れながらもジグザグに進み、錨は左右に揺れ、へさきはふるえて、目標の立体をめざしては、上へ下へと方向がぶれた。

「無理だぜ」ケイロがうなる。

「いいや」ギルダスは歓喜しているようだ。「わしらはやれる。気を確かにもて」と舵輪をつかんで、前方を見据えた。

いきなり船ががくんと落ちた。ヘッドライトが立方体の開口部をとらえた。そこに近づいたとき、その開口部が、泡の表面めいて奇妙に弾力性のある膜におおわれているのを、フィンは見た。そこに虹色の光が反射している。

「巨大カタツムリだぜ」ケイロがつぶやく。こんなときでも、よくへらず口をたたけるものだ、とフィンは思った。

じわじわと近づいた。船が間近にせまると、船のヘッドライトがふくれゆがんだ形で、そこに映っているのが見えた。船首斜檣が膜に触れ、くぼませ、貫くと、膜はいきなりかるやかに弾けて消え、かぐわしい空気がふわっと流れた。

上昇気流に逆らいながら、船はゆっくりと回転しつつ黒い立方体の中へすべりこんだ。強烈な風がやわらいだ。大きな影がヘッドライトの上にのしかかる。

フィンは黒い四角を見上げた。あたかも呑み込まれるかのようにその穴が開いたとき、自分がひどく小さく、あたかもクロスのたたみ目に這いこむ蟻のようだと思った。大昔、遠いところで広げられたピクニック・クロスだ。そこには七本の蝋燭のついた半分食べかけのケーキがのっていて、茶色の縮れ毛の少女がたいそう礼儀正しく黄金の皿をさしだしてくれたっけ。

彼は少女ににっこりして、皿を受け取った。

船が砕けた。帆柱が裂け、折れて、まわりに木っ端が飛び散った。アッティアが彼に倒れかかったはずみに上着から落ちたクリスタルの光り物をあわてて追いかけた。「〈鍵〉をつかまえて」と叫んだ。

だが船は立方体の奥の面にぶつかり、闇が彼の上になだれ落ちてきた。蟻が指でつぶされるように。メインマストが倒れてくるように。

第5部　行方不明の王子

29

絶望は深い。夢を呑み込む奈落だ。世界のはてに立つ壁。その背後には死があるのだろう。われらの労力の結果がこれなのだから。

「カリストン卿の日記」


婚礼の朝はよく晴れて暑かった。

天候でさえも計画ずみだった。木々は花ざかりで鳥は歌い、空は雲一つなく青く、気温も完璧、そよ風はやさしく、甘い香りがした。

クローディアの窓からは、召使いたちが馬車で届いた贈り物を汗だくで下ろしているのが見えた。この小高いところからは、ダイヤモンドのきらめき、黄金の輝きさえ見てとれた。

クローディアは石の窓敷居に顎をのせ、そのざらざらしたぬくもりを感じた。

窓のすぐ上には巣があって、燕がくちばし一杯の蠅をくわえて、出たり入ったりしている。目に見えない雛が、両親が出入りするたびにピーピーと鳴き立てていた。

まぶたが重く、体の芯まで疲れていた。一晩じゅう眠らずに横になったまま、寝台の深紅の天蓋を見上げ、室内のしずけさに聞き耳を立てていた。彼女の将来はいままさに下りようとしている重たい幕のように、頭上に垂れこめている。昔の生活は終わった――自由も、ジェアドとの勉学も、長い遠乗りも、木登りも、好き勝手なふるまいも。今日、彼女はスティーン伯爵夫人になり、〈宮廷〉生活、すなわち裏切りと陰謀の戦いの中に乗り出してゆく。一時間後には、侍女たちが湯浴みのてつだいにやってきて、髪を整え、爪を塗り、人形のように着飾らせてくれるだろう。

クローディアは目を落とした。

はるか下に屋根がひとつある。どこかの小塔の勾配だ。しばし彼女はベッドのシーツを全部結びあわせて、ゆっくり、ゆっくりと、右手左手でシーツを交互に持ち替えながら下りてゆけば、はだしの足があの熱いタイルに着くかしら、と夢のようなことを考えた。あるいは急いで駆け下りて、厩から馬を盗み、この白い夜着のまま逃げ出して、はるかな丘の緑の森の中へ逃げこめたら。

それは心あたたまる考えだった。失踪した乙女。行方不明のお姫さま。そう思うと笑みが浮かんだ。だが、そのとき下から声をかけられて、はっと背筋をのばした。見下ろすと、エヴィアン卿が貂《てん》の毛皮つきの美々しい青い服を着て、こちらを見あげていた。

卿は何かを叫んでよこした。窓が高すぎて聞き取れないが、にっこりしてうなずくと、卿は頭を下げ、少しかかとのついた靴を鳴らしながら歩み去った。

その姿を見送りながら、クローディアはつくづく思った。〈宮廷〉の人々はだれでも卿と同じく、香りよく着飾った見せかけのうしろに、憎悪や秘密の殺人計画の網をはりめぐらしているのだろうし、自分もすぐにこの世界で役を演じ始める以上、そこで生き抜くためには、みなに劣らずしたたかにならねばならないのだ、と。フィンはもう助けてあげられない。その事実は呑むしかない。

立ち上がったはずみに、燕があわてて逃げ去ったが、クローディアは鏡台へ向かった。

そこは花でいっぱいで、小さな花輪や、大小の花束が置いてあった。どれも今朝届いたばかりのもので、部屋はむせかえるような芳香に満ちていた。背後のベッドには白いドレスが、その華やかさを見せつけるように広げてある。クローディアは自分を鏡に映してみた。

けっこうよ。カスパーと結婚して、女王になってやる。もし陰謀があるのなら、わたしもその一部になろうじゃないの。殺人があるのなら、それに巻きこまれず生き残ってみせる。支配するのはわたし。だれにも二度と指図されたりはしない。

クローディアは鏡台の引き出しを開け、〈鍵〉を取り出した。クリスタルの多面が日光を受けてきらきら光り、鷲の姿は堂々としていた。

とりあえず、まずはフィンに報告しなければ。脱出はできないのだということを、彼に打ち明けなければ。

わたしたちの婚約は終わったのだ、と告げるのだ。

〈鍵〉に手をのばしたが、それに触れる直前に、扉が軽くたたかれたので、彼女はすぐにそれを引き出しにすべりこませ、ブラシを取り出した。「お入り、アリス」

扉が開いた。「アリスではない」言ったのは父だった。

金めっきの戸がまちの中に立った父の姿は、黒く優雅だった。「入ってもいいかね」

「どうぞ」

父の上着は真新しい深い黒のビロードで、ラペルには白い薔薇をさし、膝丈のズボンはサテンだった。地味な留め金の靴をはき、髪は黒いリボンで結んでいる。上着の長いすそをはねるようにして、上品なしぐさで腰を下ろした。「この服装も凝りすぎで、大変だな。しかし、こんな日には完璧に装わねば」父はクローディアの簡素なドレスにちらと目をやって、時計を取り出し、ぱちんと開けると、鎖にさがった銀の立方体が陽光をはじいた。「クローディア、あと二時間しかないぞ。身支度だ」

彼女はテーブルに肘をついた。「それを言いに見えたのですか」

「わしは、どれほど誇らしい気持ちでいるかを、伝えにきたのだ」灰色の目が彼女の目をとらえたが、その目は鋭く光っていた。「今日こそは、わしが何十年もかけて準備を整え、そのために計画を練ってきた日だ。おまえが生まれるずっと前からだ。今日こそアーレックス家が権力の中枢に入るのだ。いっさいの手落ちがあってはならん」父は立ち上がって、窓辺に歩いていった。緊張で、じっとしていられないらしい。笑顔になって言った。「それを考えると、昨夜は眠れなくてね」

「それは父上だけではありませんわ」

彼はじっと娘を見た。「おまえは何も心配することはない。お膳立ては何もかも整っている。何もかも順調だ」

その声の中の何かに、彼女ははっと顔をあげた。一瞬、父を見つめ、その仮面の下にあるものを見てとった。権力への夢にかりたてられ、それをつかむためには何者をも犠牲にすることをいとわない男の姿を。そして父が、その権力をだれとも分かち合うつもりがないことを、クローディアは冷たいおののきとともに悟った。女王とも、カスパーともだ。「何もかも、とは……どういうことですの」

「すべてがわれらにとってよいほうへ転がってゆくということだ。カスパーは踏み台にすぎぬ」

クローディアは立ちあがった。「父上はご存じでしょう。暗殺計画……〈鋼の狼〉のこと。父上もそれにからんでらっしゃるの？」

彼は一足で部屋を横切ってきて、クローディアが声を立てるほどの力で、その腕をつかんだ。「口をつぐめ」と叫んだ。「ここには盗聴器がないとでも思っているのか」

彼は娘を窓辺につれてゆき、窓を押し開いた。リュートと太鼓の音が漂いのぼってきて、隊長が兵士たちに号令をかける声もした。そうした音にまぎらわせながら、父は低いかすれた声で言った。「クローディア、おまえはおまえの役割を果たしなさい。それだけだ」

「そして、父上はあの人たちを殺すのね」クローディアは身をもぎはなした。

「後で何が起きるかは、おまえにかかわりのないことだ。エヴィアンはおまえに声をかける権利などなかった」

「かかわりがない？　どのくらい時間が立てば、わたしも父上のお邪魔になるのかしら？　どのくらい立てば、わたしも馬から落ちることになるの？」

父はさすがに衝撃を受けたようだ。「そんなことはありえん」

「そうでしょうか」クローディアは痛烈に皮肉った。その毒でもって父を焼き焦がしてやりたかった。「わたしが娘だから？」

父は言った。「おまえを愛するようになったからだ、クローディア」

その言葉の中の何かに、クローディアははっとした。何か妙な感じがした。だが、彼は背を向けた。

「では、〈鍵〉をよこしなさい」

クローディアは眉をひそめたが、それでも鏡台のところに行って引き出しを開けた。〈鍵〉が光った。それを取り出し、花にかざられた中に置いた。

〈管理人〉はやってきて、それを見下ろした。「おまえの大事なジェアドでさえ、この装置の秘密をすべて解き明かすことはできなかったろうな」

「わたしはきちんとお別れを言いたいんです」クローディアは言い張った。「フィンにも他の人たちにも。みんなに説明します。それから父上に〈鍵〉をお返しします。婚礼の場で」

父の目は冷たく澄んでいた。「クローディア、おまえはいつでもわしの忍耐力を試さないと気がすまないのだな」

一瞬、父がすぐに〈鍵〉を取って持ってゆくだろうと思った。だが、彼は戸口へ向かっていった。

「カスパーをあまり待たせるなよ。あの男はすぐに……むくれる」

父が出ていったあと、クローディアは扉に鍵をかけ、腰を下ろして、両手で〈鍵〉をつかんだ。おまえを愛するようになったからだ。もしかしたら父は、それが真実だとさえ考えているのかもしれない。

クローディアはスイッチを入れて、フィールドを立ち上げた。

そのとたんにとびのいた。はずみに〈鍵〉が音を立てて床に転がった。

アッティアが自分の部屋にいる場面が映った。

「あたしたちを助けて」少女はすぐにそう言った。「この船は壊れる。ギルダスはけがをした」

映像が広がった。暗い場所が見え、遠くで風のうなるような音がした。クローディアのテーブルの上の花が花びらを散らした。あたかもそこの突風が、こちらに吹きこんできたかのように。

アッティアがわきに押しのけられた。フィンだ。「クローディア、頼む。ジェアドに何とかしてもらって……？」

「ジェアドはここにはいないわ」彼女は船の破片が床に散らばるのを、なすすべもなく見つめた。ケイロが帆を細かく裂いて、ギルダスの腕と肩を縛っている。だが、血が早くもそこからしみだしているのが見えた。「そこ、どこなの？」

「〈壁〉だ」フィンは疲れているようだった。「これ以上行けない、ぎりぎりのさいはてまで来たんだと思う。ここは〈世界のはて〉だ。先へ抜ける通路があるけれど、ギルダスに耐えられるかどうか……」

「何をぬかすか。わしはやれる」ギルダスが叫んだ。

フィンは顔をゆがめた。「長くは無理だ。クローディア、ぼくらはもう、門のすぐそばまで来ているはずだ」

「門なんてなかったのよ」自分でも無表情な声だとわかった。

フィンは彼女を見た。「でも、きみは――」

「わたし、まちがってたの。ごめんなさい。フィン、もうおしまいなの。門はないし、出口はないの。永遠に。〈監獄〉からは出られないの」

ジェアドは大広間へ入っていった。そこは、廷臣、王侯、大使、〈知者〉、それに貴族たちでごった返していた。色あざやかなサテン、汗の匂い、強い香水が混沌として、ジェアドは気が遠くなりかけた。壁際には椅子が並んでいる。ひとつを目指していって腰かけ、冷たい壁に頭をもたせかけた。そこらじゅうでクローディアの婚礼の賓客たちが大いにしゃべり、笑っている。気の荒そうな若者たちをひきつれた花婿はすでに酔っぱらい、何かのジョークに大声で笑いころげていた。女王はまだ臨席されていない。〈管理人〉もだ。

そばで絹の鳴る音に、彼はふりかえった。エヴィアン卿が一礼する。「先生、お疲れのようですな」

ジェアドは視線を返した。「徹夜しましたから」

「ああ、なるほど。しかしいまにわれらの憂いはすべてのぞかれますぞ」太った男はにっこりし、黒い小扇をぱたぱたと使った。「クローディアどのに、心からお喜びを申し上げていたとお伝えを」

卿はまた一礼し、背を向けた。ジェアドはふいに声をかけた。「ちょっとお待ちを。この前……ある約束をしてくださいましたが……」

「は?」エヴィアン卿の愛想のよさは消え失せていた。露骨な警戒の顔だ。

「その時に〈九本指のお方〉のことをおっしゃった」

エヴィアン卿は目をむいた。ジェアドの腕をつかみ、人だかりの中へ引きずりこむと、ずんずんそこをかきわけていったので、みなが目を見張った。廊下に出て、低い声で言った。「その名を声に出されぬように。信じるものにとっては、聖なる気高き御名ですぞ」

ジェアドは腕をふりはらった。「わたしはいろいろなカルトや宗教について聞いています。女王が認可されているものなら、おそらくすべてを知っています。けれどいまのは……」

「なにも今日のような日に、宗教の話をされずとも」

「いえ、今日だからです」ジェアドの目は澄んで鋭い。「それに時間がありません。あなたのおっしゃるその勇者には別の名前がありませんか」

エヴィアン卿は怒りまじりに吐き出した。「それは申せません！」

「言っていただかないと、卿」ジェアドはにこやかに続けた。「たったいまここで、あなたの暗殺計画を大声でばらしますよ。〈宮殿〉中の衛兵に聞こえるようにね」

エヴィアン卿の額に汗が噴き出した。「断る」

ジェアドは目を落とした。太った男の手には短剣があり、その刃がジェアドの腹に突きつけられていた。気力をふりしぼって、ジェアドは男に目線を合わせた。「どちらにせよ、あなたは人目を引くことになる。名前を、たったひとことでいいのです」

一瞬、ふたりはにらみあった。それからエヴィアン卿が言った。「〈知者〉どの、あなたは腹の据わった方だ。しかし、二度とわたしを挑発なさるな。確かに名前はあります。時の流れに埋もれ、伝説の中に失われた名です。〈監獄〉から脱出したと称する〈一者〉の名。そのお方は、われらのもっとも神秘的な儀式の中では、サフィークとして知られている。これで好奇心は満たされましたかな」

ジェアドは一瞬だけ、彼を見据えた。それから相手を押しやるなり、駆け出した。

ケイロは怒りに打ちふるえていた。彼とギルダスはクローディアをどなりつけた。「よくもわしらを見捨てられるな」〈知者〉がなじった。「サフィーク様は〈脱出〉されたのだ。当然、出口はあるはずじゃ」

クローディアは無言だった。フィンを見つめていた。彼は打ちひしがれて、壊れた壁にもたれてうずくまっていた。ジャケットは破れ、顔には切り傷ができていたが、いまほど彼がジャイルズだと思えたことはなかった。もう遅すぎることがわかったいまほど。

「で、きみは彼と結婚するんだね」彼はしずかに言った。

ギルダスが悪態をついた。ケイロは〈義兄弟〉にきつい目を投げた。「この女がだれと結婚しようが、それが何だってんだ。おそらく、おまえよりもそっちがいいと見極めをつけたんだろうよ」彼は両手を腰にあて、ふりかえるや、えらそうにクローディアをにらみつけた。「そうだろ、王女さま？ 全部あんたのちょっとした気晴らしのゲームにすぎなかったんだろ」と頭をそびやかした。「なんとまあ、おきれいな花に、おきれいなドレスときたもんだ」

彼がぐっと寄ってきたので、クローディアは、ほんとうに相手が手をのばして、自分につかみかかってくるような気がしたが、そのときフィンが「黙れよ、ケイロ」と言って立ち上がり、彼女と向かい合った。「なぜか、だけ教えてくれないか。なぜ、不可能なんだ？」

クローディアには言えなかった。どうして口にできるだろう？「ジェアドがあることを発見したの。どうか、わたしを信じて」

「あることって？」

「〈監獄〉についてのこと。フィン、おしまいだわ。どうかお願い。いまいる場所で、自分を大事にして生きて。〈外〉のことは忘れて……」

「なら、わしはどうなるんじゃ」ギルダスが叫んだ。「わしは〈脱出〉のために、六十年を費やした。生涯かけて、〈監獄〉の中を探しまくって、やっと〈星見人〉を見つけたんじゃ。もう二度と見つからんわい。〈世界のはて〉まで旅してきたのに。わしは生涯の夢を断じてあきらめんぞ」

クローディアは立ち上がり、憤然として彼のほうに歩みよった。「あなたは、フィンを利用した。父上がわたしを利用したように。フィンはあなたにとっては、出口としての意味しかないのね。彼本人のことなんか気にかけていないくせに。あなたたちみんな」

「違う」アッティアが叫んだ。

クローディアは聞き流した。フィンをひたと見つめて、こう言った。「ごめんなさい。こんなふうな結末にならなければよかったのに。ごめんなさい」

扉の外が何か騒々しい。クローディアはふりかえって叫んだ。「だれにも会いたくないわ。追い払って」

フィンが言った。「きみは、ぼくが何から脱出したがってるのか、わかるか。自分自身を知らないという事態からだ。この闇と空白を自分の中に抱えこんでいることからだ。こんなものとずっといっしょに生きてゆくのはごめんだ。ぼくをここに放っていかないでくれ、クローディア」

もう耐えられなかった。ケイロの怒りも、老人の剣幕も、フィンの言葉も。フィンの言葉が突き刺さる。わたしのせいじゃないのに。まったくわたしのせいじゃないのに。彼女は〈鍵〉に手をのばした。「さよならだわ、フィン。わたし〈鍵〉を戻さなければ。父上にすべて知れてしまったの。もうおしまい」

彼女の指が輪を握りしめた。扉の外で言い争う声がする。

そのときアッティアが言った。「クローディア、あ、の、人、は、あ、な、た、の、父、上、じ、ゃ、な、い、よ」

みな、いっせいに彼女のほうを向いた。

アッティアは床に座って膝をかかえていた。立ち上がるでもなく、何を言うでもなく、たった今自分が作り出した驚愕の沈黙の中にじっと座っていた。細面の汚れた顔は平静で、黒い髪は油じみていた。

クローディアはつかつかと近づいた。「どういうこと?」自分の声は小さく、聞き慣れないもののように響いた。

「ほんとだよ」アッティアは冷静で平然としていた。「言うつもりはなかったけど、いま、はっきりきかれたから、もう教えてあげてもいいときだと思う。〈監獄〉の〈管理人〉はあなたの父上じゃない」

「この嘘つきの雌犬!」

「ほんとだよ」

ケイロがにやりとした。

クローディアには世界が揺れたかと思われた。突然、扉の外の喧噪が耐えがたくなった。フィンたちに背を向けて、扉を開けはなった。ジェアドがそこにいて、ふたりの衛兵に取り押さえられていた。

「これはどういうこと?」クローディアの声は鋼のようだった。「先生をここに通して」

「父上のご命令です、お嬢さま」

「父上なぞ」と彼女は叫んだ。「地獄へ落ちるがいい」

ジェアドが彼女を部屋の中に押しもどし、扉を閉めた。「クローディア、聞いてください――」

「お願い、先生、ちょっとだけ待って」

ジェアドは映像のフィールドを見てとった。クローディアが大股でそこに戻ってゆく。「いいわ。話して」と言った。

アッティアはしばらく無言だった。それから立ち上がると、むきだしの両腕の埃をはらった。「あなたのこと、ずっと気に入らなかった。思い上がった、自分勝手な、甘やかされたお嬢さん。自分じゃ肝がすわってるつもりだろうけど、こっちじゃ十分と保たないよ。そして、フィンはあなたなんかの十倍の値打ちがあるんだ」

「アッティア」フィンは低く言ったが、クローディアが鋭く制した。「その子にしゃべらせて」

「あの〈知者〉の塔で、あたしたちはこの場所にいた〈囚人〉全員のリストを見つけたよね。みんな自分の名前を探したけど、あたしは違った」アッティアはクローディアに詰め寄った。「あなたの名前を探した」

フィンがぞっとしてふりかえった。「クローディアの名前はない、って言ったじゃないか」

「あたしが言ったのは、この人は〈監獄〉にいない、ということ。昔はいたんだよ」

フィンは全身が冷たくなった。クローディアを見ると、その顔も蒼白だった。しずかに口を開いたのはジェアドだった。「いつのことですか」

「このお嬢さんはここで生まれて、一週間だけここにいた。それからあとの記録はなかった。記録から消えてる。だれかが生後一週間の女の子を〈監獄〉から連れだして、いまは、そっちにいるんだ。〈管理人〉のお嬢さんとしてね。〈管理人〉は是が非でも娘がほしかった。それはつまり、娘がいたけれど、死んだってことね。そうでなかったら、むしろ息子をほしがっただろうから」

ケイロが言った。「赤ん坊の写真を見て、この娘だってわかったのか。そりゃあ――」

「赤ん坊のときの写真だけじゃないの」アッティアはクローディアを見据えた。「だれかがあの本にこの人の肖像を入れた。あたしたちのとおんなじような映像で。そう大きくなったときの。ほしいものは服でもおもちゃでも馬でも何でももってるところと、そして……」

「婚約の場面だな」ケイロが図星を刺した。

フィンは息を呑んでふりかえった。「ぼくもそこに映ってるのか。ぼくの映像もあったのか。アッティア？」

彼女は口を結んだ。「ううん」

「確かか」

「あなたが映ってたら、そう言うよ」アッティアは熱をこめてふりむいた。「フィン、ぜったいに言うよ。でもこの人の映像だけだった」

フィンはクローディアを見た。彼女は衝撃に呆然としているようだった。ジェアドに目を走らせると、彼はこうつぶやいた。「わたしも、こちらでサフィークの名前を発見しました。どうやら彼はほんとうに〈脱出〉したようです」

ギルダスがくるりとふりかえり、ふたりの〈知者〉は視線をかわしあった。「それ、見たことか」老人は有頂天だった。血を流し、足をひきずっているくせに、全身に力がみなぎっていた。「そっちの人間が、ここから彼女を連れていった。そしてサフィークは出ていった。だから出口があるはずじゃ。ふたつの〈鍵〉を合わせたら、その通路が開くかもしれん」

ジェアドが眉をひそめた。「クローディア？」

彼女は一瞬、動けなかった。それから頭をぐいと起こして、フィンの目をしっかりと見つめた。その目が苦くたけだけしく燃えているのを、フィンは見た。「〈鍵〉をオンにしたままにしておいて。ずっと。わたしが〈内〉に入ったら、あなたを見つけなければならないから」

30

このときまでのわたしのすべての歳月
この壁までのわたしのすべての道。
この沈黙までのわたしのすべての言葉
この没落までのわたしのすべての誇り。
『サフィークの歌』

クローディアは黒いズボンにジャケット姿で、書斎の中をおちつかなげに歩き回っていた。「どう？」

「あと五分です」ジェアドは顔もあげずにコントロールパネルにかがみこんでいる。すでに椅子の上にハンカチをのせ、装置を操作していた。ハンカチは消え失せたが、それを取り戻すことはできなかった。

クローディアは扉をじっと見つめた。

さきほどは自分でも驚いたのだが、怒りのあまりウエディングドレスを引き裂いてしまった。レースを細かく裂いて、ひだの大きなスカートをびりびり破った。何もかも終わりだ。〈規定書〉も終わりだ。わたしはいま臨戦状態だ。暗いワインセラーを抜けてここまで駆けてきたとき、わたしが通り抜けてきたのは、怒りと困惑とむだに費やした過去のむなしさだった。

「よし、と」ジェアドは顔をあげた。「だいたいのところはわかりましたが、この器械があなたをどこへ連れてゆくかは不明です。いいのですか、クローディア？」

「どこへだか、わかっているわ。あの人から遠いところへ、よ」彼が父親ではなかったという事実で、いまだに頭はわんわん鳴り、あの声のこだまが響いてやまなかった。あの少女のしずかで破壊的な言葉ほどのものは、いままでに聞いたことがないように思えた。

「椅子に座ってください」ジェアドが言った。

彼女は剣をつかんで、歩いてゆくと、足を止めた。「先生は？　もしばれたら……」

「わたしのことなら心配は要りません」ジェアドはおだやかに彼女の腕をとって、座らせた。「そろそろわたしも父上に立ち向かう時です。わたしにとっても、それはいいことでしょう」

クローディアは顔をくもらせた。「先生……もし父が何か手荒なことをしたら……」

「あなたが心配すべきなのは、ジャイルズを見つけて連れて戻ってくること、正義を行うことだけです。では幸運を、クローディア」彼は彼女の手をもちあげて、礼儀正しくキスした。クローディアは一瞬、もう会えないのではないかという思いに胸を刺された。飛びついて彼を抱きしめたい思いでいっぱいになったが、彼は器具のパネルのところに行ってしまい、そこから顔をあげた。「用意はいいですか」

クローディアは口がきけなかった。うなずいた。彼の指がパネルにふれる寸前に、あわてて言った。

「さよなら、先生」

彼は青い四角を押し、機械が動きだした。天井のスロットから、白い光の檻が下りてきた。あまりにまばゆく、また現れるやいなや、すみやかに消えてしまった。ジェアドに見えたのは、網膜に刻まれた黒い残像だけだった。

両手を顔から放した。

部屋はからだった。かすかな甘い香りがした。

「クローディア?」ささやいてみた。

いらえはない。長いこと、彼は沈黙の中で待った。ここに残っていたかったが、書斎にずっといるわけにはいかない。〈管理人〉にはできるだけ長く事態を隠し通さなければならない。もし自分がここにいるのが見つかったら……彼はあわただしくコントロールパネルをしまい、大きなブロンズの扉からすべり出て、鍵をかけた。

ワインセラーを抜けてゆくあいだじゅう、ジェアドは恐怖に冷たい汗をかいていた。見逃していたアラームがあるかもしれない。スキャナーで探知できなかった警報装置があったかもしれない。ひと足ごとに、いまに〈管理人〉か〈宮殿〉の衛兵の一隊に出くわすのではないかとおびえた。それで通常の廊下に出たときには、血の気も失せてふるえがとまらず、とあるアルコーブの中にもたれて、大きく深呼吸をせざるを得ず、通りがかりのメイドがひとり、好奇の目で見ていった。

大広間では、喧噪がさらに高まっていた。人だかりを縫ってゆくあいだに、みなの緊張と期待感がヒステリックなまでにふくらんでゆくのがわかった。クローディアが下りてくる予定の階段はどこからでもよく見え、髪粉をふったかつら姿の侍従たちが両側に居並んでいた。ジェアドが暖炉ぎわの席にすべりこんだとき、はなやかな黄金の服をまとい、ダイアモンドのティアラをつけた女王が、階段のほうにいらだたしげな一瞥を投げた。

だが、花嫁はいつでも遅れるものだ。

ジェアドは後ろによりかかり、足をのばした。恐怖と疲労で頭がかすんではいたが、それでも不思議な平安を感じている自分に驚いた。この気持ちはどのくらい続くだろうか。

そのとき〈管理人〉が目に入った。

長身でいかめしい、クローディアの父親ではなかった男。ジェアドは、彼が微笑し、うなずき、待っている廷臣たちと優雅にひとことふたことかわすのを見ていた。一度、時計を取り出して、ちらと目をやり、耳もとにもっていった。まわりがうるさくて時計の動く音が聞こえないとでもいうように。それから、時計を離して顔をしかめた。

徐々に広間の焦燥がつのってゆく。

ざわめきが起きはじめた。カスパーがやってきて、母親に何か言い、鋭く言い返されて、仲間のところへ戻った。ジェアドは女王を見つめた。髪をふんわりときれいにかきあげ、青白い顔に唇の朱が冴えているが、目は冷ややかで隙がなく、どうやら疑いが芽生えはじめているらしい。

女王が指をくいと曲げてみせ、〈管理人〉がそばに寄っていった。ふたりは短い言葉を交わした。家臣がひとり呼ばれた。なめらかな銀髪の家令で、一礼して目立たずに姿を消した。

ジェアドは顔をこすった。

裂けたクローディアの部屋は、たいへんな騒ぎになっているに違いない。メイドたちは彼女を捜しまわり、ドレスをさわってあたふたし、自分たちに下される罰を恐れていることだろう。もしかしたら全員逃げてしまったかもしれない。アリスがそこにいなければいいのだが——年取った乳母が責められるのは気の毒だ。ジェアドは壁に背をあずけて、勇気という勇気をかき集めようとした。

長く待つまでもなかった。

階段上がざわめいた。ひとびとの頭がいっせいにそちらを向いた。女たちもきぬずれの音をたて、首をのばして見ようとし、だが、もれかけたわずかな喝采も当惑の中に呑みこまれて消えた。銀髪の家令が息を切らして駆け下りてきた。両手にドレスを、というかその残骸を持っていた。ジェアドは唇につたい落ちた汗をぬぐった。あのドレスを引き裂いたときほど、クローディアがすさまじい怒りを見せたことはなかった。

あたりが混乱に陥った。

怒りの叫び、命令、武器のぶつかりあう音。

ゆっくりと、ジェアドは立ち上がった。

女王は蒼白な顔だった。〈管理人〉のほうに向き直った。「これはどういうことなの？　娘御はどこです？」

彼の声は氷のようだった。「陛下、まったくわかりません。しかし、もしかして……」

そこで声を切った。灰色の目が、人垣を分けて近づいてくるジェアドのそれにぶつかった。

ふたりはお互いを見つめあい、人々がそれに気づき、ふっと口をつぐんで、ふたりの間から引き退いた。あたかもこの怒りの通路に立ちふさがりたくないとでもいうように。

〈管理人〉が口を開いた。「ジェアド先生。娘がどこかご存じか」

ジェアドはかろうじて小さな笑みを浮かべた。「残念ながら、それにはお答えできません。しかし、これだけは言えます。お嬢さまは結婚を取りやめられました」

あたりは水を打ったように静まりかえった。

女王が怒りに目を燃やして言った。「わが息子を捨てたと申すのか」

ジェアドは一礼した。「お心を変えられました。急なことで、おふたりには顔向けができないと思し召されました。〈宮殿〉を出てゆかれました。なにとぞお許しを得たいとのことです」

最後の文はクローディアがいやがるだろうな、という気はしたが、念には念を入れねばならない。かえってくる反応に対して、彼は身構えた。女王が悪意そのものの笑い声を放った。〈管理人〉に向き直った。「ジョンどのには、何たる痛手でしょうね。あれだけの策を練って、準備万端整えてこられた今となって！　わたくしは前から、心より賛成はしておりませんでした。あの娘は……役不足でしたよ。あなたの選んだ身代わりは失敗でしたわね」

〈管理人〉の目はジェアドに吸いついたまま離れず、〈知者〉はそのバジリスクのようなまなざしに、じわじわと勇気が石化してゆくのを感じた。「あの娘はどこへ行った？」

ジェアドはごくりと息を呑んだ。「故郷へ、です」

「ひとりでか？」

「はい」

「馬車にのって？」

「馬で」

〈管理人〉はふりむいた。「巡視隊に追わせろ。すぐに、すぐにだ」

信じたのだろうか。ジェアドにはよくわからなかった。

「そなたの家庭内のごたごたには同情しますが」女王は非情に言った。「二度とこのような侮辱をこうむるつもりがないことを承知しておきなさい。〈管理人〉どの、もう婚礼は白紙です。たとえ娘御が這って戻ってこられたとしても」

カスパーが「小賢しい恩知らずの雌犬め」とつぶやいたが、母親が目顔でそれを黙らせた。

「部屋を片づけよ」鋭い声で命じた。「みな、出てゆきなさい」

それが合図だったかのように、いちどきにどやどやと声が上がった。興奮した問い、落胆のささやき声。

そのあいだじゅう、ジェアドはじっと立ちつくし、〈管理人〉は彼を見つめていた。その視線の中の何かが、〈知者〉にはもう耐えられなかった。彼は背を向けた。

「あなたは残ってもらいたい」ジョン・アーレックスの命令はしわがれて、言葉は不明瞭だった。

「〈管理人〉どの」エヴィアン卿が人をかきわけて近づいてきた。「たったいま、うかがったばかりだが……まさか、本当なのか」

きざな態度は剥がれおちていた。はりつめた顔は真っ青だ。

「ほんとうだ。娘は行ってしまった」〈管理人〉は不穏な一瞥をくれた。「これで終わりだ」

「では……女王は？」

「女王のままだ」

「しかし……われらの計画は……」

〈管理人〉は怒りを爆発させて、さえぎった。「もう、たくさんだ。わしの言葉が聞こえなかったのか。そなたは嗅ぎ煙草と香水の世界に戻るがいい。いま、わしらに残ったものはそれだけだ」

何が起きたのかよく呑みこめない顔で、エヴィアン卿は襟飾りつきのぴっちりした胴着をおちつきなくひっかき、ボタンをひとつもぎとってしまった。「これで終わりにすることはできませんぞ」

「もう、できることはない」

「われわれの夢は。〈時代〉を終わらせる夢は」彼はかくしに手をさしこんだ。「いやだ。わたしは我慢ならん」

何が起きようとしているのかジェアドが悟る前に、ナイフがぎらりと飛び出し、女王にふりおろされた。女王がふりかえると、刃はその肩先を切りさいた。驚きの悲鳴。たちまち金色の布地からはぼたぼたと血が滴り、小さく飛び散り、また盛り上がった。女王はあえいで、よろよろとカスパーにしがみつこうとし、廷臣たちの腕に抱きとめられた。

「衛兵！」〈管理人〉が叫ぶ。シャッと剣を抜いた。

ジェアドはふりかえった。

エヴィアンが桃色の服を返り血に染めて、ふらふらと後ずさった。自分の失敗に気づいたのだ。女王は泣き叫んではいるが、致命傷ではなく、もう第二撃を浴びせる機会はない。少なくとも女王に対してては。兵士たちが突入して、鋭い矛をかまえて、彼を鋼の輪の中に追いつめた。エヴィアン卿は、ジェアドを、〈管理人〉を、カスパーの青ざめておびえた顔を見たが、目には何も映っていなかった。

「こうするのは、自由のためだ」とおだやかに言った。「この世界は何も与えてくれぬからな」すばやく正確に、彼はナイフを持ちかえ、両手で自分の心臓に突きこんだ。刃物の上にくずおれ、ぐったりとなって、つかのま痙攣したのち、動かなくなった。ジェアドが兵のわきをすりぬけ、上にかがみこんだが、即死であることがわかった。血がさらにじわじわと、絹の布ごしにあふれてきていた。

ジェアドはおののきつつ、その肉付きのよい顔と見開いたままの目を見下ろした。

「愚かなうえに」〈管理人〉が背後で言った。「弱い人間だった」と、手をのばしてジェアドを引きずるように立ち上がらせると、手荒にこちらを向かせた。「〈知者〉の先生、わしはあなたこそ弱いのだとずっと思ってきた。その通りかどうか、いまにわかる」彼は衛兵に目をやった。「部屋にお連れして、鍵をかけろ。そこにある器具はすべてわしのもとへ持って来い。外に見張りをふたり立てろ。外に出してはいかんし、だれにも合わせてはならん」

「御意」衛兵は頭を下げた。

女王は運びだされ、人だかりも散りはじめた。あっというまに大広間はほぼ無人になった。花づなやオレンジの花が、開いた窓から吹き込むそよかぜに、わずかに漂っている。戸口へ引き立てられてゆきながら、ジェアドの足は落ちた花びらとねばつく砂糖菓子を踏んでいった。二度と行われることのない婚礼の残骸を。

外へ押し出される前に、彼はふりかえって、〈管理人〉が両手を高い暖炉にかけ、からの炉の上に体を傾けているのを見た。その両手は、白い大理石の上でこぶしを作っていた。


何も起こらず、ただ白い光が来ただけだった。クローディアは目を開けたが、しくしく痛んだ。視界がかすみ、小さな黒い点々がしばらくあたりを浮遊し、〈小房《セル》〉の壁がぼやけて見えた。

そう、ここは〈小房〉だ。悪臭がする。あまりに強烈な臭いに、クローディアは吐きそうになり、湿気と尿と腐った死骸と藁の匂いを、とにかく吸い込むまいとした。

そこらじゅうに藁があった。クローディアはその上に座っている。蚤がそこからぴょんと手に飛びうつった。ぎょっとして、彼女は飛び上がり、払いおとした。ふるえる体をかきむしる。

ではここが〈監獄〉なのだ。

想像と寸分たがわなかった。

〈小房〉は石壁に囲まれ、石には大昔の名前や日付が刻まれて、乳白色の苔とふさふさの藻におおわれていた。頭上のふたつの丸天井は闇に沈んでいる。壁の高いところにひとつだけ窓があるが、ふさいであるようだ。それだけだ。だが、〈小房〉の扉は開いていた。

クローディアはもう一度、咳こまぬよう注意しながら息を吸った。〈小房〉の中には沈黙があった。それは重苦しくつつみこむような沈黙で、冷たくじっとりしていた。あたかも聞き耳をたてているような沈黙だ。〈小房〉の隅には〈目〉があった。小さな赤い〈目〉が、無感動にこちらを見つめている。

体調は悪くない。体はひりひりもしないし、気分が悪くもない。自分自身を見た。両手が〈鍵〉をつかんでいる。わたしはほんとうにあんなふうに小さくなったのか。それとも縮尺などというものは、相対的なものなのか――これが正常で、外の〈領国〉が巨人の場所なのか。

戸口に行ってみた。もう長いこと閉まった形跡がない。鎖がそこからぶらさがっているが、腐食して錆びついた塊になり、蝶番は食われてなくなり、扉はへんな角度にぶらさがっていた。背をかがめてそこを通りぬけ、通路に出た。

石が敷き詰めた汚い床が、闇の中へとのびている。

クローディアは〈鍵〉を見、映像をオンにした。「フィン？」とささやいた。

何も起きない。ただ廊下のずっと先で、何かがブーンと音を立てた。低い振動音で、機械が稼働しているときのようだ。クローディアはあわてて〈鍵〉をオフにした。胸がどきどきする。「あなたなの？」

何のいらえもない。

二歩歩いて、足を止めた。音がすぐ前方からまた聞こえる。低い、奇妙な追跡音。赤い〈目〉が開いて、視線がゆっくりと半円を描き、それから止まって、クローディアのほうへまためぐってきた。

彼女はぴたりと動きをとめた。

「おまえが見える」低い声が言った。「おまえを知っている」

フィンの声ではない。まったく知らない声だ。

「わしはわが子を決して忘れない。だが、おまえはしばらくここにいなかったな。そのことがよく理解できぬが」

クローディアはぬらついた手で頬をぬぐった。「あなたはだれ？　姿が見えない」

「いや、見えている。おまえはわしの上に立っている。わしを呼吸している」

彼女は一歩さがって見下ろしたが、そこにあるのは石の床と闇ばかりだ。

赤い〈目〉が見つめてくる。クローディアは臭い空気を吸いこんだ。「あなたは〈監獄〉ね」

「そうだ」うっとりしたような声音。「おまえは〈管理人〉の娘だな」

クローディアは口がきけなかった。ジェアドが、〈監獄〉は知性のある存在だと言ったことがあるが、こんなふうだとはまったく思いもよらなかった。

「クローディア・アレクサ。お互いに助け合おうではないか」声はおちついており、かすかなこだまをにじませていた。「おまえはフィンとその仲間を探している。そうではないか」

「ええ」認めてしまってよかったのだろうか。

「彼らのもとへ連れていってやろう」

「〈鍵〉があれば行けるわ」

「〈鍵〉は使うな。わしのシステムを乱す」

聞き間違いかもしれないが、その声にはあわてたような、いやあせったような響きがあった。クローディアはゆっくりと、暗い廊下を歩きだした。「わかったわ。それで、お返しに何をしてほしいの？」

音がした。ため息のような、低い笑い声のような。「初めてそんなことをきかれたな。〈外〉のことを話してほしい。サフィークは、戻ってきて話してやる、と誠実に約束したが、戻ってこなかった。おまえの父親はその話はしていないな。心臓の中の心臓である、わしの心は、ほんとうに〈外〉なるものが存在するのか、わからなくなってきた。サフィークはただ死んだだけではないのか。おまえはわしの探知できぬところに暮らしておるだけではないのか。わしには十億もの〈目〉と感覚器があるが、外は見えぬ。クローディアよ、〈脱出〉の夢を見るのは収監者だけではないのだ。しかしながらこのわしは、いかにすれば、わし自身から脱出できるというのか」

角にさしかかった。通路は二つに分かれ、どちらも暗くぽたぽたと水音がし、同じように見えた。クローディアは顔をしかめ、〈鍵〉をきつく握った。「わからない。わたしがやろうとしていることだけで十分たいへんなのに。いいわ。フィンのところへ連れていって。歩きながら、〈外〉のことを話してあげる」

いくつもの光が前方にともった。「こっちだ」

クローディアは足を止めた。「あの人たちがどこにいるか、ほんとうにわかっているの？　罠じゃないわね？」

沈黙。それから声は言った。「ああ、クローディア。おまえの父親はどれだけ腹を立てることだろうな。このことを知ったら」

31

彼は一日と一晩落ちていった。真っ暗な穴へ落ちこんだ。石のように落ち、翼の折れた鳥のように落ち、投げ落とされた天使のように落ちた。彼が底に落ちたことは世界を傷つけた。

『サフィークの伝説』

「おい、変わったぜ」ケイロは〈鍵〉をじっと見つめた。「色が」

フィンはクリスタルを光の中へ持ち上げてみた。赤い光がブーンと音を立て、ちらちらしたと思うと、無音の虹色になった。〈鍵〉は手の中で温かくなったように思われた。

「クローディアが〈内〉に入って来たのかもしれない」

「なら、なんでおれたちに話しかけてこない?」

前方の闇の中をひょこひょこと歩くギルダスがふりかえった。「フィンよ、方角はこっちか?」

彼にはわからなかった。破船の残骸ははるか後ろになった。立方体はじょうご状態になっており、奥へ駆けこむにつれて細くなり、壁と天井がせまってくる。さらに黒い多面の石、すなわち見慣れた黒曜石の光沢をもつ壁になっていった。

「ぼくのそばを離れるなよ。防御フィールドがどのくらいの範囲か、わからないから」彼は小声で言った。

ギルダスはろくに聞いていない。ジェアドと話をして以来、例の熱にうかされたような冒険欲がよみがえっていた。ひとり先に立ち、不安そうに足をひきずりながらも、壁のかすかな傷を調べては、ぶつぶつつぶやいている。けがなど意に介していないようだが、放置しておいてよい程度のものではないだろうとフィンは見当をつけていた。

「あの老いぼれは、正気じゃない」ケイロが不快そうにささやいた。ふりかえった。「それに、あいつだ」

アッティアはひとり遅れている。わざとゆっくり歩いているようだった。うすぐらいなかで、彼女は深く考えこんでいるように見えた。

「あれは派手なすっぱぬきだったな」ケイロは歩き続けた。フィンに鋭い目を投げた。「まさにどてっぱらへの一撃だぜ」

フィンはうなずいた。クローディアからは、もう長いことうんともすんとも言ってこない。深手を負ったものが痛みを感じないように、じっと動かずにいる、ちょうどそんな感じだった。

「だがな。それはつまり出口はあるってこった。おれたちも出られるんだ」ケイロが言った。「あんたは情け知らずだ。自分のことしか考えてないのか」

「おまえもだぜ、きょうだい」〈義兄弟〉は、用心深くあたりを見回した。「もしも〈外〉があって、そこでおまえが王さまだっていうんなら、おれは何があったって、おまえを守ってやるぜ。ケイロ公になるってのも悪くはねえ」

「ぼくにそんなことができるかどうか……というか、そもそもそういう立場かどうか」

「できるさ。みんな、ごっこなんだろ。フィン、おまえは嘘の天才だぜ」ケイロは流し目に彼を見た。「でも、いつか本物になるんだ」

一瞬、ふたりは目をかわしあった。それからフィンが言った。「何か聞こえないか」

つぶやくような声。低い声が廊下を漂ってくる。ケイロが剣を抜いた。アッティアが追いついてきた。「あれ、何？」

「何かが前にいる」ケイロが熱心に聞き耳を立てたが、音は二度と聞こえなかった。片手を壁について、じっと立ったままギルダスがつぶやいた。「クローディアかもしれんぞ。わしらを見つけたのだ」

「そりゃ、えらく早く行動したもんだな」ケイロは足音を殺して歩きつづけた。「まとまって動こう。フィンがあんたのうしろだ。そして〈鍵〉を守る」

ギルダスは鼻を鳴らしたものの、ふたりの間にはさまった。

あれは声だった。前方のどこかでしゃべっていた。そろそろとそちらに近づくにつれて、通路は雑然としてきた。太い鎖が道をよこぎっていたり、手かせや足かせが転がっていたり、あちこちに道具の山ができていたり、こわれた〈カブトムシ〉が仰向けになっていたりする。四人は〈小房〉をいくつか通りすぎたが、いくつかは扉が閉まっており、格子からのぞくと、暗い小部屋の中では鼠がからの皿を這いまわり、片隅には死体らしい汚れたぼろ布の塊が転がっていた。いっさいが、しんとして動かない。ここは創造者にすら忘れられた場所、〈監獄〉が何世紀も見過ごしてきた片隅なのかもしれない、とフィンは感じた。マエストラの仲間が〈鍵〉を見つけたのも、こんなような場所だったのだろうか。〈鍵〉を造った男、あるいは盗んだ男の、からからになった骨のそばにあったのだろうか。

太い柱をぐるりと回ったとき、フィンはマエストラのことを忘れはじめていた自分に気づいた。あれはもうすでに大昔のことのように思えるが、橋のがたがた鳴った音、彼女のあのまなざしは、まだ彼の裡にあって、彼が眠りこみ、もうだいじょうぶだと感じるのを待ちかまえている。それから、彼女の示してくれた憐れみ。

アッティアが彼をつかまえた。フィンはいつのまにか、みなを追い越していきかけていたのだ。

「目を覚ましてろよ、きょうだい」ケイロがすさまじい気迫で言った。

心臓が早鐘を打つなかで、彼は何とか頭をはっきりさせようとした。顔のちくちくする感じは薄れた。それで深呼吸した。

「だいじょうぶか」ギルダスがささやく。

フィンはうなずいた。もう少しで発作に襲われるところだった。そう思うと、気分が悪くなった。

角を曲がったところで、彼は目を見張った。

さっきの声が、聞いたことのない言語で語っていた。歯切れのよい音と、鼠の鳴くような音、また大仰な感じのシラブルから成る言葉だ。それが〈カブトムシ〉や〈掃除屋〉や〈蠅〉に向かって語りかけ、また壁から出てきた金属の鼠たちには、死体を運び去るよう命じていた。何百万ものそうしたものたちが大広間の床や、はりわたされた綱の上、また空中の渡り道に音もなくうずくまり、そのすべてが、闇にきらめく火花のようなひとつのまばゆい星に向かい合っていた。〈監獄〉はみずからの生き物たちに指示を与え、それが語る言葉は音のだんだら模様であり、爆裂音と轟音の織りなす詩のようだった。

「あいつら、聞こえるのかな」ケイロがつぶやく。

「あれは単なる言葉じゃない」それは、闇の心臓の奥深くに響く振動音でもあり、大きな心臓の鼓動音でもあり、大時計の打つ時鐘の音でもあった。

声が止んだ。たちまち機械たちは向きを変え、整然と列をなして、闇の中に去ってゆき、最後の一機が消えるまで、ほとんど何の音も立てなかった。

フィンが動いたのを、ケイロがしっとつかみとめた。

〈目〉はまだ見つめている。その光がからの広間を照らしている。やがて声が低く言った。「フィンよ、〈鍵〉を持っているか。それを渡してくれるか」

フィンは息を呑んだ。逃げだしたかったが、ケイロが手を放さなかった。唇を噛みつつ、彼は〈監獄〉の小気味よげな低い笑い声を聞いた。「クローディアは〈内〉にいる。それを知っていたか。もちろんわしは、おまえたちを引き離しておくつもりだ。わしはまことに広大ゆえ、それはたやすいことだ。わしに何か言うことはないか、フィン」

「あいつは、おれたちがここにいるという確証がないんだ」ケイロがつぶやく。

「ぼくには確証があるように聞こえるが」

彼はふいに、〈鍵〉の防御の範囲から踏み出したい、両腕を開いて、出てゆきたいという不条理な衝動を感じた。だが、ケイロは彼を放さず、無理矢理向きを変えてアッティアのほうへ戻ろうとした。

「早く。戻るんだ」

「もちろん。わしは機械に過ぎぬ」〈監獄〉が辛辣に言った。「おまえたちとは違う。だが、おまえたちはどうだ？　それほど純粋な生身なのか。わしも少々実験を試みようか」

ケイロが錯乱して、彼を押しやった。「逃げろ」

遅すぎた。シューッ、バリバリという音がした。剣がケイロの手から飛び出して、ガンと壁にぶつかり、そこに上下さかさになってくっついた。

続いてフィンが引き戻され、石の山にぶつけられた。ベルトにつけた〈鍵〉が彼をそこに縫い止め、持っていた短剣がとほうもない力で彼の腕をぴしりとたたきつけた。

「ああ、いま、おまえを感じるぞ、フィン。おびえておるな」

フィンは動けなかった。一瞬、彼は壁の肌理の中に吸い込まれるように感じて、ぞっとした。だが、ギルダスにぐいとひっぱられて、ナイフを放すと、手が自由になったので、壁が磁石になっていたのだとわかった。鉄のかけらやブロンズの破片が、水平方向にものすごい勢いの暴風となって飛んでゆく。たちまちのうちに、道具や鎖、大きな環などが壁に吸いつけられて盛り上がった。フィンは悪態をついて、身をかがめた。ひとつが耳のそばをかすめて、ガンと壁にぶつかったのだ。「引っぱがしてくれ」彼は叫んだ。

体が〈鍵〉と磁石の壁のあいだで、押しつぶされそうだ。

ギルダスはすでにクリスタルをつかんでいた。ぐっとかかとを踏んばって、「手を貸せ」とかすれ声を出した。アッティアの小さな手もぎゅっと〈鍵〉をつかんだ。ふたりが、目に見えない指からそれをもぎ取ってくれたかのように、のろのろと、〈鍵〉の重さが消えてゆき、フィンはたたらを踏んで前につんのめった。

「逃げろ、早く」

〈監獄〉が腹の底から深い笑い声をあげた。「おまえは逃げられん。きょうだいを置いてはゆけんだろう」

駆け出しかけていた足が止まった。

ケイロが壁際に立っている。片手が壁に、奇妙な角度で、つまり手の甲を黒い表面に着けるような形でくっついている。フィンは一瞬、彼が剣を引きはがそうとしているのかと思い、「放っておいて、逃げろ」と叫んだが、そこでケイロは振りかえるや、冷たい憤りの目を投げてよこした。

「剣じゃねえ」

フィンは〈義兄弟〉の腕をつかんで、引っ張った。

腕がぴったり吸いついている。

「それを放せよ」

「おれは何もつかんじゃいねえ」彼は顔をそむけた。フィンは近づいてよく見た。

「それは……」

ケイロは首をねじって、フィンを見、彼はその目にたぎる怒りに打ちのめされた。「おれなんだよ、フィン。わかんないのか。それほど馬鹿なのかよ。おれさまだよ！」

右手の人差し指の爪。そこが壁に吸いついており、フィンがその手をつかんで引き離そうとしても、びくともしなかった。その小さな楯型は、金輪際離れないような力でもって、磁石にくっついていた。

「こやつを離してやろうか」〈監獄〉がずるそうに尋ねた。

フィンはケイロを見、ケイロが見返した。「頼む」フィンはつぶやいた。

そのとたん、ふるえがくるほどのすさまじい勢いで、すべての金属が轟音をあげていちどきに壁から落下した。

クローディアは足を止めた。「今の、何?」

「何が?」

「あの音」

「〈監獄〉ではいつも音がしている。女王の話を続けてくれ。その女は……」

「あっちから聞こえたわ」クローディアはいまくぐっているアーチのさきの、薄闇に目を放った。そこは頭がぶつかるほどの天井の低い通路で、蜘蛛の巣が張りめぐらされている。

〈監獄〉は笑ったが、その声の底には不安が忍びこんでいた。「フィンを探すなら、まっすぐに行かねばならん」

クローディアは無言だった。ふいに、あたりじゅうに、びりびりと〈監獄〉の存在を感じた。息をひそめ、待ちかまえている気配を。クローディアは自分が小さく無力だと感じた。「わたしに嘘をついているわね」

一瞬、何も起こらなかった。鼠が一匹、通路を駆けてくると、クローディアを見、避けるように引っ返していった。それから声が、考え深げに言った。「フィンに対するおまえの考えは、愚かしいほどロマンティックだな。行方不明の王子、幽閉された勇者。おまえは、自分の覚えている小さな少年がフィンだったらいいと思っている。だが、かりにフィンがジャイルズだとしても、それはいわば前世のことであって、世界ひとつぶん昔のことだ。いまの彼は同じではない。わしが変えたのだ」

クローディアは闇の中を見上げた。「まさか」

「まさかではない。おまえの父親は正しかった。ここで生き残るためには、ひとはみずからの奥底にまで下りてゆかねばならぬ。獣になり、何にもかまわず、ひとの苦しみは見てみぬふりをする。フィンは盗みをした。殺しもしたかもしれぬ。どうしてそんな男が王座にもどって、人の上に立てる？〈知者〉たちは賢明だったが、やつらの造りあげたのは、容赦のないシステムだった。クローディア、許しのないシステムだったのだ」

その声に、クローディアの全身が冷えた。聞きたくなかった。その説得力に満ちた懐疑に引き込まれたくなかった。

クローディアは〈鍵〉をオンにして、天井の低い通路に入り、走り出した。

床にばらまかれたがらくたに、靴がすべる。それは骨だの藁だの、上を飛び越えたはずみにばらばらになる、ひからびた死骸だったりした。

「クローディア、どこだ？」

声はまわりじゅうから聞こえた。前方からも、下からも。

「止まってくれ、頼むから。でないと、無理にでも止めるぞ」

クローディアは答えなかった。ひょいと一つのアーチをくぐったところで、トンネルが三本に分岐していたが、〈鍵〉が手を焼き焦がすほどに熱くなっていたので、クローディアは左手のトンネルに飛びこんで、扉が開いたままの〈小房《セル》〉の列の前を駆けぬけていった。

〈監獄〉がとどろいた。床が波打ち、絨毯のように盛り上がる。クローディアは宙に投げ出されて息を呑み、どしんと落ちて悲鳴をあげた。片足から血が流れていたが、立ち上がると走り続けた。〈鍵〉をもっていれば、自分の居場所を、〈監獄〉が完全には把握できないのがわかっていたからだ。

世界が揺れた。左右に大きく傾いた。闇が押しつつんできて、壁からは有毒な臭いがしみだし、コウモリが群れをなして飛び回った。クローディアは悲鳴をあげはしなかった。石に爪をたてるようにしてじりじり前進したが、そのあいだにも通路自体が小山のように盛り上がって、上にのっていた瓦礫が、急角度のすべりやすい斜面を彼女のほうになだれ落ちてきた。

そうして、もうあきらめて、体がすべり落ちるにまかせようとしたとき、声が聞こえた。

ケイロは指を曲げのばししていた。顔は真っ赤で、フィンの目を見ようとしない。沈黙を破ったのはギルダスだった。「つまり、わしは半人《ハーフマン》といっしょに旅をしとったわけじゃな」

ケイロはその言葉を聞き流した。フィンを見て、言った。「どのくらい前から知ってた?」

「最初から」〈義兄弟〉はおさえた声音で言った。

「だけどよ。半人《ハーフマン》を一番いやがってたのは、おまえじゃねえか。見下しててよ……」

そう言ってから、ケイロはいらいらと首をふった。「そうだな。そりゃそうだ。おれだって嫌ってた。おまえよりおれのほうが、やつらを憎む理由があった。やつらを見ると、おれがびびって固まったのを、知ってたか」彼はアッティアにちらと目をやってから、〈監獄〉に向かってわめいた。「そしてあんたもだ！　あんたの心臓を見つけたら、真っ二つにしてやる」

フィンは、ケイロがそんなふうに感じていたとは知らなかった。ケイロはあまりにも完璧で、自分の理想そのものだった。二枚目で、大胆で、欠けたところがなく、いつも自信まんまんの活気にあふれていて、それがずっとうらやましかった。びびって固まったことなど、なかった。

「わが子らはみなそう思うのだ」〈監獄〉はずるそうに答えた。

ケイロはどさりと壁にもたれかかった。彼の中の火が消えたようだった。「こわかったのはな、これがどこまで広がってるのかわからなかったからさ」片手をあげると、さっきの指を曲げた。「本物そっくりだろ？　だれにもわからん。ほかにもおれのどれだけの部分がこうなってるのか、わかりゃしない。体の中の、器官だの、心臓だのがよ。どうすれば、わかる？」その問いかけにはある種の苦悶がこもっていた。すでに何百万回も心中で問いかけたことのある問いのようだった。威勢のいいたんかや傲慢さの背後には、人には見せない恐れが潜んでいたかのようだった。

ケイロはあたりを見回した。

「〈監獄〉なら、教えてくれるだろ」

「いい。おれは知りたくない」

「ぼくはそんなことはどうでもいいんだ」フィンは、ギルダスが鼻を鳴らすのを無視して、アッティアに目をやった。

しずかに彼女は言った。「じゃ、あたしたちはみんな不完全なんだ。あんたでさえも。残念だね」

「ありがとうよ」ケイロは皮肉に返した。「同情してくれるのが犬奴隷に〈星見人〉か。うれしくて元気が出るぜ」

「ぼくらはただ……」

「その先は言うな。いらんお世話だ」彼はフィンののばした手をふりはらい、まっすぐに身を起こした。「それに、これでおれが変わるとは思うなよ。おれはおれだ」

ギルダスがひょこひょこと先へ歩いていった。「わしは同情などせんからな。さて行こう」

ケイロが老人の背をにらみつけた目つきには、フィンが気圧《けお》されるほどの強烈な憎悪がこもっていた。〈義兄弟〉は床から剣をひろいあげたが、〈知者〉のあとを追って一歩踏み出したとき、〈監獄〉が揺れてふるえだした。

フィンは壁につかまった。

世界の揺れが止まると、空気はひどく埃っぽくなっていた。埃が霧のようにわだかまり、耳ががんがん鳴った。ギルダスが苦痛に声をもらした。アッティアがよろよろと進む。毒気の中、彼女は先を指さした。「フィン、あれは何?」

一瞬、彼にはわからなかった。それから顔が見えた。異様なほど清潔な顔で、目は賢そうに輝き、おおざっぱに束ねた髪はくしゃくしゃだった。過去の霧のかなたから自分を見つめていた顔。あの顔がケーキの蝋燭の炎の上にあって、自分はケーキの上に身を乗り出して、蝋燭をひと息で吹き消した。

「あなたなの？」彼女がささやいた。
彼は無言でうなずいた。これこそクローディアだ。

32

諸君はいずれ、このことに感謝するだろう。くだらぬ器械にエネルギーを浪費することもなくなる。嫉妬や欲望にまどわされぬ簡素な生き方を学ぶのだ。われらの魂は凪いだ海のごとく穏やかになろう。

「エンダー王の法令」

兵士たちが二時間後にやってきた。

ジェアドはそれを待っていた。しずかな部屋で固いベッドに横になって、開けた張り出し窓からきこえる〈宮殿〉の物音に耳を傾けていた。はるか下を駆ける馬の蹄の音、馬車の音、走り回る音、叫び声。まるでクローディアが蟻塚に棒をつっこんだせいで、蟻たちがパニックに陥ったかのようだ。

女王は負傷し、平和は失せた。

女王といえば。ジェアドはこわばった体を起こして、兵士らを見たとき、女王の怒りには向かい合いたくない、ととっさに思った。

「先生」制服の男はとまどい顔だった。「一緒においでください」

いつも〈規定書〉どおりだ。それにのっとれば、真実に向き合わずにすむ。階段を下りてゆくとちゅう、衛兵たちは鉾槍を職務の象徴のように掲げながらも、さりげなく後ろに下がっていた。ジェアドは、すでにありとあらゆる感情を味わいつくしていた。恐怖、虚勢、絶望。いま残っているのは、ものうい覚悟だけだ。〈管理人〉に何をされても、耐えしのぶこと。クローディアのために時間かせぎをするのだ。

驚いたことに、衛兵たちは、大使や使節が議論を戦わせ、使者が忙しく出入りしている来賓室の前を通りすぎ、東翼の小さな部屋に向かった。そこに入るように言われて、見ると、そこは女王の私的な客間で、きゃしゃな金色の家具にあふれ、智天使やら愛想笑いを浮かべた女羊飼いやらに支えられたマントルピースの上には、凝った造りの時計がのっていた。

そこにいたのは〈管理人〉ひとりだった。

デスクに座っているのではなく、戸口のほうを向いて立っていた。暖炉のそばには安楽椅子がふたつ、無造作に並べてあり、からの火床にはポプリを入れた大鉢があった。

やはりまだ罠の匂いがする。

「ジェアド先生」〈管理人〉が長い指で、椅子の一方をさした。「お座りを」

ジェアドはありがたく、そうした。呼吸は浅く、頭がぼうっとしていた。

「水を少しいただけますか」〈管理人〉は水を注いで、杯を持ってきてくれた。ジェアドは飲みながら、クローディアの父親……ではなかった男……がじっと自分を見つめているのを感じた。

「ありがとう」

「食事はされなかったのか」

「はい。この……大騒ぎで……」

「あなたはもっと体に気をつけなければいけない」声はきびしい。「何時間もぶっ通しで、あの禁じられた器械を調べたりしてはな」

〈管理人〉は手でさしてみせた。窓ぎわのテーブルを、自分の実験機材の数々が埋め尽くしているのを、ジェアドは見た。スキャナーに映像変換器、警報防止装置。彼は何も言わなかった。「こういうものが全て不法だということは、もちろんご承知だと思う」〈管理人〉の目は氷のように冷たい。「われわれは〈知者〉にはつねに、いくらかの自由を認めてきたが、あなたはその特権を大いに活用してこられたようだな」それから少し間をおいて言った。「クローディアはどこだね、先生」

「さきほど申し上げ——」

「嘘はいい。故郷にはいない。馬の数もそろっている」

「では……足で行かれたのかと」

「そうだろうとも」〈管理人〉は向かいに腰を下ろした。黒いサテンのズボンに上品にしわが寄った。「しかも、故郷、という言葉を使うことで、嘘はつかなかった。そういうつもりだろう」

ジェアドは杯を下ろした。ふたりは見つめ合った。

「クローディアは、どうして知ったのだ?」ジョン・アーレックスは言った。

ジェアドはふいに心を決めた。真実を話そう。「〈監獄〉の中の娘から聞きました。アッティアという名の、フィンの友達です。その子が、ある記録から発見したのです」

〈管理人〉はゆっくりとかみしめるようにうなずいた。「そうか。クローディアはどう受け止めた？」

「たいそう……衝撃を受けておられました」

「怒り狂っておったか」

「はい」

「そうだろうな」

「それにたいそう、心を乱しておられました」

〈管理人〉は射貫くような一瞥を投げたが、ジェアドはおだやかな目を返した。「ずっとあなたの令嬢であることに安心を得てこられたのです。自分が何者かについて、惑うことがなかった。あなたを……頼りにしておられます」

「わしに嘘をつくな」突然の怒気のはげしさに、ジェアドは驚いた。〈管理人〉は立ち上がり、部屋を歩き回った。「クローディアが生まれてからこのかた、たよりにしたのはたったひとりだ。〈知者〉先生、それはあなただ」

ジェアドは座ったまま動かなかった。「それは……」

「わしを盲目だと思っておったのか」〈管理人〉は顔をそむけた。「大違いだ。ああ、もちろん彼女《あれ》には乳母もいたし、小間使いたちもいた。だが、クローディアはそんな者よりずっと上等な人間で、それは幼いころから本人もわかっていた。帰宅するたびにわしが目にするのは、あなたと彼女《あれ》が話しあい、笑いあっている場面だ。寒いときには、彼女《あれ》があなたのコートの世話を焼き、ミルク酒だの砂糖菓子だのを持ってこさせ、二人の間だけで通じる冗談を言い合い、二人でした勉強の話をしていた」彼は腕を組んで、窓の外に目を放った。「彼女《あれ》は、わしに対してはよそよそしく距離をおいていた。わしのことを知りもしなかった。わしはよそもので、〈管理人〉で、〈宮廷〉の大物で、家に戻ったり出て行ったりするだけの人間だった。気を許してはならない相手だった。なのに、ジェアド先生、あなたは彼女《あれ》の家庭教師であり、兄であり、そして、わし以上に父親でもあった」

ジェアドは今や全身が冷えきっていた。〈管理人〉の鉄壁の自制力の下には、憎悪の炎が燃えている。その根深さを、彼は思ったこともなかった。しいて呼吸をおちつけようとした。

「それがどういう気持ちかおわかりか、先生」〈管理人〉はぐるりとふりむいた。「わしが何も感じないと思っておられたのか。どうすればよいかも、どうすれば事態を変えられるかもわからずに、苦しんでいたとは夢にも思われなかったのか。自分が口に出す言葉のひとつひとつが彼女《あれ》をだましているのだと感じる苦しさがおわかりか。毎日毎日、その場にいるだけでも苦しく、彼女《あれ》にわが娘だと信じさせておくのも苦しかった」

「お嬢さまは……その最後のことだけは、決してお許しにならないでしょう」

「彼女《あれ》がどう思うかなど、聞きたくもない」ジョン・アーレックスは近づいて、おびやかすように彼を見下ろした。「わしはずっと、妬ましかったのだ。愚かしいことこのうえもないな。相手は身よりもない夢想家で、二、三発なぐられたら死んでしまいそうな軟弱な男だ。なのに、〈監獄〉の〈管理人〉は嫉妬に責めさいなまれていた」

ジェアドは何とか口を動かした。「わたしは……確かにクローディアのことをかわいがっては……」

「もちろん知っていると思うが、あなたと彼女《あれ》のことは噂になっている」〈管理人〉はいきなり向きを変えて、また腰を下ろした。「わしは噂は信じておらん。クローディアは強情だが愚かではない。女王が何をしようともな。ジェアド、言っておくが、たったいまこの瞬間も、女王は、復讐だ、と叫びたてている。その相手はいくらでもいる。エヴィアンは死んだが、陰謀にかかわったものは他にもいる。たとえば、あなただ」

彼は身震いした。「〈管理人〉どの。それは違う。よくご存じではありませんか」

「だが、あなたは陰謀について知っている。そうだろう？」

「はい、しかし……」

「しかし、何もしなかった。誰にも言わなかった」彼は身を乗り出した。「それは反逆罪なのだ、〈知者〉先生。かんたんに絞首刑にできる」

沈黙の中、外で誰かが呼ぶ声がした。蠅が一匹ブンブンと飛びこんできて、部屋をぐるりと回り、ガラスにぶつかって、六本の足でそこをなでまわした。

ジェアドは考えようとしたが、時間がなかった。〈管理人〉がずばり「〈鍵〉はどこだ？」ときいた。

嘘をつきたかった。何かをでっちあげるのだ。だが、ジェアドはそうはせずに黙っていた。

「彼女《あれ》が持っていったのだな」

ジェアドは答えなかった。〈管理人〉は舌打ちした。「全世界がジャイルズは死んだと信じている。彼女《あれ》にはすべてが手に入ったはずだ。〈領国〉も王座も。彼女《あれ》は、よもやわしがカスパーを使って彼女《あれ》の邪魔をさせるとでも思ったのか」

「あなたも陰謀に一枚噛んでいらしたのですか」ジェアドはゆっくりと言った。

「陰謀だと！〈規定書〉のない世界などという、エヴィアンの素朴な夢にか。〈規定書〉のない世界など、あったためしがない。わしは〈鋼の狼〉どもに女王とカスパーを始末させ、そのあとで彼らを処刑するつもりだった。簡単なことだ。なのに、彼女《あれ》はわしに逆らった」

彼はうつろな目で部屋の向こうを見つめていた。ジェアドはおだやかに言ってみた。「クローディアになさった、あの……母上の話は」

「あれはほんとうだ。しかしヘレナが死んだとき、赤ん坊も具合が悪く、長くはもたないことがわかった。そうなれば、わしの計画はどうなる？ 娘がひとり入り用だったのだ。そしてわしは、どこに行けば娘が手に入るかわかっていた」彼は向かいの安楽椅子に腰を下ろした。「〈監獄〉は失敗作だった。あれは地獄だ。代々の〈管理人〉は昔からそれを知っていたが、手のほどこしようがないので、秘密にしていたのだ。だから、そこから娘を調達すれば、少なくともひとりの人間を救出することになる、とわしは思った。そして〈監獄〉の底深くで、ひどい絶望のさなかにあって、生まれたての娘と別れてもよいという女を見つけた。わしは気前よく支払った。その女の他の子どもたちは、そのおかげで生き延びた」

ジェアドはうなずいた。〈管理人〉の声はたいそう低くなっていた。自分自身に語りかけているかのようだった。長年にわたってくりかえし、くりかえし、自分に対してこの一事を正当化しようとしつづけてきたもののつぶやき。

「だれも気づかなかった。女王をのぞいては。あの魔女めは子どもをひと目見るなり、それを見抜いた」

ジェアドはここで、はたと悟った。胸をつかれながら、こう言った。「クローディアはいつも不思議がっていました。なぜ、父上がジャイルズに対する陰謀に加担したのか、と。それは女王が……」

ジェアドはその先を言いかねて、口をつぐんだが、〈管理人〉は顔をあげずにうなずいた。

「脅迫だよ、〈知者〉先生。女王はわが子をクローディアと結婚させたがった。わしが同意しなければ、みなの面前で、クローディアにこのことを告げ、〈領国〉全土に、その恥を知らしめると言って脅した。わしにはそれが耐えられなかった」

〈管理人〉はつかのま、そのつらい思いに立ち戻ったように無言でいた。それから頭をもたげ、ジェアドの目つきを見て、表情を冷たくした。「わしに同情することはない。そんなものはわしには無用だ」そう言って立ち上がった。「クローディアは〈監獄〉に入っていったのだろう？　あのフィンとやらのために。これで、あなたにはもうこれ以上隠すべき秘密はないはずだ。そして彼女《あれ》は〈鍵〉を持っていった」彼は苦い笑い声を立てた。「持っていってくれてよかった。あれがなければ、あそこからは出られないのだからな」

いきなり、彼は戸口に向かった。「ついてきてくれ」

ジェアドは驚いて立ち上がり、恐怖の刃をねじ伏せようとしたが、〈管理人〉はすでに廊下に出て、いらいらと手をふって衛兵たちを追い払っていた。彼らは顔を見合わせた。ひとりがおちつかなげに言った。「〈管理人〉どの、女王陛下のご命令で、おそばを離れることはできません。お身をお守りするためです」

〈管理人〉はゆっくりとうなずいた。「身の守りか。なるほど。ではここに残って、わしがこの中に入ったら戸口を守るがよい。だれもわしらについて下りてこないようにせよ」

彼らが抗弁するより早く、〈管理人〉は羽目板の中の隠し扉を開いて、しめった階段を、ジェアドの先に立って地下室へと下りはじめた。半ばまで来たところで、ジェアドは上をふりあおいだ。衛兵たちが好奇心に駆られて隙間からのぞいていた。

「女王はわしのことも怪しんでいるようだな」〈管理人〉は平然と言った。壁からランタンを取り、中の蝋燭をつけた。「急いで仕事にかかろう。あなたはもう悟ったと思うが、ここにある書斎は、うちにあるのと同じものだ。この世界と〈監獄〉の中間にある空間で、これを発明したマートルは〈門〉《ポータル》と呼んでいたな」

「マートルの書いたものはもう残っていませんが」ジェアドは急ぎ足にあとを追いながら言った。

「わしは持っておる。機密文書扱いだからな」彼の黒い姿はランタンを高く掲げてきびきびと下りてゆき、その影が壁に躍った。彼はふりかえってジェアドの驚きの顔を見て、してやったりという笑みを浮かべた。「あなたの目に触れることは決してないだろうが」樽と樽のあいだに、闇がわだかまっている。ずっと上では、衛兵たちがとまどったようにささやきあっていた。

ブロンズの門のところで、〈管理人〉はすばやく暗号の組み合わせを打ちこんだ。門はふるえながら開き、そこを通りぬけたとき、ジェアドは前と同じように奇妙な移行の悪寒を感じた。

白い部屋がひとりでにあらわれる。何もかもこのあいだ出ていったときと同じだった。ふいに痛いほどの不安を覚えた。クローディアに何が起きているのか。彼女は無事なのか。

「あなたは何の危険も思わずに彼女を送りだした」〈管理人〉はコントロールパネルを軽くはじいて、

センサーに触れた。「〈監獄〉に入るのは危険だ。身体的にも心理的にも」

棚がするすると引き退く。スクリーンが輝いた。

ジェアドはそこに千ものイメージが映るのを見た。小さな四角が碁盤目のように並んでちらちらしている。からの部屋、荒涼たる海、遠くの塔群、汚い街角などの映像が入っている。人であふれた通りや、元気のない子どもたちであふれた悲惨な〈巣穴〉、見慣れない獣を打っている見慣れない男、赤ん坊に優しく乳をふくませている女を、彼は見た。とまどいながら、映像の下に近づいて、苦痛や飢餓、信じられない友情、野蛮な取引の場面が明滅しているのを見つめた。

「これが〈監獄〉だ」〈管理人〉はデスクに寄りかかっていた。「ここにあるのはすべて〈目〉が見た映像だ。クローディアを探すにはこれしかない」

ジェアドはすさまじくみじめな思いに浸された。大学では〈実験〉は、いにしえの〈知者〉たちの輝かしい業績とみなされている。彼らは世界に残された最後のエネルギーを、救われないもの、貧しいもの、見下されたものを助けるために聖なる犠牲としてつぎこんだのだ。その結果がこれだというのか。

〈管理人〉は、波打つ映像の前に黒いシルエットとして立つジェアドをじっと見つめた。「あなたが見ているのは、歴代の〈管理人〉だけが目にしてきたものだ」

「なぜ……なぜ、われわれは知らされなかった……？」

「力が足りないからだ。この何千人もの人々を連れ戻すことは、決してできないからだ。彼らはわれわれにとって、すでに亡いものなのだ」彼は時計を取り出してさしだし、ジェアドは呆然とそれを受け取って、目を落とした。〈管理人〉は時計の鎖についた銀の立方体をさした。

「今のあなたは神のようなものだ、ジェアド。〈監獄〉を両手に握っている」

ジェアドは、体内の痛みがどくどくと脈打つのを感じた。両手がふるえる。これを下ろして、後ずさり、ここから立ち去りたかった。立方体は小さく、それが時計の鎖に下がっているところは今までに千回も見てきて、ほとんど気にもかけていなかったのだが、今では畏怖が彼をいっぱいに満たしていた。この立方体の中に、自分の見た山脈、銀の木々の森、貧しい人々がお互いをむさぼり合うあの都市の数々が入っているのか。汗を流しながら、彼がそれをきつく握りしめると、〈管理人〉は低い声で言った。「こわいか、ジェアド。世界のすべてを見るには強さが要る。わしの前任者の多くは、あえて見ようとはしなかった。目をおおったのだ」低く鐘が鳴った。

ふたりは顔をあげた。スクリーンはいつのまにか止まっていた。目を凝らすと、またぱっと映像がついて、一番下の右手の箱の映像が大きくなり、画素が少しずつ増えていって、最後にスクリーン全体に広がった。

クローディアだ。

ジェアドは時計の鎖を、ふるえる手でテーブルにおいた。

彼女は囚人たちに話しかけていた。相手には見覚えがある。あのフィンという若者と、もうひとり、石壁に寄りかかって耳を傾けているケイロ、その近くにうずくまっているのはギルダスだ。ジェアドはすぐに老人がけがをしているのを見てとった。アッティアがそばに立っている。

「あの者たちに話しかけることはできますか」

「できる。だがまずは耳を傾けよう」

〈管理人〉はスイッチを押した。

33

十億の囚人に対してひとつの鍵に何ができよう?

「カリストン卿の日記」


「監獄は、あなたを見つけるのを阻止しようとしたわ」

クローディアはそう言って、うすぐらい廊下をフィンのほうに向かって歩いてきた。

「きみは絶対、〈内〉になんか来ちゃいけなかったんだ」フィンは胸をつかれた。彼女はあまりにもこの場所から浮いていた。彼女のまとう薔薇の香りとさわやかな空気は、彼の心をかき乱した。心の奥にむずがゆいところができて、そこを掻きむしりたい気持ちになったが、フィンはただ疲れたように両目の上をこすった。

「では、いっしょに帰りましょう」クローディアは手をさしだした。「早く、急いで」

「おい、ちょっと待ってもらおう」ケイロがさっと立ち上がった。「こいつは、おれぬきではどこへも行かせないぜ」

「あたしもついてく」アッティアもつぶやく。

「それなら、みんなで来てもいいわ。できるはずだもの」そう言ってから、クローディアは顔を暗くした。

「どうしたの？」フィンはきいた。

クローディアが唇を噛む。ふいに、自分には何の計画もなかったことに気づいたのだ。こちらがわには〈門《ポータル》〉もないし、椅子も、コントロールパネルもない。気がついたら、あの空っぽの〈小房《セル》〉にいたのだ。それにかりに、あの場所が重要だったとしても、あそこに帰る方法がわからない。

「できないんだろ」ケイロは近づいてきて、しげしげとクローディアを眺め、彼女は不愉快だったが、まっすぐに彼を見返した。

「少なくともこれがあるわ」とポケットから〈鍵〉を取り出して、さしだした。それは四人が知っているのとまったく同じ〈鍵〉だったが、こちらの細工のほうがやや巧みで、しんと翼を広げた鷲の姿も完璧だった。

フィンは自分のポケットに手を入れた。からっぽだった。ぎょっとして、ふりかえった。

「ここじゃよ、馬鹿もの」ギルダスが壁にすがって、立ち上がった。顔は灰色で、じっとり汗を掻いている。ふしくれだった手が強く〈鍵〉を握りしめていたので、関節のまわりが、下の骨同様、真っ白になっていた。

「娘さん、あんたは、ほんとうに〈外〉から来なさったのか」かすれ声できいた。

「そうです、先生」クローディアは近づいていって、手を出し、ギルダスに触らせた。「それにサフィークはほんとうに〈脱出〉しました。彼の信者があちらにもいることを、ジェアドが突き止めました。その人たちはサフィークのことを〈九本指のお方〉と呼んでいます」

ギルダスはうなずいた。その目に涙が浮かんでいる。「わしは知っておった。ずっと前から、サフィークの話はほんとうだとな。この若者が、ヴィジョンで彼を見た。じきに、わしも彼に会えるじゃろう」

ぶっきらぼうな声だったが、そこにはフィンが聞いたことのないおののきがこもっていた。妙に不安な気がして、彼は言った。「先生、その〈鍵〉が必要なんだ」

一瞬、〈知者〉がそれを放すつもりはないのかと思われた。しばらくの間、フィンとギルダス双方の指がクリスタルをつかんでいた。老人は目を落とした。「フィンよ、わしはずっとおまえさんを信じてきた。〈外〉から来たと思ったことはなかったが、それは誤りだったの。じゃが、おまえさんの星々のヴィジョンが、わしらを〈脱出〉に導いてくれた。それは確信しておった。おまえさんがあのカートの上でまるくなっているのを見た日からな。いまのこの瞬間のために、わしはずっと生きてきたのじゃ」

ギルダスは指を開いた。フィンは〈鍵〉の重みを受け止めた。

そしてクローディアに目をやった。「これから、どうする？」

彼女は深呼吸したが、答えたのは彼女の声ではなかった。ケイロの後ろの物陰に、アッティアがいた。前に出てこようとはしなかったが、その語気は鋭かった。「あのきれいなドレス、どうしたの？」

クローディアは顔をしかめた。「びりびりに破いてやったわ」

「じゃ、結婚式は？」

「中止よ」

アッティアは両腕で自分の細い体を抱きしめるようにした。「じゃ、今度はフィンがほしいんだ」

「ジャイルズよ。この人の名前はジャイルズ。そう、この人がほしい。〈領国〉には王が必要だわ。〈宮殿〉の外、〈規定書〉の〈外〉を見てきた人間、ほんとうの深淵まで下りていった人間が」クローディアは、みずからの迷いを言葉にこめ、それを怒りにすりかえていった。「あなたたちだってそれを願ってるんじゃないの？　だれかが〈監獄〉の悲惨さに終止符を打てるとしたら、それはそのことを肌身で知っている人だわ」

アッティアが肩をすくめた。「だからフィンに頼むんだね。あなたはフィンをこの牢獄から連れ出して、別の牢獄へ入れようとしてるんだよ」

クローディアは彼女をじっと見つめ、アッティアも見つめ返した。沈黙を破ったのは、ケイロの冷めた笑い声だった。「そういう話は、新しい世界へ行ってけりをつけようじゃないか。〈監獄〉がまた地震を起こす前にな」

「その通りだ。どうすればいい？」フィンがきいた。

クローディアはごくりと息を呑んだ。「そう……たぶん……〈鍵〉をふたつ使えば」

「だけど、門はどこだ？」

「門はないの」ここが難関だった。みんな、じっとクローディアを見つめている。「その……あなたがたが思っているような門はないわ」

「じゃ、あんたはどうやってここに来た？」ケイロがきいた。

「ちょっと……説明が難しいんだけど」話しながら、彼女は〈鍵〉の隠れたコントロールスイッチに指を走らせた。〈鍵〉はブーンとうなりを立て、内部で光が動いた。

ケイロが前に飛び出した。「王女さま、やめな」と〈鍵〉をひったくった。クローディアは取り返そうとしたが、ケイロは剣を抜いて、切っ先を彼女の喉元にあてがった。「小細工はなしだ。おれたち全員が行くか、誰も行かないかだ」

クローディアは憤然とした。「そうしようと思ってるわよ」

「武器をおけ」ギルダスが強く言った。

「王女さまはフィンを連れていこうとしてる。おれたちを残してな」

「そんなつもりじゃ……」

「ぼくのことをモノみたいに言うな」フィンの叫びに、みんな口をつぐんだ。彼は髪の中に指を走らせた。頭皮はじっとりして、目がしくしく痛んだ。息が浅くなってきたようだ。いま、発作を起こすわけにはいかないのに、両手はふるえだし、発作が忍びよってくるのが感じられた。

そして、その中に落ちこむのがわかった。落ちこんだのだと思った。ギルダスの背後の壁がふるえて消え、その後ろに、ぼんやりと巨大なブレイズの顔があらわれたからだ。「どうやら、わが〈娘〉が思うほど、〈脱出〉はかんたんではないようだな」

みな黙りこんだ。ケイロが剣を下ろした。「そうだったのか。ほれ、娘さんは、あんたに会えて、喜んでるぜ」

フィンは、クローディアが映像のほうを向くのを見た。〈管理人〉の顔には見覚えがあったが、かさぶたはなくなっており、顔は細めになり、目もとには洗練された緊張感が漂っていた。

クローディアはその顔を見上げた。「娘なんて呼ばないでください」冷たく固い声だった。「それからわたしを止めようとしないで。わたしはこの人たち全員を連れ出して――」

「全員を連れ出すのは無理だ」〈管理人〉はクローディアの目線をとらえた。「〈鍵〉はひとりしか連れ出せない。そのコピーもうまく作動すれば、ひとりだけ連れ出せる。鷲の黒い目に触ればいい。おまえはそこから消えて、ここに現れる」おだやかな笑み。「それが門だ、フィン」

仰天して、クローディアは彼を見つめた。「嘘でしょう。昔、わたしをここから連れ出したじゃありませんか」

「おまえは赤ん坊だった。小さかった。それを利用できた」

部屋の中から声がした。〈管理人〉はふりかえった。クローディアは彼の背後に、青ざめてやつれたジェアドが立っているのを見た。

「先生、いまの話、本当なの？」

「わたしは知りません、クローディア」彼は暗い顔で、黒い髪はくしゃくしゃだった。「たったひとつ知るすべがあります。やってみることです」

クローディアはフィンを見た。

「やるのは、あんたじゃないぜ」動いたのはケイロだった。「フィンとおれがまず行く。それでうまく行ったら、おれは〈知者〉先生を連れに戻ってくる」彼が剣を振り上げると、クローディアも自分の剣を抜いた。「剣を置きな、王女さま。でないと喉をかっさばくぜ」

彼女は革を巻いた柄をきつく握りしめたが、フィンが言った。「頼む。剣を置いてくれ、クローディア。お願いだ」

フィンはケイロをじっと見つめていた。彼女は剣を下ろすと、フィンはケイロに近づいて言った。

「ぼくがみんなを置きざりにすると、本気で思ってるのか？　クローディアに〈鍵〉を返してやれ」

「いやだね」

「ケイロ……」

「おまえは阿呆だ、フィン。お膳立てができてるってことがわからないのかよ。おまえと彼女が消えて、それでおしまいだ。だれがおれたちのために、わざわざ戻ってくる？」

「ぼくが戻る」

「みなに止められるぞ」ケイロは近づいた。「行方不明の王子さまを取り戻した以上、だれが犯罪者の〈滓〉なんかにかかずらわる？　犬奴隷の娘に半人《ハーフマン》だぞ。おまえが宮殿に戻れば、おれたちのことなんぞ考える義理もない」

「誓って戻ってくる」

「ほう。サフィークだってそう言ったんじゃなかったっけ」

沈黙の中、ギルダスがいきなり座りこんだ。ついに力尽きたかのようだった。「フィン、わしをここに残してゆかんでくれ」とつぶやいた。

フィンはしんそこ疲れきって、首をふった。「ぼくらがどう決断するにせよ、クローディアをここに留めてはおけない。ぼくらを救いにきてくれたんだ」

「ご立派な意見だが」ケイロの青い目は非情だった。「この娘だって昔は〈囚人〉だった。またそれに戻るだけさ。おれが最初に行く。向こうに何があるか見届けてやる。うまく行けば、さっき言ったように戻ってくる」

「嘘つき」アッティアが低く叫んだ。

「おれを止めることはできんぞ」

〈管理人〉がひっそりと笑った。「クローディア、あれが、おまえがジャイルズと信じる勇者か。〈領国〉を治める男か？　この混乱でさえ収拾できぬのに」

とっさにフィンは動いた。〈鍵〉をクローディアに放ってやると、ケイロの隙をついて剣をつかんだ。怒りが彼の中で荒れ狂っていた。他のみなに対する怒り、〈管理人〉のしたり顔の笑いに対する怒り、自分自身の恐れと弱さに対する怒りが。ケイロはたたらを踏んで下がったが、すばやく立ち直るや剣をふりあげ、いまはふたりの手が柄をつかんでいた。やがてフィンが、それを奪いとった。

顔の前に剣をひらめかされても、ケイロはまじろぎもしなかった。「おまえにおれは斬れない」フィンの心臓がはねた。胸が波打った。背後でアッティアが低く叫んだ。「そうかな、フィン。ケイロはマエストラを殺したんだよ。知ってるでしょ。ずっとそれを知ってたくせに。ケイロが橋を切断したんだ。ジョーマンリックじゃない」

「ほんとか」フィンは自分がそうつぶやいたことすら、ほとんど気づかなかった。

ケイロはにやりとした。「おまえ自身で心を決めろ」

「言え」

「いやだね」〈義兄弟〉は〈鍵〉を片方のこぶしにつかんだ。「選択するのはおまえだ。おれはだれに対しても言い訳はしない」

心臓の鼓動は痛いほどに大きくなった。〈監獄〉を満たし、あらゆる廊下、あらゆる〈小房〉に鳴りわたった。

フィンは剣を投げだした。ケイロがそれに飛びつこうとすると、フィンは剣を遠くへ蹴りやった。突然、戦いが始まった。すさまじい一撃を腹にくらって、フィンは息ができなくなり、ケイロの容赦ないわざに床に沈められた。クローディアが悲鳴をあげている。ギルダスも怒りにわめいていたが、もう、それにかまうどころではなかった。フィンはかろうじて立ち上がると、ケイロの上に身を投げかけ、〈鍵〉を取ろうとした。もろいクリスタルに動きを妨げられ、ケイロは身を低くするや、またこぶしを送りこんだ。フィンは相手の腰に腕をまわして引きずり倒したが、おおいかぶさろうとすると、ケイロに蹴られて、後ろに飛ばされた。

ケイロが転がって、くるりと立ち上がる。唇から血があふれていた。「いまこそわかるぜ、きょうだい」低く叫ぶと、〈鍵〉の鳥の黒い目に触れた。

光。

まばゆさに、みなの目がくらんだ。

光はケイロのまわりに広がり、包みこんだが、その中で音がした。苦痛に満ちた、不協和音のようなうなりで、それがはたと止んだ。

光が消えた。

ケイロは依然としてその場に残っていた。

打ちひしがれた沈黙の中、〈管理人〉の冷たく残念そうな笑いが響いた。「ああ。その器械はおまえには効かぬようだな。おまえの体内の金属部分が、プロセスを無効にしてしまうのだろう。〈監獄〉は閉じたシステムだ。〈監獄〉に属する部分は、絶対に外へ出てゆけない」

ケイロは茫然自失していた。

「絶対にか」

「その部分をとりのぞかぬ限りはな」

ケイロはうなずいた。顔は紅潮してきびしい。「それが見返りなら」とフィンのほうへ歩み寄った。

「おまえのナイフを出せ」

「何だって？」

「いま聞いただろう？」

「ぼくにはできない」

ケイロは苦い笑い声を放った。「なぜだ？〈九本指〉のケイロさまだぜ。サフィークの犠牲は何のためだったのか、ずっと疑問だったんだが」

ギルダスがうめいた。「もしかしたら――」

「もしかしたら、思ったより多くのものが〈監獄〉から生み出されたんだろうな。じいさん、あんたもそうかもしれんぞ。だがおれは、たった一本の指で、ここにつなぎとめられたくないんだ。ナイフをよこせ」

フィンは動かなかったが、アッティアが動いた。いつも身につけている小さなナイフを取り出して、さしだした。彼はゆっくりと受け取った。床に片手をおいて指を広げた。金属の爪は、他の爪と同じように見えた。「やれよ」と言った。

「ぼくにはできない……」

「やれる。おれのためにやれ」

ふたりはじっと見つめあった。フィンは膝をついた。手がふるえていた。ナイフの刃をケイロの皮膚にあてがった。

「待って」アッティアが叫んだ。そばにうずくまった。「考えてみて。指だけじゃないかもしれないよ。あんたが今言ったように、だれも自分の体内が何でできてるかわからないんだ。ほかの方法でなきゃ」

ケイロの目は絶望に、青くうつろになった。彼はためらった。

長い間、身動きもせずに立ちつくしていたが、やがて手を閉じてうなずいた。〈鍵〉を見下ろし、それをフィンにさしだした。

「なら、おれはその方法を探しだすまでだ。おまえの王国を楽しみな、きょうだい。うまく治めろ。背後に気をつけてな」

フィンははげしく心をゆさぶられて、答えられなかった。遠くでがんがん、ものをたたく音がして、みなが顔を上げた。

「あれは何？」とクローディア。

ジェアドがすぐに言った。「こちらの音です。エヴィアン卿があれを実行しようとして、死にました。いま、女王の衛兵が扉をたたいています」

彼女は父親を見つめた。「おまえは戻ってこねばならぬ、クローディア。その若者をつれてこい。いまは彼が必要だ」父親はそう言った。

「この人はほんとうにジャイルズなの？」かすれた声でクローディアはきいた。

〈管理人〉の笑みはさむざむとしていた。「いまは、そうなった」

その言葉が終わると、スクリーンが空白になった。廊下を振動の波がわたってくる。フィンは不安な目であたりを見回した。煉瓦が壁から崩れてきた。

そこで彼は顔をあげ、小さな赤い〈目〉がブーンと音をたてて、やがてカチリと彼に焦点を合わせるのを見た。

「なるほど」声が低く言った。「おまえたちはみな、わしのことを忘れておったな。わしは、わが子をひとりたりとも、外に出すつもりはない」

34

目をさますと、みなが回りにいた。老人、足の悪いもの、病んだもの、半分造りかけの人間。彼は頭をおおい、怒りと自責の思いでいっぱいになった。「わたしは諸君の信頼にこたえられなかった。遠くまで行ったのに、失敗した」

「いや、それは違う」とみなは答えた。「小さな秘密の扉がある。だれもそこを通りぬける勇気がなかった。向こうに行ったら死ぬのではないかと思った。もしも、あなたが戻ってきてくれると約束するなら、その扉を教えてあげよう」

サフィークはしなやかでほっそりしていた。黒い目で彼らを見た。「ではそこへ連れていってくれ」とささやいた。


『サフィークの伝説』


「何があったのです?」ジェアドは息を切らしてたずねた。

「〈監獄〉が介入した」〈管理人〉の声は怒りに満ちている。指が忙しくコントロールパネルを走る。

「止めてください。命じて――」

「わしは〈監獄〉を従わせられん」〈管理人〉は彼を見た。「もう何世紀も、そんなことをした〈管理人〉はなかった。〈監獄〉のほうが支配するのだ。わしは何の力も及ぼせない」それから、ジェアドにはほとんど聞き取れないほどの声で言った。「〈監獄〉はわしをあざ笑っておるのだ」

ぎょっとしてジェアドはもう一度、空白のスクリーンを見た。外ではまた、ブロンズの扉を、こぶしががんがん打ちたたきはじめた。声がとどろく。「〈管理人〉どの。ここを開けてください。女王陛下がお越しをお待ちです」

「エヴィアンめは暗殺に失敗した」〈管理人〉はそう言って顔をあげた。「恐れることはない。誰も入ってこれぬ。斧でもぶち破れぬ」

「女王は、あなたも一味だと思っておられる」

「さもあろうな。わしを排除するよい口実だ。もう婚礼はあるまい」

ジェアドはかぶりをふった。「それなら、われわれもおしまいですか」

「そのことだが、先生、あなたの助けがあれば何とかなる」灰色の目が彼を見据えた。「クローディアのために力を合わせようではないか」

ジェアドはゆっくりうなずいた。扉を狂ったように打ちたたく音を無視して、コントロールパネルのところに回ってゆき、注意深くそれを調べた。「これはたいそう古いものです。シンボルの多くは、〈知者〉の言語の中にあるものですね」彼は顔を上げた。「では〈監獄〉の造り主の言葉で、〈監獄〉に話しかけてみましょう」

〈監獄地震〉はすみやかに襲ってきた。床がねじれ、壁ががたがた鳴った。フィンはケイロにつかまった。ふたりは一緒に倒れてひとつの戸にぶつかり、体重を受けてその戸が開き、中に投げ出された。

クローディアはあわててそのあとを追おうとしたが、アッティアが叫んだ。「あたしに手を貸して」彼女は息を切らしながら、ギルダスの体の真ん中を持ち上げようとしていた。クローディアは急いで駆けもどってくると、老人の脇の下に自分の肩をねじこんで、両腕を自分の肩にかけさせ、アッティアとふたりして、彼をその〈小房《セル》〉に運んでいった。フィンが三人を引きずりこみ、扉をぴったりしめると、ケイロといっしょになって、裂けた木っ端をくさびとして差しこんだ。

外では瓦礫が滝のように流れ落ち、みなはぞっとしながら、その音に耳を傾けた。廊下はこれでふさがってしまった。

「わしを閉め出せるとは思うなよ」〈監獄〉がとどろくような笑い声を響かせた。「だれにもそんなことはできぬ。わしからはだれも脱出できぬ」

「サフィークは〈脱出〉した」ギルダスは苦痛にきしんだ声で、その言葉を吐き出すように発音した。胸をつかんでいる両手は、どうしようもなくふるえている。「サフィークはどうやったのだ、〈鍵〉もなしで。他にも出口があって、サフィークだけが発見できたのか？　まことに人目につかぬ驚くべき抜け道であったため、だれにもふさげなかったのか？　門も器械も必要とせぬ道か。そうなのか、〈監獄〉よ。おまえがいつでも恐れ、目を光らせ、聞き耳を立ててきたのはそのためか」

「わしは何も恐れない」

「わたしに言ったことと違うわね」クローディアはぴしりと言った。肩で息をしている。フィンに目をやった。「帰らなければ。ジェアドが危ない目に合いそうなの。あなたも来て」

「みんなを置いてはいけない。きみはギルダスをつれていってくれ」

ギルダスが笑い声をあげた。体は痙攣して、もう息が細かった。アッティアがその両手をつかんだ。それから顔をふりむけた。「死んじゃうよ」ささやくように言った。

「フィンよ」〈知者〉はしわがれ声を出した。

フィンは目のうしろがひりひりするのを感じながら、そばにうずくまった。どんな傷かはともかく、ギルダスのは内部の損傷だった。だが両手のふるえ、顔の青白さと冷や汗は、あまりにもはっきりと見てとれた。

〈知者〉はフィンの耳もとに口を近づけた。「わしに星を見せてくれ」とつぶやいた。

フィンはみなを見た。「ぼくには……」

「ならば、わしにまかせろ」監獄の声だ。〈小房〉の中の光が消えた。赤い〈目〉がひとつ、壁の隅にともった。「老人よ、この星を見よ。おまえが見るのは未来永劫この星だけだ」

「彼をこれ以上苦しめるな」フィンの怒りの爆発に、みなはぎょっとした。クローディアが驚いたことに、彼はギルダスのほうに向き直り、その手をつかんだ。「いっしょに来るんだ。見せてやるよ」

彼は、心をおおう眩暈が広がるのにまかせた。わざと暗い隅へ向かって老人を引きずって歩いていった。ふたりを取りまくのは、青や紫や金色をした無数のランタンが浮かぶ光の湖だった。フィンは体の下で揺れる小舟の中に、横たわって、星々を見上げていた。

星々は、夏の夜空をちりばめていた。大いなる手に撒かれた銀の塵のように宇宙に横たわり、その神秘はビロードのような暗闇を美しいものに見せた。

かたわらの老人が深い畏怖に打たれているのを、フィンは感じた。

「あれが星だよ、先生。はるかかなたにあって、ひとつひとつが世界だ。小さく見えるけれど、どれもぼくらの知るどんなものよりも大きいんだ」

湖水がひたひたと揺れた。

ギルダスが言った。「あんなに遠い。あんなにたくさんの！」

鷺が一羽、優雅にはばたいて水から舞い上がる。岸辺には甘い音楽が響き、ひそやかな笑い声がいくつも聞こえた。

老人はしわがれた声で言った。「フィンよ、わしは今こそあそこへ行かねば。行って、サフィークを探す。あの方も、ただ〈外〉にいるだけでは、満足しておられんじゃろう。こちらの世界を一度でも見てしまった以上は」

フィンはうなずいた。舟が体の下でもやい綱を解かれて漂いだし、波がかろやかにいきいきと盛り上がるのを感じた。フィンが握っている指の中で、老人の指がゆるむ。見上げているうちに、星々は大きくなり、燃えだし、炎上し、やがていくつもの小さな蝋燭の先の小さな炎となり、彼はそれをふうっと吹き消した。すべての息を使い、すべての力をこめて。

炎は消え、彼は笑った。やった、という高らかな笑いで、まわりの人々もいっしょに笑っていた。

赤い上着の王がいて、バートレットがいて、青白い顔の新しく来た継母がいて、かわいい白いドレスの少女がいた。今日やってきた子で、特別なお友達になるのだ、とみんなに言われたっけ。その少女がいま、彼を見つめていた。そして言った。「フィン、わたしの声、聞こえる？」

それがクローディアだった。

「用意ができました」ジェアドは顔をあげた。「お話しください。翻訳装置がすぐに変換します」

〈管理人〉はそれまで、外の声に聞き耳を立てながら歩き回っていた。やってきてデスクのそばに立つと、腕を組んだ。

「〈監獄〉よ」と声を発した。

沈黙。それからスクリーンに小さな赤い光点がともった。それは星のように小さかった。ふたりを見つめている。光点がこう言った。「古き言語を語るものはだれか？」

声は朦朧としていた。そのとどろくような響きをいくぶんか失っているようだった。

〈管理人〉はジェアドに目をやった。それからしずかに言った。「父よ、おわかりのはず。われはサフィークである」

ジェアドは目を大きく見開いたが、何も言わなかった。

また沈黙があった。今度は〈管理人〉がそれを破った。「われは〈知者〉の言語でそなたに命じる。フィンなる若者に危害を加えるな」

「そやつは〈鍵〉を持っておる。囚人はひとりも〈脱出〉してはならぬ」

「だが、そなたの怒りは彼を傷つける。そしてクローディアを」その名を口にしたとき、〈管理人〉

の声にはいささかの変化がなかったろうか。ジェアドには定かではなかったが。

一瞬のしずけさ。それから声が言った。「よろしい。汝のためだ。息子よ」

〈管理人〉はジェアドに通信を打ち切るよう合図をしたが、ジェアドの指がパネルにのびたとき、〈監獄〉が低い声で言った。「しかし、もし汝がまことにサフィークなら、前にも幾度か話をしたことがあるな。覚えているか」

「それは大昔のことだ」〈管理人〉は用心深く答えた。

「そうだ。汝はわしの求めた〈貢ぎ物〉を支払った。わしは汝を追いつづけ、汝はわしをかわしつづけた。汝はつぎつぎと穴に身をひそめて、わが子らの心を奪った。教えてくれ、サフィーク。汝はいかにしてわしから脱出したのか。わしが汝を打ち倒したのち、汝が恐ろしい闇の中へ落下していったのち、わしの見過ごしていた、いかなる戸口を見いだしたのだ？　いかなる裂け目から汝は這い出したのだ？　そしていま、汝は、外のいかなる場所にいるのだ？　わしには想像もつかぬ」

声は悲しげだった。〈管理人〉は顔をあげて、スクリーン上のまたたかぬ〈目〉を見つめた。低くひそめた声で答えた。「その神秘を明かすことは、われにはできぬ」

「残念だ。だれも、わしがわしの外を見るすべを示してくれなかった。サフィークよ、さすらい人にして偉大な旅行者たる汝には想像がつくか。未来永劫おのれの心の中にとらわれ、そこに住む生き物のみを眺めつづける生がどのようなものか。わしは強大なものとして造られたが、わしは欠けたるものだ。汝のみが戻ってきて、わしを救ってくれるのだ」

〈管理人〉は無言だった。口の中がからからになったジェアドは、スイッチを切った。両手はひきつり、汗にぬれていた。彼の見守る前で、〈目〉は薄れていった。

視界がぼやけ、フィンは、全身がからになったようだった。彼は体を曲げて横たわっていた。ケイロの腕だけに支えられて床から頭をもたげていた。だが一瞬、〈監獄〉の悪臭が戻ってくる前、世界が流れこんでくる前に、彼は自分が王子であり、王の息子であり、彼の世界は陽光にあふれて金色をし、ある朝おとぎ話の中の暗い森に馬で入っていって、二度と出てくることがなかったことを思い出していた。

「飲んで」アッティアが水をさしだしていた。彼はなんとかひと口飲んで、咳きこみ、身を起こそうとした。

「こいつ、また具合が悪くなってる」ケイロがクローディアに言っていた。「みんな、あんたの父親のせいだ」

クローディアはそれを聞き流し、フィンの上に身をかがめた。「〈監獄地震〉は止まったわ。しんとして動かなくなった」

「ギルダスは?」フィンはつぶやいた。

「ご老体は亡くなった。もう、サフィークのことで悩むこともない」ケイロの声はぶっきらぼうだった。ふりかえってみると、〈知者〉は目を閉じて瓦礫の上に横たわっていた。眠っているかのようにうに身をまるくして。指には、ケイロが最後にむなしくも彼を救おうとして押しこんだのだろう、大きすぎる最後のどくろの指輪が鈍く光っていた。

「あなた、何をしたの？　最後にこの人……ふしぎなことを言ったわ」クローディアが言った。

「ギルダスに、出口を見せてやった」フィンは余分なものがはがれ落ちたような、まっさらな心持ちだった。あのことについて、いまは話したくなかった。自分が思い出したと思っていることについては、言いたくなかった。それでゆっくりと身を起こして座った。「ケイロ、指輪を試してやったのか？」

「効かなかったな。それに関しては、ご本人の言ったとおりだった。もしかしたら、どれも効いたことはなかったのかもしれんな」ケイロは〈鍵〉をフィンの手の中に押しこんだ。「行けよ。出ていくがいい。あっちの〈知者〉をつかまえて、おれを飛ばせる〈鍵〉を作ってもらえ。それから、だれかにこの子を迎えに来させてやれ」

フィンはアッティアを見た。「ぼくが自分で来るよ。誓う」

アッティアは弱々しくほほえんだが、ケイロが言った。「そうしてやれよ。おれは、いつまでもこいつにくっつかれてるのはごめんだ」

「あんたも迎えにくる。王国じゅうの〈知者〉に頼む。きょうだい、ぼくらは誓いを立てたじゃないか。ぼくが忘れたと思うのか」

ケイロは大声で笑った。端正な顔は汚れ、打ち身ができて、金髪も埃にくすんで、上等な上着もだいなしだった。だが、彼こそまことの王子だ、とフィンは思った。「そんなことはないさ。いや、おまえにとっちゃ、おれをやっかいばらいするチャンスかもな。おれがおまえを殺して、その地位を奪うとか思ってないか。もしもおまえが戻ってこなけりゃ、ぜったいにそうしてやるさ」

フィンは微笑した。つかのま、ふたりは傾いた〈小房〉の中で、間に手かせや足かせの山をはさんで、見つめあった。

それからフィンはクローディアのほうに向いた。「きみが先だ」

「あなたも来るわね」

「ああ」

彼女は彼を見、それから他の者たちを見た。すばやく鷲の目に触れ、まばゆい光の中に姿を消した。みなは息を呑んだ。

フィンは手に持った〈鍵〉を見下ろした。「だめだ、できない」

アッティアが明るい笑みを見せた。「あなたを信じてる。待ってるからね」

だが彼の指は動かず、鷲の黒い目の上で止まってしまった。それでアッティアは手をのばして、彼の代わりに押してやった。


クローディアは、うるさい声とがんがん打ちたたく音の中で、椅子に座っていることに気づいた。門の外ではカスパーがわめいている……「反逆罪で逮捕だぞ、〈管理人〉、聞こえているか」狂ったようにたたかれ、ブロンズの門がわんわん鳴っている。

父親は彼女の手を取り、立ち上がらせた。「クローディア、で、われらの若き王子はどこだね」

ジェアドは、ブロンズの門が内側にゆがむのを見つめていた。クローディアにちらと嬉しそうな目を走らせた。

彼女の髪はもつれ、顔は汚れていた。奇妙な匂いがまわりに漂っていた。彼女は言った。「わたしのすぐ後ろよ」

フィンも椅子に座っていたが、そこは暗い小部屋で、大昔の記憶にあるものと似ていた。壁はつるつるし、そこにいくつもの名前が刻まれていた。

向かいにはほっそりした黒髪の男が座っていた。一瞬、ジェアドかと思ったが、次の瞬間にだれだかわかった。

フィンは混乱して、あたりを見回した。「ここはどこだ？〈外〉なのか」

サフィークは膝を胸にひきつけ、壁にもたれて座っていた。しずかに言った。「ここがどこなのか、だれにもはっきりとはわからない。もしかしたらわれわれは一生、ここがどこなのかばかりに思いを向けすぎて、だれとともにいるのかには、あまり気をとめてこなかったのかもしれないな」

フィンの指はきつくクリスタルの〈鍵〉を握りしめていた。「ぼくを放してくれ」かすれ声で言った。

「きみをとどめているのはわたしではない」サフィークは彼を見つめた。その目は黒く、その奥深くに星々が、針でついたようにきらめいていた。「フィン、わたしたちを忘れないでくれ。闇の中に残っているもののことを忘れるな。飢えたもの、打ちのめされたもの、人殺しや悪党のことを。牢獄の中にもさらにまた牢獄があり、そうしたものたちはその最も深い層に住んでいるのだ」

彼は片手をのばし、壁から長い鎖を取った。鎖はがらんと鳴り、錆がはがれ落ちた。彼はその環の中に両手をすべりこませた。「きみと同じように、わたしも〈領国〉へ出ていった。そこは思っていたような場所ではなかった。わたしも約束をした」彼が鎖を落とし、すさまじいがちゃんという音がしたとき、フィンは、その指が欠けているのに気づいた。「おそらくはその約束がきみをここに閉じこめているのだろう」

彼はわきを向いて、手招きをした。背後から影が立ち上がり、前に出てきたのを見て、フィンは叫び声を押し殺した。それはマエストラだった。覚えているとおりに背が高く、骨張った歩き方をし、髪は赤く、軽蔑のまなざしをしていた。彼女にじっと見下ろされたとき、フィンは自分が目に見えない細い鎖に縛られていて、その端を彼女が持っているのだと感じた。なぜなら手も足も動かせなかったからだ。

「どうしてあなたがここに？」彼はささやいた。「落ちていったはずなのに」

「ええ、そうよ。わたしは落ちた。いくつもの次元を越え、世紀を超えて。翼の折れた鳥のように。投げ落とされた天使のように」それが彼女のささやき声なのか、サフィークの声なのか、フィンにはほとんどわからなかった。だが、その怒りはマエストラのものだった。「それもみな、あなたのせい」

「それは……」彼はケイロを責めたかった。あるいはジョーマンリックを。他のだれをでも。だが彼は言った。「それはわかっている」

「忘れないでね、王子よ。これを教訓にしなさい」

「あなたは生きているのか」彼はかつての自責の念に打ちのめされていた。口が重くて言葉が出ない。

「〈監獄〉はどんなものも無駄にしない。わたしはその底で、その〈小房《セル》〉で、〈監獄〉の細胞《セル》の中で生きている」

「許してくれ」

彼女はあの威厳あるしぐさで、コートを体に巻きつけた。「あなたがほんとうにそう思っているのなら、それで十分」

「きみは、彼をここにとどめて置きたいか」サフィークがつぶやいた。

「彼がわたしをとどめたように？」彼女はしずかに笑った。「わたしの許しを得るのに身代金は要らない。さようなら、おびえた若者よ。わたしのクリスタルの〈鍵〉を守って」

〈小房〉はぼやけ、そして開いた。フィンは石と肉との目もくらむような衝撃波の中を引きずられてゆくような気がした。鉄の巨大な車輪が轟音をたてて上を走りすぎ、彼の体は開かれて閉じられ、裂かれてそして修復された。

フィンが椅子から立ち上がると、黒い人影が手をさしのべて支えてくれた。

今度こそ、それはジェアドだった。

35

わたしは剣の階段を歩き
わたしは傷痕の衣をまとった。
わたしはうつろな言葉で誓い
わたしは星々への道を偽った。
『サフィークの歌』

門がふるえた。

「心配無用だ。あれはぜったいに破れぬ」〈管理人〉はおちついた目でフィンを眺めた。「ではこれが、おまえがジャイルズだと思う者だな」

クローディアは〈管理人〉をにらみつけた。「知っておられるくせに」

フィンはあたりを見回した。部屋は痛いほど真っ白で、光のまぶしさに目がちかちかした。ブレイズだと思ったその男が軽く笑い、腕を組んだ。「実のところは、本物であろうとなかろうと問題ではない。この男がおまえの手に入ったのだから、おまえが彼をジャイルズにしてやればよいのだ。おまえと災厄のあいだに立ちふさがれるのは、ジャイルズだけだからな」好奇の目で、彼はフィンに近づいてきた。「囚人よ、おまえはどう思う？　自分を何者だと思う？」

フィンは不安でおちつかない気分になった。ふいに自分の肌が汚れていることを意識し、この部屋の中に悪臭を持ち込んだような気がしてきた。「ぼくは……覚えていると思います。婚約のことも……」

「確かかね。それは、他のだれかの記憶が、いまはきみの中に埋め込まれているのかもしれん。思念の断片が、〈監獄〉がきみに接合した他人の組織に宿っていたのかもしれん」〈管理人〉はいつもの冷たい笑みを浮かべた。「十年という歳月は長い。わしの覚えているのは、小さな男の子にすぎん」

「昔でしたら、証明できましたわ。〈規定書〉以前でしたら」クローディアが言った。

「そうだな」〈管理人〉は彼女のほうを向いた。「その問題は、おまえに残していこう」

彼女が真っ青な顔でひどく憤っているのを、フィンは見てとった。「生まれてからこのかた、わたしは実の娘だと信じこまされてきました。みんな嘘だったのね」

「違う」

「違わないわ。あなたはわたしを選び、教育して、形造っていって……ご自分の口からそうおっしゃった。あなたの望むような生き物、あなたの結婚させたい相手とおとなしく結婚し、言うとおりに動いてくれる存在を作りあげたのでしょう。結婚のあと、わたしはどうなったはずなの？　あわれなクローディア女王も事故にあって、唯一の肉親の〈管理人〉が摂政の地位につく。計画はそうだったのでしょ？」

彼はクローディアの目を見た。灰色の澄んだ目で。「最初はそうであっても、わしは計画を変えた。おまえを愛するようになったからだ」

「嘘！」

ジェアドが暗い声で「クローディア、それは……」と言いかけたのを、〈管理人〉は手を上げて制した。

「いや。先生、わしに説明させてほしい。確かにわしはおまえを選んだ。そして、当初は、おまえが目的のための手段に過ぎなかったということも認めよう。あれほどうるさく泣きわめく子どもも珍しかったな。だが、おまえが大きくなるにつれ、わしは……おまえに会うのが楽しみになった。おまえがスカートをもってお辞儀をするさま、勉強の進みぐあいを見せてくれるさま、おずおずと恥ずかしそうにするさまを見るのは嬉しかった。おまえはわしにとって、愛しいものになっていった」

クローディアはまじまじと相手を見た。こんな言葉を聞きたくなかったし、信じたくもなかった。自分の怒りを、鋳造されたばかりの貨幣のようにぴかぴかに保っておきたかった。

彼は肩をすくめた。「わしはよい父親ではなかった。そのことはすまないと思う」

ふたりのあいだに沈黙が漂ったとき、がんがんたたく音が、再び、さらに大きく響きだした。ジェアドはあせって言った。「〈管理人〉どの。あなたが何をなさったか、またこの若者がだれかは、どうでもいい。いま、わたしたちは告発されています。みなで〈監獄〉に入る以外に、死から逃れるみちはありません」

フィンがつぶやいた。「ぼくは、アッティアのために戻らなければ」とクローディアに手をのばして、もうひとつの〈鍵〉を求めた。彼女はかぶりをふった。「あなたじゃない。わたしが戻るわ」手をのばし、フィンの手のクリスタルのコピーを取り、ふたつを比べてみた。「だれがこれを作ったのかしら」

「カリストン卿、〈鋼の狼〉その人だ」〈管理人〉はじっとクリスタルを見た。「わしは前から気になっていたのだ。これのコピーが、〈監獄〉の深いところに存在するという噂がほんとうかなのかどうか」

クローディアはパネルに指をのばしたが、〈管理人〉がそれを止めた。「待て。まずわれわれの安全を確保せねばならん。でなければ、そのアッティアという娘もいまのところにいるほうがましだ」

クローディアは彼を見た。「いまさら、あなたをまた信頼できますか」

「信頼してもらわねば困る」彼は唇に一本指をあてて、うなずいた。それから白い小部屋を横切っていって、扉のコントロールに触れ、さっとわきにのいた。

ふたりの衛兵がつんのめるように部屋に飛びこんできた。そのうしろから鎖につないだ槌が宙に突き出された。シャッシャッと音をたてて、つぎつぎ剣が抜かれる。

「どうぞお入りを」〈管理人〉はうやうやしく言った。

女王みずからが黒いマント姿で、そこに立っているのを見て、クローディアはぎょっとした。母親の後ろから、カスパーが彼女をにらみつけている。「金輪際、おまえを許さん」とわめいた。

「お黙り」母親は彼を追い抜いて部屋に入ろうとし、入り口の奇妙なエネルギーの振動に足を止めてから、あたりをぐるりと見渡した。「すばらしい。ではこれが〈門《ポータル》〉か」

「さようです」〈管理人〉は一礼した。「お元気なごようすを拝見して、嬉しく存じます」

「白々しいことを」シアはフィンの前で足を止めた。上から下まで彼をながめまわし、渋面を作った。赤い唇をきつく結んだ。

「ええ、そうです」〈管理人〉は低い声で言った。「残念ながら、囚人がひとり脱出しました」

女王はかっとなって彼のほうに向き直った。「なぜこのようなことを？　いかなる裏切りをたくらんでいる？」

「何も。われわれはこの事態をぶじに切り抜けられましょう。あなたもわたしもみなも。秘密はいっさいもれず、暗殺計画はなかったことになる。ごらんなさい」

彼はコントロール・デスクのところに歩いてゆき、いくつかのボタンの組み合わせを押し、後ろに下がった。クローディアは目を見張った。壁が空白になり、一瞬何だかわからない映像が映った。広い部屋に廷臣たちがつめかけ、かしましく噂話に花を咲かせている。大テーブルには食べかけの料理が残ったままだ。召使いたちも不安そうにあることないこと取りざたしあっていた。

クローディアの披露宴の席だ。

「何をしようというの？」女王がけわしく叫んだが、すでに遅かった。「諸君」と〈管理人〉が声をかけた。室内のすべての頭がこちらを向いた。おしゃべりは薄れて、驚愕の沈黙に溶けていった。〈規定書〉に百年間支配されてきて、王座の背後の大スクリーンのことは殆ど忘れられていたのだろう。フィンは今、蜘蛛の巣のふさと薄汚れた膜のむこうの、宮廷の人々のさまをひたすら見つめていた。

「本日の大きな不手際による混乱をお許しいただきたい」〈管理人〉は重々しく言った。「そしてみなさん、海を越えてこられた大使のかたがた、宮廷のかたがた、大公に〈知者〉、貴族のおつれあいや貴婦人のかたがたに、〈規定書〉の違反をお目こぼし願いたい。大いなる日が明けそめ、大いなる不正がただされるのだ」

女王も驚きに声が出ないようだ。クローディアも同じだった。しかし彼女は前に進んで、フィンの腕を取って引き寄せた。ふたりが並んで、とまどいつつもこの場のなりゆきに引きこまれた廷臣たちに向かい合ったとき、父がこう言った。「ごらんあれ。亡きものと思われていた王子、父王のお世継ぎ、〈宮廷〉の希望、ジャイルズ王子が戻ってこられたのだ」

千もの目がフィンを見つめた。フィンも見つめかえし、ひとりびとりの中に、小さな光の点を見、その熱い好奇心と疑心暗鬼が、自分の魂の奥底まで下りてくるのを感じた。これが、王になるということなのか。

「女王陛下は大いなる知恵によって、王子の命を狙う陰謀から、しばしの間、王子を遠くへ隠さねばならぬことに気づかれた」〈管理人〉はすらすらと言った。「しかし長い歳月ののち、ついにその危険も去った。陰謀を企てたものどもは失敗し、逮捕された。すべては平和にもどったのだ」

彼は一度だけ女王に目をやった。女王は、ぴしりと立てた背のすみずみまで怒りをみなぎらせていたが、開いた口からは、幸福感にあふれた声が流れ出た。「みなの者、このうえない喜びじゃ。〈管理人〉とわたしは大いに力を合わせて、この脅威に立ち向かった。いまこそ宴の支度を。王子の戻られた祝いじゃ。婚礼ではなく、大いなる帰還の日となった。しかしながら、われらの計らったとおりのめでたき日になったのじゃ」

廷臣たちはしずまりかえっていた。やがて後ろのほうから、ぱらぱらと拍手喝采があがりはじめた。

女王はぐいとあごをしゃくった。〈管理人〉はパネルにふれた。スクリーンは暗くなった。

女王は深く息をついた。「このようなことをして、わたしは絶対にそなたを許さぬぞ」抑揚のない声でそう告げた。

「承知しております」ジョン・アーレックスはさりげなく別のスイッチに触れた。腰を下ろし、黒い錦織の上着を光らせながら足を組んだ。それから手をのばして、クローディアが置いたふたつの〈鍵〉を取り、両手の中できらめかせた。

「これほど小さなきらめくクリスタルが」彼はつぶやいた。「まことに大いなる力を秘めていたとは。愛しいクローディア、わしは思うのだが、ある世界の支配者になれぬ場合、ひとは別の世界の征服に赴くべきではないだろうか」彼はジェアドに目をやった。「先生、彼女《あれ》をあなたに託してゆこう。われわれが話しあったことを忘れないでくれ」

ジェアドは目を大きく見開いた。そして「クローディア」と叫んだ。だが、彼女はすでに、何が起きるかを悟っていた。父親は〈門《ポータル》〉の椅子に腰を下ろしている――飛び出していって、〈鍵〉をひったくるべきだとわかっていても、クローディアは動けなかった。彼の恐るべき意志に、体が凍りついてしまったようだった。

父親は微笑した。「女王陛下、ではこれにて失礼。この宴の席では、わしは要らざる怪物でしかないでしょうから」彼の指がパネルに触れた。

まばゆい光が室内に爆発し、みながびくりとした。そのあと、椅子はからになり、白い部屋の中でかすかに回転していた。視線がそれに集まったとき、コントロールパネルから火花がひとつ飛び、続いてまた飛んだ。いやな臭いの煙がたちのぼり、女王は両拳を握りしめ、なにもない空間に向かって叫んだ。「何というまねをしでかしたのじゃ！」

クローディアは椅子を見つめていた。椅子が爆発炎上したとき、ジェアドが急いで彼女をうしろに引き戻した。うつろな声で彼女は言った。「さすがだわ。父上らしい」

ジェアドはクローディアを見つめた。目は異様に輝き、顔は紅潮し、だが昂然と頭をもたげている。女王は怒りくるって、あらゆるボタンを押しまくったが、さらに多くの爆発を引き起こしただけだった。裾をけたてて部屋を出てゆく彼女のあとをカスパーが追ったとき、ジェアドは言った。「〈管理人〉は戻ってこられます。クローディア、きっと……」

「あの人が何をしようと、わたしには関係ないわ」彼女は、茫然と自分を見つめているフィンのほうを向いた。

「アッティア」と彼はつぶやいた。「アッティアはどうなる？　迎えに行くと約束したのに」

「それは……無理よ」

彼はかぶりをふった。「きみはわかってない。ぼくは行かなきゃならないんだ。あいつらをあそこに残してはおけない。特にケイロは」彼はひどく打ちのめされていた。「ケイロは絶対に許してくれない。ぼくは約束したんだ！」

「手立てを探しましょう。ジェアドがきっと何とかしてくれるわ。何年かかっても。わたしが約束します」クローディアは彼の手をとって、すりきれた袖をまくりあげ、鷲のしるしをあらわした。「でもあなたはまず、これのことを考えて。あなたは〈外〉に出た。自由になった。あの人たちからも、すべてからも。わたしたちは、この道を切り開いていかなければ。シア女王はいつまでも、わたしたちの足を引っ張ろうとするわ」

とまどいながら、フィンはクローディアを見つめ、自分が何を失ったかを彼女がまるで理解していないのを知った。「ケイロはぼくのきょうだいだ」

「わたしができるだけのことをします」ジェアドがしずかに言った。「必ずほかの道があるはずです。父上はブレイズとして、あちらとこちらを行き来された。それにサフィークもその道を見つけたのですから」

フィンは頭を起こし、奇妙な目を彼に投げた。「そう、見つけたね」

クローディアは彼の腕を取った。「いまは、あそこへ出てゆくときよ」としずかに言った。「頭をしゃんとあげて、王子になるの。あなたが予想していたのとはたぶん違うわ。でもここでは、すべてが演技なの。ゲームだと父上は言っておられた。演じる覚悟はできていて？」

古い恐怖がふたたび襲ってくるのを、フィンは感じた。自分をターゲットにした、大きな襲撃計画の罠の中に踏みこんでゆくような感じだ。だが、彼はうなずいた。

腕を組んで、ふたりは白い部屋を出、クローディアの案内で、ワインセラーを抜け、階段をのぼった。目を見張って見つめる人々でいっぱいの部屋をいくつも通りすぎた。クローディアがひとつの扉を開けたとき、彼は喜びの声をあげた。世界は庭園であり、その上にはまばゆくきらめきながら、何百万もの星が輝いていたからだ。高く、高く、〈宮殿〉の尖塔の上、木々の上、美しい花壇の上に。

「これを、ぼくは知っていた」彼はささやいた。「ずっと、知っていた」

ひとり残されたジェアドは〈門《ポータル》〉の残骸を見回した。〈管理人〉の破壊工作はあまりにも徹底していた。ジェアドはさきほどフィンに優しい言葉をかけたが、胸のうちには深い恐れがあった。装置がこれだけ破壊しつくされたあとで、戻る道を見つけるには長い時間がかかるだろう。そして、自分にはどれだけの時間が残されているだろう。

「〈管理人〉どの。あなたは、われわれの手に負えるような方ではなかった」ジェアドは声に出してつぶやいた。

それから、ふたりのあとを追って階段をのぼっていった。ひどく疲れていて、胸が痛んだ。召使いたちが彼を追い越してゆき、あらゆる部屋と廊下には、話し声がこだましていた。彼は足を速め、庭園に出て、夜の涼しさと甘い香りにほっと息をついた。

クローディアとフィンが建物の階段に立っていた。若者はこの夜の華麗さに、目がくらんでしまったようだった。この純粋な美しさが、彼には苦悶でしかないかのように。

ふたりのそばに来て、ジェアドはポケットに手をすべりこませ、時計を取り出した。クローディアが目を見張った。「それはまさか……」

「ええ、父上のです」

「あなたがもらったの？」

「そう言ってもいいでしょう」そして彼は繊細な指にそれをかかげ、クローディアはあたかも初めて見るかのように、その鎖に小さな銀の立方体がさがっているのを見た。鎖がねじれると、立方体は星の光にきらきら輝いた。

「でも、あいつらはどこなんだろう」フィンがつらそうにたずねた。「ケイロやアッティアや、それに〈監獄〉は」

ジェアドは思いに沈みながら、立方体を見つめた。「あなたが思うより近くですよ、フィン」そう言った。

トポスと啓示と――訳者あとがき

もしもいまいる世界が、大きな閉鎖システムの中であり、作りだされたものであるとしたら。そのシステムはそれ自体が統治者であるかのように、すべてが内部で循環し、生も死もリサイクルされ、秩序が保たれてはいるが、けれどそこが〈内〉なる〈監獄〉であり、自分はその〈外〉から来たのではないか、と気づいてしまった若者がいるとしたら?

そこからの〈脱出〉は可能なのだろうか。

なによりも〈外〉はほんとうにあるのだろうか。

〈外〉から通信を送ってくるように見えるものたちは、じつはやはり〈内〉のどこかにいて、そこを〈外〉だと信じているのではないだろうか。

ただ、唯一〈内〉にはなくて、〈外〉にだけあるものは、満天の星々だという――。

ゼロ年代をへて、ファンタジーの出版点数はいよいよ増えてゆく。神話と現代社会をリミックスした奇想天外な世界観のもの、歴史上のある時代を読み替えてパラレル化したもの、文化人類学的な発想で古代社会を再現したものなどなど、かつてないほどさまざまの人類史上のデータが奔放に組み合わされて、ファンタジーは思考の冒険フィールドと化している感がある。

その中でしかし、読んであとをひく作品、訳してみたいと思う作品は少ない。

そういう作品は、いわば頭脳だけが喜ぶタイプのものではなく、細胞にしみこむタイプのものだ。連綿とうけつがれてきた血の記憶にひびくもの。人々が何千年にもわたってひとしく保ちつづけてきた恐れや憧れを、体内の深いところで共振させてくれるもの。

それにあずかってもっとも大きいのは、場所つまりトポスの力だと思う。日本人なら、神社や古寺や鎮守の森やお遍路の道や城跡など、そこへ行くだけで何か地の底から深いものが立ち上がってきて、わたしたちを時空の彼方に誘い、無数の人々の記憶の大河の中に押し流し、やるせなく耐えがたく、けれど荘厳で真正な、ああ、あの感情があったからこそあの文化はあったのだ、と思いださせてくれるもの。

これに対して、ゲームに触発された、ゲーム的にデータを構築した小説の多くに欠けているものが、このトポスの力――地霊（ゲニウス・ロキ）の力――である。

トポスがなければ、キャラクターたちは宙に浮いたドラマを繰り広げるばかりで、ひとつひとつのやりとりや行為は理解できるけれども、どこか「本当にあったことだ」と腑に落ち、腹の底に沈むものがない。ファクト（事実らしさ）はあっても、リアリティ（本当らしさ）がない。わたしはそう感じることが多い。

そしてこのトポスの中でも、後天的に意味がついたトポス（歴史的名所や歌枕など）よりももっと古く、自然の根源的な力がそのまま生きている原初の場所がある。

真のファンタジーは、まずそうした場所への戦慄と共感から生じてくる。J・R・R・トールキンがくりかえし描きつづけた洞窟迷宮や、スーザン・クーパーが『闇の戦い』シリーズで描いた海や森や。

本書の著者キャサリン・フィッシャー（一九五七—）は、そういう意味では地下の洞窟・建造物の夢想にとりつかれている作家である。考古学を仕事にしていたというのもうなずける。前の三部作『サソリの神』シリーズ（『オラクル』『アルコン』『スカラベ』原書房刊）では、古代エジプトや中近東のピラミッドを思わせる幽暗な地下世界が描かれたが、それは設定という知的操作を越えて、作者の強烈なオブセッションであり、人類の集合的記憶の色濃い吹きだまりであるとしか思えなかった。図書室の地下の階層世界の圧倒的存在感の中に、転生する神がいて、墓盗人がいて、愚者の王がいて、巫女がいる。

フランスの哲学者ガストン・バシュラールは、かつて『大地と意志の夢想』『大地と休息の夢想』の中で、神話や詩がすくいあげてきた、太古からの人間と大地の感情的なかかわりあいをリストアップした。地底とは恐れの場所であり、竜の胎内であり、休息の館であり、冥界であり、またほのぐらい金属を産する地球の宝蔵でもある。

フィッシャーの作品を読むことは、それらの荘厳な太古の感情の中をなまなましく通り抜けることだ。わたしたちがなぜ、あんなにラビリンスやピラミッドや地下洞窟に魅せられるのか、また現代では地下鉄が独特の牽引力をもっているのか、その生理的なエッセンスを、彼女はキャラクターのドラマに、このうえなく緊密に織りこんでみせてくれる。

本作『インカースロン』では、その地下世界がさらに壮大な、ラビリンスの監獄へと進化している。本書を読みながら想起されるのは、たとえばジョヴァンニ・バッティスタ・ピラネージの版画『幻想牢獄』シリーズ、ミシェル・フーコーの『監獄の誕生』、刑務所を構想したジェレミー・ベンサムの「パノプティコン」の概念、そしてスピリチュアルな伝統をもつ「内」と「外」の現代的な処理である。

ひとつ論を進めるならば、トポスはさらに、単なるなまなましい劇伴音楽であるべきではない。トポスはそれ自体、世界の構造でもあるべきなのだ。

ゼロ年代以前のファンタジー作家の多くには、現実と彼岸、限りあるここと永遠の楽園、過去と未来という良くも悪くも水平的二元的トポスの発想があった。それは物語に寓意や象徴性を与え、透明な観念性を付与していた。だが『ハリー・ポッター』以降の作品にはもう、対比すべき彼岸という二極性の発想はない。テクノロジーのめくるめく進化がさまざまな幻想体験を可能にしている現在、不思議をも包含したもうひとつの〈現実〉が、この現実と並行的に語られるばかりだ。その一元性によって、救われたものがあり、また見失われてゆくものがある。

その見失われかかるものとは、ファンタジーが本来的にもっていた〈啓示〉の性質ではなかろうか。たとえば『ナルニア国ものがたり』というキリスト教色の濃いシリーズで、C・S・ルイスが描こうとしたのは、アスランの神性というよりも、むしろプラトン的な世界像だった。わたしたちは洞窟というトポスの〈内〉に封じられて、外のものが映る像を見ているにすぎず、〈外〉に本来のイデアの世界があるというモデルだ。それは洞窟という現実からの脱出をうながす、救済の試みでもあった。最終巻『さいごの戦い』で、タマネギのように重なり合う世界モデルが、内と外の逆転を含めつつ示される部分は圧巻であり、一点のくもりもない平安をもたらす。いわく、内側こそが外側、中に入るほど大きくなる、と。

同じ主題は近年の映画『マトリックス』三部作で、より重層的に展開されている。この〈啓示〉に満ちた世界観を、ふたたび児童文学で、しかも唖然とするほどの筆力で描出したのが、この『インカースロン』と続篇『サフィーク』だ。

先のピラネージ等に加えて、ベートーベンのオペラ『フィデリオ』やデュマの『黒いチューリップ』、ポーの「陥穽と振り子」を初めとする牢獄の夢想を響かせつつ、『マトリックス』や、さらにラスト近くの圧倒的なトポスのどんでん返しを含め、本書には地下世界の想像力のエッセンスが凝縮されている。トポスが人類の集合的夢想をはらむだけでなく、新たな世界観を指さし、読者を覚醒へと揺り動かすこと、それこそファンタジーの醍醐味ではあるまいか。

ということで、わたしにとって、キャサリン・フィッシャーは純正中の純正なファンタジーの作家として類を見ない存在であり、ユニークな登場人物たちは、このトポスから生み出されたとしか思えないほど、しっくりと世界観と一体化している。

難しい話はここまでにしよう。本作はタイムズ紙でも絶賛され、続編『サフィーク』はニューヨーク・タイムズのベストセラー・リストに入った。すでに映画化も決定しているそうだ。この壮大な神話がどのように映像化されるのかも楽しみであるし、またそれが、さらに哲学的な夢想のばねを、わたしたちの中に育んでくれることをも、大いに期待したい。

井辻朱美

キャサリン・フィッシャー（Catherine Fisher）
イギリスのウェールズ在住の作家、詩人。３冊の詩集があり、こども向けの作品も多く書いている。デビュー作『呪術師のゲーム』は、スマーティーズ賞の候補作となり（1990）、『キャンドル・マン』でティル・ナ・ノーグ賞を受賞（1995）、『スノーウォーカーズ・サン』３部作でも賞を受賞している。邦訳に、「サソリの神」３部作がある。神話、伝説、超自然的な事柄が作品の重要なテーマとなっている。

井辻朱美（いつじ・あけみ）
歌人、翻訳家。東京大学理学部生物学科卒、同大学院人文系研究科比較文学比較文化修了。「水の中のフリュート」30首で、第21回短歌研究新人賞、『エルリック・シリーズ』（ムアコック、早川書房）で第17回星雲賞海外長編翻訳部門、『歌う石』（メリング、講談社）で第43回サンケイ児童出版文化賞、『ファンタジーの魔法空間』（岩波書店）で第27回日本児童文学学会賞をそれぞれ受賞。早川書房、東京創元社、講談社などでファンタジーの翻訳、紹介、創作にたずさわる。歌集に『水晶散歩』（沖積社）『コリオリの風』（河出書房新社）、評論集に『魔法のほうき――ファンタジーの癒し』（廣済堂出版）『ファンタジー万華鏡』（研究社）、ファンタジー作品に『風街物語・完全版』（アトリエOCTA）『遙かよりくる飛行船』（理論社）などがある。翻訳書多数。現在、白百合女子大学文学部教授。

インカースロン
囚《とら》われの魔窟《まくつ》

●

2011年4月15日　第1刷

著者………キャサリン・フィッシャー
訳者………井辻朱美《いつじあけみ》
装幀者………川島進（スタジオ・ギブ）

本文組版・印刷………株式会社ディグ
カバー印刷………株式会社明光社
製本………小高製本工業株式会社
発行者………成瀬雅人

発行所………株式会社原書房
〒160－0022　東京都新宿区新宿1－25－13
電話・代表　03(3354)0685
http://www.harashobo.co.jp
振替・00150－6－151594
ISBN978-4-562-04683-6